80's～90's

「……という訳で、今回はちょっと若者向け小説というか、そういうレーベルの８０年代～９０年の話をしてみましょうか。定義としては、表紙や挿画が漫画もしくはアニメ調で、そういったものを専門として出版しているレーベルの小説、という感じです」

「やっぱり朝日ソノラマのソノラマ文庫かなあ。緑背の場合、上にSF、推理とか、ジャンルが書いてあって書店で見るとゴッタ煮感が凄いよな」

「元々はそういうジャンル表記もなくて、一般小説のレーベルだよネ。書店の棚で年代順に見ていくと、段々と特化していった感じかナア」

「ただ、８９年で緑背から白背になり、垢抜けた一方でそのような表記も無くなりましたね。代わりに裏表紙の情報量が増えました。挿画なども刷新されるものが多かったので、買い直し、という選択肢が初めて生じたように思います」

「ぶっちゃけ時代無視して言うけど、電撃とか、どうなの？」

「時代を無視して言うと、電撃文庫の母体となるメディアワークスが出来るのは９２年だから、ちょっと先の話ですね。なお、スニーカー文庫と富士見ファンタジア文庫は共に８８年創刊で、こちらはゲームやＴＲＰＧ、アニメを絡めて勢いがついた感です」

「見てると背表紙とかのデザインも結構違いますね……。しかしこの時代、いろいろなものが出てきているんですね」

《いえまあ、数十年後の方がいろいろ出過ぎて、もう少し手加減しませんかね的に大変なんですけどね……！》

At the star without gods.

At the star without gods.

INTRODUCTION

EDGEシリーズ

# 神々のいない星で

—At the star without gods—

著/川上稔
イラスト/さとやす(TENKY)

僕と先輩のウハウハザブーン 上

# 目次

## CONTENTS



## STORY

ここは1990年立川を模した世界。そこで唯一人の人類と、大勢の神々が、
人類の新天地のために天地創造となるテラフォームを開始したが、
さて、行われるのはダベったりアクションだったり
知識の脱線やボドゲ大会だったりと大騒ぎ。
さあ、先のサッパリ読めない展開が君を待つ。待たないかもしれない。どっちだ。

「――ではこれまであったことをガイドしますね？　ネタバレ全開ですから、既刊は後から読もう、という場合は御注意下さい」

EDGEシリーズ

# 神々のいない星で これまでのダイジェスト

―At the star without gods―

## 僕と先輩の惑星クラフト〈上〉〈下〉

## STORY

　1990年、立川。地球外惑星へのテラフォームが検討される中、高校三年の住良木・出見は夏休みを満喫していた。そして隣室に引っ越してきた美人巨乳の“先輩”と新型のVRゲームで再会した住良木は、“先輩”およびガイド役のバランサーというAIから、立川を含む世界全てがバランサーの手によるVR空間だと知らされる。既に人類は外宇宙に出ており、テラフォームは冷凍睡眠中の人類を除き、AI主導で既に開始されているのだ、と。

　しかし異星には“異星の精霊”とも呼べる情報体が先住しており、対抗出来るのは地球発の情報体である“神”達だけ。現在、バランサーが造り上げた神々がテラフォームを進めているが、強化のため、神々とバランサーが、人類の信仰役として住良木を作ったのだと言う。つまり“先輩”や、部活の仲間達もまた、神であった。その事実を知った住良木はテンションを上げるが、そこにテラフォーム権限を得ようと、神々代表組織“神委”の監査がやってくる。結果として監査の要求を退けた住良木達だが、住良木本人は死亡。テラフォームのシステムによって再生が叶うが、記憶の一部を失い“先輩”のことを忘れてしまう。

　一方の“先輩”は、自分の正体が人類を短命にしたイワナガヒメだということが発覚。住良木を短命化するかもしれないと、異星の精霊が暴れるテラフォーム先に隠れてしまう。

　己の強制帰還を待つ彼女の元へ、しかし記憶を取り戻した住良木は辿り着き、また共に手を取り合った。そして“先輩”は住良木の信仰によって初の“神としての顕現”を行い、異星の精霊である炎竜を退ける。これから、彼らを中心としたテラフォームが進んで行くのだ。

# WORD

## ・テラフォーム

「惑星改造……、つまり星を一個改造して、人類が住める状態にする、ということですね。地球の環境悪化で、外宇宙の星にそれが求められました」

## ・ロールバック

「住良木が死亡した際、バックアップから再生されることね。特殊案件として、バナナ食ったらTSするよう調整してあるわ」

# WHATS?

## ●テラフォームとして

「これまでのテラフォームとしては、この星系の成り立ちの理解と、星の自転、地軸をどうするか、というところまで進みました。まずは星が凍ったり過熱しないよう動かさないといけないという、そんな理由を含め、基礎的な部分ですね」

「今後はまず、その実行と判断で、この星がどう変化するかのレクチャーですね」

## ●神話として

「神話は個々で創作されたものではなく、人類の移動と文化の伝播によって拡散、変化をして作られていったものですね。最古の神話となる人類の神話イメージの基礎、パンガイア神話の理論なども話題にしましたね」

## ●それ以外として

「最初から仲間であった北欧勢、唯一神に加え、我々、メソポタミア勢が仲間となった」

# NEW COMER!

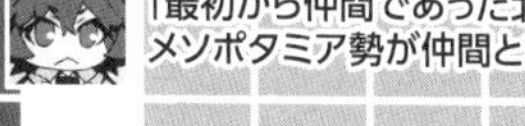

**【ゲーム部の面々】**

住良木の先輩や同級生がいるゲーム部。北欧神話の神々を中心としたメンバーだが、唯一神や他の神々もいる。いわゆる“初期からのメンバー”。

**【メソポタミア勢】**

テラフォームの監査や権限の獲得に来たが、戦闘や交渉の末に合流。鑑査役のエシュタルは神委との仲介役の意味で監査を続行している。

# CHARACTER

## 住良木・出見 (すめらぎ・いずみ)

主人公。高校二年。ゲーム部所属。メインハードはメガドラとPC98とMSX2。巨乳信仰。思ったことがすぐ表に出る。出す。奇声を上げやすい。動くノイズ。問題はあるけど悪いヤツではない。大丈夫。

## 先輩 (せんぱい)

先輩。高校三年。ゲーム部所属？　頼まれると断れない性格。身長175cmの巨乳。おっとり系かと思えば変な行動力がある。並表情より慌て表情のときの方が多い気がする。神道系の神で、正体はイワナガヒメ。

## 雷同・徹 (らいどう・とおる)

高校三年。ゲーム部所属。身長195cm。頼れる兄貴。意外と理知的。ゲームに白熱するが強くない。メインハードはファミコンとX68。リアルファイター。巨乳信仰。北欧神話の戦神トールであり、主に戦闘役。

## 紫布・咲 (しふ・さく)

高校三年。ゲーム部所属。身長185cmの金髪巨乳。雷同の嫁。鷹揚で全体のカーチャン。北欧神話、トールの妻でシフ、そしてもう一人の妻であるイェールンサクサ。豊穣神。

## 桑尻・壺三 (くわじり・つぼみ)

高校二年。ゲーム部所属。身長155cm。知識系でキツイ口調。雷同と紫布の妹分的な？　ゲームは反射神経不要なら強い。北欧神話の知識神、クヴァシル。血中アルコール度高め。

## 四文字・真正 (よもじ・しんせい)

高校三年。ゲーム部所属。身長205cm。部長。何か間延びしたトーク。無茶苦茶に心が広いが狭い。理不尽。唯一神。四文字のアレ。信者に厳しい。

## バランサー

人類に作られたAIで、30cm四方。現在テラフォームの管理役。しかし実権は神々に大部分移譲しており、管理という以外は結構放任？　住良木と毒舌合戦が多発。解説役でもある。この90年代の世界はバランサーが作った“神界”という情報世界である。

## 思兼・八意（おもかね・やつい）

高校三年。神界における神道代表。身長170cm。天津神、知識を担当するオモイカネ。図書委員長であり、神道のために暗躍する。し過ぎる。

## クビコ・スケアクロウ

高校三年。眼鏡の図書委員で、神道の知識と警備の神クエビコ。身長175cm。国津神レベルだが、思兼の目付役のような関係。巨乳。

## 菅原・天満（すがわら・てんま）

高校一年。身長150cm。神道における学問の神、菅原・道真であり、雷神、交渉神など結構マルチタレント。

## シャムハト

メソポタミア神話の公娼神。元は人。身長160cm。どんなプレイでもお値段次第。意外といろいろ気に掛けてる世話好き。巨乳。

## ビルガメス

メソポタミア神話の半神半人。身長190cm。シャツイン。ギルガメスとも後に呼ばれてこっちがメジャー。多種装備をDIYしたり、王様として法律作っていろいろやりつつ、エンキドゥといろいろやった（隠語）。

## 木藤・円（きどう・えん）

俺巨乳。メソポタミア神話の半神半人エンキドゥ。カイとも呼ばれてる。身長180cm。ビルガメスの相方で実力的にも等しいが、こっちは現在のところ術式系。元は男だけど女体化してる。

## 江下・伊奈々（えした・いなな）

メソポタミア神話のメジャー神エシュタル。神道テラフォームの監査役で、カラムーチョLOVE。ゆえにムーチョと呼ばれる。住良木を誤殺しており、先輩を恐れている。

# INTERLUDE

「――あの、先輩！　今日はどうするんでした
っけ？」

「――ええ。立川の西、昭島市の向こうにある
福生市の川で、バランサーに頼まれた仕事をし
に行くんです。他の皆は先に現場に入ってます
から、私達は後追いですね。
ちなみに今は夏休み中盤、八月十二日です」

『何か凄く説明くさい会話してないで、早く来
なヨー』

EDGEシリーズ
神々のいない星で
—At the star without gods—

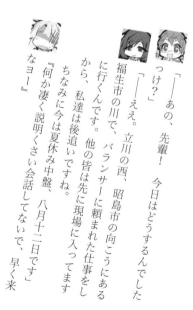

At the star without gods.

At the

star without gods.

# 序章

『COOL SPOT』

——ホットな涼場に御案内。

●

夏の空が頭上にある。

雲は無い。天上に太陽の光だけがあり、直線的な日差しが落ちてくる。

それらの下に、大きな流れがあった。

川だ。

街中、というには住宅が足りず、近くには森と丘もある地勢の中、充分な土手と河原を持った水流がある。

土手上の標識が示すのは〝多摩川《たまがわ》〟の三文字だった。

だがそれだけではない。

「秋川《あきがわ》と合流するあたりって、こんな隠れた場所だったんだ！　こっちの方、来てるようで憶《おぼ》えが無いから、何か不思議な感じです、先輩《せんぱい》！」

「一応、川面も渡れるようにはして貰《もら》ってますけど、あまり外れると落ちるから気をつけて下さいね、住良木《すめらぎ》君」

ハイ！　と応じて僕が行くのは、土手から川の方。夏に伸び始めてるススキや木の影になっている河原だ。
先輩が、ちょっと先行気味に横を歩きながら言う。

「今日はいつもの部活の延長で、こっちで御仕事だそうです」

「あ、ハイ、昨日の終わりに画面が言ってましたね。何だか、川だか水の精霊がちょっと乱れてるから、その大きいのを整調？　する？　みたいな？」

「そうですね。思兼《おもかね》さんから聞いた話ですが、このところで奥多摩《おくたま》方面、ちょっと地脈的に不安定なようです。そうですよねバランサー」

先輩の言葉に、光る画面が横に出た。バランサーだ。画面はこっちに追随しながら、

《はい。こちらいろいろ追跡なども出来ていますが、基本的に貴女達《あなたたち》に対しては中立なので情報を出しません。ただ、地脈の〝乱れ〟があるのは確かです》

「乱れがあると何かマズいの？」

《たとえば以前に雷同《らいどう》が使用した〝相〟の操作などが上手《うま》く出来なくなる場合があります。また、この神界は、現実側の惑星上に位相展開していますが、地脈的には繋《つな》がっています。なのでこちらの乱れは、現実側に影響を与えます》

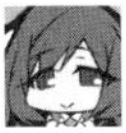

「……原因は、解《わか》りますか？」

《ノーコメントとさせて下さい》

「おい！　先輩が質問してるんだぞ！　こう、こんな風に身体《からだ》をちょっとクネっとさせて、フン、って首を傾《かし》げて、こ、こんな感じで！　ここにオッパイがある！　あると仮定する！　あ！　僕がやってるとキモいですけど、コレはバーチャ先輩シミュレータなので気にしないで下さい！　ともあれ僕が先輩の完璧な美を表現しようとするとこれだけ大変なことだけは解って欲しい！」

《すみません、〝お〟から聞いてませんでしたけど、誰に解って欲しいんです？》

「お前だよ！」

いいか。

「そんな完璧な先輩は、お前にこう尋ねた訳だ！　〝原因は、解りますか？〟って、それをお前、そんな事務的な答え方を！」

《――業務用ＡＩに事務的以外の何を求めるんですかね馬鹿》

「解らないか!?　――**愛だよ**……」

「何か今、聞こえてきたかナ？」

「あ、すみません。作業中なので聞こえてきても聞こえなかったということで」

「ふぅくざつだあねえ」

●

アーハイハイ、とバランサーが傾き気味に言うのを僕は聞いた。
そして画面が、僕に問うてくる。

《先輩さんを、詰まり、アゲればいいんですね？》

「そうだよ！　先輩のことをアゲるんだ！　こう、ガっと！　ガっと！　下乳掴《つか》んで――、くっそ！　無いよ今日の僕は！　何でバナナを持って来なかったんだ！　チキータ！」

《落ち着きなさいよ馬鹿》

「お、お前、落ち着かせる気が無いな!?」

《馬鹿と言われると気が急《せ》くとしたら変な動物として登録してやりたいところです。――でもまあいいでしょう。先輩さんをアゲるんだとしたら、まずは猿、貴方《あなた》が私に問うて下さい。原因は解りますか？　と》

「原因は解りますか？」

**《ケッ》**

《――敬語で問いなさいよ馬鹿》

●

「お前！　お前……！」

《いや、今のは、貴方を思い切りサゲることで、先輩さんを相対的にアゲたのです。それが解りませんか》

「ハア!?　馬鹿野郎！　だったらもっと僕をサゲろ！　ケッ、じゃなくてクチャクチャペーくらいの音出して完全無視して〃あ、いたのぉ？　誰？〃くらいやれよ！　お前はちょっと中途《ちゅうと》半《はん》端《ぱ》なんだよ先輩をアゲるときに！」

《素晴らしい！　道路がここに通じてるなら救急車を呼ぶところです！》

「二人とも仲がいいですね」

「先輩！　そんな恐ろしいことを！　でも先輩が笑顔で言うなら、僕はこの辱《はずかし》めを受けとめてこいつと文通してもいいですよ！　一行目から仕様変更要望書きますから！」

《ハイハイ、それより歩きなさい。仕事です》

先輩が小さく笑って、いつの間にかこっちを待っていた足を前に、歩き出す。

周囲の緑の背が高く、石の堆積した上を歩いていると、もう自分達《じぶんたち》が降りてきた福生《ふっさ》側の土手も、そちらにある大きな公園も見えない。これは対岸側も同じで、手前の多摩川、中州、そして奥から合流してくる秋川は見えるが、その向こうはやはり夏に伸びた草木の壁だ。

「私、一応は〝相〟の方を見つつ歩いてるので周囲が理解出来てますけど、それでもちょっと、この草木の伸び方は凄《すご》いですね」

《ええ、西の奥多摩から流れる多摩川と、ちょっと南の秋川渓谷から流れる秋川。この二つは、ここまでにおいて、多摩川は八十キロほど、秋川は四十キロほどを経て合流します》

「八十キロ!?　随分と上流がありますね……！」

《――はい。多摩川はしかし、源流を探すのがちょっと難しい川です。何しろ一番上には奥多摩湖があり、多摩川はそこからのスタートとなっているのですね。一応、奥多摩湖に流れ込む川は小菅《こすげ》川があり、これが源流ということにはなると判断出来ます》

「へえ！　凄いな！　でも今、そんなとこまで行くつもりも何も無いのに、お前、何を早口になって喋《しゃべ》ってんの!?　大丈夫!?　ああ、暑いから遂《つい》に熱暴走しちゃったかー！　川に沈めて冷やして欲しいか!?　どうだ!?」

《おやおや猿には勿体《もったい》ない知識だったようですねえ。これから奥多摩や秋川渓谷などのレジャー情報をお伝えしようと思っていたのですが》

「レジャー？　何かあんの？」

《波の出る屋内プールと流れるプールで有名なサマーランドが、屋外に新型コースターとフリーフォールを作りましたが、割引券が拝島《はいじま》駅から売り出されてますね》

「拝島か！　何度か行ったことがあるけど、この記憶は偽物《にせもの》だよな……」

「どういう記憶なんです？」

河原。石を踏み外さないように歩きつつ、僕は先輩に言う。

「小学校の遠足で、奥多摩方面の御岳山《みたけさん》とか、大岳山《おおたけさん》に行くんですよ。確かうちの小学校だと、四年で高尾山《たかおさん》行って、五年で御岳、六年で大岳、みたいな出世魚っていうか成人の儀みたいな流れが決まってて」

一応、記憶はある。

「オヤツは300円まで、ってルールがあったんですけど、売り場に行ったら当時僕の中で熱が上がっていたダグラムガムがあってですね。プラモが付いてるから当然買う訳ですよ。余った金で駄菓子買って、それを食いつつ御岳の山頂でソルティック、ああ敵のメカですね！　早口です！　を、こう、ニッパ持って行けてないから歯でパーツ千切《ちぎ》って組む訳ですよ！」

『御岳の頂上まで行ってソルティック組むなよ』

「おっと通神からツッコミ有《あ》り難《がと》う御座います！　――でもまあ、そしたら僕の犬歯の性能が良すぎたのか、パーツをはめるダボをゲートと一緒に千切っちゃってまして、腕とか足に装甲が付けられなくなっちゃって。何かもう、御岳の山頂で装甲無しでツルツルの弱々《よわよわ》ソルティックを見ながら僕は誓ったんです。今度、山来るときはニッパ持ってこようって。案の定、後で遠足の感想会をやったときに〝住良木君が御岳の山頂でマジ顔になってプラモ食い始めた〟って言われて〝食ってねえよ！　齧《かじ》っただけだよ！　ツルツルだぞ！〟ってキレましたね」

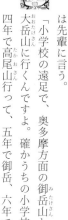

《馬鹿な男ですねえ》

「お前が作った記憶だよ……！」

「いやまあ、何かよく解りませんけど、大変でしたね？」

疑問形でも理解をしようと努力してくれる先輩は素晴らしい。そこらへんの画面とはえらい違いだ。ああ、あと、さっきから石の河原の上を歩いてるんで、巨乳がちょっとバウンドしてるのも良《い》い感じです。

「おーい、こっちぃ」

呼ばれて視線を上げれば中州だ。その先端、丁度、伸びたススキが作った影にレジャーシートを広げた紫布《しふ》先輩と、桑尻《くわじり》がいる。シートには昼食を入れたバケットがあり、こっちの先輩の手にも籠がある。これだけを見れば、

「ちょっとピクニックですね」

「ええ！　そうです！　ピクニックです！　もう、ピクピク！　ピクピク！　って、僕のニックが慶《よろこ》びタイムですよ！　あ、大丈夫です！　何言ってるか自分でもよく解ってないので正常です！」

紫布先輩が向こうで首を傾げているが気にしないこととする。

そして先輩が河原から、川に足を踏み込んだ。

僕も続く。

●

歩いている、というのが、一歩目からの感想だった。

川の上を、ただ歩む。

「歩けますか？　住良木君」

「あ、ハイ！　大丈夫です！」

川面《かわも》を踏んで前に出る実感は、滑らない毛布の上を歩いているようなものだった。何か凄い

不思議というか、裸足《はだし》で歩いたらどうかなあ、とか思う。
流れは緩やかにあるが、関係ない。

「先輩、さっきの小川を渡るときもありましたけど、これは——」

「私の権術じゃなくて、川の精霊達《たち》の手筈《てはず》ですね」

そうなんですか、と呟《つぶや》いて辺りを見回すが、川は川だ。精霊云々《うんぬん》が、向こうから姿を見せてないのに僕に見える筈もない。
だから歩く。そして中州に渡ると、向かいの秋川側が見える。すると、

「おや、人類も来るのか」

「あれ？　謝罪マン先輩も仕事ですか？」

「凄い言い当ててるから凄いな……」

しばらく真面目男が考え込んだ。ややあってから、彼が頷《うなず》き、雷同先輩に顔を向ける。

「危険は無いのか？」

「神道系の川精霊を相手にするのは初めてだが、現地精霊の張り倒しなら、何度も俺達《おれたち》の星の方でやってたからな。——これから先、テラフォームの方でも竜ばかりじゃなくなるだろうから、練習にいいだろう」

「つまり人類を巻き込んだら？」

ややあってから、雷同先輩が答えた。

「桑尻の仕事が増える」

「住良木、アンタ、死んじゃ駄目よ……？」

「お前、それ、自分の仕事増やさないように言ってるよな!?　な!?」

と言ってる間だ。秋川と多摩川の合流点。水の流れが重なる処《ところ》に、それが現れた。

《きたわー》

●

「蛇？」

大きな、と言っても、太さ三十センチほどで、長さ自体は川の中で解らない。とにかく蛇に似た何かだ。ただ、それはよく見ると、水そのもので出来ていて、

《くるわー》

「か、川の精霊ですか？」

《そうだわー》

《くるわー》

まさか〝かわ〟精霊だから〝わ〟語尾……、と思っていると、

**《キタワー》**

いきなり大物というか、派手なのが来た。

●

来たなア、というのが紫布の感想だった。蛇体は群で恐らく基部が繋がってるヒドラ型、全長三十メートルほどで、中型チョイ小さいくらいだが、結構澄んでて元気な色だ。

それがいきなり水飛沫《みずしぶき》を派手に上げて、蛇体を幾つも跳ね上げた。

《わー》

《わー》

秋川と多摩川の川精霊達が慌てて逃げ出すが、慌てすぎてお互いの上流側に行くのが出てきてちょっとパニック。急いで戻ったりと混雑だ。

「ええと、どうするんです？」

「ンー、デカイのは徹《とおる》達に任せて、こっちはパニクってる子達を誘導かなア。下手すると過熱

して怒ってるのと合流しちゃうからサ。そっち、支流あったよネ？」

「大本は多摩川側なので、公園側の支流に多摩川の精霊を誘導しましょう。——先輩さん」

「あ、ハイ！　何です？」

「支流に誘導したら、外に間違えて走らないように蓋欲しいんだけどサ。作れるぅ？」

「ええと、岩で作ったら、後で、壊すしかないですけど？」

「エッ？　先輩チャンのアレ、不可逆なのかナ？」

「一応、精製中や変形中は可変なんですけど……」

　思ったより不便だ。というかそんな作り方であの岩屋の家具作ったなら、かなり職人度が高いと思う。性格出てるなア、と思うが、

「おおい、紫布！　誘導頼む！　こっちちょっと遊んでる余裕が無ぃ！」

「アイヨー。じゃあちょっと皆、ハイハイこっちだヨー！」

●

　雷同の視界の中、紫布が手を打つと、大きな音で荒れた水面に飛沫が立った。それに応じて、川精霊達が紫布に顔を向ける。後は誘導が利くだろうと己は判断して、

「よーし、じゃあ始めるか！」

ベルトを叩《たた》き、ポーズを決めて叫ぶ。

「トールハンマー！」

「ミョルニルではないのか？　地元の名称では」

「——お前がすぐに出せる武器の名前は？」

「ホワイトスウォード」

言って、しばらくしてからビルガメスが頷い

た。

「名前など、些細《ささい》な差だな」

「解って貰えて幸いだ」

手にハンマーを握る。ベースは打撃部を縦に長尺化。三メートルの剣状ロングハンマーだ。

これでもって、

「精霊を叩くっていうか、散らす。そうすると、細分化された精霊はアジャストされて落ち着く。細分化が甘いと感情残したままになって面倒だから、ちゃんと散らせよ？」

「うむ。理解した」

ビルガメスが直後に言葉を放った。

「ホワイトスウォード」

カイは、相方がやらかしたのを見た。

「あ」

一瞬で、ビルガメスの正面に谷が生まれる。

射出即抜剣となるビルガメスの〝剣〟は、速度アップ装備であるガントレット系が無くても充分に神速だ。

直線距離にして三百メートル。深さ二十五メートルほどの斬撃が、秋川と多摩川の合流地点から下流に向かって直撃。その先端には、

「オーイ、昭和揚水堰《せき》！」

刃の先端、三分の一ほどが、水を摂取する大型の揚水堰を両断した。

威力は後から付いてくる。容易《たやす》く音速を超えた射出の結果は、割った川を一瞬で霧と変え、爆風を持って川床を吹き飛ばす。

川の水が圧縮されて蒸気と化し、川の底にあった石は弾《はじ》ける勢いで南北に飛んだ。

断裂だ。

そして爆圧が一撃を拡大。川の底面は岩場も

あり、深さはさほど進まない。しかし側面方向に向かっては石の堆積が震動で揺れて波のようにジャッキアップ。
「地元だと砂の河原だったから、ちょっと凄いなあ」
　言っている間に、それらが引き波となって谷底に流れ込んだ。そして、鈍い音が破裂音になって、

「行ぃくもんだあねえ」
　揚水堰が、内部の鉄筋と補強の構造体を千切りながら、開放破壊された。弾けた水流はそこから一気に雪崩《なだ》れて行き、

《ハイハイハイハイ！　修正！》
　何事も無くなった。

……結構凄いもんだなあ。

●

　バランサーの力だ。この神界、人類史における西暦１９９０年代の日本を模したこの仮想空間は、バランサーの能力によって出来ている。流体量の限界はあるが、それによる修正などは可能で、今、自分が見たのは〝それ〟だ。

　視界の中、ビルガメスの破壊が全ては無かったことになっている。と同時に、

「馬鹿、お前、何やってんだ」
　雷同が相方の後頭部を叩いた。結構いい音がして、

「っ……！　王の頭を叩くとは何事だ！」

「やかましい。ちょっと加減しろ」
　言葉と共に雷神が指差す前方。そこには、先ほどのやらかしは何も残っていないが、

《おどろいたわー》

《わかれたわー》

「……二匹になった？」

「分裂したんだヨー」

これはつまり、どういうことか。相方が顎に手を当て、

「ホワイトスウォードの切れ味が良すぎたか……」

「何でお前、そこでポジティブになれるの？」

ああまあそういう性格、としか言いようがない。だが、

《おこったわー》

《いきりたつわー》

いきなり攻撃が来た。

大木が倒れてくる、というのが自分の感想でした。

「い、意外と速いですね……！」

二体の川精霊は、蛇群の本数をそれぞれ減らしているが、大きさ自体はあまり変わりません。

「本数は支流の数だけ、というのが定説ですね」

「な、成程……！　と納得しますけど、現状ではあまり意味がありませんよね!?」

蛇体はどれもが恐らくビルガメスさんを狙っていて、彼らがいる中州の先端側はつまり大木の連打です。

《れんだだわー》

水の大木が鞭《むち》のようにしなって連打され、石が飛び散ります。赤く怒った水の蛇体は飛沫を上げつつも軌道を変え、

「――夏の日差しの下だと、ちょっと爽やかですよね雷同先輩！　元気一発アリナミン飲料！って感じで！」

「いろいろ混じってるぞそれは！」

「どういうことなのだ？」

「最後の部分は鉄骨飲料だ！」

回避しつつ言う雷同さん達が何か凄い。

ともあれ川面は歩ける。ゆえに雷同はフィールドを大きくとって動くことにした。

中州の河原から出て、川の上に。

ビルガメス達もこちらに続き、

「下手に切ると分裂するのか？」

「分裂するし、合体するし、また他の精霊を引き込んで回復するから面倒」

「俺のフリーズ系で凍らせたら？」

「凍らせても無駄。凍るだけ」

言った先、木藤《きどう》がやや考えてから、ああ、と顔を上げた。お互いに水の蛇体を潜って避けながら、

「〝凍った川精霊〟になるだけか」

「そっちの地元じゃどうだったんだ？」

あー、と木藤が左右に手を振る。同じようにビルガメスが頷き、

「メソポタミアでは、精霊は神に近い存在だ。水の精霊だと、このような蛇体などの存在ではなく、人魚型の存在となる」

「え？　精霊が違うノ？」

あー、と今度は桑尻が声を上げた。

「神と精霊の把握については、各神話の訳語の差などもあり、なかなか難しいです。
　たとえばメソポタミアでは、水の精霊というと、先ほども言われた通りに精霊に姿形がありますが、しかし彼等《かれら》には名前がありません。そんな存在が、その水系などを担当しています。
　一方で神道《しんとう》の場合は──」

「精霊というと、世界の何処《どこ》にでもいて……、というか、姿など普段見えないものとして世界全体に存在していて、それらがいる土地を、名前がある神や、名前の無い土地神や道祖神などが治めているんです」

「つまり俺達の場合だと、こういう蛇体みたいな〝移ろう自然の象形としての精霊〟はいない。もしくはいたとしても、それより上の管理者としての形有る精霊が出てくる、ってことか」

「はい。──神道の場合、そういった〝象形型の精霊〟がいる世界の中で、土地管理者としての神がいる、ということになります」

「……何で私達《わたしたち》のところで、形あるものに絞られた精霊が、このような後発神話の神道では、形無きものを含めて広がっているのだ？」

「──仮説します。元々、神などは自然の営みなどを人が理解するために出来たもの。そういう意味では、第五世代の神話であるメソポタミア神話では、自然への恐れを払拭《ふっしょく》する意味もあって、自然のシンボル化が進みました。不確かな精霊は、確かな姿をもった精霊になり、それが川などを管理している、という考えです。
　──しかし時と土地を隔てた先では、シンボル性も薄れ、社会のシステマイズ化に応じて、〝自然の象形としての精霊とそれを管理する職能的土地神〟という形が生まれたのではないか、と思います。つまり、

**・メソポタミア：精霊が川を治める。**
**・神道　　　　：土地神が精霊を治めて、精霊が川を治める。**

　という間接支配に変わった、ということろでしょうか。

精霊が土地神に進化した、とも言えます」

「まあそんなところだろうな。だから――」

と、己は、幾度か攻撃のタイミングを計り、距離を少しずつ詰めながら視線を飛ばす。

　周囲。川面や、伸びたススキの上に、影がある。

　神道の、名前無き土地神だ。

●

　紫布は、豊穣《ほうじょう》神だ。

　ススキは作物扱いではないが、植物の生長というところで通じるものがあるし、水系も豊穣に通じるものだ。ゆえに、そんな穂先や、川面の上、合計で四体の姿があると悟った。

　見る。

　すると、いる。

　四体、どれも和服基調のインナースーツの上、顔を布で隠した小柄な姿だ。若い、と思えるそれぞれは、男女ばらばらで距離を取っており、

「土地神かナ？」

　呼びかけるが、返事が無い。これはつまり、

《紫布、貴女の方が神格が遙《はる》かに高いので、土地神は呼びかけに応じられません。下手に応えると、そこで出来た〝縁〟から支配される可能性もありますから》

「そんなことしないけどねエ」

「豊穣神と仲良くなっておいた方がいいのでは、とも思いますが、まあ用心と儀礼というものでしょう。神道系らしい判断です。

　なお、正体を見破られると土地神としての力を解除される場合もあるので、顔を隠しているのは、紫布先輩のような高神格の視線を浴びてそうならないようにするためでしょう」

「ウワア、そんなに私、怖いかなア」

「ええ、怖いですよ！　ああ、オッパイ怖い！　オッパイ怖いなあ！　おっと、一番怖いのは水

着姿だよ！」

　チョップ入れると、馬鹿が七十メートル走って河原で転げ回ってきた。

「ウヒョー！　ボケたときにちゃんとツッコミが入るとか最高です紫布先輩！」

「ええと、仕良木君、私の方は？」

「いえ！　先輩の巨乳は怖いのではなく畏れ多いです！　ゆえに直視するのはいけない！　だから隠れてチラっと見たり、先輩の視線の外からこう、こんな風に見るのが正しいんです！」

　馬鹿が河原に三つ指ついてから転がって、下から先輩チャンを見上げる。

「アアー！　御巨乳様ァ――――！」

「ええと、紫布さん、こういうとき、どうしたら？」

　桑尻チャンが背後で〝ホワイトスウォード……〟と小さく言ったが聞かなかったことにする。

「蹴ってみたらどうかナ？」

「えっ？　だ、大丈夫なんですか仕良木君、そんなことしても！」

「あ、ハイ！　大丈夫です！　信仰先からの塩対応は御褒美《ほうび》です！　だから、ええと、あっ、ここ！　ここ御願《おね》いします！　逆にここは駄目です！　刺激が強すぎます！」

　ウザいので代わりに蹴った。馬鹿が弓なりに吹っ飛んで川に落ちかけ、

「あ、川に落ちないんだよネ」

　川面でバウンドした直後。下から一気に突き上げられる。

《なんだわ――――》

　跳ねて戻された馬鹿が河原の石に激突した。派手な音で転げ回って、

「く、くそ！　アシカのショーで使われるボールみたいな目に遭った！」

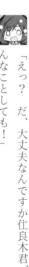

「ちょっと可愛《かわい》かったです、今の」

「えっ、ホントですか！　良かったです先輩！」

**《よかったわー》**

「お前は良くないよ……！　ともあれ今度は先輩のキックで御願いします！」

　ノイズが酷《ひど》いなア、と思って、ススキの上を見る。

　土地神が視線をこちらから逸《そ》らしていた。

「アー、ほら、呆《あき》れられたよね住良木チャンのムーヴでサア」

《あの、向こうも仕事なので、早めにした方がいいですよ？》

「どういうことかナ？」

　はい、と頷き、バランサーが啓示盤を出す。

　それはこのあたりの地図であり、

《この、秋川と多摩川の合流点は、地域として見た場合、秋川市・福生《ふっさ》市・昭島《あきしま》市・八王子《はちおうじ》市の中間点となります。

　今回、川の精霊達の乱れは、多摩川上流、つまり福生市側の上流から来ている問題ですので、他三地域の土地神に対し、福生市の土地神は迷惑を掛けている状況となります。無論、福生市も、上流の羽村《はむら》町・青梅《おうめ》市など、連綿とした上流地域にこそ迷惑の原因があるので、自分が責められるのはたまったもんじゃありませんが――》

「まあ、河川管理は連帯責任だから、合流地点から発生する迷惑については、福生市がその文句を一度引き受けることになるのね」

「中間管理職は大変ですね……」

　でまあ、と桑尻が言った意味は解る。

「徹――！　メーワク掛けてるから早めに御願いぃィ」

　つまりこういうことだ。

「この前、メソポ組との戦闘で協力してくれたの、福生から奥多摩に通じる地域の土地神や精霊だもんネエ……！」

成程な、とビルガメスは啓示盤を開き、手頃な武装を検索しつつ呟く。

暴れる川精霊の攻撃を回避し、前に出ながら、

「——つまりここで働いておかねば、以後、私達との戦闘でやったような芸当に、土地神や精霊達が非協力的になると、そういうことか」

「まあそういうことだ。ちょっと良いところ見せておかんとな……！」
言うなり、雷神が川面を疾駆した。
蛇群の一体に、吶喊《とっかん》したのだ。

川の合流点は、土手からも見えない。

ただ、先ほどから男女数名の声が上がり、怒《ど》涛《とう》のような音も響いてくる。

明らかに騒動だ。

そんな響きに、夏空の下で吐息をする影が一つあった。

土手上。日傘を差しているのは長身の女性だ。新型制服姿。青にも見える黒髪の巻き毛を手で触れて流し、

「——全く、派手にやることには秀《ひい》でてますわねえ」

もう一度吐息し、歩き出す。土手を西へ行けば多摩川沿いの福生南公園。そこからしばらく北に行けば駅がある。

ＪＲ拝島駅。少し遠いが、ここからは最寄りだ。公園の入口からはバスもあるので、夏の日差しの下でも、あまり日傘の世話にならずに済むだろう。

ゆえにそちらに足を向け、だが彼女はふと気付いた。

見えぬ川の合流点。ススキの集合の前に、二つの人影があるのだ。

黒髪の少女と、飛び跳ねてる男子。その内の、

少年の方に視線を向け、彼女は口を開いた。

「出見《いずみ》、――元気そうで何よりですのね」

一息。

「私は、もう、貴方に近付くことも出来ないのですけど」

●

言って、彼女は歩き出す。公園の出口へ、西へ。足早なのは、ススキの方にいる二人に見られることを避けているからだ。だが、

「あら？」

足下に、白い影が来た。

純白のイタチ。否、フェレットか。これは、

「シタハル？　すると、アレですわね？　――思兼」

呼んでも、流石《さすが》に本人は出てこない。否、出てきそうな輩《やから》ではあるが、だとすれば、

「解りましたわ。――公園の何処かにいるんですのよね？　案内して、シタハル」

苦笑して、彼女は告げた。

「木戸《きど》・阿比奈江《あびなえ》が、倉敷《くらしき》旅行から帰ってきた土産話を、出見の上役にしてあげますわ」

言いつつ、耳には騒動の音が聞こえてくる。

奥多摩からの流域を司《つかさど》る精霊。その荒れた姿の調伏が、確かに始まるのだ。

# 第一章
## 『TWIN COBRA』

——おいおいそんな睨むな。
気にしないから。

雷同は、夏の川面の上を走った。

蛇群、ヒドラ型は北欧神話にはいないタイプだ。だが狼《おおかみ》などがやたら出る地元感覚で考えるならば、

……つまりは〝群〟だな！

多重の相手で、立体的な機動をとる。だがまあ、そのくらいならば地元にもいる。霊的な狼どもはそれこそ〝宙を走る〟し、月狼のハティなどは月を追って食おうとするし、同じくスコルも空を駆《か》けて太陽を食おうとする。

〝前〟はあいつらに〝やられた〟。過去形だ。だから次は張り倒してやらねばならん。宙を来る狼、群の挙動に対してどうするかといえば、

「これまでのテラフォームで、そういうのとはやってるよネ！」

ああ、と己は頷いた。

地元での経験だけではなく、既に自分達はテラフォームで成果を出している。

この程度の水系精霊とは、何度もやっているのだ。だから、

「真っ正面だ馬鹿！」

中央だ。上段から下段まで、一気に割る。

割った。

水の蛇となっていた川精霊の群。その真中を貫通破砕する。

蛇が弾けて飛沫の音を立てた。

直後に己は、下げていたハンマーをかち上げた。

振り上げるのではない。腰を一度下に落とし、そこから全身でハンマーを水平に持ちあげるのだ。

それは、下から上へ。ハンマーを遠くへと突き出したままの斬撃となる。

結果として、最初の一撃で開いた空白に対し、埋めようと飛び込んでくる後続を砕いた。更には、すぐに回復して生え変わった蛇体の再攻撃

に対しても、

「おお……！」

　足を前に入れ替え、踏み込みながらまたハンマーを水平に〝落とす〟。

　攻撃は、常に最大射程。振ってしまえば弧となって、届く距離が変化するが、水平にした威力を上下にワインダーするならば、そこには均等射程の壁が生じる。

　後は簡単だ。上下にワインダーを掛けるごとに、足を踏み、前に出る。そして、

「徹！　横！」

　左右斜め前から突っ込んで来る蛇体に対しては、回避する。

　上に来るものに対しては、上段攻撃からの踏み込みで身を低く下げ、下に来るものに対しては、やはり踏み込みで前に出つつ全身を半身《はんみ》で入れ替える。

　見切りとしてはぎりぎりだが、

「前に出る勢いさえあれば何とかなる、ってな！」

●

　ビルガメスは、雷同の動きに懐《なつ》かしいものを見た。

　メソポタミア神話においては、多頭型、群型の存在が少なからずいる。それに対抗する際、第一に行うべきは、

「自らの正面を開けて行く、というのは基本だな」

「ああ。多頭であれ、群であれ、攻撃を仕掛けることが出来るものは、こちらの身体の幅に入るだけの数しかいない」

　後は簡単だ。

「左右から来る敵を躱《かわ》すだけの前進力があれば、もはや敵の攻撃は当たらぬ」

　だが、雷同の動きに対し、気になる部分があった。それは、

「……蛇体への対応が、随分と出来ているようだな」

専門、と言っていい挙動だと、そう感じたのだ。

●

「やっぱ蛇は中東が大手かナ？」

紫布の言葉に、ビルガメスは頷いた。

「そうとも。逆に、北欧では数の少ないものと思っていたが」

だが雷神が対応している。

彼等が、これまでのテラフォームの経過で得た技術だろうか。それがどれほどのものかは解らないが、

……安定している。

先ほどからの会話を聞いている限り、彼等とて、この神道の管理下における神界では、この川精霊達と戦うのは初めての筈なのだ。

だが雷神が、蛇群の動作に恐れず、正面から、己の道を開けに行く。

「そうだな」

それでいい。見切りが出来ている。そして、

「？　ええと、雷同さん、うちの管理下だと、こういうのと戦うの、初めてですよね……？」

慣れていない、というのが、戦闘に不慣れな寿命神にも解るらしい。

故に己は、言葉を作る。

「見切りが出来ているのだ。蛇というのは、高速動作になればなるほど、軌道が真《ま》っ直《す》ぐになるからな」

「そういうもんなの？」

ああ、と頷きを作る。雷神が安定しているからこそ話す余裕もある、と思いつつ、

「蛇の身体は、潰れ気味だが、基本は丸太状だ。だから単体で移動攻撃する場合、左右に全身を大きく振ると、身体が横に転がってしまう。

そうさせないためには蛇行の振り幅を小さく振るしかないが、それでは速度が出ない。
――つまり突撃時には蛇行の振り幅が小さく、直線的にならざるを得ない」
でも、と声が来た。

「今回は、複数蛇体が根元で繋がっているタイプですけど、その場合は？」

「今回のようなヒドラ型の蛇体は、大きくなっても結局は丸太状。自重で下部が扁平《へんぺい》となっても、身体を大地に踏んで固定する足が無い。
身体バランスを踏み堪える足が無く、下半身が固定状態ではない以上、全ての個体の動きは全体に影響し、表出する。人が腕を外に振れば上半身が揺れるのと同じで、群の一匹であろうとも、大きく左右から振れば、群全体が揺れてしまうのだ」

「すげえ、早口だ……」

「プ。――すまん、ちょっと笑ってしまった」
カイが笑うならばいいだろう。寿命の女神がこっちから視線を逸らしてるのは追及しない。雷神の妻のお前もだ。肩震えてるのが解るぞ。知識神が真顔なのは何でだ。唯一神は理解を見せるように頷かなくていい。だがまあ、

「――よって今回のようなヒドラ型の蛇体は、それぞれ本体に必要以上の負荷を掛けられない。もしそれを行えば、全身が左右に揺れて、群が制御出来なくなるからな」
ゆえに敵はどうしているのか。

「まずは、こう、それぞれの蛇体の首を上下左右に、振るのではなくただ伸ばす」

「――そこで発射位置を固定して、って感じかナ？」

「そうだ。蛇体が絡《から》み合《あ》わないよう。そして敵の位置を読み取って、的確なバイティングを行えるよう、起点座標を確定。蛇体を発射したら本体への反力を受け止めて管理。そこまでを1セットとする」

「何個もロケラン持って、自分が吹っ飛ばないように運用してる感じか！」
よく解らん。だが今回の場合で言うと、

「切り抜けるには、下手に回避運動や左右に振るのではなく、雷神が行っているように吶喊が有利だ。前に出て敵を切り続ければ道が開く」

●

と、己は知識神が手を挙げるのを見た。視線を向けると、

「左右に回って、がら空きの胴体を横から攻撃、というのは無いんですか？」

「足が無い分、ヒドラ型は身の振り回しが速いんだよ。横に回ろうとすると――」
カイが、右の肘から先を立て、一気に前に倒す。

「首を全部前に振って、自分の位置をズラしにかかる。そうするとどうなるか解る？」

「……尻尾が来ますよね？」

「――そういうこと。尻尾の一撃を避けたとしても、その勢いを使って身を回されるから、また追いかけないといけない。――正面からしか、無い、というのが実際だね」
そして今、雷神はそうしている。
真っ正面から前進を止めず、一気に詰めていく。

「解っているな。蛇に対するときの大前提」
己は、雷神の背が蛇体の空振りに隠れていくのを見つつ、呟いた。

「蛇は前進するときにその鱗《うろこ》を足場に引っかけて移動する。つまり、鱗の引っかかりがなくなる後退においては、素早い動作が一切出来なくなる生き物だ。――圧力で詰めろ、雷神」
しかし、と己は疑問した。

「……何故《なぜ》、蛇の少ない北欧の雷神が、そのような攻め手を知っている？　自分達の星での経験、というだけではなかろう」

紫布は、ビルガメスの言葉に、ちょっとした優越を得た。

「そうだねエ。苦手なものがないように、ってのもだけど、ほら、別でテラフォームやってた時、運悪くこういうの何度も相手にする事になってサア」

言っておく。すると、

「――――」

あ、騙《だま》されないかナ？　と己は思った。だが、それならばそれでいい。

真実は別だ。

横、桑尻チャンがこちらを見て頷いている。桑尻チャンにだって、やはり、知られていることだ。否、北欧神話の住人ならば、誰でも知っている。

北欧神話の最後。神々の黄昏《たそがれ》。その戦闘において、雷神トールが相手にしたのは世界蛇ともいえる巨大な蛇、ヨルムンガンドなのだ。

……戦闘はトールの勝利で終わるけどサア。トールは、ヨルムンガンドの持つ毒気にやられ、死亡する。

しかし神話においては、一つ、明記されていることがある。

『……雷神トールは、ヨルムンガンドを倒した後、九歩〝下がって〟絶命するのでしたね』

そうだ。

神話の記述の、その意味がよく解っていなかったが、徹は、だからこそ、顕現してからは蛇型の敵や、竜を相手によく戦った。そこで解ったのは、

「後退が下手な蛇相手に、下がったら負けなんだよネ」

ヨルムンガンドを倒し、しかし下がった。これは恐らく、蛇に対して隙を与えたと言うことだ。

倒したが、本質で勝ってはいない。

対決に勝ったとしても、存在の勝負としては負けたのだ。

詰め切るべきだった。

しかし、北欧神話最強の神として、何もかも守る義務はなかろう。自由なのが北欧神話の神々のいいところだ。だがそれでも、

「ああ……！」
今の徹は、詰め切ることが出来る。そんな彼に投げキスめいた手を振り、自分は告げた。

「良いとこ一丁頼むヨー！」

●

断つ。

「……！」

ワインダーを高速で繰り返し、アドリブで敵の妙な軌道に対抗し、ただ雷同は切った。

前進する。

既に敵の直前だ。

蛇は下手クソな後退を行い、隙あらば反転して逃げ出そうともしている。だが、

「つきあえよ!!」
斬撃を捻《ひね》り、打撃力を込めて押す。
良いのが入った。
蛇体が根元から浮く。全体が向こうに遠ざかるが、着地のタイミングまで相手は動けない。

**《わ――！》**
ちょっと可愛い。紫布が向こうでワーオとか笑ってるから同意だろう。
だがこっちにとっては勝機だ。相手の蛇体がバランスを崩し、攻撃を放てなくなっている。
ならば、

「――っ！」
一撃を身構えた瞬間。あり得ない筈の敵の攻撃が、いきなり来た。

バランスを失しても可能な一発。それは、

「全部の蛇体を叩きつけてくるよ……!」

大上段からの圧壊打撃だ。

●

ヒドラ型となった川精霊。その巨軀《きょく》は現在七本の首を持ち、全身の直径は五メートルを下らない。叩きつける重量としては上半身部だけで二百トンを超えていた。

その一撃は、ただ落下するのではなく、

《いくわ――》

落とした。全身の膂力《りょりょく》をもって叩きつける。

下にいるのは一人の雷神だ。彼は身構え、そしてこう言った。

「おい」

注意する。

「俺の嫁は豊穣神だぞ」

直後。構えたハンマーの打撃部に、光が絡みついた。

金の糸。髪だ。それは一瞬で束となり、展開して幾状にも走り、己の眼前で、

「実れ黄金の刃……!」

壁のように、無数の刃が跳ね上がった。

●

「ええ!?　いつ!?」

先輩チャンが慌ててこちらに振り向くのに対し、自分は応じた。

「コレ」

投げキスのような、手の振りだ。向こうで円《えん》チャンが肩をすくめてるのは、やっぱ以前にコレにやられた経験があるからだろう。そして、

「――嫁の旦那は戦神だヨ――!!」

●

《――!?》

水に生きる川の蛇にとって、それは、見知らぬものだった。

黄金の穂先による剣山の確定。

水上に展開した刃の豊穣が天へと突き上げ、自分達に向かって来ても、もはや何も出来ない。

下へ叩きつけていく全身を仰《の》け反《ぞ》らせ、身を捻るが、もう遅い。

《……!?》

突き上がりの刃が水に食い込む音は、高い響きだった。

一瞬で超重量の首七本が切断され、飛沫に砕ける。それは即座に本体に戻り、再生を行おうとするが、

「天気雨ってもんじゃないな……!」

散った水のぶちまけと豪雨にも似た散発を被《かぶ》りながら、雷神が動いた。

長尺のハンマーを今こそ深く引き、

「――そこだ」

七本の首が再生していく中央。
そこに一撃を貫通させたのだ。

●

通った。

その長尺は更に伸張し、三十メートル近い蛇群の中央を貫く。

「――し遂げました」

桑尻は、川精霊の群が動きを止めたのを確認した。一発を叩き込んだ雷同の残身の先、水蛇達が動かない。再生も止め、

「精霊達が集うのは、そこに〝相〟が有り〝型〟が有るからです。それらは精霊達を集める外殻ですが、集まって形成される中には、調和の中心が有ります」

「黄金律とか、そういうもの、……ですか？」

大体当たりだ。

「神道というか、日本的に言うと、詫《わ》び寂《さ》びなどの、調和。つまりバランスの核です。その中心軸が崩れると、もうどうしようもない。別のものにもなり得ない、というもの。

ヒドラ型の場合、中心に各精霊を留め置く〝結び目〟のようなものが発生するので、それを貫いて破壊する訳ですね」

〝相〟や〝型〟を壊すのではなく、その内部にいるものが得ている構成バランスを崩してしまうのだ。

「異物挿入か！　そうだな!?　ちゃんとバランスがとれている中に異物挿入してバランスを崩すって訳だ！　つまり今、川精霊はこう言っている！　**〝ひぎぃ！　やめてぇぇぇ！〟**　そうだな!?　そういうことだな桑尻！　さあ復唱しよう。異物挿入！　言えるよな!?」

紫布が手刀を叩き込んで、川に飛んだ馬鹿が川精霊に突き上げられて戻ってきた。

「く、くそ！　この流れは面白いけど刺激が足りない！　もっとこう、アバンギャルドなのを！」

何言ってるか解らん。だがその間に、

《わ——……》

群の巨体が弾け、一気に川へとその水を戻した。

雷同が、勝利したのだ。

「まあ、こんなところだ。——最終的には、繋ぎ目というか、連中をあの形にしている核を破壊する」

水に濡《ぬ》れたシャツを脱ぎ、翻《ひるがえ》している間に、次の動きが生じていた。
ビルガメスとカイだ。この二人が雷神の言葉に頷き、

「手本は見た」

分裂していた別の一体。首を、こちらも七本にまとめた水蛇に向けて、疾駆したのだ。

●

川精霊の群体は、距離を取っていた。
先ほど、自分と分化した一体が、散らされるのを自分は見ていた。

《まけたわ――》

恐れという感情はある。否、感情そのものなのが精霊だ。普段は温厚。好きな季節だと慶びの確率が上がり、悪い事があると怒り、嘆く。
今は怒りのターン。だが、

「行くぞ……！」

この相手達は、何だろうか。自分がいつも接している土地神や、精霊達とも違う。
危険を感じる。または、

《――》

これは、恐れに似て違うもの。
ただ距離を取らねばならないと、そう思うこの感情は、畏怖だろうか。そして、

《……!!》

己は、意を決めた。怒りに満ちて荒れているのが自分ならば、敵に対する感情に対し、どちらが強いのか問うてみようと。ゆえに、

《いくわ――！》

行った。

●

打撃の雨だった。
軽く鎌首を上げた精霊の群が、七本の首を構

え、そこから蛇体を連射する。

　軌道を変えることなど考えない。単純な、固定軌道七本に絞っての連打だ。

「考ぇえたねえ」

「はい。余計な動きをしても無駄だと、先ほどの戦いを見て知ったのでしょう。ゆえにパワー押しで来ました。七本、どれも正面狙いで速射集中です」

「ええと、どういうことなんです？」

「吶喊したビルガメスに対し、一ターンあたり七発の連打が入る、ということです」
　言葉と同時に、ビルガメスが激突した。
　七発の連打に対し、応じるのだ。

●

　手順がある、と、ビルガメスは思った。

　敵の攻撃は七発。対するこちらは左右の手しか無い。この差を埋めるには、

「レッドラインシールド！」
　正面、サイズ七メートルとして射出した鋼の盾を、壁にする。
　打った。

●

《いくわ――――！》

　正面にいきなり出てきた壁。それを蛇群は打撃した。

　全身は前に。その状況から放たれる打撃は、全重量六百トン近い巨躯からの一発だ。

　高水圧の打撃は砲撃のように飛び、鋼の壁を殴打《おうだ》する。

　激音が抉《えぐ》った。

　水圧ゆえだ。全ては衝撃に止まらず、圧力が着弾位置から爪のように壁を抉る。それは表面の装飾を食い、重ねられた装甲を剥がし、

《——!!》

連打する。七発のターンは瞬時に終わり、次のターンに入り、三、四、五ターンと連続した。

全て殴打の音が鳴る。

一方で相手は何も出来ない。高速の連打が敵の壁、その縁間際《まぎわ》も叩いているからだ。迂闊《うかつ》に顔を出そうものならば一瞬で食う。そのつもりで連射している。

放った。

十一ターン目で壁を浮かせた。

後はもう、打撃の支配下だ。

十三ターン目で、壁自体を打ち飛ばす。そして後は、

《うつわ——!!》

壁を失った相手を連打で潰す。

畏怖なのか、恐れなのか。構わない。打撃して沈めれば、何もかも無かったことになる。

全ては迷いだったと、そう出来るのだ。

その筈だった。

十三ターンの半ば、打撃の五発目を叩き込んだとき、それが来た。

鈍音の一発と抉りにて、壁の装甲を僅かに曲げもした瞬間。反力が来たのだ。

《——!?》

水の蛇群。超重量の姿から打ち込んだ五発目が、着弾位置から弾けた。

金属の壁を通し、自分達に届いたもの。それは、

「——振動ですね」

言葉が聞こえた。

「盾を、裏面からガントレットで打撃し、強力な面の振動を作り出したんです」

桑尻は言う。これは基礎的な知識だと思いながら、

「振動は、たとえば音がそれですが、媒介物によって速度が変わります。例えば大気よりも、水の中の方が振動は伝わる速度が速い。しかし、これが固体になればもっと速くなります。水を1とした場合、鉄の振動伝達速度は78。つまり――」

言う。

「単に水を打撃するのではなく、壁という面を作って振動を伝える。

高速で伝わる振動を、水は伝達速度が遅いので逃し切れません。結果として、――金属のシールドによって面の高振動ダメージを受けた水は、微細な飛沫となって散ります」

視界の中、光が散った。

ビルガメスが今、こちらの言葉通りにガントレットでシールドを打撃している。それも敵の攻撃に合わせた高速打だ。

対する水蛇は、反力を受けた。鉄の壁を通し、振動を食い、その五本目の蛇体を、

《……!?》

先端から半ばまで一瞬で水の塵《ちり》とした。

破壊されたのだ。

●

蛇体の群にとって計算違いが発生した。

高速の打撃を打つには、自分の構えを確定しておく必要がある。そして、自分の動作を、前もって予約し、その通りに動かさねばならない。

それはどういうことかと言えば、

《いくしかないわ……!》

止められない。自分の蛇体が砕かれ、散らされようと、このターンは消費しなければならない。

打った。

六発目が弾けた。

七発目がやはり打撃部から飛沫と霧に変わった。だが、

《……かえるわー……!!》

仕切り直しだ。五、六、七本目を再生させながら、一発目から新しい打撃の軌道を考える。

正面にある鉄の壁が邪魔だ。あれに触れると、そこから破壊される。ならば、

《……!》

上だ。己は鎌首を上げ、一気に前半身を掲げた。

高度十二メートル。ここからならば、壁の向こうの相手も見える。ゆえに、

《いくわ――――!》

振りかぶり、七連射の一ターンを再構築。そのまま眼下の敵に向かって打ち込んだ。

直後。自分は真正面の空中にそれを見た。

「よう」

敵だ。

これまで何もしてこなかった一人が、何故か高い位置の眼前にいる。それは、

「前進が出来ない。左右に回り込むのも難しい。だったら、上だよな」

読まれていた。

危険だわ、と己は思った。群体の全てがそう感じた。

現状、攻撃の方向は全て下向き。大跳躍でこちらの頭上に届く敵に対しては、

《――っ!》

自ら七本の蛇体を解除。再生速度に任せて攻撃を再構築。構えも何も無い。ただ空中にいる敵に向かって、

《うつわ――――!》

一斉の七発を改めて射撃した。その直後。

「下が空いているぞ」

打撃によって飛んだ鉄壁が、こちらの下半身

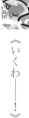

に直撃した。

●

カイは、宙で身を回す。

破れかぶれ、と言う言葉が合う動きと軌道で、七本の水蛇が飛んでくる。その全てを回避し、一つの力を下半身から散っていく敵の姿に対し、一つの力を落とす。

「フリーズ!!」

凍結だ。

崩れ、再生をする前に、全体を一気に凍らせる。無論、芯まで行けるとは思えない。何しろ今は夏の盛り。川の水とはいえ、過熱した精霊が乗っているならば、凍結からの解凍も高速再生の内に入るだろう。

その通りになった。

表面から半ば近くまで、酷く透明な氷が生じるかと思えば、それは光を歪《ゆが》ませ、水に戻っていく。赤い光を放つ精霊の怒りは、こちらの権術を無効化するのではなく〝元に戻した〟のだ。

……神格があっても、単純な権術だと、季節も絡めた莫大《ばくだい》な〝相〟に負けるか！
神道の支配下だからかもしれない。四季がある日本と、四季の薄い中東メソポタミアでは季節の〝相〟に対応する加護を組み込んでいるかどうかがそもそも違う。
改良が必要だと、己はそう思いつつ、

「ビル！」

「解っている」
そうとも。言わなくても解る。連携出来ている。
大蛇に鎌首を高く上げさせ、一回、凍結させた。そこで解り、出来るのは、

「——雷神の言う結び目とやらが、凍結時の光の通し方で見えた。成程、単に集まっているのではなく、絡んでいるのだな」
その上で、ビルが構えた。

「――天上に向けて全身を掲げてくれたなら、気負い無くこれを使える」

空に向かっての斜め打ち。右の手が振り抜かれて叫ぶのは、

「ホワイトスウォード……！」

夏の空宙に、三百メートル超の光刃が走った。角度四十二度。斜めに跳ね上がった剣閃《けんせん》の軌道を追って、風が舞う。
その下では莫大な水が弾け、
《わ――》
怒りがアジャストされ、バラけた水の蛇達が合流点で遊び出す。まるで、自分達がしていたことなど、何も憶えていないと、そんな事実を示すように、だ。

ほ、という安堵《あんど》の声を、聞いた気がした。

「……え？」

振り仰ぐと、風に揺れる緑のススキの上で、土地神が口元に手を当てている。

外来の神達に任せていいものか。ちょっとした不安はあったろう。だがそれは解除され、

「――とりあえず、御仕事完了ですか？」

《はい。ここに蓄積された乱れは、とりあえず解消しました。しかし――》

と、バランサーが、こちらの作った岩の水門を紫布が力任せに引っこ抜くのを見つつ、言う。

《上流側に乱れの原因が未《ま》だある場合、定期的にコレをすることになりますね。一回、調査か何かに向かってはどうですか？　まあ、行ってみても何も無いかも知れませんが》

「ひ、他人事《ひとごと》ですね？」

《ええ。私、神々のことについては不介入なので》
　そう言われてしまうと仕方ない。桑尻も頷いているあたり、上流に調査に向かうのも仕事の一環というところだろう。
　ともあれ一件落着だ。だから、

「紫布さんの方、片付いたら、昼食にしましょうか」

「ええっ!?　先輩の作ってきた弁当ですか!?　勿体なくて食べられないですよ！　これはレジンか何かで固めて神社に奉納しないと！　おおいそこの土地神！　先輩の作ってきた昼食を奉納する役目を仰《おお》せつかっ、つかっ、つっつっつっ」

「仰せつかる、だと思うけど、用法が違うわよ？」

「良いんだよ！　大事なのは心だよ！　仰せつかまつられれ!?」
　何言ってるか解らん。だが、不意に足下から言葉が聞こえた。

《くるわ——》

「え？」
　何が来るのか。それは多摩川上流側の方から、

《きたわ——》

●

「えエ!?　何？　おかわりかナ!?」
　問うと、バランサーが画面全体を傾げた。

《まあ、奥多摩流域の上流側となると、相当に広範囲です。そりゃ今の程度で済むはずがないですね》
　やってくれるなア、とは思う。

「確かに私達、戦神系チームだけどさア」

「おい！　土地神！　あとどのくらいだ！」
　土地神が聞こえない振りをしつつ、指を折って数えた。
　四本。

「……これ、精霊はこっちの対応を学習してたよな？　さっき」

「精霊ゆえ、流域の知見を共有する、となると面倒だな……」

「こっちも、解析していないで、別の戦術を考えた方がいいかと思います」

「――何かぼおく、理不尽したあくなってきたなあ」
　土地神が慌てて首を横に振ってるあたり、四《よ》文字《もじ》チャンの脅威は共有されてるらしい。
　ただまあ、次は既に来ているのだ。対処は必須。後は、

「え、ええと、私と住良木君は――」
　あア、と自分は頷いた。メソポ組と徹と、四文字チャンの視線を受け、皆の考えを代弁する。

「邪魔にならないように向こうの公園で昼飯食ってていいヨ？」
　馬鹿はハシャイでないで、ちょっとはすまない風に振る舞ってくれないかナ？

# 第二章
## 『SHINING IN THE DARKNESS』
——影の中で、その人影は更に輝く。

東西に長い公園がある。

南には、土手下に多摩川が沿うように流れ、北には用水路を挟んでコンクリートブロックを重ねて作った壁が高く続いている。

そんな段差構造の中間にある公園は、テニスコートなども用意されたもので、東西のどちらにも休憩用のテラスがあった。

「西側のテラスを選んだのは、向こうの連中に気を遣って、かね？　木戸同輩」
テラスに置かれた丸太状の石椅子。それに座った思兼が声を掛ける先には、日傘を差した女、木戸がいる。
彼女は、ちらりと東の下流、公園横を流れる川の合流点の方を見て、

「別にそんなつもりは……、と言いたいですけど」
木戸が、小さく笑った。綻ぶという口元に、しかし眉尻は淡く下げ、

「――今はまあ、そんなつもりですわね」
椅子をやや離して向かい合う二人。しかし思兼の横には、もう一人の影がある。

「――あの」
天満《てんま》だ。
彼女は一度周囲を見渡し、夏休みで遊びに来ている家族連れや子供達、ここをトレッキングの通過点として行く人影を確認する。そして、

「……まあ、安全だとは判断出来ます。その上で問いますが、私ここにいていいんですか、思兼先輩」

「ああ、いいとも菅原《すがわら》後輩。何しろこの木戸同輩、怒らせると超怖いからね。時間稼……、護衛役として君がいた方がいい」

「い、今、〝時間稼ぎ〟って言おうとしましたね!?」

「落ち着き給《たま》え菅原後輩。私は君を無駄な犠牲にするつもりは無いよ？　何しろ私が生きてい

れば神道にとって超有益だ。自動的に有益な犠牲となる」

天満が流石に半目を向けると、木戸が言葉を投げた。

「私が〝超怖い〟ということにフォローはありませんの？」

思兼が視線を逸らし、天満の半目がホーミングした。

●

しかしまあ、と思兼は姿勢を直す。

「ぶっちゃけ問うけど、倉敷方面はどうだったかね？」

問うた先、木戸があたりに視線を配る。その上で彼女が天満に目を向けると、

「——大丈夫です」

そう、と応じながら、木戸が口を横に開いた。

「ここで問うて、ここで応じるような話ですの？」

「学校で話すかね？ 図書室あたりは冷房も効いているが——」

「そこまで行くと、貴女達の御仲間になってしまいますわねえ……。まあいいですわ。私の不出来の始末についてですもの。ここで話しておきましょう。バランサー」

《？ おっと、木戸ですか。こちら今、猿が川に落ちて流されているリアタイです。見ますか？》

「ちょっと！ 出見に何してますの!?」

《こっちが何かした訳ではなくて自爆ですね。既に精霊の調伏が終わってるのに、川面を歩けると思って七十メートルジャンプしたら水面で石みたいに水切りしまして》

木戸がバランサーを摑んで上下にシェイクした。

「早く助けなさい！ いいですわね！」

「また複雑な話だね、木戸同輩？」

「？　複雑？　どういうことです？」

ああ、と己は応じた。木戸が、フンと横を向くのに構わず、

「木戸同輩は、住良木後輩との縁を切る方針なのだよ」

「……は？」

●

後輩の疑問詞と首を傾げる動きに、思兼は深く頷いた。

「おかしな話だろう。こんなに住良木後輩の事を気にしているのに縁切りとは。いい縁切り神社でも紹介してあげたいところだが、ああ！　これは自力でやって頂きたい！　いいことだと思うよ？　うん。住良木後輩の不規則言動には神も膝を屈するくらいだからねえ」

「押すなよ！　押すなよ！　を複合で仕掛けてきてますわよね？　ね？」

《ともあれ私を呼んだのは、どういうことですか、木戸》

「え？　ああ、貴方、私の向こうでの報告、受けてましたわよね」

《はい。しかし神々間の行いについては基本的に不可侵です。なので倉敷方面にて貴女が何をしていたのか、私は共に見て、記憶を共有していますが、それをどうするつもりもありません》

その言葉に、思兼は思った。これは随分と面倒なことが起きているのだね、と。

しかし、手が挙がった。天満だ。

「……倉敷方面って、どういうことです？」

「ああ、菅原後輩は、まだ遠出をしたことがないから解らないか。——だが知っているだろう？　神州世界対応論を」

そうですわね、と木戸が頷いた。彼女は日傘の下で啓示盤を出す。それは、

「神道式にしたのかね？」

「元のものだと、あっちで目立ちますもの。――と、それでは、そちらの後輩様に、軽く説明をさせて頂きますわ」

●

木戸は、啓示盤に日本地図を出す。

「これは、人類が地球にいた時代、幾つかの〝融合〟が起きた中で解った事ですの」

言いつつ、自分は、日本地図の上に世界地図を出す。

すると天満が、あ、と声を作ってから、こう言った。

「日本の形が、世界全体の形状に似ている、ということですね？」

「ええ。九州はアフリカ、四国はオーストラリア、本州はユーラシア大陸、北海道《ほっかいどう》がアメリカですわね。――実際、地脈ではこれら各地勢が日本の対応箇所と結ばれており、地球時代にはそれを強化、日本を押さえることで各国の地力を得るというような、そんな計画も行われたという話がありますわ」

そして、

「――この神界も、神道、つまり日本がメインと言うことで、その設定になってますの」

「それは知っています」

素直でいい子だ。こっちが物知り顔にならないようにしてくれる。

では、と己は前置きした。

「――実在顕現した神々の内、神道以外の神は、基本としてこの神界日本の、対応各地を本拠としてますの。

まあ、神道の名もなきレベルの神や精霊、自動人形達の方が遙かに多いので〝留学生〟くらいの比率ですけどね」

「だとすると、私達の学校の立ち位置は――」

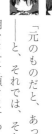

「こういうことですわ。
**・まず位相空間に各神話の仮想顕現界。**
**・日本の対応地に各神話の実在顕現界。**
**・私達の学校に、神道と人類のテラフォームを認める派が集まっている。**
**・無論、神々の権益や政治争いのため、立川《たちかわ》あたりに集まっている神々も多い。**
　こんなところですわね」

「そして木戸君は、倉敷にチョイと行っていた訳だ。——どういうことか解るかね？　菅原後輩」
　思兼が疑問した先。天満がふと動きを止めた。思案している。そして数秒の後、

「……倉敷は、神州世界対応論だと、地中海、ギリシャ方面ですか？　そちらの実在顕現勢力と、何か？」

「察しがいいですわね？　まあ、ちょっと地元が私の関連で悪さをしたので、その隠滅をしてきましたの」

「隠滅？」

「天満君、さっき言ったろう、——木戸同輩は怒ると超怖いのだよ」

「わ、悪い事はしてませんわよ？　向こうも、下手を打ったので表に出しては来ないことだと思いますし」
　訂正を言う。が、皆の視線が、こちらの横に向いていた。
　何事かと振り向くと、

《…………》
　バランサーが、描写による汗を掻《か》いている。

「如何《いかが》しましたのバランサー」

《いや、私、基本として神々間のあれこれには不可侵です。しかし——》
　しかし、

《〝アレ〟はチョイと、再起不能な連中が出たのでは？》

神州世界対応

「何をしたのかね木戸同輩」

「い、いえ、ちょっとモメましたけど、私の方が上だったので、ええと、あの、ちゃんと向こうの方々の応急処置などしてきましたのよ？」

「……今、隠語で喋られてますか……？」

「第五〜第七世代あたりの神話だと、息吸うようにＳＡＴＳＵＧＡＩするが、そうではなかろうね？　まあうちも挨拶がてらに皮剝いたりするが」
警戒されている。おかしいですわね。何か基準がズレていますの？　ただまあ、

「私の、気の回しすぎによって発生した不出来ですの。それを片付けて来まして、でも……」
でも、と己は西の方を見た。
遠く、奥多摩方面。今日は大岳より向こう、雲取《くもとり》までが見えている。
その青黒い山並みに視線を向け、自分は立ち上がった。日傘を携え直し、

「――まだ、やっておくべきことがありますのよ」
ええ、と己は制服のポケットから、一枚の切符を見せる。

「奥多摩行きかね？」

「ですわね。回数券でとりましたわ。――出見と、御別《おわか》れしないといけませんもの」

●

なかなか御別れとはいきませんね、と自分は思った。

《わー》

《かわわー》
川精霊達が、とりあえず怒ってるのは全部収めたのだが、今度はこの中州付近から離れなくなってしまっている。害はないが、このままだとどうなるかといえば、

「この中州周辺の水質とかがやたら良くなる一方で、秋川上流、多摩川下流の水質が悪くなると言うか、管理が甘くなると思いますね」

見れば、福生方面の土地神が、ススキの上にて正座して、手で顔を覆っている。

「……ああ、他の土地に思い切り迷惑かけてますからね……」

「神道的に言うと〝弊産土《へいうぶすな》が御《おん》産土に御迷惑を……〟って感じカナ?」

中間管理職は大変だ。だが、川精霊達はそんなことに構いもせず、今は四文字さんの投げるビーチボールで遊んでいて、

《かわわー》

「おおう、いいぃねえ、ぼおくの信者も、君ぃらくらい可ぁ愛いければなあ」

「お前、……暗に信者がエサやって芸するアシカ並だといいとか、そんな感じだな?　な?」

唯一神もいろいろ大変ですね……、としみじみ思う。しかし、住良木君なんかは水に落ちてからは制服のまま川精霊と遊んでいるが、

《わー》

「ウワー可愛ぃ!　でもあまりジャレるなよーって、おいおいおい、いやお前、そんなところ絡んで来ちゃ駄目だぞー。あひぃ。あっ、ちょっ、駄目駄目駄目駄目。あーそこそこそこそこ。よーしよしよしよし。あっ、ちょっ、高まって来てる来てる来てるぅ」

「川と結婚する気かよ」

「サイテーだわ……」

「オイイイイ!　どうして誰もネタだと思わない!」

「というかコレ、川に出すと川の精霊が子供出来る時間帯じゃないかナ?」

「ああ、シャケの養殖で、イクラの樽《たる》にシャケのオス絞って受精みたいなアレか」

「ちょ、ちょっとやめて下さい！　多摩川嫌いになりますよ！」
　福生方面の土地神が横に倒れて動かなくなった。

「今の発言のショックで悶死《もんし》？」

「いや、生きてるみたいだから、何かいろいろ嫌になったんじゃないかナ？」
　何か申し訳ないことしました。ともあれ、

「よし、じゃあ先輩さんのためにもフリーズするか」

「や、やめて下さい！　凍傷になったらどうするんですか！　出ます！　出ます！　出まーす！　って、そっちの出ますじゃなくて僕が出ます！　……ってそれも言い方悪いな！」

「――水揚げ」
　それもまた違うんじゃないかと思いましたが、住良木君が自ら出てきたので良しとします。

●

　ともあれ遅めの昼食を皆で摂《と》った。場所は福生側の河原だ。皆で広げたレジャーシートの上。だけど、

「僕と先輩は既に食べ終えてる訳ですから、先輩、どうしましょうか、先輩」

「ええと、どうしてそんなに先輩連呼を？」

「はい！　先輩と、そう言うたびに徳がもりもり上がるんです！　正に言葉のマニ車が花びら大回転の六輪タイレル花電車って感じですよ！」

「えっ」
　僕は自分で自分の右頬を叩いた。先輩の前では信仰故に本心ダダ漏れとはいえ、今のはちょっと酷すぎる。あと一部が二度ネタだ。それではいけない。しかも、

「つまり俺のことなんかも、呼ぶたびに徳が上がるのか……」

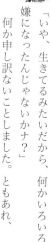

「ぼぉくなんか、部ぅ長とか呼ばれえてるから駄あ目だねえ」

「ウヒョー！　呼んでねえ！　基本的に男は除外です！　言っておくけどこれは差別じゃありません！　単に嫌なだけです！　おっと桑尻、何だその今まで見たことがないような蔑みの表情は！　次も頼むぞ！」

「ホントに最悪だわ……」

　まあまあ、と紫布先輩が手を前後に振る。

「先輩チャン、どうする？　住良木チャンと公園一つ回ってくる？」

「あ、いえ、ホントは明日に行うテラフォームの打ち合わせをしようと思いましたけど、ちょっとこっちは、精霊達に聞き込みをしてみましょうか」

　言って先輩が川に振り向く。そこには未《いま》だに滞留している川の精霊達がいて、

《なんだわ――？》

「はい。――皆さん、どうして上流で荒れてたんです？」

《？》

　言われた意味が解っていない。そんな感じだ。

「恐らく、使われてる言葉の基準などが違うのかと思います」

「たとえば？」

「アンタは外から見たら馬鹿だけど、アンタの中じゃそれ普通よね？　そういうこと」

「イエエエエエ！　ざあんねええんでえええしたああ！　僕は僕の中では馬鹿じゃなくて糞《くそ》虫《むし》でえええす！　だって先輩の前では馬鹿を名乗るのもおこがましい！　ザッツ糞虫！　アアアッ、先輩の巨乳光で浄化されるゥ……！　解るかこの糞虫の信仰心が！」

## 11　《解りますよ糞虫》

「お前に言われる筋合いないよ！　僕のことを糞虫って言っていいのは先輩だけだからな！　さあ先輩！　僕のことを糞虫って言って下さい！」

「ええと、住良木君は昆虫じゃないですし、もうちょっと綺麗《きれい》な言葉を使った方がいいと思うんですけど……」

「聞いたかバランサー！　糞虫からランクアップして昆虫じゃない何か綺麗なもの（不確定名）に変わったぞ！　これが先輩の加護だ！」

《猿かと思ってましたが、意外とそこまでが遠そうですね》

しばらくＡＩと貶《おとし》め合った。

だがその間に、先輩が紫布先輩や俺巨乳先輩達と意見交換。幾つかのアイデアを得た上で、川の精霊とまた話をする。

「こんにちわ」

《こんにちわ――》

あ、と桑尻が顔を上げた。

「いけそうですね」

その言葉に、先輩が両の拳を握って気合いを入れる。いいです先輩！　腕の間の巨乳の変形が素晴らしい……。

「ちゃんと前見なヨ――」

「み、見てますよ！　全身全て前に向けてますよ！」

《姿勢じゃなくて座標ですよ馬鹿》

先輩の邪魔にならないように蔑み合うことにする。

いけそうですね、と桑尻さんの言葉を心の中で復唱して、会話をスタート。目的としては、

『一体、上流で何があって荒れたのか。それを突き止めたいですね』

そういうことです。だからまずは、

「調子わ？」

《そこそこだわ――》

じゃあ、と自分は問いかける。何しろ〝そこそこな調子〟が、荒れたのだ。ならば、

「どうしたんですわ」

《？》

ちょっと違ったらしい。

『彼らは精霊で、〝相〟や〝型〟の変化を受けますが、自分達の変化については受動しかありません。

だからこそ自分達で能動的に〝どうする〟というのが薄いのだと思います。

このあたり、集団差はあると思いますが、彼らはそういうものだと思って下さい』

成程。だとすれば、と考えます。周囲の影響を受けるということを、解りやすく言うと、

「何かあったんですわ？」

《あったんわー？》

『え、ええと？　あったんわー？　って、どういう？』

『あった、ってこと？』

『疑問形で返されていると言うことは、違うのではないか？』

『――桑尻』

『はい。――彼ら精霊は環境そのものですから、何もかもが発生し続けている一方で、何かがあったとしても、〝あった〟ではなく〝当然のこと〟なんだと思います。だからここは、〝あった〟という言葉の意味が解らない、とい

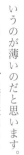

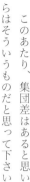

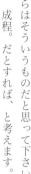

うことですね』

じゃあ、と自分は考えます。

……彼らは、どうともしていないんですよね。

更には、何かがあったのでもない。

それなのに、彼らが荒れたという、そんな変化があったのは何故か。

周囲の環境に何かがあったのは確かですけど、その変化を、変化そのものと受け取れないならば、彼らは変化をどのように受け取っているのか。

「ええと」

と迷った時、ふと、言葉が来ました。

「先輩、考えて、こう、クネっとしてる先輩、最高です！」

ああ、と自分は気付きました。精霊達が、環境の変化を変化として受け取れないならば、何をもって荒れている自分達を自覚出来ると言うのか。それは、

「——こわかったのわ」

《————》

一斉に、川面から顔が上がりました。

『当たりィ』

『どういうこと？』

「ええ、今の住良木君の言葉がヒントになりました」

「ええっ!? 僕の先輩への信仰が、先輩の助けになったんですか!? じゃあつまり僕が先輩の巨乳を愛《め》でると先輩の巨乳度が上がる！ 上がる！ みるみる上がる！ そういうことですね！」

「糞虫が何か言ってますが、どういうことなんです？」

「桑尻さん、住良木君はそういうものじゃありませんよ？」

《ええ、もっと下ですよね》

住良木君がバランサーと川の中で取っ組み合うのを微笑《ほほえ》ましく見ながら、自分は説明します。

「たとえばですけど、――住良木君の信仰は、住良木君の内面のものであり、でも、そこで形を幾つも変えるんですよね」

だから、精霊達も同じだ。彼らは自分の変化を何処で確認しているかといえば、

「内面です。――環境そのもののこの子達は、自分達に受ける変化を当然として捉えていて、外部的な表現として捉えることが出来ません。だから、起きた変化による自分の変化……、つまり自分の内面の何が変わったかで、環境の変化を捉えるんです」

『……精霊は感情で動くという、そういうことか』

そのあたりのシステムはよく解らない。だけど、

「――こわかったわ？」

《――こわかったんだわ――》

「こわかったんだわ？」

《こわかったわ――》

川精霊が、皆で頷く。じゃあ、と自分が言葉を置き、通じるだろうと思って問うてみました。

「怖かったのわ？」

川精霊達が、また皆で顔を見合わせた。共通記憶というか、同一存在の筈なのに、お互いが確認を取ると言うことは、自分達の中にある〝変化〟が等しいか、見ているのでしょう。

そして、

《これだわ――》

水飛沫を上げ、川が持ち上がった。
川精霊が〝これ〟を見せる。そういうことです。

桑尻は、その形を知っている。
川精霊達が作り上げるのは、五メートル四方の、恐らくは模造だろう。彼らの記憶は外から見たものではなく、内面なのだ。だから夢見のようなあやふやであることが必定。しかしそれは、概観としても大体は解る。

「……下半身が蛇の群」
それだけではない。下半身がそうであるならば、上半身は、

「……女性、か」
ふむ、と頷いたのは、バランサーだ。

《水系の精霊としては、よくあるタイプだと思いますね。実際、この形をした女神などは多くの神話にいます》

「あー、まあ、そうだネエ。うん。よくある、かなア」
紫布の歯切れが悪い。皆がちょっと怪訝《けげん》な顔を見せるくらいの〝変〟だ。自分でもそのことに気付いているのだろう。

「アー」
言ってる間に、川精霊達が崩れていく。先輩さんが、そちらに視線を向け、馬鹿と一緒に、

「たいへんでしたわ――」

「よしよしよしだわ――」

《うれしいわ――》
とやっている間に、こっちは意思を確認する。

『紫布先輩、まさか――』

『アー、桑尻チャン解るかなア、やっぱ。ええと、皆、今見たアレ、アレについて、ちょっと私に任せて貰えるかなア』

『理由を述べて貰おう』

『俺の嫁の言うことを信用しろ。俺はお前の嫁の言うことを信用する』

『――了承した』

『お前……！　お前、ホント……！』

『アー、ウン、有《あ》り難《がと》うねエ。先輩チャンには後でそれとなく話をしておくからサ』

『住ぇ良あ木君はあ、どぉうするのかなあ』

『アー、知らないで済むならそれがいいかなア。こっちの気の回し過ぎな処あるからサ。ちょっと先輩世代の話ってことでネ。で、こっちも解った事あったら教えるし、それで住良木チャンに話した方がいいなら、先輩チャンと話した上で、そうするからサ』

　まあ、何と言うか。

『こっちの思い込みが過ぎるってんなら、それが一番なんだけどねエ』

『では、先ほどのはどうする？』

『――上流に、荒れた精霊か何かがいた。それは確かなので、それでいいのではないでしょうか。紫布先輩の言う通り、思い込みで何か行きすぎるのは、それこそ悪い結果になると思います。今後、何かあれば紫布先輩から言う、ということで宜《よろ》しく御願いします』

『紫布、――俺に黙っているのは無しな？』

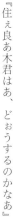

『アー、不謹慎だけどチョイ嬉《うれ》しいかなア』

『まあ、ホントにヤバイことは黙ってると悪化するからネ。こっちもちょっと、諸処確認とって、解った事あったら教えるからサ。——そんな感じで宜しくネ』

●

「あ、先輩チャン。ちょっと後で話、いいかナ？」

紫布さんの言葉に、川精霊は住良木君に任せて自分は振り向きます。

「明日のテラフォームについて、ですか？」

「ンー、まあちょっと違うけど、用心、って感じでサ。——テラフォームについては今夜、びっくりドンキーで会議する？」

「今、そちら昼食中だというのに、いきなりハイカロリーな話が出来るあたり、流石ですね……」

「外食は別！　別だヨー。ちょっとそこで色々——」

と、紫布さんがそこまで言った時でした。不意に私達の横に啓示盤が出ました。

その内容は、

『アー、ちょっと全員、夜にドンキ集合、いい？　相談があるのよ』

『何だよムーチョ、カラムーチョ買うならびっくりドンキーじゃなくて、コンビニ行った方がいいぞ？』

『ええと、空いた時間で〝いなげや〟行きますけど、一緒に行きますか？　スーパーの方が安いと思うので』

『北口のダイエーが去年、系列ディスカウントのＴＯＰＯＳに変わりましたが、そこだと箱売りしているかもしれません。ジンジャーエールもあると思うので、どうでしょう』

『あ、いいわね！　行く行く！　〝いなげや〟の、噂《うわさ》で聞いてる地元系コロッケ、試してみたかったのよね！　じゃあ午後四時ね！』

啓示盤が消えました。

●

皆、黙ってました。俯《うつむ》き気味に、しばらくして、

「……一体、何の相談があるって話だったのカナ？　今のサー」

「……すまん」

「いや、お前が謝るところじゃない」

「……いや、ホントにすまん……」

と、また啓示盤が出ました。やはり内容は、

『危ない危ない！　忘れてたわ！』

『江下《えした》チャーン？　ちゃんと話そうヨー』

『ゴメンゴメン！　赦《ゆる》しなさいよ！　で、ええと、そう！』

江下さんの声が響きました。

『集合は四時に立川セントラルの前ね！　そことＷＩＬＬくらいしか私、知らないから！　忘れないでよ！』

啓示盤が消えました。

●

皆、黙ってました。俯き気味に、しばらくして、

「……重ねてすまん」

「いや、お前が謝るところじゃないんだが……、まあ、何だ」

「……いや、重ねてホントにすまん……」

と、またまた啓示盤が出ました。

『コラッ！　誰がＴＯＰＯＳでカラムーチョで〝いなげや〟で地元コロッケよ！』

『お前だよ馬鹿』

『あっ、馬鹿って言ったわね！　馬鹿って！　この神格上のカワイイ神に馬鹿って！　馬鹿って言うのは、言った方が馬鹿なんだからね！　ハムラビ法典に基づくわ！　ざまあ見なさい！　馬——鹿！』

『それ、自分が馬鹿だということの否定にならないのでは……』

『…………』

**『私、馬鹿じゃないわよ!?』**

『おいムーチョ、あまり僕を無視して不規則言動トークするなよ！　あまり長く続けると、お前が映ってる啓示盤にハナクソつけて、そっちの啓示盤から見たら悲惨な状態にしてやるぞ……！』

『子供か……！』

『というか何事かなア？　江下チャーン？』

あ、と江下さんが正気に戻りました。そして、

『——神委《しんい》の監査が来るって話が、シャムハトから来たわ』

皆が即座に顔を見合わせます。その先に告げられるのは、

『どういうことかしら？　何のためかも教えられないまま、私がいるのに、何か来るんだって。——オリンポス系、ってそんな話ね』

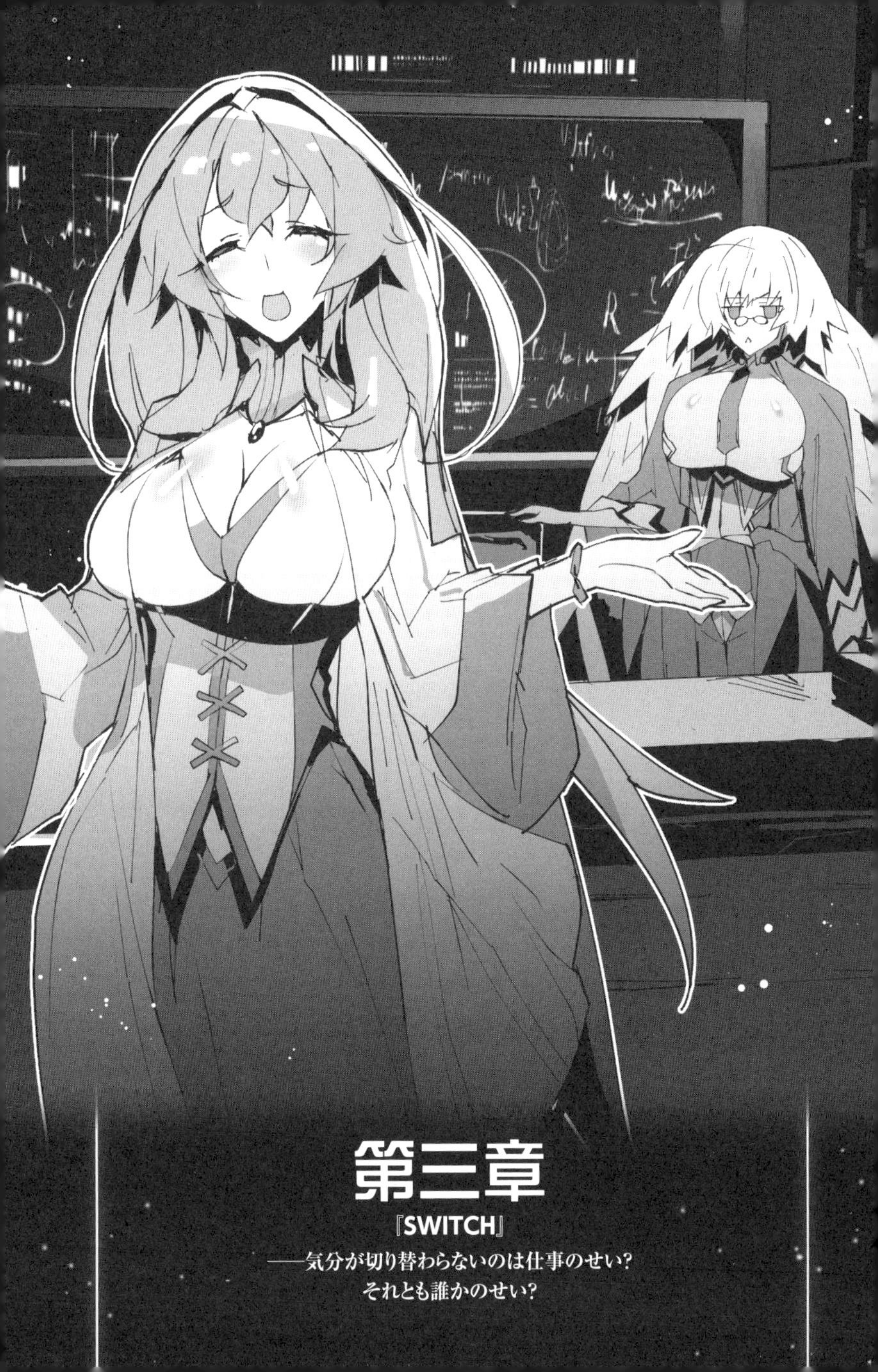

# 第三章

## 『SWITCH』

——気分が切り替わらないのは仕事のせい?
それとも誰かのせい?

「しかし、私が言うのも何だけど、いきなりよねえ。エシュタルとは別の監査とか」

図書室の空間というものが、気に入って来たのかも知れない。

鳩子《はとこ》は吹き抜けから見える地下の書庫を、手すりから身を伸ばして窺《うかが》い、

「どう思うかしら？　道標《みちしるべ》のスケアクロウとしては」

「思うも何も、誰が来るのか解りませんから」

相手はカウンターの向こうだ。椅子から立ち上がりもしない。

「御茶《おちゃ》は？」

「要るなら出しますよ？」

「じゃあいいわ。——こっちで、ちょっと勝手に、どんなのが来るか探ってみるわね」


そう応じて、啓示盤を開く。メソポタミアの粘土板型と、神道の鳥居型を同時展開だ。

幾つかのローカル系ＳＮＳなどを見るが、今の所動きはない。

「一応、90年代なんですから、あまり〝無い〟技術はポンポン使って欲しくはないですね」

「神の啓示よ。啓示盤。そういうことでしょ？」

「目星は？」

「——女神ね」

鳩子は、動きのない画面内を見て呟いた。

「お堅い女神よ。まあ、オリンポス系は結構そういうやかまし気味なのが多いんだけど、——つまり私の情報網に釣れないのはそういうこと」

「あらまあ……」

スケアクロウが、頷きながら言葉を作る。

「自覚あったんですねぇ」

「娼婦《しょうふ》なんて、自覚なければやっていけないわよ？　最も早く哲学に目覚めた商売なんだから」

「たとえば？」

「見送るのは商売。見送らなくなったら縁切り」

「――商売に徹する姿勢で何よりです」

「良い付き合いは好きだけど、寂しくなりたくないのよね」

左様で、とスケアクロウが立ち上がる。

「御茶を淹《い》れましょう。それまで今日の枕トーク用のネタ本でも探してて下さい」

「〝じゃあいいわ〟、ってさっき言ったわよ？」

「その〝いいわ〟がどちらの〝いいわ〟か、決めるのはこっちなので」

そう、と己は応じる。ちょっと階下の書庫も見てみようかと、そう思いつつ、

「――かなり上のが来るわ」

「上？」

「そうよ。――私の情報収集の範囲に入りにくいのは、お堅い女神だから。でも、付き合いのある連中が黙っているというのは、どういうこと？」

つまりこういうことだ。

「そいつらの上役。――ビルガメスとカイが上役監査のエシュタルについて話せなかったように、そこらの神々よりも上位の女神が監査だっていうこと。

さて、オリンポスは第七世代最大手のメジャーマイスだけど、誰が来るのかしらね」

「一体誰が来るかなア」

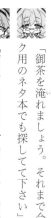

砂川《すながわ》のびっくりドンキーに入ったのは午後六時過ぎ。こっちが川精霊やら現場の回復手続きをしている間、先輩チャン達が江下チャンの買い物に付き合って、ついでに荷物を彼女の部屋に叩き込んでから合流となったからだ。

ちょっと遅れた。

だがまだ夏だ。窓から入る光は夕刻という状態で、逆に眩《まぶ》しいくらいに感じる。

自分達は、対面となるテーブルを選んで八人席とした上で、詰め気味に座って、

「じゃあ、ちょっと会議なんだけどね」

と、いきなりカラムーチョの袋を開けた江下チャンに、馬鹿が反応した。

「オイイイイイ！　ムーチョ！　びっくりドンキーで席についた瞬間にカラムーチョ開けるな！　ムーチョだからって、まずはメニューを見ろよ！　いいかムーチョ！　教えてやる！　ここはびっくりドンキーで、コイケヤとは提携してないんだぞ！」

「ツゥッコム処ぉは、そぉこかなあ？」

「あー、まあ、生活習慣ってことで。とりあえず開けた分は食べるから、話進めておいてくんない？」

自分はビルガメスを見た。

「すまん……」

「いや、お前が謝るところじゃないから」

「そうよ！　アンタが謝ってどうすんのよ！　メソポの品格落とす気!?」

「お前だよ馬鹿」

まあまあ、と、とりあえずいなしておく。すると徹が、シートに浅く腰掛けてつぶやいた。

「何はともあれオリンポス系か。ぶっちゃけ権術とかもだが、政治的に面倒だな」

「政治的？　どういうことなんです？」

「オリンポス系は、意外に武力のみの神が少なく、それを持った上で権謀術数系や、また技術関係の神が多いんです。つまり武力を背景に、他の神話勢力への政治的、コネクション的影響力を高めてるんですね」

「武力だとゼウスが筆頭で、次がポセイドン、続いてアレースとアテーナあたりか」

「どのくらい強い？」

「んー……」

徹が、ちょっと迷う。何となく言いたいことは解るが、代弁せずに任せていると、

「ぶっちゃけ、強いとかそういうのとは別で、問題があるっつーか」

「問題？」

ええ、と頷いたのは桑尻チャンだ。彼女がこっちに、発言許可を求める視線を寄越す。なので自分が興味本位で掌《てのひら》を見せると、

「オリンポス系の神、特に男性神は、不貞がやたら多くて問題になるんです。ゼウスを始め、息子のポセイドン達も、まあ何かいい女を見つけると告白したり強引にことに及んだりと、これが近親での行為も厭《いと》わないんですね。動物とかとも有り、とか」

「ケモ行けるのか！　流石メジャー神話だな！」

どういう基準だ。でもそれだとうちもメジャーだなア、とか思う。

それでまあ、と桑尻チャンが言葉を選んだ。

「まあうちの北欧神話もそこらへん完備している部分が有るんですが、オリンポス系はちょっとそれに偏ってます」

「うちもあまり他のこと言えないけど、偏ってるのはどうしてだ？」

「ギリシャ神話を形作った、ギリシャという土地の成立に由来します」

桑尻が啓示盤を出す。そこに映されるのは地中海、バルカン半島の地図だ。

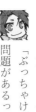

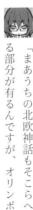

「——ちょっと古いところから、脱線含みで話します。監査が誰かというヒントになる部分もありますので」

「聞こう」

●

はい、と桑尻は上位神の言葉に頷いた。

「——かつての時代。人類は、アフリカからの移動と拡散を進める各地において、いろいろなことを発明しました。

たとえば紀元前一万二千年頃には狩猟だけではなく農耕をある程度確立したんです。つまり平野に出て、集落を拡大する社会が出来た訳ですね。そして青銅器が歴史的に出現するのが紀元前三千五百年前のメソポタミアです。——青銅器が出来て、何が生じましたか？」

「大規模な戦争だ。石器や銅器に比べ、優れた青銅の武器は勝利をもたらす」

「ドーキ？　息切れとかのアレ？」

「ド・ウ・キ。銅の道具。銅の器。解る？」

「ば、馬鹿にしやがったな!?　銅くらい知ってるよ！　十円玉がソレだろ？」

《厳密に言うと十円玉はビミョーにスズなどが入った合金で、分類としては青銅になります》

「え？　何？　じゃあ十円玉貯金して先輩がCD出したら買おうと思ってる僕は、十円玉に満ち満ちたブロンズセイントだったってこと!?」

「一円玉だったらスチールセイントだな」

「熱に超弱くないかなソレ」

「や、やめて下さい僕の夢を壊すのは！　ちなみに僕はバナナ座のセイントで、必殺技はバナナ直腸七年殺しです！　直腸七年殺しはルビで〝ギャラクティックデスカンチョー〟と呼びます！　ではそんな流れで、皆さん宜しく御願い

します！」

「住良木君！　座って！　座って！」

「アハハ叱られてやんの馬——鹿！」

「お前に言われたくないよ……！」

「でもまあ、住良木君、私、ＣＤとか出す予定ありませんよ？」

「それはこの世界がおかしいからです！　おいバランサー！　正気に戻せ！」

《猿の狂気に付き合う気は無いのでこのままで御願いいたします》

　ともあれ馬鹿は放っておいて、自分はビルガメスに軽く頭を下げる。

「——流石ですね」

「？　どういうこと？」

「銅器についての言及があった、ということです。これはどういうことなのかといえば——」

「銅器だからって〝どういうこと〟とか、大概にせえよと……」

　先輩さんがちょっと吹きましたが、先輩さんなので赦すことにします。

●

　ともあれ、と桑尻は説明を続ける。

「文明の歴史を考えるとき、区分としては石器時代の次に青銅器時代という考え方がメジャーですが、実際は石器時代の後期において、銅器との共存が有りました。

　銅は加工もしやすいので、人類が初めて〝石以外に使った金属〟だったのですね。紀元前七千年には、銅の採掘がなされ、紀元前六千年には、もう、銅を高熱で溶かすという発想が出ています。それが出来ると、ど——」

　どうなりますか、と言いかけた。見ると馬鹿がカモンカモンと手を振っているので無視する。

「それが出来ると、如何様《いかよう》になると思いますか」

「お前！　お前……！　僕の期待を裏切ったな！　赦さない！　キイイイ！」

「紙ナプキンを噛《か》みながら言わなくていいわ」

「え!?　噛まないで言っていいの!?　——お前！　お前……！　僕の期待を裏切ったな！　赦さない！　キイイイ！　——こうだな桑尻！」

「死ねばいいわ」

　馬鹿を相手にすると心が荒《すさ》む。何だか歌詞みたいね……、としみじみ思っていると、先ほどのこちらの問いに雷同が応じた。

「金属が溶かせる、ということは、型を使った量産が出来る、ってことだな」

「——あ、はい。そうです。まだ人類が少なく、設備も足りなかったので、初期段階は王侯貴族達の持ち物ばかりとなりました。が、青銅器文明が紀元前三千五百年ですから、その二千五百年ほど前から、銅器の量産は順次なされていった訳ですね。

　なお、一部地域では紀元前四千年前後から石器ではなく銅器にほぼ完全シフトしたため、次の青銅器に移る短い時期ながら〝銅器時代〟という区分も存在します」

　では、と己は言葉を送った。相手は当然、ビルガメスだ。

「先ほど、私の問いに、こう答えましたね？〝大規模な戦争〟だと。つまり青銅器が出来てから発生したのは〝大規模な戦争〟。では、石器時代の後期において、銅器が出来たならば、何が発生しますか？」

「簡単な話だ。——優れた道具を持ち、後の青銅器時代において、青銅器の量産に繋げる事の出来る勢力。つまり覇権国家の礎《いしずえ》が出来るのだ」

　己は、ビルガメスの言葉に頭を下げた。

「そうですね。有り難う御座います。
　青銅器文明と言っても、いきなり青銅器が生じて、突然何処かの勢力がそれを量産した訳ではありません。その前段階から、その時代なりの国家レベルで、資源や手段、人足を確保していた勢力があるのです。だからブレイクスルーが生じた訳です」

「ビルガメスさんは、そのブレイクスルーをした王様なんですか？」

「いや、私がいたときには、もうメソポタミアは青銅器文明に入っている。私自身は都市国家ウルクの第五代王で、護国に尽くしたのだ。
　そして周辺都市国家が持ちまわりしていた〝地域全体の王権〟をウルクに確定させたと、そんな流れなのだな」

「まあ、ビル以前のウルクの王はウルク王兼〝シュメール地域全体のなんちゃって王〟なところがあったんだけど、ビルの代でホントに全体の王になった訳だ」
　ただまあ、とカイが苦笑する。

「王権が持ちまわりというだけあって、ウルクが王権持つまでは、キシュって都市国家が王権持ってそこに全体の王がいたし、それ以前には紀元前五千五百年頃、最初の王とされるアルリムってのがエリドゥって都市国家を治めてて、まあそれがうちらの文化における概念的な最古の王だね。
　ちなみにその頃、初の半神半人も作られてるんだよな」

「……アー、ちょっと脱線の脱線だけどサ。そんだけ記録があって、何でビル夫ヂャンだけが有史扱いみたいになってるのかナ……？　やっぱ〝全てを見たる人〟の影響？」

「シュメールの代々の王については、〝シュメール王名表〟という記録が残されています。しかしその記述はビルガメス以前となると何百年、または何万年も統治したとか、そういう神話的な内容なんです」

「私も百二十六年在位したことになっているが、他の記録などから、大体の在位年代が割り出さ

れているな。年代的には紀元前二千六百年あたりだ。私の他、この近くで在位した他の地域の王なども、大体は存在が確定されている」

「神話と現実の境界みたいな時期だな……。そう言う意味でも半神半人か」

「？　そうなの？　じゃあ謝罪マン、あまり偉くないの？」

「あのね。謝罪――、違う！　すみません！」

　えらいミスを犯した。慌てて頭を下げる。だが、

「気にしない気にしない！　アハハ、謝罪マンだって！」

「大体はお前のせいだよ！」

　上役がアバウトで助かった。見れば紫布も手を前後に振っている。気にするなと言うことだろうが、これは帰宅してから落ち込むパターン。馬鹿の発言には気をつけようと心底思う。

　ただまあ言っておくのは、

「人類初の文字である楔形文字《くさびがたもじ》が、ビルガメスも在位したウルク王朝に移ってから作られたせいよ。ビルガメスの在位した時期は、その文字が定まっていって、まず千語くらいに標準化された頃だったのね。だから彼は、物語として書かれ、広まったの。

　つまりビルガメスの記録は、標準化された文字が広まるのに一役買ったわけ」

　ふうん、と頷いていた住良木が、不意に手を打った。

「あ、コレ、世界史で似たような話、聞いたことがある」

《これも世界史ですよ馬鹿》

「イエー残念でしたあ、メソポタミア史でえええす！　何えらそうに《これも世界史ですよ馬鹿ァン》とか言ってんの!?」

「地域的に言ったらシュメール史よ。馬鹿二人」

《ちょ、ちょっと待って下さい！　私を含むのは間違いです！　訂正を要求します！》

「訂正しなかったらどうすんの？」

《諦めます。出来のいいＡＩですからね》

「じゃあその方向で」

　バランサーが背を向けたが、気にしないことにする。大体、さっき馬鹿が言いたかったことは解るのだ。

「欧州で宗教改革が起きたとき、活版印刷の普及に聖書が一役買ったわね。それと同じようなことが起きたんだと思うわ」

　そして、

「ビルガメスについては、当時、リアルタイムに近い史実をベースとして物語が肉付けされていったんだと思うの。でも、それ以前の王についてはリアルタイムではない、書かれた当時の概念を持って過去を語った部分が多いから、存在が本物かどうか確定しにくい、となる訳ね」

　解る？

「文字がない時代の王達を確定するのは至難よ？　だって、もしも墳墓を見つけたとしても、文字がないとそれが誰の墳墓か解らないんだから」

「文字凄いな！　でも、確定が出来る場合って、あるの？」

「後世の記録で、例えば墳墓の詳細が記されていたり、文字じゃなくても王のシンボルとかが解ってれば、照合は出来るだろ？」

「メソポタミアの神々は特徴あるし、都市ごとに守護神がいたから、それを照合に使える場合もあるわね」

「というか、私なんか、イナンナ名義だけど、そういった〝昔の記録〟に出てくるのよね。私って超偉い！」

「つーことは、今、有史以前からのババアがびっくりドンキーでカラムーチョ食って威張ってんのかよ……」

桑尻の視界の中、エンキドゥが首を傾げた。
彼女はエシュタルを見て、

「困った有史以前からのババアだ」

「い、いいわよ！　私カワイイ神だから歳《とし》とらないもんね！」

「だからそこの寿命神に恐れを抱いてるのか……」

「…………」

「——大丈夫ですよ？」

「尚更《なおさら》怖いわ……！」

マアマア、と紫布が皆を静かにさせる。なのでこちらも一つ頷き、

「そんな感じで、ビルガメス以前の王達、特に後の神話にも大きな影響を与える〝大洪水〟以前の王達は、もはや神話的な存在です。つまり——」

つまり、

「彼らは神話としてみた場合、第四と第五世代の間に位置する神々です。
そして、彼らは後にメソポタミアと名乗る地に入植し、広がっていき、都市国家を作った上で、やがて戦争を始めました。これは銅器時代を経て、青銅器時代で一気にカタがついていく事になる訳ですが……」

さて、と己は言った。
脱線していた話が、ここで戻った。自分は啓示盤に今までの歴史的流れを書く。だがそれは王が誰であるか、とか、そういう話ではない。

「文明と、都市国家の興亡についてです」

**・狩猟生活の中、農耕が始まり、人々が平野に**

**出てくる。**

**←**

**・集落が出来、人が増え、蓄財が始まる。**

**←**

**・人口を保つために農耕が中心となり、集落が都市化する。**

**←**

**・銅器の量産などによって、生産力アップ。だがお互いの蓄財や権利を求め都市間の戦争が始まる。**

大体、こんなところだ。では、と己は言い、

「ここまでの流れを経た後、〝神話〟はどのような形になったでしょうか」

●

木藤は考えた。正直、ギリシャの話をしているはずが、何故、地元の話になったのかよく解っていなかったのだが、

「ああ、そういうことか……」

解った。

「同じ事なんだな？」

「何がですか？」

「ギリシャも、この、俺達がいたメソポタミアの都市国家と同じ流れを持ったんだろ？」

「――だとしたら、〝神話〟は、どのような形になったのでしょう」

コイツ、面白いなあ、と己は思った。

さっきは失礼カマしてビルに頭を下げているかと思えば、今はこっちを試しに来ている。その差は何かと言えば、

……知識か！

知識において、この知識神は平然と神格上位の神を試す。いい度胸だとも思うし、そうだろうとも思う。

如何《いか》に能があろうと、力があろうと、知識においては純粋に〝有無〟のみが全てを決める。

　ならばこちらは応じよう。それは、

「何処でも似たようなもんだ。各都市国家、否、それ以前の遙か昔、集落を持った時点で、そこには神が宿る。――あとは、それら集落が都市化していく中で、吸収や合併、または戦争によって、各集落や街が載いている神々が〝集まっていく〟んだ」
　つまり、

「自然信仰の神々は、最初から全て揃《そろ》っていた訳ではなく、各自然環境に住まう集落が戦争や合併で集まり、都市化していく中で集合し、揃っていった、ってことか」

●

「――そうですね。よく考えれば解ることですが、人類は元々、アフリカから移動していきましたが、その移動経過においては土地に固定される神を得ることが出来ません。つまり大地母神や天空神など、グローバルなイメージの神を得ることが出来ても〝[redacted]川の神〟のようなローカルなものは得られないんです。しかし――」

「人々が住まう土地を決め、集落を作ると、その土地の神が認められる、か？」
　ビルガメスの言葉に、桑尻はやや考えた。そして、

「当初における集落は、数家族単位のものです。つまり、生活の範囲が狭いです。そのような集落は、関わっている自然環境も限られるので、幾つも神を創造し、管理することは不可能ですね」

「確かに……、川辺に出来た集落では、川の神がまず創造されるでしょうし、海辺に住めば海の神がまず創造されますね。
　初めのうち、彼らには名前もなくて、ただ奉《たてまつ》られる存在で、――それがつまり、さっきの川精霊や、メソポタミアでいう〝人魚〟の川精霊であったりもするんですね？
　しかし彼らは、長い年月の中、起きる自然の移ろいや事件から〝キャラクター〟を見いだされ、名前や姿を持ち……」

先輩さんが、自分の胸に手を当てる。

「神道の産土、氏子という制度があり、主社があるように、各集落、最も近しい自然環境の神が、その集落の守護神になるんですね？」

そこまで言うと、皆が、あ、と納得の声を作り出す。

「集落の合併や、戦争で、組み込まれた方の守護神は、組み込んだ集落の守護神の麾下《きか》になったりする訳だ……」

「――そうです。ローラシア神話系の自然信仰の神々が、何故、家族関係を持っていたり、支配制度を持っているのか、今ので何となく解りますか？」

それはこういうことだ。

「ローラシア神話の土地は、都市国家などが古くから争った土地です。

そこでは、都市国家の存亡に応じた〝自然神の集合〟が生じ、神話や神々の関係そのものが、人類の闘争の歴史を示したものとなるんです。

だからローラシア神話の各神話は、たとえ神話の伝播《でんぱ》が途切れていたとしても、同じパターンで、大体同じ構図と社会を持った神話が作られやすいんですね」

「ええと、じゃあ、――ギリシャってか、オリンポスの連中は？」

ええ、と己は頷いた。元の啓示盤画像、バルカン半島の地図を出し、

「紀元前三千五百年、石器時代の頃から、メソポタミアのように外壁を持った都市国家を作っていたギリシャの各集落や都市は、それぞれ神殿を作り、守護神を掲げていました。それが戦争し、統合や分離しながら出来ていったのがギリシャ神話です。

――最初の段にまで話を戻しますが、男性神が不貞であり、度が過ぎるという意味、解りますか？　男性の神を載いた都市国家が、女性の神を載いた都市国家を蹂躙《じゅうりん》したと、そう見ることも出来るんです」

そして、

「更に恐るべきは、ギリシャ神話において、最も強力なのはそれら男性神ではないという事です」

え？　という声が幾つか上がる。だがその声を無視して、自分は告げた。

「ギリシャ神話において最も強力かつ恐ろしいのは、そうやって神話内に組み込まれた女神達です。――この女神達は夫神の不貞を地の底まで追いかけて行ったり、軽い挑発を受けただけで他の神を射殺したり、まあ何と言うか、――相当です」

●

「…………」

「……何か、アー今回は文明の発展から多神教の出来るパターンの一つを紹介かナー、とか思ってたら一気に最後で吹っ飛んだねエ」

「女神最強伝説か……」

「唯《ゆ》ぃ一神《いっしん》は楽でいぃいねえ」

「はい。雷同先輩達、私も含む北欧神話は、実のところ、夫婦仲が結構いい神話です。どっちかっていうと女性神の上位層に不貞が多い気がしますが、他の神話に比べてやらかしエピソードは少ないですね」

「うちは一番メジャーな女性神が馬鹿だからなあ……」

「な、何よ！　勝利とか司ってるから、強いのよ私！　馬鹿にしないで！」

「コレ、アレか、この神に任せておくと心配だから皆頑張って勝利に結びつくって、アレか……」

**「すまん……」**

「神道だと、うちの妹が妊娠したときに不貞を疑われて、身の潔白を示すために産屋《うぶや》に放火するとか、かなりエクストリーム出産しましたけど、他、たとえばイザナミが黄泉《よみ》に来たイザナ

ギを本気で追いかけ回したりとか……、ですかね？」

「先輩チャーン。……思兼チャンに何て紹介されてたっけ？」

「…………」

「あっ」

「いや先輩はノーカンです！　先輩は最強なのが素敵なんですから！　そこらへんの神とか、嫌いになったら老衰死！　そこのムーチョなんかいつだって干物になる準備出来てるから大丈夫ですよ！」

「い、いや、何のフォローになってない気もしますけど、有り難う御座います？」

●

まあそんな感じです、と後輩が言うのを、紫布は聞いた。とりあえずこっちの感覚でまとめると、

「アー、まあ、**面倒だねエ**」

「――そうだな、ギリシャ系の連中は、やはり私達メソポタミアやエジプトなど、第五世代の影響下にある第七世代かと思えば、……その神話の発生の仕方を見ると、実質、第五世代、または第六世代の存在か」

「私のイメージが、結構流れてんのよね？」

「オリンポス十二神の一人、アフロディテが該当しますね」

そうだ。幾らかは影響を受けている。だが、

「闘争の時代の色を、内部に結構残しているんですね……」

「はい。ギリシャ神話が、今の〝物語〟性を強くするのは、紀元前七世紀以降。ヘロドトスがそれを編纂《へんさん》し、〝全体の流れ〟を作ったからです。以後、悲劇好きなギリシャの詩人達によって肉付けがされていきますが、それ以前のものは、つまり不貞や復讐《ふくしゅう》といったものが、それこ

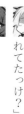

そ意味を違えて存在していた筈です。――勝者の記録であり、敗者の抵抗であり、それを神になぞらえて残していたようなものですね」

「そして、その中でも、女神こそが災厄か」

「――監査で女神が来たら要注意。そういうことだねエ」

　こりゃ面倒だネ、と改めて思う。女性として自分自身を考えたとき、それなりの面倒臭さや厄介さを自覚しもするのだ。それがまあ、

「面倒臭さを表に出してくるような連中が監査となると、力がどんくらいあるかとか、そういうのとは別に、やりにくいねエ……」

「どういうこと？」

「戦闘時にだけ剣を使う剣豪より、常にナイフちらつかせて気分で斬りかかってくるそこそこの実力者の方が普段的には面倒」

「巨乳で説明出来ます？」

「俺は紫布がいるからなあ」

徹の背中を笑って叩いておく。

　と、その時だった。

　不意に皆の顔横に、啓示盤が出た。誰かと思えば、

『ちょっといいかね皆。――誰か、直近で戦闘した者はいるかね？』

　何ごとでしょう、と自分は思った。

『昼の御仕事が、あれ、戦闘扱いになりますか？』

『いや、あれは私もチョイと近くまで行って確認したが、神々の仕事の範囲内であって、戦闘行為ではないだろう』

『思兼チャン？　どういうことかナ？　また何か企《たくら》んでるかナ？』

　あー、まあ、と笑い声に近い響きが聞こえる。コレは多分、何か仕込んでるんでしょうねえ、

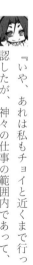

と思うくらいには付き合いを持った。そして、

『君達《きみたち》ではないならば、何者かが戦闘用の結界を使用した。――奥多摩方面からこちらまで届く、東西に長い結界だね』

「そっちはどうなの？」

スケアクロウは、シャムハトの言葉に応じた。今、自分達は昭和記念公園側から線路沿いに立川駅へ向かう通りを歩いているが、

「私、これから第一デパートですけど、そちらは？」

「あら、何？　地下の食品売り場？　変わったもの多くて面白いわよね」

彼女の足音は軽い。底の厚いサンダルは一見すると一本下駄《げた》だ。

「流行《はや》り？」

「図書室以外の本も読んだ方がいいと思うわ」

そう言う彼女は結局図書室に居座り、雑学本を分野ごとに五冊選別した上で借りて行った。とりあえず貸し出しカードも使用しているからには利用客だが、

「雑誌を入れたら、貴女、入り浸るでしょう？」

「御茶が出たら入り浸るわね」

嘘《うそ》ですね……、と、そのくらいは解る。ともあれ行き先は同じなようだ。

第一デパートは、立川駅の西に並ぶ地上六階建ての大きなビルだ。だが西から向かうと、ややカーブを描いた線路に沿った商店街や建物が遮蔽となり、なかなか見えない。

ラーメン屋や塾などが並ぶ通りを、それぞれの灯《あか》りに照らされつつ歩くと、

「お腹《なか》の減る匂いが並ぶわね。そこの牛丼屋、チェーン店じゃないの、知ってる？」

「知ってますけど行き先は第一デパートです」

カカシの性分だろうか。寄り道はあまり考慮にない。

「第一デパートで何するの？　食事？」

「フードショップの百円バーガーで食いつないだりしてないでしょうね」

「絞りたてのフルーツジュースと、サンモリノの御世話《おせわ》にはよくなるわ。そっちは？」

「コトブキヤで書物の修繕に使えるニスなど揃うので。一階の仕立屋では表紙用の革もありますから、定期的に」

「仕事好きねえ」

「そちらは？　と問いましたけど？」

「フルーツジュースの御世話にはよくなるわ」

言われた。

「そっちはどうなの？」

「そっち、とは？」

「テラフォーム」

ああ、と己は頷いた。ようやく第一デパートの影が見えてきたと、軽く足を速めて、

「現状、高台となる大地を作ったじゃないですか。それを下げるよりも、上に拠点を将来的に設けよう、という話になっていて、今、周辺の溶岩台地を如何するか、という話になってますね。つまり設計の話なので、こっち、神界で事業を進めてます」

事務的な物言いだが、いいだろう。シャムハトは恐らく、こういう話を〝売り〟にして、他から情報を引っ張ってくるのだ。そして、

「今、必要なのは何？」

「随分とストレートですねえ」

まあいい。とりあえず先は見えつつあるのだ。

「惑星全体のテラフォームとしては大地全体の組成をどうしていくか、ということですね。あと、同じように、大気をどうしていくか、ですね」

「大地母神か天空神が欲しくなるわねえ」

「第三世代と繋がりあるならどうぞ」

小さく笑われた。ウケたのか馬鹿にされたのか解らないのが何だ。だが、

「惑星全体ではないもの。――さっき言った拠点の話とか、どうなの？」

「そこはもう単純な話で、水ですね。今の所、熱と岩しかないような空間なので、結界を張って大気を入れても、水分が足りません」

それに、と自分は言葉を繋げた。こちらもそれなりにテラフォームの知識は仕入れているが、

「大地の組成が決まれば、溶岩台地を冷やすのには先輩さんの権術よりも雨を降らせた方が効率いいです。大気の循環が激しくなり、制御が必要ですが、やはりここでも水ですね。――大地、水、大気、そういう段階が見えてきて――」

と、言った時だ。不意にバランサーが射出された。

《おっと、良いところにいましたスケアクロウ。これからちょっと空間というか、結界を歪めますので、貴女、管理役としてそこにいて下さい》

「は？　いきなり何ですか？　結界って」

「さっき思兼から連絡あった、アレ？」

ああ、と思い至るものがある。何処かの実在顕現の神が、神道に断りなく、勝手に戦闘か何

かをやらかし、そのために結界を作ったのだ。
バランサーは当然のように結界の発生も、それを作った神達のことも知っている。だが彼は中立なので、こちらに詳細を知らせない。しかし、

「何故、バランサーがそれに介入を？」

《これは少し面倒な話です。神々の部分については言えませんが、この部分については言いましょう。――猿がちょっと面倒なことになるので、気をつけて下さい》

「住良木君が？」

と問うた時だった。頭上とも言える空間。街灯のライトの高さから、それが生じた。
神社の大鈴が鳴る音の連続と、紙垂《しで》を複数に合わせた光の流れが、結ばれるように解かれていく。神道式の結界の調整だ。気付けば周囲に鳥居が生じており、

「こっち！」

シャムハトの〝位置が悪かった〟ので、己は手を引いた。一瞬、彼女の顔が翳《かげ》を帯びたのは〝悪かった〟からだ。
そのままだと〝彼方《かなた》〟に落ちかねなかった。

「有り難」

「神道の結界は、禊祓《みそぎ》と穢《けが》れの遮断を得意とするので、威力が高いんですよ」

「こんなときまで解説されるとは、知識神は融通利《き》かないわね」

いいから、と言って、己は足を一つ、踵《かかと》で鳴らした。両の手を打ち、

「バランサー！」

《はい。出力調整万全です。結果を御確認下さい》

という言葉と共に、全てが消えた。

あら、と鳩子は思った。

　今、先ほどまであった流体光の結界解放や、それに伴う鳥居や紙垂の展開も消えている。不思議なことに、あれだけ派手にやらかしていたというのに、周囲の精霊や自動人形達も何も気付いていないようだ。通りを行くものの中には、神格の低い実在顕現もいるが、彼らもこちらには気付いていていない。

「こんな時じゃないけど解説してくれる？」

「神道の結界は強力かつ厳密ですから、正しく開けて閉じれば外に何の影響も及ぼしません。そのあたり、流石はバランサーですね」

《まあ、神道式のやり方ではなく、私の作業として行っても同様の結果になりますが、それだとスケアクロウの管理にはして貰えないでしょうから》

「そりゃまあそうですね。でも——」
　スケアクロウが、通りの牛丼屋の店先を見る。店内の灯りが通る窓付き扉の下側。影になっている処に、一人の男が座り込んでいた。

「結界をねじ曲げて、ここに抽出した訳ですか……」

《非常事態でしたもので》
　中年。痩せていて、気を失っていて、よく見ればずぶ濡れだ。その衣装は、

「……登山？」

「トレッキング程度じゃないですか？」

「雑誌読んでるの？」

「入門書などは図書室にありますよ」
　言いつつ、彼女がバランサーに目配せしなが

ら啓示盤を開く。その動きと同時に、気を失ったままの彼の周囲に啓示盤が幾つか開く。ノイズ混じりに展開する、見慣れぬ形のそれらは、

「強制展開？」

「私は来訪者の管理権限を持ちますから」

それは、この男が、〝来訪者〟の概念に入る存在だということだ。そして、

「どういうことです？」

眉をひそめ、彼女がバランサーに視線を向けた。

「ローマ神話からの実在顕現、ネプトゥーヌス。——そんな大物存在が、どうして、こんな疲弊した姿で結界から抽出されるんです？」

そして自分は聞いた。ネプトゥーヌス。ローマの海神の口から、吐息のような小さな言葉が、こう漏れたのだ。全身から力を失い、完全に気を失する中、

「——木戸」

それは、自分の知る同級生の姓だった。

# 第四章

『TEMPO』

——気楽なステップで行きましょう。

何が何だか解らない、というのがスケアクロウの感想だった。

ただ、現状打っていく手として、

「ネプトゥーヌス、という名は憶えましたね？　シャムハト」

今、この相手の身元を告げたのは、シャムハトに〝聞かせる〟ためだ。彼女はきっと、独自に動いていろいろ探るだろう。だが、

《――ともあれ、彼の救護を御願いします。私はこれ以上、関わることは避けようという方針ですので》

「でしょうねえ。この状況だと」

「どういうことかしら？」

「ネプトゥーヌスは、見る限り、疲弊してますよね？　普通、バランサーの管理下にある神界で結界戦闘を行った場合、その結果がどうであれ戦後に結界を解けば参加者はアジャストされます。

――でも彼はアジャストされてないんですよ」

《まあ、違法な結界張っての戦闘ですね》

「それをバランサーが強制介入。でも、――見逃すのは、どうしてかしら？　バランサーとして理由があるのかしら。それとも違法結界や、神々の遣《や》り取《と》りに関与した、という事実を無いことにしたいのかしら？」

《貴女が憶測を広め、それをもって事実を自分の思うようにしたがる神ではないことを願います。シャムハト》

「堅いわねえ」

まあそういうものだろう。このＡＩの信用というか、付き合いを得るには、ちょっと生半可なものでは駄目だというのは解っているのだ。

「とりあえず、周辺の精霊や自動人形の手は借ります。そのあたりの手配くらいは手伝って下

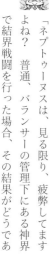

さい」

《了解しました。近くに歯科がありますから、そこから連絡と救護を出し、立川病院に搬送しましょう》

「公的機関ですか」

《学校の医務室に送致しますか？　学校には治療系の神がいるし、そこならば神道権限での尋問も可能だとは思います。ただ——》

「縁を持つ、というのかしら？　神道的には」

「こちらからそうする価値があるのかどうか、解らないのが難ですね」

余所者《よそもの》。目的も何も解らない。結界から出てきたと言うことは戦闘をしていた可能性が高い。

明らかに危険だ。ならばカカシとしては、外へお帰り願いたい。そんな判断が心に浮かぶが、これは公平な視点だろうか。

「思兼さんに連絡を取りますか」

不在だった。

「あの女……！」

七秒で不在通知が返ってきて、居留守じゃないかと思いもする。他の上役に連絡を取ろうか、とも思うが、神界における指揮は思兼がトップだ。それ以下の指示を仰いだところで、思兼に沿わない可能性もある。

参ったものです。

……ここは保留ですかねえ。

面倒、という言葉が頭の中にちらつく。自分は今、そのようにしたくて〝面倒がって〟いないか。そんな疑問をふと思うが、やめた。

結論する。

「私はここで彼の救護を手配したら、それからは無関係とさせて貰います」

自分は政治の神ではない。

道標。知識をもって来訪者を管理する神だ。
ならば、

「ここは神道の神界。当然するべきことはしますが、ローマ神話所属のネプトゥーヌスについて、詮索などは現状行わないものとします」

　啓示盤を展開する。

……厄介ですね。

　神々の実在顕現と来訪の報告については、大体の場合、各神話の〝入口〟になっている〝発着神殿〟に頼る。

〝発着神殿〟と言っても、型式がある訳ではない。基本として、組織や施設があればいいというもの。そこからの報告に頼っているのが現状だ。

　無論、それは義務なのだが〝有事の際は免除される〟という付帯があるので、メジャー神話や神格の高い神だと大体は〝有事〟となる。

　一方、マイナー神話や、神格の低い神ほど手続きをちゃんとやってくれるのだが、

「ネプトゥーヌスは、マイナーかしら？」

「メジャーですけど、ローマ神話はちょっと面倒なんですよね……」

　展開した啓示盤の中、彼が神界に来ているという報告は、ローマ神話の発着神殿から来ていない。

　だとすると、この件はここで終了だ。

　ネプトゥーヌスは何かトラブルのために違法な結界を勝手に張った。そこで危険となったのでバランサーが介入した。

　神道側としては、違法結界を張った咎《とが》を問責すべきだろう。だが、

「……バランサーが介入したんですよね」

　つまりバランサーとしては、事を大きくしたくない。その一方でこちらにはそれを知らせてもいいということは、

「私達ならば、黙っていてくれるという判断でしょう」

《ノーコメントと致します》

「〝私達〟の中に、私も入れてるあたり、感謝するわ」

無視する。ともあれ為《な》すべきは解った。

「神道のテラフォームに協力している神々には一次制限つきで情報を与えましょう。そしてここにおいては、手配終了後、解散です。
　ネプトゥーヌスについては、思兼さんに話しておけば、監視など手配するでしょう」

さて、後はどうするべきか。こちらの周囲、自動人形達や精霊達が動き出している。表の通りに、警告灯を回していない救急車が音もなく近付いてくるのを見て、

「……うちの精霊や神を使ってます？　あれ。何かコシュタ・バワーか何かのノリに見えるんですけど」

「コシュタ・バワー？」

「欧州の首無し馬車の精霊」

《――まあ、90年代に来たら精霊や神も洋風文化に洒落《しゃれ》て見たくなるということだと思います》

見ると運転手の顔には、立川市のマークと鳥居紋を書いた布が被っている。道祖神だ。彼らはこっちに気付くと明らかに引いて、

「ビビってるビビってる」

「そりゃまあ、道祖神の監督みたいな役の私がいますから」

ここにいると、本気で監督させられかねない。だとすれば〝ここまで〟なのだ。

この件、危険だとは思う。

厄介だと、自分の感覚が告げている。だが、

「厄物を通すのは私にとって恥ですけど、バランサー、一つ、貸しておいてあげます」

「いいの？」

「情報自体は共有しましたからね。後は単純です。――災厄転じて幸いとする。神道の禊祓であれば可能なことですよ。そしてそれを為すのは、私よりも適任がいます」

それは、

「――神々にとって究極の滅びを、幸いの絆《きずな》の始まりにした。そんな神と人が、ここにはいるのですから」

●

人類は身軽だった。

夕食が早めだったもので、買物の後、先輩とアパートマンションに帰宅してから、風呂《ふろ》を入れつつゲームしていた。だが、

「本屋行こう！　メガドラＦＡＮが出てたっけ!?」

メガドラの情報を手に入れたい。

帰宅途中に買って、プレイしていたラスタンサーガ２に違和感を得た訳ではない。そう、ラスタン２についてはまだ僕が面白さに気付いていないだけだ。攻略記事を見れば何かが目覚める筈だ。

だって説明書の〝ゲームの説明〟に『魔族を倒しながら右に進みましょう』とか、普通書いてないぞ。

「画面内のラスタンにとって〝右〟ってどっちなんだ……」

結構哲学的な疑問の気がする。

つまりラスタンサーガ２はテツガクだ。今、こんなにラスタンサーガ２について語ってるの僕だけな気がするぞ。

だから本屋へ行こう。

「ベーマガとかＬＯＧＩＮも確認しとかないとなあ」

風呂は湯を出しっぱなしだけど、本屋は近い。往復＋立ち読み時間を合わせて帰れば風呂もいい塩梅《あんばい》だろう。だから、

「ちょっと行って来よう」

●

江下は初心《しょしん》に帰ることにした。

生活だ。

このところで、ちょっと住居も見つけて引っ越しというか上京？　そんな感じになってきた訳だが、

「実家じゃないとこんなに違うか——!!」

仮想顕現地では、つまり実家というと神が住む家のことだ。自分が神なので神殿とは言わない。

そんな実家は、当然のようにデカくて広くて神格＝部屋の広さ、みたいな造りなのだが、そこには当然、関係各神が派遣した精霊がいて、インフラなど整っていた。家事だって家事精霊に任せてれば余裕だったのだ。だが、

「ちょっとバランサー、家事精霊くらいいないの？」

《え？　家事精霊ですか？　いますよ？》

「え!?　いるなら言ってよ！　私、楽して生きたいんだから！」

《ええ。でしたらハウスキーパーを精霊に指示しておきますので、手数料込みで一時間八千円からで御願いいたします》

「ハアアア!?　何ソレ！　カラムーチョ八十袋分じゃない！」

《おや、日本の貨幣について勉強したようで何よりです。しかし昨年から消費税3％が上乗せされますので正確には、七十七袋ですね》

「いやそういうことじゃなくて！　家事精霊、何やってんの!?　家事精霊って言ったら、普通、暖炉とか井戸水の管理とかしてるでしょ!?」

《いえ、やってますよ？　火の精霊はガス会社に勤めていますし、水の精霊は水道局にその多くが勤務しています》

バランサーが、画面を傾げて言った。

《想像してみて下さい。水の精霊が水道管理をしているところを》

●

《こにちわー》

「こにちわー」

《メーターだわー》

《確認だわー》

《どこだわー》

「こっちですわー」

《いくわー》

「どうですわー」

《おっけーだわー》

●

「カワイイわね！　何か同レベルでいけそうだから御相手は寿命神で想像したけど！」

《貴女また先輩さんの敵意を一発で稼ぐような想像しましたね？》

そういうものだろうか。

ふむ、と頷き、己は気付いた。

「――――家事精霊の問題が解決してないわよ!!」

《それがまあ残念ですが、家事精霊を無料で使役すると契約違反か給料未払いで裁判沙汰になるのでやめて下さい。ソレが出来るのは〝相〟管理側に回している者達ですが、これは家事精霊ではなく土地神や土地精霊です。個人の部屋に引き抜くと大変な事になります》

「大変な事？　どういう事？　天変地異でも起きるの？」

《相が傾いて、その原因は何かと探った皆が貴女を蔑みます》

「個人攻撃か……！」

　まあでも神格高い神が、神格低い神や猿の末《まつ》裔《えい》から蔑まれるのは良くないだろう。何となく、手を入れてはいけない領分なのだと思った。だが、

「どうして？」

《この時代は、まだ、この後に生じた融合が始まっていない。つまり、何でもありになる現実の始まりの、ぎりぎり直前だからです。

　ある程度正確に言えば、２００５年末あたりまで、全神話、全概念の融合は生じていないようなので、そこまでは引っ張れますし、どうせならそのあたりでまたこの90年に戻すのも有りだと考えてはいますね》

「一言で」

《平等だからです》

　言われ、考えた。ちょっと空を見る。

　夜空があった。

●

　架空の夜空であろう、と江下は思った。今、テラフォーム中の星の上、そこに位相空間を広げて、この二重世界ともいえる神界をバランサーが作ったのだ。

　ここから見る夜空。大気の向こうは、作り物の空だ。だが、

「金星があるのよねえ」

　自分のシンボル、というか、自分の白然神としての原型のようなものだ。あの光に人が神を見て、自分が生まれたともいえる。

　……まあ、これがあるだけ、私は平等よりもチョイ上かしらね。

「つまり、アレね？　——あらゆる神に対し、世界は無償の手を貸さない。そして神の権能も、基本、結界内でしか全開不可能。ゆえに平等、と？」

《はい。自衛などのためならば致し方ありませんが、基本、貴女達は、この90年の世界の中で、当時の人類と同様の生活をして貰います》

「何故？」

《私が、神々と争うのは飽きたと、そう言ったら、何を思い、また、信じますか？

——貴女達を作り出し、さあこれでテラフォームだと思ったら、仮想顕現状態だったというのに貴女達は自由だった。私は数え切れないほど困らされましたが、私はしかし、既に判断していたのです》

それは、

《この自由あればこそ、私達の想定外の事態でストップしていたテラフォームは成功しうる、と》

「…………」

「まあ、そのくらいで今は信じてあげるわ。この世界の御菓子《おかし》はなかなかだもの。新製品を定期的に献上出来るなら文句ないわね。

——しかし」

《しかし？》

「この近くの本屋って何処？　解らないまま出て来ちゃって」

《…………》

「アンタ今、私のこと、馬鹿だと思ってないでしょうね!?」

いやまあ、とバランサーが言う。

《書店でしたら、この時間だと立川で開いている店は少ないですね。この地域では寧《むし》ろ学校前に私が用意した店に行った方がいいと思います》

「アンタの用意した店？」

《銭湯と同じです。神話ごとに求める情報や必要な情報が違う場合があるので、結界を張って位階多層の本屋を作っています》

「ハア？　面倒くさい事するわねえ」

《ええ。——何しろ、グラビア表紙の週刊誌を見たらキレる神話もありますし、雑誌コーナーで〝今週は美味《おい》しい豚肉料理！〟って有ったらそれだけで戦争になりかねない神話も多いですからね》

何となく解る。

「というかうちが結構その気質だわ！」

《だから分けてるんですよ……！》

「アー、まあ手間掛けさせるわね。でもまあ、私は〝奔放〟で〝我《わ》が儘《まま》〟だから、そこらへん気にしなくていいわよ。別に私を穢《けが》すような内容の本なんて無いでしょうし」

《成程、恐らく来月あたり、書店では貴女に関係したことが話題になった本が出ると思うので、そのあたりは憶えておいて下さい》

「どういうこと？」

《はい。実は数日前となる1990年の八月十日、アメリカが発射した金星探査機マゼランが、金星の極上空にて周回軌道到達を成功しています。

天文分野的には軽いフィーバーとなり、これから四年間にわたり、マゼランは金星の地表面を撮影、結果としてその98％を露《あら》わにします》

「あら、私のハダカを撮影するって感じね。いいわよ。——やるじゃない人類。私が生まれて五千年以上経《た》ってから、ようやく私を見るって感じなのね」

《まあそういうことです。——でも江下、貴女、何故書店へ？》

「あ、うん、部屋をこっち借りて生活すっか！ってなったら、家事精霊とか全く使えないみた

いじゃない？　だからとりあえず生活用の知識とか仕入れないとね、って感じで、本屋行こうか！　って。あるんでしょ？　紙の本がたくさんある場所！」

●

「……この場所から離れましょうか」

精霊や土地神達がネプトゥーヌスを確保し、去って行くのは確認した。無論、その場にいれば超関係者となる。だから少し離れたコンビニ前からそれを見届けたのだが、

……どうしたもんですかねえ。

とりあえず帰宅しようか迷った。予定では第一デパートで買い物をして行きたかったところだが、

「気が削《そ》がれたというか……」

「まあそうねえ。――第一デパートで買い物しなくても、ここまで来たならデパート隣の地下にあるシェーキーズでピザの食べ放題でも寄ってく？」

「また高カロリーな……。脂ものは紙に悪いので苦手なんですよね……」

「疲れたときは悪徳でストレス発散よ？」

「――誰が行かないと言いましたか？」

「道標のカカシがそう言ってくれると、私も悪徳に染まる言い訳が立つわ」

でもねえ、とシャムハトが言う。何かと視線を向ければ、

「最近、そっちにエシュタルが行かなかった？」

「？　どういうことです？」

疑問すると、シャムハトが珍しく眉をひそめている。

あ、何かあったな、と思う視線の先、何となくお互い歩き出しながらという流れの中で、彼女が言った。

「……あの馬鹿、こっち来て何の生活プランも立ってないようだから、困ったらとりあえず図書室行って雑誌コーナー見るなり生活関係のコーナー見るなりしなさいね、って言っておいたのよね。あと、図書カード作れって……」

「ああ、オススメ有り難う御座います……」

こちらの言葉に被せるように、シャムハトが長い吐息を吐いた。

「――あの馬鹿、ちゃんと生活出来てるのかしら」

●

「うわア、かなり生活出来てんねエ……」

というのが、先輩チャンの部屋に来ての感想だった。

入口とつながっているキッチン部分。四畳半くらいって寸法だっけかナ？　格闘戦するならかなり密になるなア、と想像してしまうあたり、北欧系の発想だと最近思うようになった。とりあえず両腕を伸ばしたら壁が近いナ、と目寸。

「何も無い壁にカーテンってのはチョイと驚いたかナ。乙女だヨ……」

「い、いや、〝何度もここに初めて来る〟というのをやってたら、調度が被りまくってしまいまして……」

見ると冷蔵庫にもレースカーテンが当ててあったり、恐らく風呂の入口であろう扉や、クローゼットにも同様の仕掛けがある。飾るなア、と思えば、壁にはやはりカーテンで飾られたストッカーが幾つか下げられていて、

「あ、それはこの町で生活するのに必要な書類とか、証書、カードとかの仕分けストッカーです。左右が内容で、上下がスケジュール的もしくは常駐という必要頻度や時間的区分、そんな分け方ですね」

それと、

「いろいろ飾ってますけど、基本、カーテン類は禊祓加護入れてるんです。何だかんだで土間――、キッチンですね？　ええ。大丈夫ですよ？　ええ、キッチンの匂いや油など、他の部屋に行ったり、壁とかに染《し》みますから」

「アー、何か途中、言い訳入った気がするけど大丈夫だヨ？」

「有り難う御座います！　――で、コレですね。TOPOSで買っておきました。駄菓子の〝BIG KATSU〟、ホントに箱売りあるんですね……」

「ワオ、有り難うねエ！　これ、ビールのアテにいいんだよねエ。夕食前の江下チャンの付き合いに、私、徹の方の買い物付き合ってそっち行けなかったからさア」

　とりあえず御代《おだい》を渡して、箱の中から三枚ほど供出。

「ええと、どうやって頂くんです？」

「そのまんまだとチョイと油キツいけど、ビールだったら有りだネエ。ちょっと手を入れるなら、トースターの柵にサ、これ、縦に差してサ、上からの炙《あぶ》りだけにして三分くらいかナ？　そうすると油が落ちるから、後は八つくらいに刻んでソースとマヨ載せた皿に並べて、箸で摘むって感じかなア。他、〝よっちゃんいか〟とか〝うまい棒〟のソース味とか、〝キャベツ太郎〟なんかもアテにいいよネ」

「ソース味、好きですね？」

「いいよねエ、地元でメインだった魚醤《ぎょしょう》よりも強いというか、コレはアレかナ？　タマネギとか突っ込んでアンチョビ強め感かナア？」

「流石によく解らないですね……」

　まあテキパキ答えられても引く。ただ、こっちとしては、

「奥の部屋、どーなってんのかなア」

「だ、駄目です！　透視とか、そのあたりの権術や神具とかも無しですからね！」

「そんなマジ拒絶せんでもサア……」

「い、いえ、ちょっとこの前、反動出て大判写真とか導入してしまったので、ちょっと引き下がれなくなってきた感あります！」

「……先輩チャン？」

「……何です？」

「犯罪に走る前に相談ネ？」

「…………」

**「……だ、大丈夫です！」**

コレ絶対に駄目な方の大丈夫だというか、無茶苦茶信用無ぃ。

●

宵の明星の下では、駄目な馬鹿が増えていた。

「アレ!?　ムーチョどうしたんだよ！　地面探したってカラムーチョ落ちてないぞ！」

「神格高い神が拾い食いするかあ――!!」

《いや、低い神でもしませんよ。というか猿、どうしました》

「は？　僕はこれからラスタンサーガ2を盛り上げるために本屋行ってメガドラ雑誌買うところだけど？」

「何？　本屋？　――一緒に行ってやらないこともないけど？」

「何だよムーチョ！　家に帰れなくなったのかよ！」

「変な飛躍するな!!」

《でも江下、家、解ってますか？》

「…………」

「…………」

《…………》

「何よアンタ達その沈黙!!」

●

仕方ないな、と僕は思った。ムーチョが明らかに土地勘ゼロなので、とりあえず、

「じゃあ僕、学校前の本屋行くからついてこいよムーチョ。そこからだと、学校基準で家がどっちかくらいは解るだろ?」

「あら、何よアンタ、結構いいヤツじゃない?」

「…………」

「……私、家が何処かは解ってるわよ?」

駄目だコイツ……、と心底思う。ともあれちょっとショートカット。家では風呂も待っているから、急ぎたい。

行く道は学校の敷地《しきち》内だ。学校は四角い区画ではなく、町なり道なりに結構曲がった縁を持っている。だから〝通りをまっすぐ〟だと、学校内の出っ張った敷地を突っ切ることもよくある。

「ここらへんの記憶も、お前が作ったんだろうなあ」

《御利用頂き、有り難う御座います》

ハイハイ、と応じて、前に行く。

道。街灯。学校と外を仕切る壁。道の右に、小さな防火用の池がある。たしかデカくなった金魚が数匹いるんじゃなかったっけ。

《にげるわー》

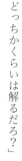

「ファ!?　いきなりどういうことだよ!?」

と、疑問したときだった。不意にそれが来た。

「――――!!」

響く、高い声と共に、水の中から太い鞭のようなものが飛んできた。

慌てて全力ダッシュで逃げた僕の視界の中、池より飛び出してきた姿は見覚えがある。

「――川精霊が見せた悪いヤツだな……!」

上半身は女性型。下半身は蛇体の群のような、しかし、

「水……!?」

全ては水だ。そんな存在が声を上げた。

「……!!」

「うわぁ、マジだよコレ。でも、さっきの僕の物事の捉え方、ちょっと格好よくない!?　〝全ては水だ……〟ってポエム的でさ。どうだムーチョ！」

「メタな発言してる場合か!?」

《というか猿、貴方さっきから〝ムッ！〟とかへんなポーズとったりしてかなりイタイですよ？》

「アイタタタタタタ！　見るな！　僕を見るんじゃない……！」

とか言ってる間に、向こうが動いた。

「――――！」

声のままに、そいつはこちらに身を跳ばしてきた。

直撃コースだった。

# INTERLUDE

「ちょ、ちょっと！　コレ、私が人類を守らないといけない流れ？」

《あ、大丈夫です逃げても。先輩さんには報告しておきますから》

「アンタもうちょっと選択肢を設ける努力をしなさい……！」

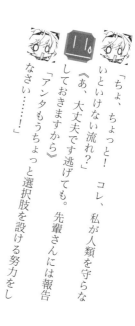

# 第五章
## 『MIDNIGHT RESISTANCE』
――この頼りなさ、勝ったも同然だぜ!

ふう、と自分は一息《ひといき》吐《つ》きます。紫布さんが帰っていって、

「……でも紫布さん、何か私に言うことがあったんじゃなかったでしたっけ……？」

●

「アー！　やったア！　先輩チャンに昼見た川精霊の荒れた原因のアレ、アレについて話すの忘れちゃってたヨ……！」

〝BIG KATSU〟の魔力だろう。恐るべきは〝やおきん〟、否、メーカーとしては〝菓道《かどう》〟か。

箱入りだが、中は三十袋入り一パックが三つ詰まっている。これで徹と毎晩摘まんでも四十五日保つ。否、消費早いから二十日くらいで終わりかナ……。だけど、

「……どうしようかなア、先輩チャンに説明するかなア。

何か、江下チャンみたいな馬鹿ミスしてるよねエ」

●

《戦闘中ですが江下、緊急です！　今、貴女のことを誰かが馬鹿呼ばわりしたことを御報告いたします！》

「アンタ意外と余裕よね……!?　そうよね!?　というか誰!?」

「ムーチョ！　慌てるな！　大体皆そう思ってるから大丈夫だよ！　あ、でも先輩は心が綺麗だからお前に対してそんなこと思わないから安心しろ！　だって先輩がお前のことサゲた時はお前はシオシオのプーになって消える筈だから大丈夫！」

「大丈夫じゃないわあ――――!!」

「――――!!」

忘れられてると思ったのか攻撃に来た。

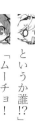

「まあ、何か忘れてるなら、明日にでも教えて貰えるでしょう」

と、自分は鍋を見ます。中に出来ているのは鶏肉《とりにく》の酢醤油《じょうゆ》煮です。

鶏の腿《もも》肉を、酢と水と酒で割った醤油で煮たものです。味と色が染《し》みるように砂糖を軽く入れるのがコツでしょうか、蓋をせずに十五分くらい煮たら、あとは余熱に任せておきます。

冷めた頃には、艶のある醤油の薄色に、鶏肉が浸っているという寸法ですね。

夏の料理として、冷えたままでも行けるのが良いと自分は思う。脂も落ちているし、これに下ろした生姜《しょうが》を付けて頂くのは贅沢《ぜいたく》です。今回は一緒にアスパラガスも煮ました。ちょっとクタクタですが、軽く摘まんでみたところでは、

「豆みたいな味がしますね……！」

いける、という事もですけど、面白い。でも、

「♪～♪　ちょっと作り過ぎてしまいましたね」

困りました。

大体、夕食はもう食べているので、これは明日以降のものとなります。それなのに、

「材料を二人分買ってきて調理したら二人分出来てしまって、一人分余計になってしまいましたね。ええ、困りました。これは隣の住良木君にお裾分けしないといけませんね」

《――頭大丈夫ですか》

「ファッ！　な、何ですかいきなり！」

《いや、いきなり奇天烈《きてれつ》なことを言い出すので、ちょっと神界の管理者としてツッコミを》

自分はバランサーを張り手の連打でドアから外に叩き出しました。

ともあれドアを開けてしまったので、一回キッチンに戻って器に鶏肉を寄せてラップして通路に再出場。そして御隣、住良木君の部屋の

前に立って、

「え、ええと……」

何て呼んだらいいんでしょう。

●

《**おい猿！**　でいいんじゃないですか？　塩対応で喜びますよ？》

「フツーに思考にツッコミ入れてきて何ですが、まあちょっと困ってるのは確かなのでその点では良しとします」

しかし、

「基本的に、神から神奏者に向かっては、何と呼びかけるんです？」

《ちょっと他、聞いてみましょうか》

●

『――信ん者にぃ？　そおおうだなあ。昔、ぼぉくがイキってた頃は〝**おい、羊ども**〟かなあ、メジャアだぁよねえ』

●

『――まあ、何と言うか〝**受験生**〟多いんですよね、うちの場合……』

●

『……この前ゲーセンで見たけど〝**PLAYER1**〟？』

●

「だ、誰ですか全く参考にならないチョイスで固めたの！」

《いやあ、多様性があっていい時代ですねえ、90年代》

ともあれこっちとしては、開き直った方が早いと思いました。なので居住まいを正して、

「住良木君――？」

「…………」

「……うわあああん！　住良木君に無視されてます私……！」

《いやいやいやいや、猿に聞こえてないだけかもしれないですよ？　大きな声で言って下さい》

**「住良木君――!?」**

「…………」

「……うわあああん!!　やっぱり住良木君に無視されてます私……！　もう消えて仮想顕現に閉じこもるしかないです！　そのまま歳食って忘れられていくんです！」

《いやいやいやいや、落ち着いて下さい！　こういうときはアレです！　馬鹿に絶対届くワードを使うんです！》

「例えば？」

ええ、とバランサーが頷いた。

《ええ、その器をこう、胸の前に構えて、笑顔で小首を傾げたら膝で軽くジャンプして〝**こんばんは！　私のドキドキ氏子タイム、今夜もこれから始まります♪**〟って言えば、絶対届きますね》

やってみることにした。

**「こんばんは！　私のドキドキ氏子タイム、今夜もこれから始まります♪」**

《――ホントにやる神がいるもんですねえ》

鶏肉の器をキッチンに戻しに行って、また通路に出て来てからバランサーを摑んで上下にシェイクしました。

「このっ、このっ、今、真剣にメンタルパーティな時に……！」

《落ち着いて下さい。大体あの猿、今、不在じゃないでしょうか》

「不在？」

言われ、とりあえずドア横のインターホンを押してみる。

《まずそれを押すべきだった気が……》

やかましいです。神といえど本心を突かれるとイラっと来ます。しかし、反応が無くて、

「……うわああああん!! やっぱり住良木君に無視されてます私……! もう消えて仮想顕現に閉じこもるしかないです! アイスの製法だけ向こうに持って帰って父から山の氷室《ひむろ》の氷使ってもりもりアイス食べまくるしかないです!」

《意外と引きこもりが充実していく気配を感じますが、あの猿、単純にいないのでは?》

どうなんでしょうか。

とりあえずドアの傍《そば》で耳を澄ますと、

……音や声がしないですね。

なのでそのまま、キッチン側の窓の方に行きます。窓硝子《ガラス》は向こうが見えない型板硝子ですが、向こうの灯りを見ると、

「……動いている人影とか、音はしないですね」

《客観的に見て、貴女、今もの凄《すご》く怪しい存在です》

バランサーを摑んでシェイクしておきました。

すると、

《仕方ないですね。じゃあ、私が中に入って確かめて来ましょう》

瞬間的に手が走って。
瞬間的に手がバランサーを摑んで。
瞬間的に手が引き寄せて。
瞬間的に視線を合わせると。

《――わ、解りました。や、やめておきますっ。ハイッ》

瞬間的に解ればいいんです。

でも如何しましょうか、と、ふと、自分は住

良木君の部屋のドアノブを掴みました。
何となく回すと、回って、

「――」

**「ンンンン!?」**

《あの馬鹿、施錠《せじょう》しないで出て行きましたね？》

「えっ？　えっ？　コレ、どういうことなんでしょう？　コレ、中に入っていいっていう住良木君からの通神電波か何かだったりします？」

《警察に通報していいですか？》

「…………」

「――ちょっと落ち着きました」

「で、でも、どうするんですか一体！」

《そうですねえ。まあ、この周辺は防犯いいですから、放っておいてもいいんじゃないでしょうか》

「いやいやいやいや、それはどうかと……」
と言ったときでした。何だか、聞いたことのあるような音がしました。

「……水？」

《何か水漏れですかねえ……？　――あ、私、何だか解った上で、中立かつ猿のプフイバシーを守るために言いませんので》

「ということは、中で何か起きてるっていうことですよね！」
ドアノブに両手を掛け、ふと、自分は考えました。

「え、ええと」
このまま中に踏み込んでいいものでしょうか。
よく考えなさいイワナガヒメ。貴女は今、聖

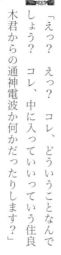

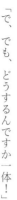

域への扉に手を掛けているのです。

●

「えーと」

左右を見渡す。と、バランサーがいるだけです。しかし、

「ちらり」

と後ろの方を見ると、向かいの林や、下の建物の陰に何かが隠れました。

《土地神や土地精霊ですね》

「ちょ、ちょっと、何で私が住良木君の部屋のドアを開けようとするのを土地神や土地精霊が気にするんですか」

《自分で答えを言ってませんか貴女》

そんな気もします。しかし、

「や、やめておきましょう」

《おお、良い判断です》

「ですよね？　ですよね？　良い判断ですよね？　で、でも、これが最後の機会になるかもしれないな、とか思ったり、何か、ふっと地震が起きてドアノブがガシャっと回ってドア開いちゃったりとかしないかなあしないかなあどうかなあとか思っていると段々とドアノブが温まってきて、あっ、私、今、住良木君の手を間接的に握ってる……！　推しと間接握手って凄い！　ドアノブ凄い！　最高！　って思って、ちょっとこれ住良木君が来るまでずっとこうしてて」

《落ち着いて！　落ち着いて下さい！　視線の焦点を結んで！》

失礼なことを。

「何を酷いこと言ってるんですかバランサー、私は正気ですよ？」

《アー、そうですね、大体皆、そう言いますね》
ともあれゆっくりとドアノブから手を離す。よし、よーし、よしよしよーし、出来るじゃないですかイワナガヒメ。偉い！
《長かった……》
「な、何がですか！」
まあでも、中の水の音？　どうしましょうか。

●

水音が走るのを、江下は知覚した。

……夜だと面倒ねえ。

場所は学校敷地内。用水の溜池《ためいけ》の前で、周囲は林、あとは市街側と隔てる壁だ。

ぶっちゃけ馬鹿がいなければ逃げるが勝ちだ。わざわざ相手するのも面倒だし、下手に負傷したら損だろう。

「バランサー？　この手のを鎮圧する土地神は？」

《神道は現在、いろいろな役目を外注してると知っていました？》

「北欧系のやることじゃないの？」

《協力神話群のすることですよ？》

「じゃあ私、奔放で非協力的ってことでいい？」

「――――!!」

水の砲が来たので、とりあえず回避。

相手は身長二メートル半ほど。全長は三メートル程度か。夜の中だと水の全身は光を反射する黒に見える。

動きは遅い。全力で走れば人類だって逃げられるだろう。しかし、

「コイツ、そこの人類をいきなり狙ったわよね……」

「つまり僕がカワイイと言うことか！　えっ、やだ、困る。僕には先輩という神様がいるんだから、それを略奪しようなんて、でもちょっとドキドキィ――、ってオイ！　聴けよ！　こっちも自分に耐えつつ言ってんだぞ！　こ、こう、上目遣いで口に手を当ててなあ！」

　何言ってるか解らん。

《無視を許可します》

「まあそうね」

　正面。溜池を背後に水妖と言うべきか、それがいる。

　こっちは道路上だ。周囲の林が街灯によって落とす影が、道上には無い。

　……ちょっと面倒ねえ。

　神としての実力を出せば余裕だろう。

だがそれでは、相手の身元や狙いが解らない。


　江下は思った。

　……何でコイツ、人類を〝狙った〟のかしら。

　人類が言うように、アレがカワイイということはあり得ない。何しろ毛が生えてないだけの猿だ。不規則言動も酷い。

　だがカワイくなくても、アレは人類だ。

　以前、現実上で炎竜とやり合ったとき、炎竜が人類を〝狙っている〟という指摘を寿命神が言った。

　あれが言葉として事実を定義した訳ではなかろうが、

　……神になりたがったり、神として上に行きたい連中は、この人類を〝狙う〟のよね。

　だとすれば、そういうことだろうか。

　ならばコレは、神になりつつある水系の荒れた精霊か。それとも、

「まあいいわ。――それ！」

と、己は右の手を勢いよく振り下ろした。

右の肩から腕の先に権術展開。行き先は水妖。

距離は八メートル。

「砕けなさい！」

何も起きなかった。ただ水妖が池に下がっただけだ。

辺りは何もなく、夏の虫が鳴いている。

僕は、切断系ポーズをとったまま動かないムーチョに首を傾げ、

「……何やってんのムーチョ？」

「いや、コレ、フツーだったらこの正面、二キロくらいに渡って大破壊みたいな？　そんな感じの筈なんだけど……」

ややあってから、ムーチョが手を一つ打った。

「あ、そっか！　今夜は熱帯夜っていうから、私、インナースーツの上、シャツだけ羽織って出て来てるじゃない？　これだと二枚しか着てないし、私って基本、五枚から力が出るから、つまり駄目だわ！」

ムーチョがバランサーに言った。

「帰っていい？」

やる気を戻した水妖が水の砲撃をぶち込んできた。

危ないので、江下はとりあえず回避する。

薄着なのでパワーは無いが、それは外に向かってのものだ。反射神経は神だし、それについてくる程度の動きなら現状の薄着でも出来る。

しかし、

「あれ？」

「ボーっとすんな!!」
急いで突き飛ばす。すると、

「アアアアア!?」
馬鹿の全身が勢いよく吹っ飛んだ。

「えっ!?」

《言っておきますが、貴女が薄着で神パワー激減していても、対人で考えると相当にパワーありますからね?》

「つまりどういうこと?」

《つまりあの猿は木に激突してロールバックして、貴女は先輩さんに恨まれます》
ダッシュで、吹っ飛んでいく馬鹿の襟首を摑んで軌道を逸らす。
逸らした。
背後に水の砲撃が飛んでいって、馬鹿は道路上で独楽《こま》みたいにスピンして、

「おい! ちょっとムーチョ! 人の扱いが雑じゃない? いいと思ってんの?」

「とりあえずそこで伏せるか寝てろ!」
邪魔過ぎる。
馬鹿が横向きに寝て、何かくねくねしながら哀《かな》しいメロディを口ずさみ始めたが、気にしないことにする。とりあえずこっちとしては、

「ビルガメスあたりを呼んで片付けさせるのもいいけど、まあいいわ。——ちょっとしたリハビリで、良いとこ見せてあげる」
言って、自分は水妖に走った。身を低く、一気に突っ掛ける。

走る。というよりも、跳ぶ。
足掛かりはかなりいい。

……アスファルトって言うんだっけ。
確かエジプトの方でミイラの保存に使ってい

た筈。それを道路の舗装に使うとは、なかなか

面白い時代ね。……この世界の大地は、ミイラの包帯で巻かれてるようなもんかしら。

走ると、距離が詰まる。

当然のように迎撃が来る。

前方。水妖の発射する水の砲弾は、その両手から放たれる。だがそれは幾ら高速でも直線的で、こっちが相手の〝手〟の正面にいなければいいだけだ。

故に走り、身体を傾けて速度を落とさず右にステップ。走る軌道が右にズレてスキッドするが、先ほどまで自分がいた宙を水の砲弾が貫く。

精霊かしらね、と思うのは、砲弾程度なら精霊クラスで充分に出来ることだからだ。

法則を己のものにしているのは確かだが、相に影響を与えるほどではない。だとすれば、

「おっと」

砲弾がまた来る。なので自分は、

「――こっちよ」

溜池の縁を回るように、身を弾いた。

木が断裂する。

「……！」

一瞬だけ木枝が一斉に鳴り、葉が打ち震わされる。その音は叫び声にも似て、だがあとはただただ倒れていく。あれだけ震えた何もかもが、一方向に流れて、風を叩くだけだ。

それだけのことが、連続した。

溜池の中にいる水妖が、女性型の上半身を回して水の砲弾を連射する。

射撃されるのは一発ずつではない。腕の側面に砲弾が十数発一気に装填され、手の振りによってそれら全てが連弾される。

水と言うよりも、明らかに砲弾じみて先端を鋭くした弾幕が、木々を断って宙を穿《うが》つ。

左右の腕は振られ、しかし人型であっても軟体だ。鞭のように振るわれた左右の手が、キャストの瞬間だけ五指を明確にし、力を放って敵を追う。

　対する江下は走っていた。

　溜池の周囲を回る彼女は、ステップも高速で、砲弾よりも先を行く。

　時折に砲弾が先読みして、行くべき位置を塞ぐときもあるが、

「――駄目ね」

　踏み込んだ一歩だけを強く加速して、その先に跳ぶ。だが、

「――――」

　水妖が身を回し、江下を追った瞬間。彼女がそれを行った。

「こういうの、どう？」

　放たれていた水の砲弾。速度で上回って回避した内の一発を、擦れ違いざまに手で拾ったのだ。
　そして江下は身をスイング。宙でスピンして、巻くようにして抱えた砲弾をサイドスローで、

「ほら！　私のパワー入り！　精霊レベルのアンタが返せるの!?」

●

　直後。水妖が身を組み替えた。

　足だ。池の水と同化させていた蛇足を左右から一気に八本ずつ跳ね上げる。それらは絞り合うように左右一本の砲門を作り上げ、

「――――！」

　八本組の蛇足砲。その側面に鱗にしては巨大な剣板が立ち上がった。しかしそれらは後ろから前へと閉じていき、代わりに砲門後部が前へと杭《くい》打つように機動。
　同時のタイミングでそれが発された。
　水とはもはや言えない高圧の一直線だ。それ

は、江下の投げ返しを割り、

「有りかー!?」

江下のいた位置で、色が散った。

# 第六章

## 『COMIX ZONE』

──ジャンルが交じって大混乱。

街灯の光に舞った色は、黒の断片だった。
影だ。
元の色は白。街灯の光によって影に黒く、しかし透かして青黒く見えるそれは、

「危な──！　シャツ一枚身代わりで助かったわ！　何よあの水ビーム！」

「水ビームって……。メソポの連中、ネーミングセンス死んでない？」

《やはり古い連中ですからねえ》

「ハイそこ！　何か勝手に批評しない！」
水ビームが馬鹿（この場合は人類）に飛んだ。
江下は、水妖が人類に向けて水ビームを発射したことで、確信した。

……やっぱ、人類狙いだわ！
だがおかしい。
今の一発では、人類を殺してしまう。
初めの動きは、人類を確保するためのものではなかったか。
どうなのだろう。
水妖の知能はどのくらいあるのか。
今の水妖が、激昂《げきこう》して我を失っているとしたら、どうなのか。
幾つかの可能性があるが、結論はこうだ。

「ま、いいか！　私のことじゃないし」
そうね。面倒なことを考えてると歳を食うわ。ここはもう、面倒放り投げて楽しく行こう。だけど、

「オイイイイ！　人類ちょっと死ぬな！」
水ビームは既に馬鹿に飛んでいる。

馬鹿は避けようとしているようだが、明らかに間に合っていない。大体、しゃがんで回避をしようとしているようだが、ビーム軌道自体が下だ。だから多分、ビームが馬鹿の額を貫くことになるだろう。そのとき馬鹿が、

「AHHHHHHHHHHHHHHHH!」

とか叫ぶとちょっと笑ってしまうかも知れないが、

「アンタ死んだら、私が寿命神に消されるかもしれないんだからね!」

だがビームが飛んだ。

直撃コースだった。

●

僕は無事だった。

ちょっと目一つぶっちゃったりして情けないが、仕方ない。

……だって僕、人だからな!

神様と精霊がヒャッハーしてる処に人間がいるとか、無茶だろう。だけど、

「流石僕だな! サンダーフォースⅢで鍛えた動体視力で敵の攻撃をかわすとか……!」

《いえ猿、完全に直撃でしたよ?》

「ハア!? 僕生きてますけど? この前、雷同先輩から**〝人間スペランカー〟**とか言われたけど、スペランカーってアレ人間だよね!? でも僕は生きている! 生きているって素晴らしい! だって先輩の巨乳を拝めるんだぞ!」

もう一回水ビームが来た。

直撃軌道だった。

●

だが僕は見た。先ほどの一発も、今の一発も、すんでの所で拾って止めたのは、

「コルアアア! 何で水ビームの飛ぶ方に避けるのアンタ……!」

「ムーチョ！」

「——ああ、私しかいないでしょ？　ああいうの弾けるの。
あと、アンタさっきから何を意味の解らない自賛してんの」

言ったムーチョが、右の手を軽く振る。
右の五指。否、掌だ。ムーチョのそれが、

「水ビームを受けた？」

「まあそうね」

三発目が来る。四発目が来る。だがその直線の走りを、ムーチョが右手で受けとめる。否、

「消している……？」

どういうことだ、と僕は思った。

「ムーチョ、今、インナースーツだけだから弱々だよね？　どういうこと？」

「空を見るといいわ。西の方ね」

言われて、僕はそちらの夜空を見た。
空が見える。するとこの時刻だと、夏と言うこともあって、

「金星が見えてる……」

「宵の明星。——私の星よ。あれが見えている限り、パワー自体は供給があるからそれなりに行けるわ」

「何？　じゃあ今のムーチョって、金星で充電出来てるの!?　すげえ！　何分保つの？　タミヤのラジコンバッテリーみたいに八分くらいで切れたりする？」

「そう言う言い方するな……！」

というか、僕は何となく気付いた。

「——ムーチョ、さっき逃げ回ってさあ。それで木ーバンバン倒されてったよね？」

「うん。だって金星見えるようにしたかったけど何処にあるか解らなくて、ちょっと派手に攻撃誘導して空を開けさせたけど」

《貴女、私の作った美しい神界をよくもやってくれましたね？　というか、何でか東の方まで木を倒してますが》

「し、仕方ないじゃない！　あると思った位置に無いから、ちょっとこっちも慌てたのよ！　ほら、神格高い神がちょっと慌てん坊とか、ギャップでしょ!?」

「ちょっと慌てん坊で自然破壊とか、ムーチョお前……」

《ちなみに東京は北緯36度で東経１４０度、エシュタルのいたウルクは北緯31度で東経45度ですが、基本的には緯度が重要なので、五度差が解ってないとか……》

「い、いいじゃない！　とりあえずこれから逆転！　いいわね！」

言って十数発目を弾いたムーチョが、再度走り出す。

「行くわよ……！」

「――何となく思ったけど、ムーチョの戦闘って、神話だとどんな感じ？」

軽く走って行くムーチョの背を見送りつつ、しかしそれを遮蔽とする位置に移動しながら僕はバランサーに問うた。すると画面が頷き、

《それでしたら〝エビフ山事件〟があります》

「どんなの？」

《ええ。エシュタルが、自分の格を上げるために、資源豊かなエビフ山を滅ぼすという話です》

「…………」

「……何してるのあの馬鹿。何か嫌なことでもあったの？」

《神様エピソードでたまにある〝え？　その反応はちょっとおかしくない……？　何でそうなるの？　大丈夫？〟というアレでしょう。アレがあるかどうかでメジャーかどうか決まるとも言われています》

「変な心配するな！」

解った解った、と水ビーム弾いてるムーチョに手を振っておく。そしてバランサーが、

《でまあ、エシュタルは宝物庫《ほうもつこ》からいろいろ装備を持ち出す訳です。聖なる光とか、王に由来する衣装とか宝飾。そして七つ頭のよく解らん武器とか、ついでに弓も出しましたね》

「え？　じゃあそれらの武器を持って山を潰した訳？」

《一応、その前にテンション上がったのか、山についてもないのにイキってチョイと嵐とか洪水起こしました。それで武器ですが――》

バランサーが言った。

《エシュタルは、山に着くと、山の天辺《てっぺん》に両刃の短剣を刺して吠《ほ》えたり殴りつけたり、木々や獣達に呪いの言葉吐いたりしたんですね。それで勝利宣言です》

「…………」

「……両刃の短剣って、さっきの宝物庫の描写でいつ出てきたっけ？」

《いえ、山が初出ですが何か？　何か登山しながら研いでました》

「……じゃあその短剣って」

《私物じゃないですかね》

「…………」

「……さっきの弓とか、武器は？」

《――誰が使うと言いました？》

「いや、お前、ちょっと……」
解りましたか？　とバランサーが言う。

《エシュタルはメソポタミア神話において、基本的に両刃ドス持ちの近接戦キャラです。よく憶えておきましょう》

「何処の鉄砲玉だよ……！」

《広域暴力団シュメール組ですかねぇ》

「コラッ！　そこ！　勝手に世界観を広げない！」
結構余裕あるな、と思ったときだ。向こう、池の方でムーチョが叫んだ。

「さーて、そろそろ届くわよ！」

●

走る。が、必死ではない。
軽いジョギングという風情《ふぜい》だ。だって今は避ける必要が無い。
来た攻撃を左手で弾き、右手はとりあえず威力を上げるために回しておいて、

「逃げるんじゃないわよー」

「……!?」
水妖が、攻撃が全く効いてないことに気付いて慌てる。
あらあら、気付く知能もあれば、ビビる感情もあるのね。

……だとすればコレは何？　精霊でもないし、神でもないような……。
解らない。だけど自分はちょっとペースを上げ、

「届いたわ」
溜池の縁を蹴って、池へと飛んだ。そこにいる水妖に向かって、だ。

そして僕は見た。

それはムーチョの、池に向かってジャンプのあとで振り下ろされるグルグルパンチだった。

宙で叫ばれる技の名前は、

**「――金星パンチ！」**

最悪だ。

●

最悪だが打撃は確かだった。

「……っ！」

現状の江下の強度は最弱のマッパ一歩手前。しかし金星の加護を受け、打撃は確かに強化された。

宙を走る時点で打撃が大気の圧を纏《まと》い、半球状に何もかも押しのける。

水妖が水のビームや砲弾を叩きつけるが、無意味だ。

一瞬で十数メートルに拡大した威力が、水妖を歪める。

押しのけた。

まるで透明な玉が落ちたかのように、打撃圧が過ぎる。水妖も、水も、水草や、水底の石や泥すら押しのけて、打撃が地殻に達する。

結果として霧が生じ、蒸気に変わった。一気に池が沸騰し、噴き上がる。そして、

「――!?」

水妖が高い声で吠えた。更に江下が、

「え!? どういうこと!? 何でお湯になってんの？」

《急速な圧撃と圧迫によって水が圧縮され、熱を持ったのです。本来なら密閉状態で起きる事ですが、今回は水の溢《あふ》れる勢いよりも押し込みが強く、水の内部で圧縮効果が生じたということになりますね》

「？？？」

「ムーチョ、中学校でやるような化学の内容を知らんとか……」

「ハア!? 悔しかったら五千年前に中学校持って来なさいよ！」

だが圧縮はぶち込まれた。池の東側、歪《いびつ》な円形の縁に間欠泉のような蒸気の柱が幾本も立ち、

「――――!!」

軋《きし》むような声の悲鳴が上がる。その直後だった。

《あ》

気付いたバランサーが声を上げた先。それが生じた。

溜池を用水たらしめている設備。水門が圧撃の勢いで崩壊したのだ。

セメントと鉄の水門が、基部の歪みから瓦解《がかい》した。

割れるのでも砕けるのでもなく、ズレる。そんな動きで門が崩壊し、夜目に青黒い蒸気が短い通路と暗渠《あんきょ》へと飛び込んだ。

音がする。

「うわ」

暗渠の内部は、大部分が空白の通路だ。そこに高速高熱の蒸気が吹き込まれれば楽器の要領で音が響く。

入口では風鳴りの鋭さで。暗渠全体では低音の震動として、

「うわ！　うるさい……！」

町が鳴る。そんな響きに、周囲の建物の窓が開く。何事かと今更になって気付いた神々達が外の様子を窺いに来たのだ。

　既に池の水は失われており、蒸気も大半は空に逃げた。残っているのは大気との寒暖差で荒れた風となっている高い湿度の唸《うな》りだ。だがそれが広がり、暗渠の反響と重なった風音を立てているのを聞いている暇はない。

《水妖も消えたようですし、逃げた方がいいですよ？》

「アー、まあそうね！　ここは撤退……！」

「何かコレ、迎撃しない方が平和だった疑惑が……」

　その言葉に、既にダッシュで逃げをカマし始めていた江下が言う。

**「――私が悪いんじゃないわよ!?」**

●

　ちょっと悪いかなア、と思いつつ、紫布はコンビニ前の電話機にテレホンカードを突っ込んだ。カードは御岳山土産だ。50度数。容赦なく使うのが北欧神、などと自分でも解らない矜持《きょうじ》がありはする。すると受話器の向こうから、

『おお、何者？』

『嫁者だヨー』

『ああ、どうした紫布。先輩さんと長話なら構わないぞ別に』

『あ、いやいや。今、先輩チャン家の近くのローソン。もうちょっと帰り、遅れて大丈夫？』

『ああ、こっち筋トレ先にやってるから、別に構わない。そっちは？』

『いやー、ちょっと先輩チャンに話す用件あったの忘れててサア』

　ああ、と徹が言う。

『だったらまあ、元からその予定だったって事だな。とりあえず向こうの方は？』

『ンンン、いきなりだから、邪魔だと思われたら帰るかなア。あと、住良木チャンが帰ってくると先輩チャンのテンションがキョドるから、

そうなったら帰るかナ？』

『何だかよく解らんな……』

『まあそんな感じ感じィ。その後で桑尻チャンとこに寄ってビール回収してると遅くなるから、桑尻チャンには明日にしようって言っておかないとネ』

『あ、じゃあ桑尻の処にはこれから俺が行こう。――紫布も、いろいろ込み入った話あったり、無くても帰ってきたらお疲れだ。ビールあった方がいいだろ』

『モー、ホントそういうの最高だねエ！』

任せとけ、と、そんな声で、受話器を置きかける。だが、

『しかし、さっき聞いたか？　何か、そっちの方で変な笛みたいな音したろ？　あの音、一体何だ？』

確かに聞こえた。自分的には、立川を通過する貨物列車の警笛かと思ったが、

『何か悪い予感するねエ』

●

悪い事かな、と思いつつ、水音が気になった訳です。

「さっき、外から変な音もしましたよね……」

と出て来たのはベランダ。

まだベランダには何もありません。住良木君の部屋の横に〝引っ越してくる〟というムーブがつい先日まであったため、ベランダに物を置ける状況ではなかったんです。

……引っ越してきたばかりの女のベランダが、やたら充実してたら怪奇ですからね！

個人的にはタープをつけて、その下で花壇みたいなものを作りたい。

だが今は、そんな事を夢想している場合ではありません。

……住良木君の部屋から、謎の水音がするんですよ……！

何だろう。入口側、ドアの外から窺った感では、流しの水にしては、ちょっと音が籠もってるというか、深い気がする。

解らない。

だからちょっと、ベランダから窺えないかと、そう思って出て来た訳です。しかし、

《よく考えたら、コレ、覗《のぞ》きじゃないですか？》

「…………」

「いやいやいや！　違いますよ！　これは安全確認です！　神が氏子の部屋の安全確認のために覗……、あいや覗きとか言っちゃいけません！　これはつまり私が住良木君の部屋を守らないといけないのでそのために覗――、覗きとか言っちゃ駄目！　とにかく違います！　違うんですう――！」

《貴女、自己暗示を掛けてませんか？》

画面を摑んで、よく振っておく。だが作戦は進んでいる訳です。

「いいですか？　安全確認です。もしも火事が起きていたらどうするんですか」

《水音が聞こえるのに、火事ですか？》

「もしもですよ！　もしも！　それに水道管が燃えて水が漏れてたらどうするんですか！」

《素晴らしい！　この立川の来年度予算に脳の病院の建設費を組み込まねば！》

もはや権術じゃないと起きないことですね、とは自分でも思いました。

「ともあれそういうことです！　止めても無駄です！　覗――、安全確認しますよ！」

《解りました。ではどうぞ》

「えっ？」

《いや、そこまで意思が固いなら止めません。さあ、どうぞ》

「…………」

「……すみません、ちょっと、プレッシャーが」

「というか私、肝心なところでヘタレだというの自分で忘れてましたね？」

《自己分析がお見事ですが、その後ろに〝アクセルちょっと踏んだら速度が一瞬でマックスまで上がる〟と付け加えておいて下さい》

「し、失礼な！　誰がそんなエキセントリックなことを……！」

　バランサーがすごく味わい深い顔をこちらに向けて来ました。うわあ、そういう表情って出来るんですねえ……。
　でもまあ、と軽く覚悟を入れます。

「見ますよ！」

《ええ、どうぞ！》

　促され、自分は見ました。隣の什良木君の部屋の大窓。それは、

「……カーテンが掛かってる？」

《見ても無駄でしたねえ》

●

「バランサ――!!」

《いや別に騙した訳じゃないですよ？　私は賢いAIなので、そんなことしません。それより、水音が聞こえるのは何故ですか？》

　そうでした。
　どうしたものかとベランダで思案していると、ふと気付きました。

「カーテンの隙間が空いてる……？」

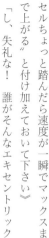

ちょっと、こっちのベランダの手すりに手をついて、上半身をあっちに傾けてみます。
手すりはコンクリート製で、ちょっと飾りのある形。幅も二十センチくらいあります。
そして住良木君のベランダと、こっちのベランダとの間には三十センチくらいの空間がありまして、とりあえず、

「ンンンン！」

カーテンの隙間に全然届きません。というか、こっちの顔がようやくあちらのベランダの範囲に入るくらいで。

「……ええと」

ちょっと危ないですが、乗り出してみます。

「ン――」

何だか塀を越えるような運動……、と足がベランダの床から離れた時。

「あ！」

上半身が揺れて、一気に傾きました。

《落ちますよ!?》

「いや、顔が！」

自分の身体の長さ的に、住良木君のベランダの手すりに顔が当たると、そう判断。だから慌てて手を先に伸ばし、

「ン！」

住良木君のベランダの手すりに手をつき、我慢。ちょっと危なかったですが、両手に力を入れるととりあえず上半身を支えられました。

「危ない……」

《というか、向こうのベランダに落ちるようなことがなくて良かったです。そうすると不法侵入ですからね》

「ああ、まあ、そうなりますね……」

だけど気付きました。ベランダの中に入ってはいけない。ならば、

「手すりに手を付いたりしてるのは、有り？」

《ぎりぎり無しの有りですね》

このAI、何でこんなに煽《あお》るのが上手いんですかね……。しみじみ思って、だったら、とちょっと身を乗り出します。

自分のベランダの手すりの上に膝をつき、住良木君のベランダの手すりに手をついて、

「えいっ」

ちょっと膝を大股に動かして、住良木君のベランダに移動。猫みたいですね、と、ちょっと思っていると、

《ホントにやるとは……》

無視します。ともあれ危ないので、そのままゆっくりと前に。

住良木君の部屋。大窓のカーテンの合わせ目の前にまで移動します。

しました。

「ええと？」

そこで気付くのは、合わせの隙間がちょっと上にあるという事実。要するに、

《立つ必要がありますね》

「いやいやいやいや、ちょっとちょっと、それは！」

《安全確認ですよね？》

「そうですね！」

危険は安全に優《まさ》る。逆かも。ともあれそんな事を思いつつ、ゆっくりと立ち上がります。

どっちかというと左足寄せの片足というイメー

ジで立ち上がり、

「あっ、住良木君、これは安全確認！　安全確認ですからね……！」

　理由を前において、視線を前に、カーテンの隙間に目を向けた時でした。

　不意に背後、下の方から声が来ました。

「先輩チャーン？　いきなり犯罪じゃないかなソレ？」

●

　バランサーの視界の中、下の道路から見上げる紫布に、寿命神が見苦しい言い訳を始めた。

「い、いや、これは安全確認！　安全確認です！　そうとしか見えませんよね！」

「ああ、うん、そこから勢い付けて窓枠割って中に飛び込むんだよネ？」

「いやいやいや、そうじゃなくてですね！」

「ああ、まあ、あれだネエ。住良木チャンの部屋で何か気になることがあって、それで心配になってベランダからアプローチしようとしたらバランス崩して、不法侵入になるのもアレだから、って感じカナ？」

「あ、はい、そうです！　そんな感じです！」

「うン。――そこから勢い付けて窓枠割って中に飛び込んだよネ？」

「と、途中まで合ってました！　勢い付けるのは無しで行きましょう！　というか私、どういうキャラになってます？」

「――先輩チャンを傷つけないように言葉を選んで言うと、ポジティブでアクティブで思い切りがいいストーカー？」

《考えうる限り最悪ですね》

「ハイそこ自分も荷担したこと忘れないで下さい！」

　と、こっちに振り向いて指差した先輩さんが、その動きでバランスを崩した。

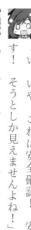

「あっ」
　落ちる。

●

　頭上のベランダから落下してきた身体を、紫布は全身で受けとめた。かなりの重量というか、特定質量を御持ちの身体は随分な手応えがあり、

「ウワア――――！　空から巨乳が降ってきたア――――！」
　流石に堪え切るのが難しい。下手に堪えると、こっちは大丈夫でも、先輩チャンの身体に負担が掛かることになるからだ。
　だから道路に倒れ、その動きで勢いを吸収。
だが、

「うわ……！　すみません紫布さん！」

「いやまあ、先輩チャンがテンションアガるキャラになって良かったヨ」
　と、そんな納得をするのが一番だ。昔に比べ、明るくなった、と。
　だが、不意に啓示盤が一枚開いた。何事かと思えば、

『あー、緊急の業務報告、いい？』
　何だろうか。ともあれ止める理由も無いので江下チャンの言葉を聞く。

『何？　何かマズいことでもあった？』

『え？　あ、何かそっち、寿命神もいるのね？　じゃあ、ちょっと、これから私、言うこと言ったら通神切るから』

『？　どういうことなんです？』
　いやまあ、と江下チャンが画面の中で手を前後に振った。背景を見るに学校近くらしい。少なめの街灯の光の下で、彼女が口を開いた。

『人類が、今さっき、そこの通りで車に撥《は》ねられてロールバック』
　啓示盤が砕けた。直後に先輩チャンがその流

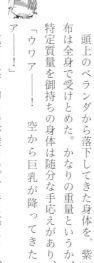

体光の欠片《かけら》を掻き集めるように起き上がり、

「江下さああああああああああああああん!?」

コレ、何か今夜は話が全く進まないかナ？

とふと思う。

「……まあ、こういうことよね」

ロールバック手続きが発生したことを、外に雷同を待たせた状態で聞きつつ、桑尻は呟いた。

紫布用に買っておいた缶ビールのケースを手に提げ、

「――余計な仕事が増えた、ってことよ」

人類は相変わらず面倒を掛けさせる。

# 第七章

## 『JUNCTION』

——食い気と聞く気のほどよいバランス。

立川駅、北口のマクドナルドの二階フロアは朝から混雑していた。
早朝から仕事の下級神や精霊達が寄っていく、というのもあるが、

「――何かまた緊急集合とは、ちょっとしたパターンかねコレは」

「流石に幾つか問題が生じましたから、ここで集まっておこうと、そういうことです」

「あ、じゃあ話し合いというか情報交換の前に、先輩チャンにコレね」

「フロム中武《ちゅうぶ》の紙袋ですか？　中、見ても？」

「アー、大丈夫だヨ。昨日、桑尻チャンがいろいろまとめ買いしたとき、福引きで当てたらしくてサ」
何事、という皆の視線の中、袋から取り出されたのはTシャツだ。

「〝巨乳〟プリントのTシャツ」

「いやいやいや、何で私に。紫布さんの方が適格では？」

「いやあ、流石にそのサイズだと入らないってサ」

「格が違う連中の話し合いだな……」

「同輩君が巨乳信仰されてるから、地元の精霊や神々の間では流行なのかね？　それは」

「ど、どうなんでしょうねえ……」
ともあれTシャツがしまわれる。そして紫布が、

「アー、でもメソポ組はここで良かったのかナ？」

「ああ。食事も、選べば問題ない。大体、豚肉も卑しい食材だが、完全な禁忌ではない」

「バーガー類は結構いけるの多いよな。フィレオフィッシュは複雑な味だけど結構好きだ」

「マクドだと早朝メニューのマフィン系は豚肉パティだから一応気をつけとけよ？　あと、このところで定番人気のてりやきバーガーも、あれ、豚肉パティだからな？」

「あとまア、解りやすいところで言うとベーコンマックも、ベーコン入ってるから当然豚系に属するからネ？」

「牛肉１００％パティが有名ですけど、他も結構あるんですね……」

《補足しますと、マフィン系のパティはソーセージパティなのでポークが入る訳ですね。なお、ベーコンマックは牛肉パティにベーコンを一緒に挟むというもので、これは後年、ベーコンをパティとしたベーコンレタスバーガーに代わられます》

「ゲエ、ベーコンマック結構好きなんだけどナア」

「欧州の神には燻製《くんせい》肉の文化が合うかね？」

「いや、単に分量というか、肉の種類が多いと食べた感？」

「あの、野菜の摂取はどのように……？」

「？　だって私、豊穣神だヨ？　流石に立川は農地少ないけど、それでもそれなりに〝相〟から回収出来るかナ」

「…………」

「……ちょっとズルくないですか!?」

「信者が捧《ささ》げてくれるのが一番いいんだけどねエ」

「自然神は自然環境から生じる訳ですから、豊穣神の場合、その土地の豊穣対象から〝自己の存在を作る〟という訳ですね。

　ただ、広大な土地を支配しているなら別ですが、基本的には信者という〝認知元・向上元〟がいないので、軽く存在を作る程度です」

「まあそう言う意味では一日の必要摂取量の最低限を〝相〟から回収している、って感じかなア」

「先輩さんは、そういうの無いのか？」

「それなりに回収はしているが、神道の神は職能性が強いのだよ」

●

紫布は、思兼の言った内容を考えた。

これは、昨日のいろいろの情報交換の前における雑談だろうか。それとも何か前振りだろうか、と。

ただ、興味はあったので、乗ることにする。

「——神道の場合、自然神だけど、自然から生まれた一方で、仕事としての役職を担当していることが多い……、と、そう考えていいのかナ？」

「そう。天津神《あまつかみ》の中枢、高天原《たかまがはら》は行政都市ともいうべき世界であり、その構造は下界にもペーストされた。

そうして考えると、神道の天孫降臨が、君達の神話群に比べて特殊な要素を持っているのが解るかね？」

やっぱり脱線だなア、と思う一方で、横の徹が即答した。

「天孫降臨は、神の子孫が日本の王家の祖である、ってアレだっけか？　だとしたら、日本神話は王権神授の性質が強い、ということか？」

「なかなかいいね！　そう、神話による王権神授は、人類のなかなか狡猾《こうかつ》な知的技術で私は素晴らしい発明だと思っている。

善悪は別としてね」

「？？？　どういうことなんです？」

よく考えたら先輩チャンは山奥育ちの超平民的な神だ。こういうことは解らないかナ、と思い、コレは自分が言うことにする。

「あのサ、私達みたいな神様から、人類の代表が王権を貰う、または証明されてる、ってのが王権神授だよネ？」

「あ、はい、それは解ります。――でも、どのあたりが知的技術なんでしょう？」

「――神話で、神様が持ってる〝王権〟の知識は、何処で発生したのかナ？」

「……それは――」

「――あ！」

「解ったかナ？」

「い、一周してるんですね？」

その通りだ。横の徹が深く頷いてるのを視界の隅で捉えながら、己は言う。

「神話の中で王権が、ハッキリ言われずとも意図された場合はサ。それは、神話を作った側が、神話の中に王権をイメージしてエピソード突っ込んだ、って事なんだよネ。

――つまり既に、王または王権となるものがあってサ。でも王様は、自分の王権を誰かに証明して欲しいから、神話ってものにそれを投げ込んで、その神話を表に出すことで自己回収してるって訳」

「神話というものが、元々は自然の脅威を重ねる対象として神を作り、それを語るものだったのだから、――このように政治的利用するというのは、大きな発明だね」

「なお、神話の成立過程からみると、ゴンドワナ神話系ではこのような王権神授性は希薄で、ローラシア神話系は神話としての王の起源を持つものが多いです」

「だとすると、ビルガメスさんなんかも、そういったものに属するんですか？」

先輩チャンが問うた先、しかしビル大チャンが首を傾げた。

「俺達というか、ビルはちょっと王権神授についてはビミョー」

「？？？　半神半人で、神に作られて、王様という神話がありますよね……？」

「私達の〝後の時代〟に作られたものだ、それは」

「――うむ。つまりビルガメス君達は、後世の王達が王権神授の理由とする物語そのものだということだね。それに――」

それに、と思兼チャンが軽く右の手指を振る。

「――それに、神に作られた半神半人なら木藤君も同様だ。ビルガメス君の王権は別に由来するものであり、メソポタミアの神話は遙か昔からの連綿だということが解る。ちなみに我が国の王権神授だが――」

と思兼チャンが先輩チャンに振り返った理由は、何となく解る。だからこっちが手を挙げ、とりあえず言っておく。

「あのさア、先輩チャン？」

「？　何です？」

「――よく考えたら先輩チャン、妹チャンが後の日本人の祖先だし皇家に直結だから、日本の王権神授神話の関係者だかんネ？」

「…………」

「――い、妹が直結で、私は婚活失敗の引きこもりですから、ここらへんよく解ってなくてもノーカンですよね！」

意外と先輩チャン世間知らずかナ？

●

だがまあ、と思兼は言葉を前に置いた。
「王権神授だけでは、天孫降臨、――つまり神道の、神が下野して人の世を作って行くことの特殊性は完全に説明出来ない。他の神話群に比べて、何が特殊なのかね？」
横のクビコ君が紙ナプキンに〝脱線〟と書いてそれとなく見せてくるが気にしない。知識とは余裕が必要なのだよ！
それとこれは、私達と、これから向かい合う相手との〝差〟でもある。ゆえに、

「何が特殊なのか。もう一歩行こう！　飛躍が必要だよ第七、第五世代君」

「俺達も巻き込みかよ」

木藤氏の言葉に、横のビルガメス氏が頷いた。

「神道に詳しくはないことを前提で言うが、――王権神授を更に深くしたということと、先ほどの役職云々を重ねるなら、王権どころか国政、行政や、社会のスタイルをも神授したということか？」

「――その通りだ！」

いい答えだ。

「そう、神話による王権神授は、多くの場合、王もしくは〝王位〟や〝王家〟の王権を証明し、保護するために用いられる。しかし神道の場合、神話内で神々の行政や職能部にまで及ぶ描写がある。これは、単純な王権神授ではなく、王家を含む王朝、社会自体の神授説とみることも出来るのだよ。――つまり日本を神の国と、神州と呼ぶことにもつながる」

「――ふむ。だがそれは、意図したことなのか？」

「おお、異論だね？　聞こう」

うむ、と第五世代の代表格が腕を組む。

「――後発神話の場合、すでに人類側では社会のシステムが出来上がっていることが大半だ。無作為に神話を作ったとしても、神々の序列や社会を表現する場合、人類側のそれが組み込まれたということもあろう」

「……思兼さんの脱線を助力する気はないんですが、神道の場合、それがちょっと複雑な事情がありまして……」

「生臭いのが来るかなア？」

紫布君の言葉に、クビコ君が、んー、と少し考える。

「言ってしまい給えよ！　面白いから！」

「八意《やっい》は煽らない……！」
だが彼女が吐息して、啓示盤を開いた。そこに書かれるのは短い年表で、

「古事記の編纂は西暦712年、日本書紀の編纂は720年です。しかしこの前に、日本には歴史書が存在しました」

書庫の代表として、このあたりの話は専門だ。スケアクロウは、とりあえず先輩さんが関係者であるのは確かなので、ちょっと気を遣い、言葉を選びつつ言う。

「〝記紀《きき》〟以前にあった日本の歴史書としては、〝帝紀《ていき》〟〝旧辞《きゅうじ》〟〝国史《ふみひと》〟〝四方志《よものふみ》〟などが知られていますね。――あ、他にもまだあったとされます。
どれも現存していませんけどね」

「結構あるな……」
確かにそうだ。

「数が多いのは、媒体の存在がベースにあると考えられます」

「媒体？」

「――紙ですよ」

「神だけに紙とか、そう来るのか……」

「人類みたいなツッコミはやめろカイ」

「い、いえ、住良木君のツッコミはもっと違う切れ味ですよ！」

《ええ、もっとイラっと来ますよね!!》

ツッコミ合戦にも挫《くじ》けない心が必要ですね、

とスケアクロウは内心で深く息を吸った。
　とりあえず話を続ける。

「メソポタミアの粘土板、古代エジプトのパピルス、中国の竹簡など、各媒体は神話を必ず記してきました。
　そして中国では更に、紙が発明されます。
　紀元前二百年前後には作られ始めていたとされる紙は、紀元百年前後にその製造法が確立され、五世紀には百済《くだら》に製造法が伝来。それが輸入され、日本でも五、六世紀には製造が開始されます」
　さて、と己は言った。

「――日本に文字が伝来したとき、中国では紙を使用していたので、日本の文章は紙がスタートでした。木簡は補助もしくは長期保管文章用で、竹簡は使われませんでしたね。
　これは、日本の神話が紙スタートだったということになりますね」

「後発パワーだなあ……。いきなり現代に通じる媒体かよ」

「ははは、羨ましいかね？」

「思兼さんがドヤる処じゃないですよ……！」
　ともあれ、紙スタートというのは大きな意味を持つ。

「紙が保存媒体であったことによって、日本の文章はある利点と特徴を得ます。
　――保管分量を多く出来る、ということです」

　ああ、と紫布は頷いた。
　スケ子チャンの言うことは、ちょっと想像すれば解ることだろう。

「たとえば同じ倉庫があるとして、粘土板や竹簡、木簡と紙では、紙の方が遥かに多くの文章量を保管出来るってことだよネ？」

「はい。つまり媒体が違うと言うことは、ストレージの圧縮と同じ効果を持つ訳ですね」

「圧縮？」

「あ、Ｘ68ユーザーの俺は解る」

《データの圧縮・展開では、１９８８年に日本の草の根ネットから始まった圧縮ソフトＬＨＡが有名ですね。この圧縮型式、ＬＺＨ型式は強力でしたが、海外のセキュリティソフトが対応せず、廃れていくこととなります。なお、展開のことを〝解凍〟というのは、ＬＨＡで広まりましたが、これ以前より使用されていた言葉なのでここが起源ではありません》

「いきなり早口で無関係話？」

「いえ、ストレージの実質容量を広げる、という意味では同じですね。粘土板から紙、そして電子データと、有利点は繋がっています。
　だから日本神話。現存する記紀は、他国の神話に比べて長文で、分量が多いんですよ」
　そして、

「日本の、現存しない神話も含めた神話群の発生と発達、そして散逸と喪失は、紙の製法伝来と密接ではないのかと、そんな風に私は思ってます」

●

　ここから先は、ちょっと話を戻すこととする。

　なので一端息を吐き、テーブルの上で待機状態の朝食に手を伸ばす。だが自分はコーヒー。皆はそれぞれバーガー類に手を付け、

「バーガー話から何でこの話になったんだっけ？」

「アー、私の豊穣神の〝相〟回収から、それが薄いっていう神道の職能重視性？」

「紫布さん、結構まとめる能がありますね……」

「住良木チャンと先輩チャンで鍛えてるからねエ……」

「わ、私、そんなに何言ってるか解らないタイプですか!?」

彼女の言葉に、皆がこちらを見た。

……わ、私がコメントするんですか……!?

勘弁して欲しい、と心底思いつつ、だが、言うだけは言っておく。

「……先輩さんは、ええ、何言ってるか解らないという、そういうのではなくて、――住良木君と会話が出来る貴重な存在なので」

「――有り難う御座います！」

誰もコメントしなかったのは、神としての情の深さだろう。

●

『クビコ君、君、結構口が達者だね』

『そりゃ道を教えるカカシは一種の接客業ですからね……！』

『アー、とりあえず話を続けるヨー』

●

話を戻す。

そのつもりで見る眼前。皆、ちょっと空気が変わったことを理解したのか、〝食べながら〟という流れになっている。

正面。紫布の手前のトレイには容赦なくベーコンマックと、エッグマックマフィンが載っている。彼女はしかし、先にポテトのケースに紙ナプキンを突っ込んで油を吸わせつつ、

「――さっき話にあった、今のものよりも古い日本神話？　紙スタートで編纂されていったそういうのの内容ってどんな感じかナ？」

話がしやすい……、と己は思った。ホント、こういう存在がいると有り難い、と。

……いつもなら天満君がソレですけど、今、下に護衛で控えてるんですよね……！

北欧系の知識神も一緒だったか。こっちの会話をモニタしつつ、二人で知識交換とかしていると面白いと思う。

だがまあ、こっちはこっちで上位神の知識交換だ。
　古き日本神話がどういうものかと言えば、

「――はい。伝えられている書物は幾つもありますけど、それらの多くは記紀がそうであるように内容が被っているものが多く、また、どちらかというと天皇の系譜が重視されてました。つまり記紀と違って、王家もしくは王位の王権神授や、歴史の出来事を示した年表に拠った、そんな内容ですね」

「うちの王の系譜みたいなものか。――シンプルだな」
　と言ったビルガメスが、ふと気付いたように言葉を加えた。

「――つまり紙の発展と生産力か」

「断定は出来ませんけどね」
　どういうことか。サラダの器を開けつつ首を傾げる先輩さんが、問うてくる。

「紙の発展と、生産力が、……神話の内容に関係するんですか？」

●

　解る者と解らない者がいると話が早い、とスケアクロウは思った。

　思兼みたいに解りすぎてるのはまた駄目だが、紫布くらいだとスマートだ。そして先輩さんくらい、何が解ってないかが解っていると、更にスマートだ。

「紙スタートの日本ですが、製紙技術が、いきなり高度になるものでもなく、広まるものでもないんですよね」
　いいですか。

「紙媒体とはいえ、初期の段階では生産量も少なく、価値も高かったので、多くの記録が少量でまとめられていた筈です。
　何しろ〝紙を多量に使う〟という発想が無かったでしょうし」

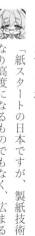

「――粘土板もそうだが、物語や詩よりも圧倒的に公文書が多い。
　だから紙の場合でも、公的な需要に対応するために生産力が上がり、結果として神話を長文で残せるようになった、ということだろうな」

「ええ。だから記紀以前の神話、歴史書では、文章量が少なかったことが想定されます。実際に幾つかの歴史書は系譜図程度であろう、とされていますし」
　たとえば、と己は先ほど見せた、幾つかの現存しない書物のタイトルを出す。

「記紀ではこれらの書物の引用が記されています。このうち、〝天皇記〟などは西暦620年以前の編纂とされていますが、先述のように、この頃、日本でも紙の生産が開始された訳ですから、こういった事業は紙媒体の隆盛と密接だったと思われますね。
　大体、大和朝廷のあった奈良《なら》は紙の原料に富んだ一大生産地ですし」

「それが約百年後の700年代、記紀の編纂が指示される頃には、かなりの生産量になり、神話も長文化する……、ということか」
　ですねえ、と頷いて、自分は気付いた。
　先輩さんが、何か考え込んでいる。

「どうしました？　先輩さん」

「いえ、あの……」
　ややあってから、彼女が言った。

「……私、その神話の該当者なんですけど、紙面があったから要らんこと書かれて祟《たた》り神になった疑惑が……」

「ンンンン！　コレはちょっと難しいなア……！　描写の有る無しで言ったら、大概の神は〝有った方がいい〟っていうだろうからねエ」

「紙面が無かったらどうだったろうか」

《容姿の御陰《おかげ》で婚活失敗した女神で終わりですかね》

「た、ただ単に〝選ばれなかった〟でいいんですよそこは……！」

《ちなみに古事記の神話類などを口述したとされる稗田《ひえだの》・阿礼《あれ》には女性説もありますが、だとしたらここらへん厳しいのも何となく解りますね》

「アー、興味本位とゴシップみたいな？」

「まあ、俺なんかも、後年の写本で好き放題補完されてるしなあ」

「それ言ったら、逆に私なんか天津神なのにチョイ役だからね？　現場の執筆者にはもうちょっと頑張って頂きたい……！」

「今そういうこと言って、意味ないですからね!?　ね!?」

●

ともあれ、とスケアクロウは言葉を続けた。

「――紙面の分量についてですが、記紀においては、〝過去の神話類をまとめた内容にする〟というような、紙が潤沢に使えることが前提の指示で作られていますね」

「そのまとめ本がつまり、今の日本神話になってる訳だよネ？　だとしたらサ。――昔の神話は、シンプルだけど、基本的には今の神話と同じなのかナ？」

「いやまあ、それがですね……」

自分は手を動かし、啓示盤の年表を、古い方にスクロールさせる。

「――記紀編纂の半世紀程前、日本では大化の改新に繋がる乙巳《いっし》の変というクーデターイベントがありまして」

「クーデター？」

「はい。天皇に近く、その地位を乗っ取れるほどになった蘇我《そが》氏の宗家を、他貴族が誅殺《ちゅうさつ》したんですね」

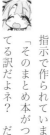

「……聞いておいて何だけど、いきなり生臭くなったヨー」

「聞いたからには退かないで下さい。――で、乙巳の変で敗れたのは当時の有力貴族だった蘇我氏です。そして蘇我氏の有力者、蘇我・蝦夷《えみし》は乙巳の変の翌日に屋敷《やしき》を焼いて自害、このときに〝天皇記〟は焼失したとされてますが、残ったものもありました。しかし――」
言葉を選んで言う。

「それらの歴史書の中には、蘇我氏の権力を後押しするような内容になっているものが幾つかあったとされてるんですね」
一息。

「あとはお解りですね？」
アー、と考えて、紫布が応じる。

「……記紀以前の歴史書は、現存してないんだよネ？」

「――ええ、そう言いましたね。何故でしょう、ねえ!?」

「アー――、コリャやったかなア」

「まさか焚書《ふんしょ》かね!? いや、陰謀論！ 陰謀論だよそれは！ 盛り上がるね！」

「やかましいです思兼さん」

《――なお、当然のように、記紀の内、特に日本書紀においては、蘇我氏の業績はサゲ気味で、後の栄華を得る藤原《ふじわら》関係はアゲ気味です》
しかし、と己はバランサーの言葉に言葉を付け加えた。

「先の喪失した歴史書達。これは620年以前の編纂とされていますが、618年に中国で隋《ずい》が滅び、唐が立ち上がった事を鑑《かんが》みるならば、この時期の神話編纂は、唐という新たな強大国に対し、日本の立場や出自を明確にする意味も

あったでしょう。

　実際、630年に第一回遣唐使が行われましたが、帰国した船に乗っていた唐の使者が日本に属国化を命じたのを、当時の舒明天皇《じょめいてんのう》が拒否して帰し、次の遣唐使は唐の皇帝が代替わりした後、653年になります」

「相手の目の前で〝日の出る国から〟と空気読まずにパンキッシュにぶちまけたのが第二回遣《けん》隋使《ずいし》の607年か。そんな過去があったが、神話を作り、〝日の出《い》ずる国〟として設定の裏付けを持ったがゆえの拒否ということだね。
　ちなみに第一回遣隋使は600年で、このときは国書も持たずに隋に行ったから、その頃に比べると、三十年そこらで言うこと言ってやれる国にはなった訳だね」
　そして、と思兼が言った。

「内外に対して王権を確立する旧歴史書は、政変を経て、新しくなる必要があった。710年に平城京に遷都し、大宝律令《りつりょう》という大規模な法律も制定したならば新時代だ。各地で平定した〝神々〟を含み、712年に古事記が新しく作られる訳だね」
　つまり、

「日本の神話は、恐らくだが、旧歴史書以前と以後、そして今のものとで、三つある。
　最古のものは、天皇の系譜などが曖昧な、自然神達の物語。紙が無いので口伝がベースで、種類が多いが、一つにまとめ切ることなど無理なものだ。
　次は、対外的に国の成り立ちを示す意味を持って編纂された〝旧版〟で、これは媒体としての紙がまだ発展していないこともだが、天皇の系譜をまず明らかにするため、シンプルで、今ほど神々もおらず、職能性なども高くないものであっただろう。
　そして、そこにいろいろと地方の神々や、正統のために、社会を示すものを、紙の許す限り肉付けしていって、今のものになったのではないか、と、――私などはそう考えるのだがね」

「推測ばかりでなんだけど、……だとすると、アレだねエ」

「……まあ、言いたいことは解りますが、どうぞ」

うン、と紫布が頷いて、こう言った。

「元の口伝があってサ。――政治的な意味をもって一回まとめられてサ。――それを更にもう一回、政治的な意味を含め、広範囲な情報含めて作り直すって……」

一息。

「この国内での煮込み状態って、……神話は人類の移動によって派生する、ってルールから、逸脱してるよネ？　神道が第何世代か、判別しにくい訳だよネ……」


しかしまあ、と雷同は、自分のてりやきマックバーガーを縦に潰した上で口に入れた。レタスが一番の歯ごたえだよな、と思いつつ、

「日本の神話は後発組だけあって、神話ありきというより人類ありき、という感じだな」

「――そうだね。王位や王家だけではなく、王朝や社会にも王権神授の加護を与えた。だからという訳ではないが、以後、この王位が簒奪《さんだつ》されることは無かった。

何しろこの王権を得ようとするならば、日本全土の人々に新しい王の〝信憑《しんぴょう》性〟を与えねばならなくなる」

「だが日本は紙の文化で、歴史は残され、人々は文字も憶えていくんだったな？　……御新規が自分の正統性を訴えたところで、政治的なカードにしかならんぞ」

「だったらどうするかね？」

木藤が手を挙げた。即座に出るのは、

「物騒な方法としては、〝征服〟かなあ」

《まあ解りやすいのが来ましたね》

「いや、解りやすいからこそ、だろう？　――でも、勢力差が思い切り無い限り、それは不可能だし、反抗もキツいよな」

「ならば王権を尊重したまま、人としての営みである政治の部分に手に入れ、名目よりも実質の利益を得ること、だな。――古代のメソポタミアでは、都市間の戦争結果として勝者は敗者の都市を併合しつつ、しかし都市の神々を消すことなく、習合していった。
　それと同じように、都市の権益という実質を得ながら、神授された王権という名目は尊重して残せば良い」
　ビルガメスの言う方法を採れば、どうなるか。
日本の場合だと、

「最終的には立憲君主制に至る道、って感じだな。――つまり君主制を残す意味は、そこには神話の存在が密接ともいえる、か？」

「国次第ではありますけど、ね。しかし――」
という知識神の言葉を、こちらは先取りした。

「ここまでの話。長かったが、無意味って訳じゃないんだろう？」

「おやおや、私としては議論や報告前の楽しい脱線のつもりだったが、何かの意味づけをしてくれるのかね？」

「思兼チャーン？　――脱線にしては順序立ってるんだヨ、コレ」
　紫布が言う。

「日本の神話はテンソンコーリンで特殊だって言ってサ。
　それはつまり、人類側の政治的な思惑が、〝神話を作り変えた〟ってことだよネ」

「その通りだ。――では、そこまで順序立ててたら、私はここから、何を話すんだと思うかね？」
　ああ、と己は頷いた。

「何らかの理由で、神話は塗り替えられる。――元あった神話が、条件さえ合えば、別の神話に成り代わることだって有り得る。そういう話をここまでしてきた」
　ならばこの先は明確だ。

「今回、生じるトラブル。――その手の神話が俺達の相手になるってことだ」

「何処の神話だと思うかね？」

それは現状、これしかない。

「ローマ神話と、オリンポス神話だ。――この二つ、元あった神話からの塗り替え関係になっているからな」

# INTERLUDE

「……やっぱ一日一回は、俺のクレバームーブがあるよな……」

『それなのに何で〝意外〟感がつきまとうんでしょうね……』

「桑尻チャン、キツイ、キツイって」

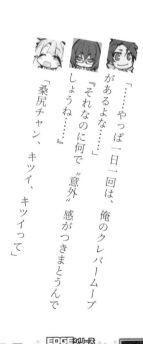

# 第八章

## 『GODS』

——下の者ほど自分が何であるか意識する。

●

上役を二階において、一階では護衛と後輩神が同じテーブルに着いていた。

上役達の会話は基本的に啓示盤で追えている。なので天満は、向かいにてビッグマックを二つ並べた上でチキンナゲットに手を付けている桑尻に問うていた。

「――ローマ神話とオリンポス神話って、複雑な関係なんですか？」

「え？」

と啓示盤から振り返った桑尻に、自分はしくじったことを悟った。

いきなり話題に振らず、呼びかけるべきだった。なので己は、あー、と言葉を選び、

「先輩達の話、見てました？」

「遣唐使のあたりまでは。大体知ってることだったから」

流石のクールさ加減ですね……としみじみ思う。だが、

「遣唐使が何で終わったか、知ってます？」

「唐が滅びたからじゃないの？」

「ええ。唐の情勢が不穏だったり、あまり得る事がないな、と決めた政治家がいるんです。保留状態にしていたら唐が滅びて、遣唐使は自動的に廃止になったんですけどね。

――菅原・道真《みちざね》って政治家がそれなんですが」

「…………」

「――面白かったからナゲット二個あげるわ」

「それはどうも」

頂く。こっちはエッグマックマフィンとコーンスープだったので、ちょっと充実。

「――で、何？」

「ええ。――ローマ神話とオリンポス神話って、複雑な関係なんですか？」

問うと、桑尻がちらりと啓示盤を見た。そこにある情報はいろいろな表や数字の羅列で、上役達の言葉ではないのだが、

「ああ、成程、そういう話に」

「そういう流れで」

そう、と桑尻が頷き、こう言った。

「オリンポス神話。……つまりギリシャ神話は、メソポタミア系の神話と似たような成立をしているの。解る？」

●

天満は想起した。桑尻の言う意味は、有史以前の歴史を考えれば解ることだ。

ギリシャ神話もメソポタミア神話も、都市国家群の中で育まれた神話であり、

「神を掲げた都市群が戦争し合い、結果として幾つもの神々が習合していった、というものですか」

「そうね。当初は平和な、似た文化と文明を持っていた都市群に、たとえば青銅器などのブレイクスルーが生じると、そこで一気に〝上下〟が出来て、他都市の富の奪取をする機会が生じる訳ね。何しろ国際法なんて無い時代なんだから〝勝った者の勝ち〟っていう解りやすい構図がそのまま通るわ。――征服合戦の始まりね」

「……でも、征服した都市住民の恨みを買うことだってあったと思いますが、その場合は？」

そうね、と桑尻がまた言った。

「――だから日本は〝禊祓〟があるのよね？　征服地で倒された敵の首領が恨みの基軸にならないよう、神話に神として組み込み、奉ることで禊祓とした、と」

よく解っている。ならば、こっちは桑尻の意

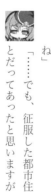

図を察して、言葉をこう応じる。

「メソポタミアなどで行われた、征服した都市の神を習合していく、という流れも、神道のそれと同じですか？」

「――ええ。当然。ただ神道の、征服地の王を神化する、というのは、ちょっと異質ね。下手すると神授される王権の中に、敵であったものの血を入れることにもなるから」

だから、

「――だからそれを行うには、神々の社会構造が出来上がっていて、〝王権に届かない役職の神〟という位置づけが明確じゃないと出来ないわ。だから――、ってだからばっかり言ってるわね。でも敢《あ》えて言うわ」

だから、と彼女が再度言った。

「自然神が中心の神話であっても、年月を経る間に、社会の熟成や情勢として、〝そうじゃないもの〟が多く加わってくることになるわ。その場合の区分けとして、大体こうなるわね」

**・自然神**
**：土着の、本来からいた神。**
**・主神もしくは主役神（多くは自然神の大手）**
**：王権の祖。**
**・職能神**
**：王権の重鎮や、主に支配した先の勢力代表。**


「王権の血筋に対する外様《とざま》は職能神になりやすいの。職能を行う者＝クライアントがいる者だから、主神より格下になるものね。

なお、神話に加えられていく順番でも、大体はこの順ね」

成程、とこちらは頷きつつ、神道の異質感を改めて認識する。

「神道は、この区分が明確ですね……」

「長い年月を経た神話は、いろいろ付け加えられまくったり習合しすぎて、一つの神が幾つもの職能や自然のシンボルを担当したり、または複数の神が同じ職能を担当していたりと、矛盾めいたことが多いの。

――でも神道の場合、神々の設定が整理された上で編纂されてるから、区分が結構明確なんだけど、……普通はそうじゃないのよ？」

　言って、桑尻が吐息した。

「まあそう言っても、該当側では自覚難しいわね」

「これが普通か、と、そう思うこともありませんからねえ」

　上役達はこのあたりを他神話と比較出来て面白がっているようだが、こちらは人からの成神で新米だ。こういう、外からの視点は学ぶことが多い。

　ただ、気になる内容があったので、問うてみた。

「先ほど、先輩達は神道が幾度か刷新されたことを異質視していましたが、だとしたらメソポタミア神話やギリシャ神話も同じですよね？　都市が習合するごとに、実質、刷新されている訳ですから」

　あのね、と桑尻は言いつつ、天満の事を評価した。

……知識神かと思えば、ちょっと違うのね。

　知識をため込み、披露するだけではない。知識に対し、疑問して、追究する。

　よく考えたら、彼女は〝学問の神〟なのだ。

　ああこれは面白い。知識ならばスケアクロウも、思兼もそうなのだが、神道は、ここにそれらの知識を動かしていける神を用意したということだ。

　つまり、知恵の神だ。

　成程、神道側が立てた神々の選出は、名目や面子《メンツ》ではなく実践的だと己は判断する。だからここは面倒臭がらず、知識神として言葉を送る。

「神話は、その地域のものよ。そしてメソポタミアやギリシャの場合、人口が少ない段階でその地域の各所に散った人々が、それぞれの土地に準じた神を創造したの。

　だからこの時点で神話は個々の神様単位の〝エピソード〟と地域社会の〝物語〟でしか出来ておらず、総合的な〝神話〟として編纂されているような状態じゃないわね」

　だとすると、どうなるか。

「メソポタミアやギリシャの神話にとって、都市群の征服合戦という行為自体が神々を習合させ、神話を編纂させていく行為だったのよ。つまり彼らの神話は、有力都市が征服を終えた段階で完成に至る、とも言えるわね。
　だけど神道の神話は、どう？」

「日本神話も、土着のものが多数ありましたが……」

「でもそれは神話を編纂する頃にはほぼ揃っていて、編纂待ちだったのよね。そして政治的な意図を経て、主軸となる王権神話が作り直されていく過程で組み込まれたの。
　――王権神授は、王が自分の認知を神話に投げて自己回収する方法だけど、神道はそれが先にあって、自然神話の大部分は後から入ってきたことになるわ」
　解る？

「多くの神話は、自然の脅威と付き合ってきた歴史が先にあり、それが各勢力の闘争の歴史をもって統合される。……だけど、神道神話の場合、歴史も何も素材として揃った状態で、国内の都合で組み直されてるわ。
　悪く言えば人工的。だけど良く言えば、――良く出来てるわね」

「……褒められてる気がしませんが」
　そう言われても、それ以上リスペクトを明かす気はない。褒めるのは苦手なのだ。
　それに、大事な話は別にある。

「神道神話が、成立については異質だって理解しておいて。
　――そしてよくあるタイプの神話の成立として、まず、征服と習合が神話の編纂行為になってるものがあるというのを理解しておいて。そ

の上で――」

「まず、ということは、別の成立もある、ということですか？」
ええ、と己は頷いた。

「征服と習合が争いによる自然な編纂だとしたら、そうではない、平和な編纂もあるの。争うことなく、しかし習合して完成に至る神話も、ね」

「それは――？」

「解らない？　日本神話も、恐らく、それと似たことをやってるわ」

●

「クビコ君、啓示盤で見る限り、〝下〟はどうかね？」

「ええ、二人とも知識の応酬というか、結構楽しんでますねアレ」

「うむ。菅原後輩には交渉役としていろいろ学んで貰わねば。最終的に勝てばいいのだから、こういうときに無知を晒《さら》しておくと得だぞ菅原後輩……！」

「覗きは悪趣味だヨ――？」

●

平和に、しかし習合して完成に至る神話とは、どういったものか。
桑尻は言う。

「元が素朴な、土着の精霊達をベースとした、地味な神話を持つ地域があるとするわ。
そして地域内では下手な技術的ブレイクスルーも起きず、各都市、まあそれなりに上手くやっていて、同盟国家みたいなものが出来るとする」
この場合、どうなるか。

「神話は国家間の人の行き来で流通し、何となく自然に編纂されていくわね。ただまあ、同盟国家なので、統一的な神話の編纂事業は行われない、と。でも――」

　と、そこまで言った処で、知識神から言葉が来た。

「……それ、外の国家は、違いますよね？　自分達が平穏でも、メソポタミアやギリシャみたいな地域は急速に神々を習合し、強固な神話を作ることになります」

「じゃあどうなるのかしら？」

　知恵を見よう。そう思った問いかけに、果たして学問の神は、こう答えた。

「――外国の神話が、自国のものよりも優れていると判断したならば、自国の神話をバージョンアップしなければいけません」

「――日本はそれをやったものね。随から唐の代替わりに合わせ、王権の強化を行った訳だから」

　だけど、と己は言葉を重ねた。

「神も文字も持った後発ならともかく、それらもない時代、神話のバージョンアップはどうしたと思う？」

「コピーです」

　即答が来た。成程。これは確かに学問の神。ならば続く答えの意味は、

「自分達の持つ未熟な神話に、外来神話の優れた部分を取り込み、バージョンアップする。――これで平和裏に、相手の国と同じレベルの神話を手に入れて、外交などでも役に立てることが出来ます」

●

「ローマ神話は、これを〝やった〟のだよ」

　思兼は、静まった中で言葉を投げた。同輩君が唖然《あぜん》としているのはいいね！　もっともっと！　でも北欧夫妻がフツーにバーガー食っててそれゆえに沈黙というのは頂けないね！

　だが話している内容は真実だ。

「ローマ神話は、元々が自然に由来する精霊達に名前がついているような状態で、ローマの中

でも漠然とした信仰だった。だがギリシャとの外交を持ち、ギリシャ神話の優位性に気付いたローマは、それを利用することにした」

「利用……、ですか？」

「そう、神頼みや、神殿の建築には、神の由来となるエピソードが重要だ。そして物語をもった神々に国を護《まも》らせれば、指導者達の権威も上がる。だからローマの人々は、自分達の神話を書き換えたのだよ」

　方法は単純だ。

「ローマの神々とギリシャの神々を比較し、同じ特性、職能を持ったギリシャ側の神の物語をローマの神に移植したのだ。単純なエピソードから、関係性までも、ね」

「これによって、ローマはギリシャと同等の神を持ち、神に由来する文化、文明の認知を得ることが出来ましたね。——あらゆる食事は神々の物語に謳《うた》われる物であり、自分達の土地にも物語がある。人々の歴史も同様。——ローマの国民は、自分達の存在を高く定義してくれる神話を喜んで受《う》け容《い》れたんです」

「——で、でも、それって……、ええと」

「先輩チャン」

　紫布が、食事の手を止めてこう言った。

「——先輩チャンはそういうの敏感だし、言っていいと思うから、言ってやんなヨ」

　紫布君の言葉に、同輩君がわずかに黙った。

だが、ややあってから、同輩君がこちらに視線を向け、はっきりとこう言った。

「——そうだとしたら、ローマ神話の神々は、どうなるんです？」

　両手を握り、そこに込めた力を隠さず、同輩君が言う。

「……ローマ神話の神々は、実質、ギリシャ神話に乗っ取られたようなものじゃないですか！　貴方達は力不足で要らないって！」

●

「祖型だね」

スケアクロウは見た。先輩さんの怒りが強く出ているのに、思兼が物怖《ものお》じなく言うのを、だ。

「ローマ神話の祖型としてギリシャ神話が存在する。ゆえにローマ神話は第七世代ではなく、第八世代だ。つまりこの祖型のコピーによって、実質、格下になった訳だね」

「――」

先輩さんが言葉を失うのを視界に入れ、己は内心の吐息をした。

どうも思兼は、憎まれ役になりたがる。

彼女の悪い癖だと思いながら、自分はフォローを入れておくべきだろう。

「先輩さん。憤《いきどお》るのはごもっともですが、これは人類の望んだことです」

「……あ」

少し冷静になってくれたらしい。ちょっと気になって、先輩さんを煽った紫布さんを見てみるが、彼女はこちらに右の掌を前後に振っている。

気付けばテーブル下を通して、彼女の啓示盤が一枚来ていた。

『私は先輩チャンの側だからネ？』

『そうすべきかどうか知るために、先輩さんに本音を出させた訳ですか』

『先輩チャンも、自分の言うべきを言うようになったって事だヨー』

その点については、確かに紫布さんの言う通りだ。

だが問題は整理しておきたい。

「先輩さんに誤解しないで欲しいのは、神話は人類が作るものである以上、ギリシャ神話の神々がローマ神話の神々を貶めたのではないと

いうことです。寧ろ、ローマの人々は、結果としてローマの神々の名を残すことが出来た、とも言えますから」

ただまあ、

「自分達の側だとしたら、たまったものじゃないですね。メンツやプライドもありますが、人類側から〝弱い〟と判断された訳で。更にそのようなバージョンアップを受けても、ギリシャ神話を祖型とすることになり、格下げです」

「……あの」

「何です？」

「人類が全員、住良木君のようだったら、良かったんですけどね。……そうすれば、弱い神でもリスペクトしてくれるので」

●

《やめて下さい！　人類が全員猿になるとか、恐ろしい発想を聞いた瞬間に賢いＡＩはついつい癖で軽くシミュレートしてしまったではありませんか！　おとなしく話を聞いていればとんでもない事を！》

「えっ!?　だ、誰に断りなく住良木君のシミュレートしてるんですかバランサー！　私の許可なく!!　というかシミュレート結果は何処ですか!?　画面の中ですか!?　あのう、何処ですかあ！　何処ですか住良木君――！」

「オーイ、話が全然嚙み合ってないヨ――？」

●

まあちょっと画面を摑《つか》んでヒートアップしたら、反動で落ち着きました。

「……とりあえず、監査はオリンポス系と言うことは、ギリシャ神話の神なんですね？　で、ギリシャ神話は戦争国家による成り立ちで、ローマ神話を麾下にしているようなものだ、と？」

「……ええ、あと、これは一つ、付け加える情報ですが、――昨夜、ローマ神話の海神である

ネプトゥーヌスが、違法結界で戦闘したのを確保して、治療の手配をしました」

●

『――なお、その際にネプトゥーヌスが、木戸さんの名を呼んだ、という事実があります。あ、コレ、先輩さんにはオフレコです』

『エ？　何ソレ』

『俺達にだけ話しているか？』

『何事も無ければ問題ないので、という判断です。

――先輩さんは、木戸さんがどのような神か知りませんが、このテラフォームに参加した役割は知っていますからね。

だから先輩さんは、木戸さんを好意的に見ています。先輩さんがそうであるならば、住良木君もそうでしょう。

そしてまた、貴方達は木戸さんがどのような神かを知っていて、先輩さん達のそういう関係も理解して動けるでしょう』

『もし木戸と戦闘になることがあれば、俺達の仕事で、躊躇《ためら》うな、ということか』

『そのためのアウトソーシングです。出来ればその場合、秘密裏に御願いします。ただ――』

『木戸チャン、〝そういうの〟じゃないと思うなア』

『私も同感です。――だったら何でこの話をしたか、解りますか？』

『上手く立ち回れ、ってことだろ？　万が一の場合は躊躇うな。でも、――そうでないなら良い付き合いしろ、って』

『木戸チャンの神様事情とか、上手いタイミングで先輩チャンに話したいんだけどねエ』

『昨夜、サシになるタイミングで訪ねたんじゃないのか？』

『そしたら空から降ってきてさア……』

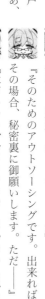

『……どういう話ですかソレは』

失敬、とスケアクロウさんが手の平を立てて見せます。

「ちょっといろいろ確認を取りました。ええと……」

「ローマ神話の、ネプナンタラさんのことです」

ああ、はい、と頷くスケアクロウさんの目が、さりげなく、しかし紫布さん達を回ります。

何か、相談があったのだろう、と。それはこちらに知らされませんが、

……私と住良木君にとって、悪いことじゃないでしょうから。

紫布さん達とは、友好的に付き合っている一方で、彼女達《かのじょたち》は〝外注〟でもあって、それこそ私達の関与してはいけないことも役目にあります。

だとすれば、

「信用してますから」

「先輩チャン、話が繋がってないヨー」

小さく笑われるなら、それでいいということで。

じゃあ、と同じく笑って、スケアクロウさんが啓示盤を出しました。

「ネプトゥーヌスについて、です」

「その神について、報告が遅れた意味は何だ？」

「何事か、解った上で動くべきだという私の判断です」

「聞こう」

ええ、とスケアクロウさんが言う。

「寧ろ、問題がないよう、今朝方に施設から出たのを確認してから伝えようと判断しました。

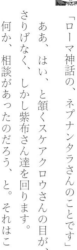

違法結界の戦闘ですが、それだけでは個人の問題であり、私達やこの神界への関与が証明出来ませんので」

「何ごともなければ、ローマ神話に恩を売った、ってことか」

「そういうことです。ただ、そういうことも含めて連絡すべきですね。ただ――」

ただ、と重ねて言って、スケアクロウさんが視線を逸らしました。

「昨夜、……住良木君がハネられて大騒ぎになっていたから、そこで伝えるのもどうかな、と……」

「すまん……」

「謝るの早いって!!」

「保護者かね?」

という遣り取りに挟むように、自分は手を挙げます。

「――ええと、じゃあ、住良木君をハネたのは?」

「ああ、それなら、関係者の証言が有る」

『ああ、人類をハネた車? うん。白くて長いのだったわ!』

「ふむ。これで何か、ハネた車について解ることはあるかね? 同輩君」

関係者の証言記録を聞いて、私はちょっと考えました。

「白くて長い……」

考えました。結論としては、

「……蒲鉾《かまぼこ》?」

「……魚の練り物にハネられて死ぬとか、住良木ちょっと凄いぞ」

何か違う気がします。

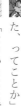

「流石に蒲鉾は無いと思うので、――思兼さん、もうちょっと証言ありませんか」

「ああ、いいとも、先を聞こうか」

　啓示盤に、江下さんの声が流れます。

『そうね。それでその車、赤いラインが入ってたわ！』

　関係者の証言記録を聞いて、私はまたちょっと考えました。白くて長くて赤いライン。当座の結論としては、

「……やはり蒲鉾？」

「そんな好きか」

「いやいやいや、想像出来る範囲で！　という感じで！　――というか思兼さん、もうちょっと証言ありませんか」

「え？　ああ、いいとも、更に先を聞こうか」

　啓示盤に、また江下さんの声が流れます。

『あとは、ええ、その車、音がなかったわ！』

　関係者の証言記録を聞いて、私はまたまたちょっと考えました。究極の結論としては、

「蒲鉾は音がしませんが、……冷静に考えて、蒲鉾はないと思います」

　だから、

**「蒲鉾？」**

「先輩チャーン？　落ち着こうヨ！　朝から何言ってるかよく考えてサア！」

「い、いや、白くて長くて赤いライン入ってて音がしないとか、蒲鉾ですよ！　黒かったり音がしたら蒲鉾じゃないですけど……！」

「もうちょっと証言ないのか？」

「うむ、いいとも、その更に先を聞こうか」

　啓示盤に、更に江下さんの声が流れます。

『――そうね、救急車って言うんだっけ！』

「ははは、蒲鉾じゃなかったね同輩君」

「思兼さあああああああん!?　――というかスケアクロウさんも何を視線逸らしてるんです!?」

「いや、ええと、まさかその救急車って……」

《はい。貴女が昨夜、ネプトゥーヌスを搬送させた帰りの救急車です》

「スケアクロウさああああああああん!?」

「先輩チャン？　今、店内、店内だからサ」

「いけないなあクビコ君、救急車の始末も出来ないとは……！」

「八意……!!」

まあまあ、とバランサーが間に入る。

《コシュタ・バワーのノリで音がなかったことと、緊急搬送の帰りで予定外の道を走っていたので、猿が飛び出したのにビックリしたみたいですね》

『ビックリ？』

思兼さんが証言を進める。

『通りに出たら、書店がシャッター締めようとしててね？　そうしたら人類がいきなり真顔でダッシュキメて〝ラスタンサーガ2――！〟って叫んで道路に飛び出したもんだから、救急車が速度上げて』

『速度上げて？』

《運転していた地元神に聞いたら〝穢れが飛びかかってきたのだと思って、ここはハネて禊祓しかあるまいと思いました〟と言ってましたが？》

「そりゃ〝ラスタンサーガ2〟って叫びながら飛び出してきたらビビるわな」

「徹、もうちょと手加減かナ」
いやまあ、と自分は事態を整理して思案しました。結論としては、

「誰に文句を言ったら？」

「ＴＡＩＴＯか……？」

《いや、ラスタン２だったら右に進まなければならないのに、前に飛び出しましたからねえ》

「何か変な処で繋がってないかナ？」
と、手が挙がりました。木藤さんです。彼女は一つ首を傾げ、

「先輩さんが、くっついてたら良かったんじゃないか？」

「えっ!?　――ちょっと！　何ですそれは！　許可ですか!?　許可!?」

《落ち着いて下さい。正気に戻って！　早く！》
やかましいです。ただ、

「昨夜、先輩さんは何してたんだ？」
全く答えられない自分に気が付いた横で、紫布さんが視線を逸らしました。

《――ということで、これから接触しそうな神話についての情報は、今の処このくらいでいいでしょうか》

「うむ。監査のオリンポス系は必然として、ローマ系については今後の展開次第だね。あと――」
と、思兼が言った。

「同輩君、――住良木後輩がそろそろロールバックから目覚めるところではないかね？　朝の出会いは、今、どのような形になるのか、現場に急いだ方がいいのでは？」

「ファッ！　あ、じゃあちょっと急ぎます！　バランサー！　設定関係などいろいろ調整した

いので、途中で御願いします！」

一階にいる自分達に気付かず、寿命神がフロム中武の袋を手に走って出て行くのを見て、桑尻はつぶやいた。

「……随分とアクティブになりましたね」

「イワナガヒメのことですか？」

「いろいろ、よ」

言って、自分は先ほどからチェックしていた啓示盤に手を掛ける。

「それは——」

「馬鹿のロールバック設定」

気になることがあったのだ。それは、

「功刀《くぬぎ》先輩に確認取らないと駄目ね」

一息。

「——場合によっては、こちらの仕事が増える事になるわ」

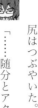

# 第九章

『OPAOPA』

——隠されたものを探す前に想像する本能。

僕が見ているのは、多分、夢なんだろうなあ、と思った。

……朝、まだ目覚めてなくてさ。

起きようかこのまま眠り続行か、まどろんでいるときに、声が聞こえる。

「――出見、起きなさいな」

知らない声だ。

だけど不思議なことに、聞き覚えのある声だ。

それも、

……巨乳の声だ……！

何でそんな事が解るんだろう……否、待て！

僕は今、正常だ。おかしいことは何も無い。

大体、僕の発言にはロジックが有る。そうだ。

よく考えてみろ。巨乳ということは胸が大きい。

つまりそれは身体に対して定量の圧迫があり、呼吸の際にも負荷となる。

つまり巨乳を御持ちの方々の声には、一定の特徴が有ると言えよう。

巨乳信仰の僕には、それが判別出来る。嘘じゃない。先輩が僕を呼ぶ声があったら、そっこで駆けつけて、

「あ、ハイ！　何でしょうか先輩！　ともあれ、下から拝んでいいですか!?　いやらしい目的じゃありません！　このアングルが好きなだけです！　ハイ！　川の流れのように自然な進行で真下から！　あっ先輩ナイス巨乳でーす！　踏んでも良いですよ！　――アー！　踵から伝わる巨乳の重みが脳に！　脳に！」

変態かよ……！　流石の僕もそこまでやらん。大体踏まれたら見えないじゃないか。根本的な処で間違っている。下から拝む処でストップだろう。

だが何だろう。今、聞こえた巨乳の声は、知らない声だ。

否。知っていると言えば知っているよう

な……、って何だこのモテない男みたいな言動は！　ああそうだよモテないよ！　中学の時に同じクラスの女子達が遠間で〝何かキーキー煩《うるさ》くて猿みたい〟って言ってたくらいだからな！　だからそいつらが昼飯食ってる目の前でゆっくりとスローでバナナ食ってやったけど満足か!?　満足か!?　逃げるから追いかけたらマジ泣きされて職員室に呼び出し食らって、

「誤解があります先生！　ヤツらが僕を猿呼ばわりしたので、僕はじゃあそうしようかとヤツらの前でゆっくりとスローにバナナ食ってやったんですよ！　こう！　こんな感じでスローテンポでゆっくりとチキータ！　結構大変なんですよ？　鼻呼吸しか出来なくて、ハア、ハア……、ってやってたらアイツら泣きながら逃げるんで地獄の底まで追いかけるつもりで」

そのまま帰れと言われたが解《げ》せないね？　だけど何だ、ええと、つまりは、

「この記憶もバランサーの創作ならアイツが全部悪いんじゃん!?」

あの野郎……！

凄く話がズレたな。

しかし何だ。巨乳の声が聞こえる。

「――朝食用意出来てますから、早く起きなさいな」

あ、ハイ。と素直に思った。先輩に対する素直さとはちょっと違う。先輩に対しては信仰やら何やら含んでナチュラルな素直さだけど、こっちはただただナチュラルだ。

「同じだよ……！」

まあいい。多分、差がある。だから起きよう。

●

飛び起きた。

何かえらく素直な夢を見ていたというか、

**「死んだ――！」**

一回死んだ気がする。と、朝の光が差し込むベッドの上でTシャツとパンツの姿で座り込み、

一息をつく。
ベッド脇、テレビを置いた棚にのせたデジタルの時計は1990/8/13の08:03。何かちょっと揃ってないよな……。何かこんなん今までも結構あった気がして、今日、何時《いつ》も通りかなあ、とか思う。
だがまあそんなのとは別として、

「コレは……」

テレビがつきっぱなしだ。
その前には黒いゲーム機。メガドライブが置いてあって、さらに画面に出ているのは、

「ラスタンサーガ2……！」

おかしい、と僕は思った。

「買った記憶が無いぞ……!?」

買った記憶の無いゲームが、遊ぶのにステンバーイ状態で目の前にある。
これはどういうことだ。

「可能性を考えよう！」

**1：万引きしてきてゲームする準備を完了したところで記憶を失った。**
**2：寝てる間に誰かがやってきてゲームする準備を完了した。**
**3：万引きしてきてゲームをしようと思ったところで記憶を失い、その間に誰かがやってきて準備した。**

「どれも違うな!!」

1とか何だ。ま、万引きちゃうわ……！

「石川県でバイトした金が残っているんだから、これは違う」

しかしそうだとすると、2だろうか、と思う。
が、

「誰が入ってきたんだよ！　怖えよ!!」

ちょっと気になって、ダッシュで部屋のドアを確認。

「鍵が開いてる……！」

ちょっと股間のあたりがタマヒュンしました。キュっと来るね！

なので慌てて鍵を掛け、クローゼットとかベッドの下を確認。変なストーカー女とかいたら怖いからな！　ってよく考えたら戸締まりした部屋にストーカー女隠れてたら完全犯罪コンプリートにならない？　どうなの？

ハイハイ玄関開けてますから出て行って下さーい！　下さー――い!!　ってそんなんで出て行くなら隠れたりしないよな。

いや待て、大事なのは戸締まりだ。当たり前か。あと、ストーカー女じゃない。

「ベランダ……！」

窓を開け、夏の朝の光に溶けかかって自分の属性が邪悪だとアンダースタンド。しかしベランダに出て気付いたのは、

「……誰かが手すりに上がった跡がある……！」

マジか……!?

「待て！　よく考えろ……！」

これはロジックで考えられる問題だ。そう、犯人には動線がある。

「つまり僕が寝ている間、犯人はベランダから侵入、そしてラスタンサーガ2をメガドラに差し込んでセットアップの後、部屋の鍵を開けて出ていった……！」

凄い。ロジックで説明出来る。ただ最大の問題もある。だって、

「何がしたいんだよそいつは……!!」

そんなに僕にラスタンサーガ2をやらせたいのか？　そうなのか？　そうなんだな？

●

バランサーと落ち合う約束をした私は、アパートマンション近くのコンビニでブレーキングしました。

バランサーが、待っていたというように画面を見せ、

《あ、猿が目覚めたようです。今は部屋の防犯を気にしています》

「防犯!?　何かあったんですか!?　変なストーカーにつきまとわれてるとか！　侵入しようとした賊がいたとか！」

《貴女、ひょっとして記憶を失ってませんか？　それとも何か新しく生まれ変わったりしましたか？》

画面を掴んで上下に良く振ることにしました。

「ストーカーや侵入は犯罪です。神の見守りや降臨は神事です」

《じゃあ今度猿がいるときにやってみましょうか》

「…………」

「で、出来るんだったら陰でやろうとしませんよ……！」

あっ、すっごい微妙な表情してきましたよ……。

ともあれ聞いておくべき事があります。それは、

「住良木君の記憶は、どのくらい無くなってるんです？」

●

そうですねえ、とバランサーは思案した。

《猿の記憶能力は実は人よりも優れています》

「それ、ホントの猿の話ですよね!?」

言われて自分は少し考えた。賢いＡＩが思案

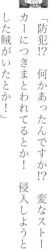

するなどなかなかないことです。その上で結論出来たのは、
《一瞬、何が間違ってるのか解りませんでしたが、よく考えると確かにそうですね。こっちの猿は人類でした》
　両手で摑まれて縦に振られた。
「パワーワードだけで会話をしようとしない……！」
《ええ、同感です！　ちなみに私、手持ち鏡のようになるミラー機能ありますけど使いますか？》
「いえ、メイクは家出るときに済ませてきたので」
　意思疎通が出来ていないことを実感の上で、己は言う。
　先ほどは猿を猿と勘違いしてしまった。フェイク猿。そんな単語を開発したところで、自分はさっきの言葉を訂正する。そう。つまり正確に言うとこうなのだ。
《――猿の記憶能力は猿よりも劣っています》
　両手で摑まれて縦に振られた。
「言葉はちゃんと正しく使いましょう。いいですね？」
《ハ、ハイッ。正しくですね？》
　理解したので、とりあえず問題となっている案件を言葉にする。
《猿の進化形の記憶についてですが》
　両手で摑まれて縦に振られた。
「改善は認められますが、次やったら嫌いになりますからね？」
《意外と感情をコントロール出来てますね貴女》
「そりゃもう抑え込むのは上手いですよ……！」
　面倒くさい……、という形容が浮かんだが、言わないことにした。挑発は避けたい時間帯だ

と判断したからだ。だが、
《人類の記憶についてですが、ロールバック時に残るのは七割強、つまり二割と少しばかりが欠損します》
「そのあたり、もうちょっとどうにかならないんですか？」
《いえ、それなりに軽減の余地はあります》

●

まず、とバランサーは言った。
《前提として、人類のロールバック時における〝戻り先〟ですが、一応は一日ごとにバックアップを取っています。現状では午前零時ジャスト。——なのでそれ以後にロールバックした場合、前夜の零時にまでロールバックします》
そして、
《そこから二割ほどが欠損しますが、これについては今、いろいろと調整と研究を進めています》
「研究？　そうなんですか？」
《ええ、桑尻が進めています》
「…………」
「……桑尻さんは、何て？」

●

「馬鹿に死なれると仕事が増えるけど、記憶欠損が大きいと同じミスしたり、こっちもまた同じ話をしないといけなくなるので、——一言で言うと**面倒**です」

●

「…………」

「……桑尻さん、素直でいい子ですよね？」

《ホントにそう思ってますか貴女》
「お、思ってますよ！　結果としてこっちの望みと同じになってれば文句なしです！」
　ともあれ気になることがある。研究を進めているとして、
「実際、住良木君の記憶は、保護されるんですか？」
《保護は無理ですね。ロールバックで再構成する際、均等に生じている〝粗〟の部分によって生じますから。しかし――》
　しかし、
《粗密の〝粗〟によって生じるのであれば、〝粗〟の部分の誘導が可能だということです》
「たとえば？」
《そうですね。たとえば人類は眠る際に夢を見ます。これは記憶の再構築などを行っているのですが、この際、記憶の粗密が分けられます。――よって、ここで密度の高い記憶を圧縮しておき、ロールバック時に生じる〝粗〟に食われにくくします》
「え、ええと？」
《重要な記憶を小型化して、ロールバック時に、欠損から回避するのですよ》
「…………」
「な、何となく理解しました！」
《だとしたら有り難いです。人類は常に印象的な記憶に残る生活をしている訳ではありません。移動時間や、食事の際、または何もしていないときなど、無作為な記憶を作ってしまっています。それらを〝粗〟に食わせるようにして、大事な記憶はなるべくそうさせないと、そんな感じですね》
　また、と己は言葉を続ける。
《可能であれば、人類の素体を強化する、という手も考えられます。つまりロールバックを前

提として、流体としての構成と密度を強くするのですね》

「出来るんですか？　そんなことが」

《流体の構成と密度を高くしたのが貴女達ですよ？　貴女達の場合、ロールバックしても記憶はほぼ残ります。バックアップを作る必要もほぼありません。何故なら貴女達は元からの密度が高く欠損部分を相互補完する上、相によって成り立っている部分が大きいため、自分を作る〝相〟と〝型〟こそがバックアップのように機能するからです》

「だとすると、住良木君を私達みたいにしたら——」

《それをやった場合、人類が人類ではなくなる可能性が高くなります。素体の制作者曰《いわ》く、人類の素体が出来たのは奇跡に近いものだそうで》

　うーん、と寿命神が考え込む。その上で彼女は、

「私の方で、何か出来る事がありますか」

●

　いい意見ですね、とバランサーは思った。

　何か問題があるとき、現状の解決方法を探るのは大事なことだ。だがそれでは、現状は変わらない。何しろその解決方法をもって動いているのだから。

　だがそこで、〝個の存在〟として何か出来るかと問うならば、話は変わる。

《……それは現状に対して、何らかの形でプラスになる可能性を持ちます。
　マイナスになるかもしれないが、この寿命神はこちらに問うた。
　自分は賢いAIである。ゆえにマイナスになるような示唆はしない。ならば、

《まず大事なのは、密度の高い生活を人類に与えることです》

バランサーは思う。密度の高い生活。つまりこれは住良木に対して、
……日々、充実した生活をするということです。

私は思いました。密度の高い生活。つまりこれは住良木君に対して、

……日々、巨乳をアプローチすることですね……!?

「アッ、ハイ！　解りました！　可能な、法に触れない範囲で!!」

ええ、とバランサーは頷いた。理解が出来ているようで何より、と。

やはり賢い私が作った神々だけはある。昨今、急激にトンチキになり始めた気がしていたが、まあ気のせいと言ったところだろう。

とはいえ、その上で、更に言っておくことがある。

《まあ、そういう密度の高い生活を長く続けておくことです。そうすると、欠損があったとしても、他の部分から補完が利き、記憶の穴が埋まる事があります》

「そ、そういう生活を、……長く？」

《ええ、日々、印象に残るように心がけて》

「印象に残る……！」

寿命神が、こちらに対して掌を立てて見せた。


『紫布さん！　紫布さん！　印象に残る巨乳のアプローチってどういうのがありますか!?』

『いろいろ言いたいこと有るけど、まずは正気に戻ることからかナ？　ちょっと難しい気もす

るけど、先輩チャン、出来るかナ――？』

『い、いや、バランサーが言うんですよ！　住良木君のロールバックにおける人生の密度を上げるには長期間にわたって巨乳の印象アプローチって！』

『あのAI、最近たまに馬鹿になるよな……』

●

寿命神が、首を傾げつつもこちらに振り向くのをバランサーは見た。

「と、とりあえず頑張ります！　法に触れない範囲で！　他、何かありますか!?」

ビミョーに不安になってきたが、それは自分が優れたAIだからだろう。だがまあ、今までの会話の中で何かトンチキになる要素があっただろうか。無い。その筈だ。だから己は、安心を持ってこう言った。

《――まあ、法に触れないのは大事です。とはいえ貴女と人類は、神と信者の関係です。だから――》

だから、

《――人類側の信仰が深かったら、何か御褒美をあげるくらいはしていいと思いますよ？》

寿命神がいきなり鼻から出血した。

●

**「うわあああああああ！」**

結構我慢してたんですけど、ちょっとばかり精神を肉体が超えました。

《何事ですか一体!?　いきなりどうしましたか!?》

「い、いや、このところで御肉を食べる機会が多くて身体に鉄分が余ってる時間帯だと思うんですけど、そこにちょっとメンタルの刺激がギュギュギュって来て血圧がキュキュキュッて！　こうキュキュキュキュキュッって感じで！」

自分でも何言ってるか解りませんね。

ともあれハンカチを探します。でも、制服の

ポケットに、
「あ、あれ？　無いです？」
《昨日、制服をどうしました？》
「ええ、紫布さんに背面ダイブしたのは私服の方ですけど、あれを自室のクローゼットからクリーニングに出しまして、その時……」
《クローゼットから位相空間へとクリーニングに出しますと、荷物類は外に出されて別で置かれますね。つまりクローゼットの中です》
　成程、と頷くと、その動きでツッっと来ました。
「うわあああああああああ！」
《ほら、こういうときは吸って！　吸って！　鼻でズズズっと》
「あの、私、木《こ》っ端《ぱ》神ですけど、一応は女神なんでプライドあるんですけど？」
《プライド有る女神が何でいきなり鼻血噴くんですかね……!?》
「お、推しに対する正当な感情ですよ……！」
　と、バランサーが不意に一枚の啓示盤を出しました。何かと思えば、
《そろそろ猿が部屋から出て来ますよ？　どうするんですか？》
　うわあ。
「こ、これからダッシュで行けば間に合います！　まだ余裕ありますから！」
《ちょっと》
　と、バランサーがこちらを引き留めてきました。何かと思えば、画面が、さっき言ったミラー機能になっていて、
《今、どんな感じですか貴女》

**「セルフ血ダルマですね！」**

思わず笑顔で言ってしまいましたが、その勢いでまたちょっとばかりかなり出ましたね……。これも推しへの表現の一つ……。

《何か変な解釈してませんか貴女》

「し、してませんよ！　ともあれダッシュで行こうと思いますけど――」

《いえ、あの、――それで部屋入って着替えていたら、間に合わない気が》

「じゃ、じゃあどうしたら……！」

と言ったところで、ふと、お互いの視線が私の右手側に。

フロム中武の紙袋。その中にあるのは、

「巨乳Tシャツ……」

《そこのコンビニでハンカチ買って、洗面所で着替えて行くってのはどうです？》

「そ、それです！　流石は賢いＡＩですね！」

店内から店員役の自動人形が半目を向けてきてる気がしますが、気のせいだと思うことにします。

●

じゃあそろそろ学校に行こうかな、と思った。ラスタンサーガ2については、いつ買ったのかも解らないけど、財布の中を見たら昨日に買ってる。憶えがないな……、ということは、アレだ。

「バックロールだ！」

ロールバックだったかな？　まあいいや。なのでいろいろな手を使って、さっきまで思い出しチャレンジをやっていた。そして何となく解ったのは、このところの予定とか、メモを見るに、

「何てことだ!?　僕、昨日に、先輩と川に行ってる！」

　福生の南公園だ。財布の中に売店のレシートがあった。だとすると本当に行ったのに、

「――先輩の水着姿を憶えてないとか、致命的な記憶欠損だ……！」

　神よ……。って先輩が神だよ。と、まあそのあたりは憶えてる。

　だが参った。先輩と川に遊びに行ったとか、どう考えてもウハウハザブーンだよコレは。ああ、他の先輩達や桑尻のことは考慮にしないものとする……！

　しかし、レシートの時間を見ていると、僕は先輩とこっちに戻ってきてから、何か買い物をしていたようだ。ラスタン２もそのタイミングだろう。だけど、

「……その後で、何でロールバックしたんだ？」

　あと、この部屋に誰か入った疑惑は、解消出来るのか、な？

　ちょっと学校行きは別として、考える。

　いいか？　と僕は部屋の中、窓際《まどぎわ》のゲーム置き場の前に立って、

「買い物に行って先輩の巨乳を拝みつつラスタン２を買う。プレイする」

　うん。ここに間違いは無い。そして、

「僕の部屋の鍵が開いていると言うことは、可能性は二つ」

- **僕が戸締まりをせず、室内で死んだ。**
- **僕が戸締まりをせず、屋外で死んだ。**

　こういうことだ。

「馬鹿だなコイツ……！」

　僕のことだよ……！

　あと、どちらにしろ先輩信仰が足りない。これはいけない。

なので、昨夜何があったのか、ちょっと考えてみる。

「つまり、――結論はこうだ！」

**・僕が戸締まりをせず、先輩の巨乳を拝みつつ室内で死んだ。**
**・僕が戸締まりをせず、先輩の巨乳を拝みつつ屋外で死んだ。**

これでいい。
前者の場合、事故でなければ侵入者がいたことになる。
ベランダの手すりについた跡がソレだ。
そして侵入者が、窓から室内に入って来る。来た。

「そこで先輩の部屋に向かって五体投地してる僕を見たのか……！」

一回、素でやったら結構大きな音がして大家案件になりそうだったのでやめた。今はマットを敷いてやっているけど、石川県でのバイト代がそれなりに消えた。しかし、

「窓から入ってきて、住人がラスタンサーガ2をプレイ状態にしたままマットに五体投地してたらビビるよなあ……」

衝動的に犯行に及んでも仕方ないかもしれない。
僕としても、こういう信仰は外にバレたくない。そうとも。信仰というのは表に見せつけるものではなく、自分の中の思いの強さの証明だからだ。だからどんな苦行であれ、それはアピールするものではなく、秘めたるものだ。
我慢出来なくなったので、三回くらい五体投地してきた。早朝からいいぞ、僕。出来ればマットが先輩の巨乳のようであればいいと思うが、千回くらい飛んだらマットも熟れてそうなるだろうか。そこまで行ったら聖なるアーティファクトだよな。神よ……。
だが疑問がある。ベランダについた侵入者の跡だが、

「床に無いんだよな……」

つまり下手人は、ベランダの手すりまでしか、来ていない。

何故だ。

「ベランダの手すりまで上がったところで、僕が五体投地してるのを見たのか！　――野郎、外にバラしたりしてないだろうな！」

ヤバい。立川の裏稼業《かぎょう》の集まりで、

「オイ、ちょっとこの前忍び込もうとした家でさ、ベランダに上がったら中の馬鹿が床に敷いたマットに〝はあああああああん！　先輩――！〟って五体投地しててさあ」

とか広まったらどうする！　僕の信仰のピンチだ。だけど、

「これはつまり、先輩への信仰が防犯効果を持ったと言うことか……！」

感謝のために三回飛んでおいた。だが、

「僕が死んだのは何故か全く解らないな！」

謎が不用意に深まった。

●

まあいいや、と僕は謎を放り投げることにした。

とりあえず僕が室内で死んだという推測は無くなったと思う。何しろ部屋には争った跡が無いし、寝込みを襲われたとするなら、僕はこのところでゲームをいろいろやってるから、寝るのは零時超えだ。確かロールバックは零時でバックアップだから、

「僕は、部屋に戻ってから寝る前に、外出して、そこで死んだんだな？」

それが解ってればいい。外に出て死んだなら、目撃者とかいるだろうし、ひょっとしたら先輩達の誰かが近くにいたかもしれない。だったらやはり、

「学校行くか……！」

今からだと、既に雷同先輩達がいる筈だ。

じゃあ行こう。昼飯は買って行こうか、どうしようか。

と、そこまで考えて、

「先輩を誘っていこう！」

いい考えだ！　凄くいい考えだ！　とてもいい考えだ！

だってこれまで、僕と先輩は部屋の前で出会ってはいるものの、そこから先が無い。昨日のウハウハザブーンがどうだったか憶えてないのがアレだけど、誘っていくのは初という感じで、いいんじゃないだろうかというかいい考えだ！

よし、と僕は玄関で靴を履くのもちょっと焦《あせ》り気味に部屋を出る。すると、

「ファ!?」

いきなりそこに先輩がいた。

僕は先輩を見た。

いつもとちょっと違った。

いつもは新型制服のインナースーツに上衣とスカートで。

でも今日は、

「え、ええと、住良木、君？」
〝巨乳〟、とプリントされたTシャツは、間違いなくノーブラ。

住良木君がいきなり通路に土下座しました。

「有り難う御座います！　有り難う御座います！　今日は生まれて以来のベスト幸福な日です！　朝から先輩のノーブラTシャツが拝めるとか、幸いすぎて幸死するかと思いました！」
こちらの周囲でレベルアップの啓示盤が昨今無い勢いで出まくります。が、

「い、いや、住良木君？　落ち着いて？」

**「あ、はい、落ち着きました」**

「は、早！　――って、ええと、とりあえず顔を上げて下さい」

　はい！　と住良木君が、こちらの声に顔を上げようとします。だけどすぐに戻して、

「アアアアー！　駄目です！　駄目です先輩！　僕には先輩のノーブラTシャツは信仰の刺激が強すぎて僕の信仰内臓――、あ、脾臓《ひぞう》のあたりにあるという先日作った設定なんですが、それがもうチュクチュクしちゃって駄目です！　ああもうチュクチュクチュクチュクチュク音が聞こえている……！」

　何言ってるか解りませんが、流石ですね、とは思いました。

　ともあれこちらの格好が駄目。駄目というか良すぎて駄目？　よく解りませんが、とりあえず両手でそれなりに隠すことにします。そして、

「ええと、住良木君？　あの、手で隠しましたから、ほら、顔を上げて」

　え、と住良木君が顔を上げました。しかし直後に住良木君は、いい音がする勢いで再土下座して、

「――手で隠すとか！　隠すとか！　僕はもうこの土下座のまま地下深くに沈んで行きたい……！」

　そういうものなんです？

# INTERLUDE

「け、結局着替え直して、これから部活で学校です？」

「ええ、それが正解です先輩！　ノーブラTシャツの先輩なんて、動いて揺れる凶器、学校に持ち込んだらYUUGAIですからね！」

『ハイハイ、こっちは先にウィズボールやって時間潰してるから、早めに来なヨー』

EDGEシリーズ
神々のいない星で
—At the star without gods—

# 第十章

## 『DEATH BRINGER』

——一等賞は殺人鬼。

「よーし、じゃあ今日のゲームは、メインをコレで行こうかなア。――カサブランカ！」

　紫布は、全員揃って軽く菓子の用意なども出来たところで、ゲーム盤を広げる。

　ゲーム部の部室。少し薄暗いが、それゆえに天井の蛍光灯の明かりは強く、テーブル上を確かに照らす。

　自分と徹、桑尻チャンに四文字チャン、先輩チャンと住良木チャン、そしてドルアーガ夫妻に、江下チャンとなると、

「一気に大所帯になった気がするねエ」

「ビミョーに冷房が効かないってか、湿度のせいだなコレ。除湿メインで行くか」

「ああ、湿度かコレ、何か重たい感あったけど」

「私達の地元だと、なかなか無いタイプの環境だな」

「湿度に弱いとか、惰弱ねえ」

「お前それで前に熱中症食らってんだからな？な？」

　円チャンの、江下チャンに対しての当たりが強い気がするが、何となく解る。

　先輩チャンがこちらに視線を向け、一つ頷き、

『木藤さんが叱った場合は、ビルガメスさんが謝らないで済むんですよね』

『だよねエ、いいよねエ……！』

「何こっち見てニヤニヤしてんだよ、お前ら」

「オッケオッケ！　行ける行けるゥ」

　首を傾げる円チャンは別として、先輩チャンが手を挙げる。

「どんなゲームなんですか？」

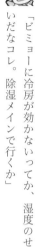

カサブランカ。そういうタイトルの箱を前に、桑尻チャンが俯き気味に首を傾げた。

「……私が苦手なゲームです……」

「アハハ、前に思い切りやられたもんねエ、桑尻チャン」

「中盤までは無風状態だったんですよ……」

「――え？　桑尻さん、大概強いですよね？」

「巨乳じゃないと三秒で敗北するとか、そういうルールなのか！」

「相手をするのも馬鹿らしいわ」

無茶苦茶相手してると思うけど、まあいいかナ、と思うこととする。ともあれルールは解りやすいゲームで、

「カサブランカの町にエージェントが八人いてネ？　で、町の中央にあるトランクを、エージェントの誰かが自分のセーフハウスに持ち帰ったら終了ってルール」

「終了？　勝ち負けは？」

うン、と自分は応じる。ここがこのゲームの面白いところなんだが、

「ゲーム終了の時点で、そのエージェントに最も多くの資金を払っていたプレイヤーが勝利ってワケ。でも、――どのプレイヤーも、どのエージェントを動かしていいのネ」

そして、

「各プレイヤーは、他のプレイヤーがエージェントを動かすとき、自分と利害が一致しなかったなら、異議申し立てが出来るノ。このとき、そのエージェントに資金をどれだけ投入するか、〝競《せ》り〟になるのネ」

「？　――だとしたら競りの結果、特定のエージェントに一人のプレイヤーのお金がたくさん

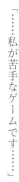

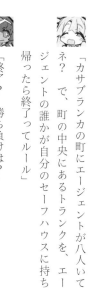

注《つ》ぎ込《こ》まれますよね？　それが極まったら、そのエージェントに対して他のプレイヤーがお金を注ぎ込もうとしても敵《かな》わなくなってしまうのでは？」

　そうだねエ、と己は首を下に振った。

「だからそういうとき、他のエージェントを使って〝暗殺〟するんだヨ？」

「――なお、暗殺は仕掛けられたら絶対成功します。なので、資金を特定のエージェントに注ぎ込むと、他のプレイヤーの操作から保護出来ますが、暗殺されると資金が無駄になる、というバランスです」

「一応、暗殺するとき、それにも異議申し立てと〝競り〟が出来るからネ？　ぶっちゃけ、暗殺が始まる間合いになってからが盛り上がるんだけど……」

「競りの駆け引きと、また、そこでは交渉もあるので、……たとえば〝その行動を認めるから、あのプレイヤーを共通の敵にしよう〟とか、出来るんですね」

「人数多い方が盛り上がるんだよねエ。最大八人って言うけど、それ以上でもゲームになるしサ。でもまあ、こっちは人数合わせで、初手から徹と組んで行くからネ」

●

　始めてみると凄かった。

　何が凄いかというと、ムーチョが天然過ぎる。

「エージェントが会ったら、いきなり暗殺していいのね？！」

「殺人鬼かよ」

「ぶ、物騒な文化が襲来しましたよ!?」

「すまん……」

　とか、

「え!?　暗殺を防ぐとき、抵抗する側に資金投入するんじゃないの!?」

「いえ、暗殺する側に資金を投入して〝実行する・止める〟の競りを行います」

「じゃ、じゃあ今コイツに突っ込んだ金は？」

「御香典《おこうでん》……？」

「ホントにすまん……」

とか、

「おい、エシュタル！　お前、カラムーチョ食った手で触るな……！」

「アー、経験上予期出来たから書類系はコピーだヨー」

「なあんだ、万全じゃない！　ほら、大丈夫よエンキドゥ！」

「コイツは……、コイツは……」

「昔、私も持ち込んだ缶ビールが結露してシート湿らせたから、これについては何も言えないわ……」

「お前、真面目な顔して何言ってんの？」

など、いろいろあったけど、最大の疑問はコレだ。

**「勝利――!!」**

「こぉれ、鬼の二点買ぁいだぁよねぇ」

●

「いやあ、流石は勝利の女神……！」

江下は、笑って言った。

**「ゲーム部、いいわね！　居座るわ!!」**

●

「無茶苦茶だけど結果としてはオーライ？」

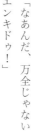

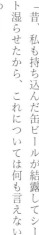

《まあ、神様パワーで無茶やられるよりはいいですよ。相互理解の方法としてありだと思います》

そういうもんか、と僕は思う。しかし、

「カサブランカって言うと、〝カサブランカに愛を〟ですよね雷同先輩。コマンド入力のAVGとか、あの時代によく出せたよな、って」

「68版は去年出たんだが、BGMついたのはいいとして、絵に色がついちまってな……。俺としてはあのモノクロが良かったんだが……」

でもあと、アレはカサブランカって言っても、劇中はアメリカで、主人公の勤める新聞社がデイリー・カサブランカって話な」

「アレだよね？　徹が後半泣きながらプレイしてたアレ。時間モノだよネ？」

《ちなみにアレ、タイトルが版権引っかかったのか、後年には〝時を超えた手紙〟と改題されます》

「――――で、カサブランカって、実際、何処の都市なんです？」

《モロッコ王国の都市ですね。南米あたりと勘違いされますが、アフリカ大陸、ジブラルタル海峡を挟んで西班牙《スペイン》の向かいの南となります。なお、名前は〝白い家〟というスペイン語で、まあ南米方面と勘違いされるのもそのためでしょうね》

成程なあ、と思いつつ、感想戦をしながら軽く菓子を摘まむ。

頭を結構使った。糖分補給が大事だ、と思っていると、不意にムーチョが言った。

「――――いきなりだけど、昨夜のアレ、何？」

「な、何もしてませんよ!?　よ!?」

「アー、何も見てないヨ。ヨ――――」

《貴女達、無茶苦茶怪しいですよ？》

MURDER!
♡ -5
♡ -5

「まあ大体の話は聞いてるし、今朝も話した通りだ」
　と、カイは右の手を前後に振った。とりあえず、ここは遊び場でもあるが、こういう〝作戦会議〟の場でもあるのだと、何となく解るのだ。だから、

「そこの人類が水妖というべきか、邪悪な水の精霊に襲われた、と」

「水の精霊が凶暴化するという、そういう事例はあるんですか？」

《私の管理下では、基本的に生じます》

「マジかよ？　何？　お前、邪悪だったの？」

《私が邪悪だったら猿の末裔は動物園に叩き込んでいるところです。それをしないのは何故ですか》

「……意気地がないから？」
　人類が画面としばらく睨め合った。それが一息吐くあたりで、こちらは手を挙げ、

「朝の話を聞いてる限り、神道は事なかれ主義のようだから敢えてここでツッコむけど、ローマ神話の神が違法結界で戦闘したっていうのと、オリンポス系の監査が来るってのは、どう思う？」

　そうだな、と雷同は二回戦目の用意をする紫布を横に、持論を述べた。

「ネプトゥーヌスが、オリンポスの連中のスパイとか、先兵になってなきゃあいいな、と、そう思っている」
　だが、

「まあ、大丈夫だろう」

「そう言える根拠を聞こう」

「神道側の反応だ」

これは今朝方の、思兼達を見ていれば解る。

「まず、スケアクロウが、事態をよく理解出来ていなかった。公的な治療機関を使ったと言うことは、〝関与しない〟ことでもあると同時に〝隠すことを避けている〟ということでもある」

「――自分達が事態を理解していたなら、私的な治療機関を使うだろうし、隠す部分だってあるだろうと、そういうことか」

そうだ、と己は頷く。そして、

「――思兼が、そこに関与していない。前回、思兼はエシュタルやお前らにいろいろ根回しをしていたが、今回はどうも違うようだ。少なくともネプトゥーヌスについて、スケアクロウがした処理を見逃しているなら、オリンポスとネプトゥーヌスは繋がっていない」

「そのあたり、徹君はどおう思ってえいるかあなあ？」

「――思兼としては、ネプトゥーヌスを泳がせて、オリンポス系との衝突が起きるかどうかを試したい、というところだろう」

つまり現状は〝こう〟だ。

**・ネプトゥーヌス（ローマ神話）**
**独自で何か動いている。**
**・オリンポス系**
**監査でやってきている。**
**ネプトゥーヌスとの関係不明。**
**・神道**
**状況を見るためにネプトゥーヌスを助けつつ、放置。**
**・水妖**
**住良木を狙った以外、不明。**

「不明ばかりだねエ」

「実際、陰謀論みたいなものを持ち出さない限り、現状では何の繋がりも見えてないだろう。そのあたりは、まず妄想じゃなくて、まず現実だ」

「同意する」

「――つまりコレ見て解ることと言うと、僕に実は何か隠された力があって、それが狙われてるっていうことですね！」

「ハア!?　そこの馬鹿に何かパワーがあるっていうの!?」

「ああそうだ！　ムーチョ、僕には呪いの力があるからな！　お前の体臭がカラムーチョとは逆ベクトルである〝キャラメルコーン〟スメルになるよう藁《わら》人形打ってやる……！」

「よく解らん嫌がらせすんな……！」

「でも、キャラメルコーン、ちょっとカロリーがおっかないときありますけど、美味しいですよね。不思議な懐かしさというか。洋風御菓子ですね！　って思いました」

「アレ、何でピーナツ入ってるんだろうねエ」

「何故かはよく解らないですけど、あ、ありです」

先輩さんが結論すると、馬鹿が呻《うめ》いた。

「アアー！　そうだったんですか！　先輩が好きだとは不勉強でした！　それを江下の体臭にしようだなんて僕ってヤツは……！　コイツメ！　コイツメ……！」

馬鹿が信仰先に勢いよく土下座しようとして、勢いよくテーブルの縁に頭をぶつけた。偉いいい音がして、桑尻が揺れたペットボトルを手で押さえる。馬鹿は床でくねくねしていたが、

「だ、大丈夫ですか住良木君！」

「あ、大丈夫です！　大丈夫です先輩！　出来ればそのままの位置でいて下さい！　そしてちょっと腰を落として、アーそうです！　その角度が素晴らしい！　有り難う御座います！」

有難う御座います！　これからも住良木・出見、頑張って参ります！」

「蹴っていいと思うヨ？」

●

図書室にいたスケアクロウは、馬鹿が校庭の半ばくらいまで走ってきてから転んで、

「ウヒョオオオオ！　久し振りの先輩の御御《おみ》足《あし》キックだああああああ！」

と戻っていくのを見たが、別段、何の感情も動かされなかった。

●

「戻って来ました！　いやあ、部室は狭いですけど、工夫次第でどうにかなりますね！」

と言って見る先輩の周囲では、啓示盤のレベルアップ報告が連射されては散っている。

「……何であれでレベルが上がるんだ……」

「そ、そういうものじゃないんです？」

「信者にとっては神様に構って貰えただけで卒倒ものなんですよ俺巨乳先輩！　蹴りとか食らおうものなら、本来だったら子々孫々まで伝えていい！　そのくらいですね！」

俺巨乳先輩が、先輩に視線を向けた。

「勢いは認める」

「え、ええと、有難う御座います？」

《なお、キャラメルコーンですが、これは１９７１年からのロングセラー商品です。先ほど質問にありましたピーナツの混入ですが、これは甘い味へのアクセントの他、実はキャラメルコーンの甘みを引き立てるために振られている塩。それを定着させるための触媒なんですね》

「あの豆が、塩を散らしたり、コーンを混ぜる役目を持っている、ということね」

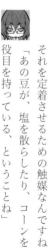

「――ぶっちゃけバランサーの戯言《たわごと》の中で、今、一番驚いたヨー……」

《た、戯言じゃないですよ！　戯言じゃ！　90年代のガイドと言って頂きたい……！》

「ププー、戯言とか言われてやんの!!」

馬鹿と画面が蔑み合い始めたが、気付くとビルガメスが手を挙げている。悪い……、ひょっとしたらずっと挙げてたか……、お前ちょっと主張してくれんかな……。ああ、イシターの復活のギルだと考えればいいのか。よくないか。駄目か。

「つーか、何だ？」

「――ローマ神話の神について知りたい。こちらとしては、後発は祖型関係でもない限り、なかなか追い切れなくてな」

「ローマ神話くらいだと、メジャーだけど少し優先度低いから尚更かなア」

じゃあ、とこちらは桑尻に視線を向ける。すると彼女は頷き、啓示盤を開いた。

「――ローマ神話は、その神々の名前以外、基本的にはギリシャ神話を引き写したと、そのくらいの知識はありますね？　では、そこから先について教えましょう」

●

「――じゃあ朝に話していたことからの〝先〟なんですが、天満君、それなりに調べて来たでしょう。ローマ神話とギリシャ神話について、どのくらい解りました？」

図書室内。奥でシャムハトがワインの知識本などを探っているのを背景に、天満がこちらにやってきた。彼女は美術館の展示物パンフレットを幾つか持ってきていて、

「椅子、借りますね」

「カウンター正面の椅子を使うのは天満君だけですよ」

言うと、少し天満が眉を上げた。意外、とい

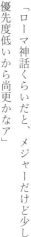

う顔で、

「シャムハトさんは？」

「カウンターに座らない程度の礼儀はあるみたいですよ」

「お尻が冷えるからそんなとこ座らないわよ？」

聞こえてるのが流石だ。つまり天満のこれからの話も、耳に入るということだろう。

しかし天満の持ってきた資料が、ちょっと気になる。これは、

「美術館の展示資料ですか？」

「はい。大体の文字資料は追えていると思うんですが、たとえば神々のまだ見られぬ解放顕現などを想定するとき、ビジュアル的なものが欲しくて。だから、遺跡などから発掘された図像類をチェックしておきたいんですよね」

この子の元は菅原・道真だったか。成程、書物好きとは、物語ではなく博覧に及ぶならばこうなるのですね、と変な感心が心に出る。そして、

「ローマ神話は、元々が随分と力の弱い神話ですね」

●

天満は、今朝から調べて、現段階で解った事を言葉にする。

「ローマ神話は、ベースとして自然信仰からなる非ギリシャのオリジナルがありました。興味深いのは、これがどうも、ギリシャ神話を後から組み込むことが出来るような、そんな同質性があったことですね」

「同質性、とは？」

はい、と己は言って、啓示盤を出した。

「それぞれの神々が、元から似ていた、ということです。」

例えばローマ神話の主神はユピテルですが、これはギリシャの主神ゼウスと語源を同じくし

て、天空神です」
　こういう合致は、他にもある。

「ユピテルを含むローマの主力神々の十二神〝ディー・コンセンテス〟は、オリンポス十二神〝ドオデカテオイ〟と、それぞれ重ねられ、他の神々もまた多くがそうなっています。
　これは強引な重ねではなく、天空神や戦神、美愛の神、酒の神など、そういった権能が合致したものが重ねられているのですが――」
　言う。

「合致しなかった神の方が少ない。寧ろ希《まれ》である。という状態です。
　だから私からしてみれば、これは、ローマ神話がギリシャ神話に実質乗っ取られたというよりも、ローマ神話は、元々、ギリシャ神話とは神の名前が違っただけの浅い引き写しで、そこに、先行して完成されたギリシャ神話が組み込まれたように見えます」
　成程、と上役が応じた。そして彼女は椅子を揺らしてこちらを見据え、

「――神話の形成として見ると、どう考えられます？」

「――神話の形成として見ると、これは解りやすく、ルールに基づいてます」
　と、桑尻は啓示盤を出した。画面に見せるのは地中海の概要図だ。そこに、中東やアジア方面から、西に向かって地中海北岸を通る長い矢印を書き、

「まず、人類が移動を行う際、既に神話の雛形《ひながた》をもっていたとします。
　つまり天空神や戦神、農耕の神や、酒の神など、そういった神々は、移動先で毎回作られるのではなく、雛形があり、それを移動先に持っていく、という訳です。
　これは人類が言語を作る仮定で神々のイメージを明確にしていき、世界を移動していったことと矛盾しません」

「何で神々を持っていったのかナ？　新しい土地で作った方が、新天地での〝自分達のもの〟になるんじゃないのかナ？」

「文化や文明が未発達な時代、それらの守護となる神々を手放す、というのは出来ない事でしょう。そういった神々の〝教え〟は、それらの技術や許可でもあります。

　例えば火の神は、火に宿っているだけではなく、火の神を知る者が火を起こす技術を持つことが許されたりと、そういう性質も持ちます」

「神殿とかがそういった技術や許可の本山だけど、そうでなくても、たとえば〝祭〟はそれだよな。〝祭〟を通して宗教的技術を継承したりすることは、古代においてはその神の持つ技術を人が継ぐ、ってことだ」

　そういうことだ。

「――よって人が自然神達を〝原始的な技術〟として扱うようになってくると、それを継承していく中で職能が分化していきます。

　自然神は自然の脅威から人々が見いだしたものです。しかしそれが、発火や治水、狩猟や建築、農耕という技術の守護神になっていくにつれて、神々自体が〝技術の象徴・そのもの〟となっていくのです。

　不思議ですよね。自然の脅威が、いつの間にか、自然をベースに使いこなす人類の技術となっていくのですから。〝脅威〟と〝技術〟は、相反するものだというのに」

　しかし、これはどういう結果を生むか。

「そして人類の移動は効率的になります。これはどういう事か。解りますか？」

●

　桑尻が問うた先、四文字が首を傾げた。

「技術ぅの洗練んが生うじぃてるう？　違うかなあ」

「それもあります。――でも、ちょっと違いますね」

　自分は、先輩さんを見た。彼女は、何か小刻みに上下に揺れてる馬鹿を横に置いているが、

あの馬鹿のそれは激しめの貧乏揺すりだろうか。気になったら負け。そう思いつつ、

「実は神道神話の〝形〟が、これをよく示しています。後発神話の特有として」

「えっ？　えっ？　ど、どういうことです？」

「巨乳信仰が極まる、ということか……!?」

「アングラが極まるというのは何となく解るかナ……」

「惜しい……！　と一瞬思ってしまうくらいには神道はアングラですよね……」

「いやいやいやいやいや、ちょっと、そんな」

　と言いつつ、しかし先輩さんが、ふと顔を上げた。

「朝、……桑尻さん達は、私達の話、モニタしてましたよね？」

「ええ、その内容です」

　だったら、と先輩さんが、少し考えながらこう言った。

「――職能が、明確である？」

「――職能です」

　天満は、目の前に開いた美術展示のパンフレットを見た。そこにあるのは地中海の古代文化の展示物で、酒の甕《かめ》や屋根瓦などの写真だ。

「神々が〝技術化〟し、それらが継承や流布《るふ》されるようになると、人類の移動が効率化します。つまり――」

　つまり、

「移動先で集落を作るのに必要な職能が割り出せるようになるからです」

　これは、神話における幾つもの示唆を示す。そのことを理解しているのか、スケアクロウが軽い笑みで言葉を投げてくる。

「よく、神話では、外来の神がやってきて神を生み、神話を与えてくれた……、という由来のものがありますね？」

「ええ。これは、推測ですが、原始的な集団に対し、〝技術化〟した神々の知識をもった外来人がやってきた、ということではないでしょうか」

「ではそれを、ローマ神話とギリシャ神話の関係で言うと、どうなります？」

　はい、と己は頷き、パンフレットに視線を一瞬振った。その行為自体に意味はない。ただ一度視線を逸らしておかないと、自分が自分の意見をまっすぐ信奉しそうだからだ。

　冷静に。だが大胆に、仮説含みで己は言う。

「初期の人類の移動は、原始的な神話を伴って行われましたが、神話が熟成していなくても移動が出来た筈です。神々が〝技術化〟するレベルにあれば、移動を確定出来る素地がある、ということですからね。

　だからローラシア神話系でも、地中海沿岸のような、移動がしやすく過ごしやすい地域では、神話の熟成より移動優先だったと想定出来ます」

　そして、

「各地で、人々が土着文化と交わったり、方言的変化も持つと、長い年月の間に言語が変形します。そうなると、自分達の持ち込んだ〝技術〟である神々の呼び名も変わり、ローカルの神も幾らか付随します」

　あとは簡単だ。

「そういった地域が幾つもある中で、神話が急速に発展する地域があります」

「それは何処です？」

　己は即答した。

「紛争地域です」

「小都市群の抗争と、そこに必然となる神々の習合。そしてそれらにまつわる英雄達の歴

伝。——そういったものは人々に語り継がれ、指導者の地位や、国を確立する証明として用いられていき、神話が発展するの」

　桑尻は、自分の啓示盤を見た。地中海の概要図。そこにあるのは、

「ギリシャ方面は古代の地中海において有数の鉄火場よ。ここは同じく鉄火場だった中東側とも交易をもっていたから、そちらで同様に発展していく神話の影響も得て、複雑な神話が構築されていったの」

「——前にちょっと話したけど、私なんか、ギリシャ方面で美の女神として組み込まれたりしてるのよね。まあ、神話が成立している以上、別物とはなってるけれど」

「ムーチョのコピーか……」

「すまん……」

「いやいやいやまだ謝らなくていいぞ！」

**「ドンマイ!」**

「お前はうるさいよ……!」
　まあ元気でいいことだ。私は基本ダウナーなもんで。チョイついていけない。でも何か巻き込まれ気味な気もするので気をつけよう……。

「桑尻チャーン？　何か一息入れなヨ？」

「あ、はい」
　とペットボトルの炭酸を一口。まだ気が抜けてなくて幸いだ。そしてその味を気分転換だと思って、己は言う。

「つまりローマ神話もギリシャ神話も、元は同じ、まだ神話が未成熟な時代に、移動に適した〝選別された神々〟を持っていて、それがローカル変化しただけです。
　そしてギリシャは、中東などの発展した神話の影響を受けつつ、地域内抗争などで自分達の

神話を急速に発展させたのです」
　そして、

「ギリシャよりも中東などに遠かったローマは、地域内抗争があっても神話の発展に結びつきませんでしたが、ベースが同じ神々であったため、先行して完成されたギリシャ神話を取り込み、自分達のものとすることが出来ました。
　ローマはこれによって、発展をしていくことになりますね」

　なお、と天満は言った。美術館の展示資料の中には、古代ローマにおける図像も多いのだが、

「ローマ神話がギリシャ神話から行ったコピーは、十二神を初めとされる対応だけではありません。ギリシャ神話の中にあったラテン人の起源神話を、同じラテン人であるローマ人は自分達の起源として捉え、建国神話のベースとしていくのです」

「何ていうか、ローマ神話を素地とした場合、ギリシャ神話は後から入れた強烈な味つけみたいなものよね」
　いつの間にかカウンター前まで来ていたシャムハトに、自分は頷く。

「古代の地中海において、古くから歴史があり、また、強固な神話や武力をもったギリシャは、文化や文明の図書館のようなものだったのでしょうね。——そこにいくと、自分達の知らない歴史も解る。そんな位置づけだったのかと」

「でもまあ、それは人類側の都合で、——やはり神々としては、堪ったものではありませんね」

「——で？　ローマ神話がギリシャ神話を結構受け継いでるとして、弊害はあるの？」
　馬鹿が作ったにしてはいい疑問だと思った。ただ、縦に小刻みに震えるのはやめなさい。そんな思いを視線に込めつつ、己は言う。

「祖型よ」

「祖型？」

「その神話に、雛形として明確なものがあるかどうか、という事だ。人類の移動や、流布によって加わったようなものではなく、明確な〝翻訳〟に近い置き換え。そういうことだな」

「解説有難う御座います。——つまりそういうこと。普通の神話における類型とは違って、〝翻訳〟に近いものは祖型となるの。祖型もまあ、人類の移動や文化の伝播の際、自然に引き継いだ受動祖型だったらまだ〝姉妹神話〟で済むけど、ローマ神話が行ったようなものは能動祖型となって、——格が落ちるわ」

「何でそういうことをしちゃったんでしょうね……」

「人類の選択であって、神々の選択ではありませんから」

と言って、自分は気付いた。

……また厳しいことを言ってしまった……！

そういう、事実だけど突き放すようなことを、ここでは求められてない。

「何かホラ、解らないけど、やっちゃうことってありますよね！　衝動っていうか、ほら、僕が先輩を見た瞬間、まず顔を拝んでから、スムーズに胸に視線向けるアレとか！」

馬鹿は黙ってて欲しい。だけど、

「……それがいいな、と、人々は深く考える必要も感じずに、そうしてしまったんでしょうね」

『馬鹿に負けた理由は、深く考えるべきでしょうか……』

『いやいやいやいやちょっとまア、得手不得手はあるからネ……！』

紫布は、桑尻の言った内容を思った。

「格が落ちるだけじゃないよネ。基本、エピソード類も、全部、〝元〟がある訳だから、それに基づいた権能も〝元〟に比べて落ちるし、〝元〟に敵わないんだヨ」

「でも、ローマって凄い発展しましたよね？　あれは何で？　皆が退廃的で、コロセウムでヒャッハーしてたからアッパーだったの？」

「信者の量だ」

徹が、先輩チャンに視線を向けて言う。

「信者の量と信仰の量は、神々の力を上げる。――ローマ神話が当時において強固だったのは、正しくそれだろう。逆に、人類の信仰を失った〝今〟では、自力が勝負になる」

つまり、

「――現代において、ローマ神話はギリシャ神話に敵わず、下手すると今回の場合、先兵として使われてる可能性もあったかな、というのが、さっきの俺の推測と否定、な？」

何となく解った、というのが僕の結論。つまりは、

「ローマ神話とギリシャ神話の連中は、コネがあるから、どっちも来てる今、ちょっと気をつけておけよ、って事ですね？」

「まあそういうことだ。――他、お前の方からは何かあるか？　人類側として、水妖だっけか？　あれに絡まれたりってのあったろ？」

「あ、言うべき事ですか!?　凄いあります！　聞いて下さい！」

僕は己の思うところを言った。それは今朝、事件を推理していて気付いたことだが、

「僕、バックロールで昨日の記憶吹っ飛んでるんですけど、どうも川行って先輩の水着を拝んで清らかな心を向上してたらしいんですよ！　でもそれが記憶吹っ飛んじゃってて！　だから夏休みはどこか安全な処と言うか、先輩の水着が見られる環境に行きたいです！　ウハウハだ

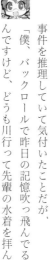

な!? ザブーンだぜ! そういうことですよ!」

「——ロールバック」

「ツッコミ遅いでええええす! 即座に言わないと駄目だろ桑尻、僕が〝バッ〟って言った瞬間くらいのつもりで! ホラ! ——バックロール。ほら! 掛かって来いよ!」

●

スケアクロウは、天満が説明をしっかり終えた向こう。窓の外を、校庭の中央に向かって人類が走って行くのを見た。

「ウヒョオオオオウ! 先輩に〝肩たたき〟を頼むとは桑尻いい仕事だ!! 何故ならそのとき、先輩の巨乳が歪んで尊いからな!」

と、馬鹿が派手に自らスッ転ぶのを見てから、無視することにした。

●

馬鹿が走って行ってから、コレはアレだナ?

と紫布は思った。

「住良木チャン、昨日の精霊鎮《しず》めたのを勘違いしてるかナ?」

「都合良く勘違いしていると思いますね」

「ど、どうしましょう? そんな事実はないって言ったら、住良木君、ショックで死にかねないんですけど」

「人類そんなにＶＩＴないのか……」

「まあ、三ミリくらいしかないのは確かだろう」

「ＶＩＴ?」

「体力の表記だな」

《ＶＩＴＡＬＩＴＹの事ですね。主にゲームで使われる表記ですが、80年代のゲームでは主にＶＩＴ表記やＬＩＦＥ表記でした。これがＨＰ表記になっていくのは、ドラクエを初めとした

RPGの隆盛によります》

「昔はゲーム雑誌でここらへん紹介するのが大変だったようでな。何しろそれまで単純な残機ゲームだったところに〝体力〟なんて概念をどう説明したらいいのかと」

《なので担当者が解りやすく〝バイタリティ〟と表記したら、全てが校閲の手によって〝バカタレティ〟と〝修正〟されて出てしまったとか、そういう悲劇がありました》

「80年代凄いなア……」

「90年代、というのは、80年代でいろいろ発展したがゆえに生まれたそういう〝揺れの部分〟が、定番化によって定まっていった時期と、そう見ることも出来ますね」

と、それぞれが、この神界に対して理解を深めたときだ。

ふと、部室のドアが開いた。住良木チャンにしては早いな、と思ってふり向くと、

「御機嫌よう。少々、忘れ物などあるかと確認に来ましたわ」

「――って、何ですの、この密度!!」

木戸チャンが来たヨ？

●

木戸としては確認したいことが別にあった。

……出見はいませんわね。

ちょっと顔を合わせたくない、と思うのは、自分の弱い処だろう。だって、

「――二学期からは、地元で生活しようと思いますの。こちらに来てやることはやりましたし、安定しているのも解ったし、向こうも掃除をしましたので」

「木戸チャーン？　ちょっと思い込みというか独断激しくないかナア」

引き留めてくれているのだろう、というのは解る。それも本心から、だ。紫布さんはそうい

うところに嘘がない。否、北欧系は皆、そうでしたわね。
　有り難いですわね、と少し気分が緩む。その一方で、

「——メソポタミア系？　噂の監査役まで引《ひ》き摺《ず》り込《こ》みましたのね？」

「宜しく頼む」

「——うん、宜しく……」

「まあ気楽にするといいわよ！」
　冷静、警戒、馬鹿だけど厳重注意、そんな雰囲気ですの。ビルガメス、エンキドゥ、エシュタル、と言ったところですわね。話に聞いていたシャムハトはいませんの。そして、

「出見もいませんわね」

「あ、木戸さん、住良木君だったら——」

　何か気遣いでしょうか。だが、

「いいんですのよ？　同輩さん。出見は貴女に任せると、そう決めたのですし」

「あ、いえ、そうじゃなくて」
　え？　と疑問した瞬間ですの。いきなり背後から声が、

「ウワア——!!　新しい巨乳の先輩の御登場ですね!!　下から拝んでいいですか！」
　いきなりどういう。

# 第十一章

『ZOOM!』

——ちょっと！　ちょっと！　そこ！
こっち見なさい！

「…………」

凄く参りましたわね、というのが、コーヒーを紙コップで出されてしまった木戸の素直な感想だった。

　自分はここに、恐らくは御別れを言いに来たつもりだったのだ。

　恐らく、というのは、今のこの神界の情勢によって、何があるか解らないからですけど、

……でも、基本はそのまま御別れでしたわよね。

　忘れ物、というのは口実。世話になったり、世話してあげた皆に対し、挨拶くらいはしておきたい。それを〝忘れ物〟というのは、ちょっと格好付けすぎですわね。しかし、

……出見に押し込まれるとは思わなかったですわ……！

「うわあ！　うわあ！　夏休みなのに巨乳の先輩有難う御座います！　僕の巨乳信仰は先輩の方に全成分送っているので真の意味での信仰は出来ないんですが、巨乳信仰という枠の中では下から拝ませて下さい！　あ、たまに胸を凝視しますけど、胸を見てるだけなんで他意はないです！　心の中で浮かぶ言葉は〝おっきい！〟そんな感じで宜しく御願いします！　じゃあ椅子はこちらで！　おい桑尻！　ビール！　無いのかお前……！」

「アー、コーヒー出すヨー？」

「い、いえ、お構いなく……！」

「木戸さん、今、部活中なんですから、ちょっと寄って行って下さい」

「い、いえ、あの、その」

と、エシュタルが不意に笑顔でこちらに振り向きましたの。何かと思えば、キャラメルコーンの袋で、

「――開けて！」

『あの袋、意外と硬いよな……』

『上を開けて一人用……、とすると、思ったより袋が深くて口が狭いので、後で困りますよね』

『あ、私、御箸使って頂きます。他の御菓子もですけど、便利ですよ？』

『箸か……、ちょっと慣れようと思ってたから練習にいいかな』

『ウワー！　やっぱり先輩最高です！　スナック菓子食うとき、手ーベタベタにして、最後の方は〝奥に残ってるなあ〟って感じでラッパ飲み状態でザラーっと食うのとか、先輩がやったらワイルドっぽいギャップでまた良いんですけど、ムーチョと同レベルになってしまうのは想像の中でも避けたかったので！　そうか！　箸か！』

『発明ねえ、ってコラ！　ラッパ飲みはやらないわよ！』

『ホントかよ？』

『うん、今聞いて〝その手があったわね！〟って思ったから、後で試してみるわね！　前から、隅に残ったのが勿体なかったのよね！』

『これは食を大切にしているのか野蛮なのかどっちなんだ……』

『すまん……』

　ともあれ袋を背面部から綺麗に広く開けて渡すと、第五世代の高位神が笑顔を見せた。

「――有難う！」

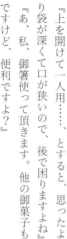

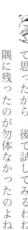

「いえそれほどでも。――しかし」

　と自分は目の前を見ます。既にボードゲームは、恐らく二回戦目がスタンバイですわね。

「じゃあサ、人数増えたから、基本的に夫婦はコンビで、あと、組める処は組んで。木戸チャンは――」

「私、一人で構いませんわよ？」

「オッケオッケ、じゃあそういう感じで行こうかア」

　と、紫布さんの言葉を聞く視界の中、出見が己の主神と椅子を接近。それぞれ資金の投入カードを見て、盤上に視線を向けますの。

　息が合っていますのね、と己は思った。

●

「え、ええと、うちの方針としては、基本的に暗殺はしない方針で……！」

「ああ、それも一つのプレイスタイルだな」

「うん。さっきのプレイの感覚だと、それでバランスとれると思う」

「殺人鬼が一人いるからねエ」

「殺人鬼？」

「エージェントが同じマスに入った瞬間。暗殺を仕掛ける高位神がいまして」

「い、いいじゃない！　そこから最終的に勝ったんだから！」

「勝利の美学が無い方が強いというアレだな」

「うんうん。ぼぉくも昔、イキってぇた時代、末端ん構成ぃ員が逆らあったとぉきにさあ、1ターンン目から〝じゃあ天地ひぃっくり返えすから〟ってやってやあったもんだねえ」

「ワオ、四文字チャン、ルールそのものだよねエ……！」

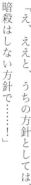

ビルガメスは、新入りとも言えない同学年部員の方を確認した。とはいえ明確に見た訳ではない。盤上のコマを動かしながら、視界の隅で捉えたのだ。
　すると彼女が、人類の方を見ていた。

……む。

　一方の人類は、寿命神とゲーム中の資金の使い方について相談しているようで、視線が明らかに彼女の胸に行っていた。まあ巨乳信仰だからありか。平常運転ではあると思う。
　だが、木戸と名乗った女神の方は、

「…………」

　ふ、と彼女が軽く笑ったように感じた。
　安堵だ。そう思った。
　人類と寿命神の何を見て、彼女が安心したのだろうか。更に、

……負傷？

　右の手。治療用の術式が施された包帯が巻かれている。それを見て、

「――――」

　同郷の高位神はカンがいい。何か思うところがあるということか。ならば当然のように、北欧系の神々も気付いているだろう。
　だがそれら、笑みや負傷が何を示しているのか。明確には解らないまま、

「じゃあ赤のエージェントに青のエージェントを暗殺させるわね？」

「来たな殺人鬼……！」

　ゲーム結果は大いに荒れた。
　意外に早く終わったので、何回かやったのだが、

「やった！　勝率で2抜けだ！　先輩、平和主義が勝ちましたよ！」

「有難う御座います。――というか周りが自滅したような？」

「うーん、いろいろ意識しすぎて攻め切れなかった。なんかブーストアイテムみたいなの欲しくなるよな」

「こっちは殺人鬼の相手をさせられるのが多くて、それで疲弊するパターンだったかなア」

意外なのは、前回ドベだった桑尻が、部長と組んで僕達《ぼくたち》の下につけたことだ。

「流石に二度目、更に複数回プレイすると、全員の投入金額パターンが見えてきます」

「ああとはぼおくの読みだねえ」

そして当然と言えば当然だが、

「あっれ、勝率ゼロとか、ちょっと酷くない!?」

「暗殺で資金を使い切るとか、どこの馬鹿国家だ一体……」

「大目的を見失ってますよね」

「すまん……」

だがまあ、そうなるとトップは決まっている。

「――ふふ、これでも私、運が絡まないゲームでしたらそこそこ勝てますのよ？」

桑尻は、木戸の存在を改めて脅威として感じた。

「ぶっちゃけ私、ゲームにダイスやルーレットがついてないと木戸先輩に勝てた事がないですね……。モノポリーみたいなロールアンドムーヴ型のゲームでも、ルーレットなんかの運要素が無いと駄目駄目です」

「逆に私、そこらの運が関わると一気に悪くなりますのよ？」

「いえ、知識神が運要素に頼るのでは、名折れです」

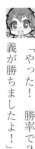

　これはホントにそう思っている。

　知識とは、運で揺るがないものだ。存在が、内容が不確かであれ、確定しているもの。それを情報と言うのだから、

「情報を集め、そこから正解を導く知識神としては、木戸先輩は脅威です」

「桑尻さんは真面目過ぎますわねえ……」

「木戸チャンは、でも、こっちがやって欲しくないことをやってくるタイプじゃないんだよねエ」

「いえ、だって、相手の足を引っ張る手数より、自分を有利にする手数をとった方がいいですもの。足を引っ張るのがターンとして設けられたりしていると別ですけど」

「強者だ……」

「そうなんですか!?　おい、そこだよ桑尻！　お前はすぐに僕を蔑むけど、そういうのが日々積もって返ってくるんだよ……！　どうだ！　ざまあみろ！」
　ハ、とこっちは軽く鼻で返す。

「——別にゲームで返ってきてるならいいわ、実生活で返ってこなければ」

「ああ!?　何だ!?　やる気か!?　お前、僕の本気をナメるなよ!?　実生活で迷惑掛けてやるからな!?」

「住良木、お前はスペランカーモードになったときにマジ迷惑掛けるから、そこらへんもうちょっと高いところから落ちないような努力しとけ」

「スペランカーモード？」

「アー、記録見てないかな？　住良木チャンが連続ロールバックしたアレ」

●

　紫布の視界の中、木戸が表情を変えた。

　……ア、こりゃマズイかナ？

と思うが、木戸もそれなりの女神だ。だからだろうか、彼女は、どちらかというと表情を消す方に動かして、

「――貴女」

先輩チャンに言葉を向けた。

「貴女がしっかりしていないと、出見がいろいろ失って行きますのよ？　――私が言えたものではありませんけど、そのあたり、憶えておきなさいな」

「は、はい……！　気をつけます……！」

と、先輩チャンが畏《かしこ》まる。

『あれ？　先輩チャン、木戸チャンがどんな神だか知ってるんだっけ？』

『ええと、テラフォームにおける役割は知ってますね。しかし、先輩さんは、木戸先輩の正体は知りません。
　そしてまた、先輩さんがどのような神か、木戸先輩は知らない筈です。記録は見ていたとしても、イワナガの存在は基本的に秘匿ですから』

『でもマア、外には鳩子チャンがバラしてるかなア。木戸チャンはどうだろうネ』

知ったらどうかなア、と思うが、多分木戸チャンは変わらないと思う。

木戸チャンが今言ったことは、正論であって、しかし厳しいことだ。先輩チャンの気質的に、どちらかというと住良木チャンと二人で支え合っていくようなキャラなのだから。

だから、

「あ、いや、先輩が悪かった訳じゃないです！　あれは僕がロールバックしまくったせいで、僕に責任があるんです！」

紫布の視界の中、木戸が表情を変えた。

……ア、こりゃマズイかナ？

と、再度思ったのには理由がある。だが、まず何よりも木戸チャンが、

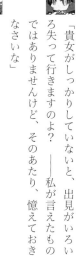

「――――」

誰からも気付かれないように、言葉を詰めた。

何も無い。反応が無い。だがそれこそが、〝何かあった〟という逆意だ。

表情を消して堪えている。その上で、

「……そう」

木戸チャンが、何か飲んだように一つ頷いた。

そして笑みを見せ、

「貴方がそう言うなら、じゃあ、いいのでしょう」

●

あ、コレ、駄目だ。とカイは思った。

今、この、チョイ斜め前にいる女神の素性を自分は知らない。が、雰囲気的にはかなり高位というか〝強い〟女神だというのが不明なままの神格として伝わってくる。だが、

……今の、駄目だろ。

人類は、自分の主神をかばった。これは間違っていない。実際、当時の現場でロールバックを連続したのは、結局のところ、人類が弱い存在だからだ。

あれが、神だったら、ロールバックなどせず、どうとでもなっていた。

ただ、木戸という神にとっては、〝そういうこと〟ではないのだ。

人類がロールバックするのは、人類だから仕方ないと、〝そういうこと〟ではない。ならば、

……人類を護れと、そういうことか？

解らない。しかし彼女が、何となく、あの馬鹿な存在を気に掛けているのは解る。ゆえに彼がロールバックしたことに憤りを得つつ、それを抑えて忠告したのだ。

だが何故、木戸は自分の感情をここで抑えたのか。

……そんなの、決まってるよなぁ。

人類が、自分が注意するべき女神を信仰しているからだ。

ゆえに、感情を抑えた。

人類に不快を与えないよう、叱る相手への憤りを抑えた。だけど、

「――――」

人類は、それでも、自分の女神を庇《かば》ってしまった。

●

やりにくい。

カイの感想はそれだ。昔に自分も、ビルガメスと、そういう行き違いをしたこともあれば、敵を巡ってそのような遣り取りになったこともある。

早く謝った方が良くて、だがその機会がなかなかなかったりで、キツイ思いをしたものだ。

……それと同じだ。

木戸は今、自分が大事に思っている人類とすれ違った。

気を遣って、傷つけないようにして、だが、一番自分が傷ついた。

それを笑って済ませたのは、

「――――」

駄目だろ、と言おうと思った。これは駄目だと。外様かも知れないが、だからこそ自分は言うべきだ。そんな擦れ違いで終わったのだとすれば、哀しいだろう、と。何しろ、木戸という女神は、これから地元に帰るとも言ったのだ。だから、

「おい」

と言おうとした瞬間だった。不意に脇腹を軽く叩かれた。

「――――――」

ビルガメスだ。彼がこちらを止めた。それは何故かと思った瞬間。

「――と、思ったんですが！　よーく考えたら違います木戸先輩！」

木戸は、一瞬何を言われたのか理解出来なかった。

**「ファッ!?」**

違う？

何がだ。

……えっ？

というか、自分は今、正直かなりメゲていましたの。こっちの気遣いが相手に届くなどと甘いことを信じているつもりはありませんけど、届くどころか逆に返されると流石にキツイ。

自分の感情を消して、無かったことにするしかありませんわ。

己の怒りも、憤りも、無かったことにする。

そうすれば、逆に返ってきたキツさも、元から無かったことに出来ますの。

そうでもしないと、自分が守れませんの。

だからそうしようとした。それなのに、

「いいですか木戸先輩！　木戸先輩の巨乳に懸けて僕は言います！」

「えっ？　あ、ああ、はい？」

「――あの連続ロールバックのスペランカーモード、あれが何で生じたかというと、そこのムーチョが僕の設定をガバってたせいでした！　だから木戸先輩！　僕も先輩も無罪です！　木戸先輩が何かイラっと来てたらそれはムーチョにぶつけてやって下さい！」

「**オイイイイイイイイイイイイ!?**　こっちに振るな！」

《おやおや、手間掛けさせてくれた存在が何か言ってますよ?》
ああまアと紫布さんが嘆息つきで言います。

「――アレはさア、前例が無いっていうことでサ。でも、それこそ、あの現場に木戸チャンがいたら、アレはあり得なかったと思うヨ?」

●

言われ、木戸は一息を吐いた。

「――――」

理解出来ているのは、今、自分は、通じたのだということだった。
出見が何を考えて今のような言動をしたのか。単なる偶然か、それとも事実としてそのように言うべきだと判断したのかは解らない。だけど、

「全く……」
心の中にあったキツさは消えていますの。
自分は、誰も咎めないでいいのでしょう。ならばやはりこれは、元から無かったこと。そして、

……出見。
己はこう思った。自分の大事なものを庇って、その上で、こちらを気遣えるようになったんですのね、と。
エシュタルについては知らんですわ。
ともあれここは、自分が何か言わないと駄目でしょう。だから、

「全く……」
言う。

「私も当時の記録を見てないでものを言ったのだから、早計でしたわ。ただ――」
ただ、

「今、問題ないなら、それが一番の幸いですのね」

●

僕は見た。言う木戸先輩の目尻から涙が落ち

たのを、だ。
　直後に、

「泣かしたあ――!!」

「え!?　だ、誰が泣かしたんですか!?　実はここに、見えないもう一人の誰かがいて、そいつが木戸先輩を……!」

「お前だよ!　お前!　どう考えても!」

「二人目かア」

「ハ、ハイッ!　一番は私です!」
　先輩の順番アピール最高です!　ただ、何だかよく解らんというか、

「僕の感動対話スキルが高めだったとしても、泣かれるとは……」

「FF2みたいな使用量でレベル上がるスキルシステムだと、お前無駄口多いからソッコでカンストするぞ」

「そうしたら捨ててゼロからやり直しですよねー」
　だよなあ、とお互い応じて、僕は自分の頬を叩いた。そうじゃない。そうじゃないんだ。でも、ええと、コレは、

「木戸先輩、大丈夫です?」
　問うた先、木戸先輩がクール目の表情で目尻を拭う。

「哀しかったり、憤ったりの悔し涙ではありませんわ。ただ、ただ――」
　ただ、

「安堵しましたの。自分や、いろいろなことについて、――誰かを咎めたり、自分を咎めたりせずに済む、と」

●

　さあ、と木戸は言った。
　ここからは話を変えていくべきですわね、と思う。だから、

「どうしますの？　別のゲームでもしますの？」
　それが終わったら帰りましょう。地元に戻る準備をしましょう。そう思っていると、

「――――」
　紫布さんが、雷同さんと視線を交わしました。そして雷同さんが頷き、

「木戸、三千円出せるか？」

「な、何ですの一体」

「部費！　部費みたいなもんだヨ！」

「ブヒイブヒィ！　って、先輩！　僕は豚呼ばわりでも大丈夫ですよ！」
　流石にそれはどうか、と思いますけど、当の同輩さんは視線を逸らして肩を震わせている。
　まあ大体解りますので、彼女宛に啓示盤を飛ばしておきますの。

●

『……出見、今の可愛かったですわよね……』

『あ、ハイ！　ですよね！　そうですよね！　す、すみません、今、不意討ちだったものでゲージ突破しちゃって……！』
　何言ってるか解らんけど解りますの。

●

　ともあれ、と自分は財布から三千円を出して、テーブル越しに紫布さんに渡す。

　出見がこちらの胸を凝視して、虚空《こくう》に上弦の円弧を手で描くが、信仰行為だと思うことにする。一方で同輩さんが自分の胸の下で同じような円弧を手で描くのはやらなくていいですの。

「先輩！　先輩より木戸先輩の方がデカいですけど、大丈夫です！　僕の巨乳信仰は先輩の巨乳に対してヒヨコの刷り込み効果のように深く静かに浸透していますから！」

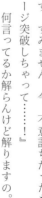

COMFORT
♡+5
♡+5

「あ、有難う御座います？」

「まあ、デカさで決まるならこっちに信仰向くだろうからねエ」

「ロぉジックだねえ」

「それはどうかと思いますのよ？」

ただ、部費は払いましたの。三千円。御別れの手付金だろうと、そういう事ですね。

直後に、雷同さんが口を開いて、

「よーし、じゃあ木戸が夏の合宿参加費払ったから、皆で何処行くか決めるか」

**「——ハア!?」**

「ちょ、ちょっと、どういうことですの!?」

「——うん。木戸な？　実はお前が来るまで、合宿で何処行くかって話をしてたんだ」

「いやいやいやいや、とってつけたような話を……！」

「ウウン、してたよねエ？　住良木チャーン？」

「あ、ハイ！　先輩の水着が見られる環境に行きたいと言いました！　ウハウハザブーンって感じで？」

「ウハウハ？」

「ザブーンですよ!!　だからもう、海とか川とか一丁行って遊ぶ！　そしてテラフォームとか意味もなく現地で始めたりする！　そういうの、どうですか!?」

「……そうですわねえ……」

「——って、いやいやいや、駄目ですわよ!!」

『押すとチョロい？』

●

『というか木戸チャン、無茶苦茶に人がいいってか、神がいいからネエ』

『まあ、どっちかって言うと、今は押すより引く時間帯だな』

●

じゃあ、と私は言いました。

「──住良木君、一緒に泳いだりしましょうか」

「え!?　いいんですか!?　やった！　やった！　もう一度やった！　大自然の中で先輩の水着姿を拝めるとか、僕は河原や砂浜に穴掘って土下座しますよ！　その穴の上を跨《また》いだり覗いたりして下さいますと、僕、背面土下座にスムーズに移行しますから！」

「木戸チャーン？」

「──」

木戸さんが、深くゆっくり息を吸いました。
そして、

「わ、解りましたわ！　行けばいいんですのよね!?」

●

思い切り乗せられた事は否《いな》めない。
そう思って息を吐いていると、四文字さんがふと言いましたの。

「木戸くぅん？」

「何ですの？」

「楽ぉしい方がいいよぉねえ？」

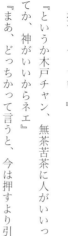

「…………」

「……そういう話ではありませんのよ？」

ですけど、と己は問うた。

「何処行くか決まってませんのよね？　何処に行きますの？」

●

僕は手を挙げた。

「やはり夏だし、水着っていうと、海？」

「ちょっと無理だと思うわ」

「は？　どういうことだよ桑尻、無理って。あ、そうか！　お前のアルコール分が夏の日差しで飛ぶからか！　――凄い目つきするなお前！　そういうの好きなヤツいるからな!?　憶えておけよ!?」

「やかましいわ」

と、桑尻がこっちを無視に入って軽く手を挙げる。

「避暑地及び行楽地で、今から空いてる宿はほぼありません」

「そうなのか？　これだけ発展した世界なのに？」

「この世界全体で見ると違うかもしれませんが、この立川がある東京が、ちょっと面倒な状況だからです」

●

まず、と桑尻は東京と周辺の概要図を出す。

このあたりの話は、以前にも別でちょっとした気がするのだが、

「――東京には、海水浴が出来る場所がありません」

「……東京湾がありますのに？」

《1960年代の高度経済成長期において、埋め立てられたり、公害によって海が汚れたせいですね。80年代から水質改善が施策されていますが、初期にはあった効果も90年では現状維持といった程度です。
　東京で海水浴場が復活するのは、2010年代まで掛かります。水質改善まで半世紀掛かった訳ですね》

「随分と掛かりますわねえ……」

　だから、と己は言った。

「海で泳ごうとするならば、神奈川《かながわ》、静岡方面、または千葉まで出るか、ということになります。この場合、ネックとなるのは交通機関です」

「海まで直結してる路線が無いんだっけ？」

　そうね、と己は応じる。

「千葉方面にしろ神奈川、静岡方面にしろ、直結出来る路線は無いわ。たとえば湘南《しょうなん》方面に出ようとした場合、立川からだと南武《なんぶ》線で武蔵小《むさしこ》杉《すぎ》まで出て、東海道線に乗り換えて、というルートになるかしら」

《逆に立川から中央本線で八王子に出て、そこから横浜線という手もありますね。――まあどちらにしろ時間が掛かります》

「合宿として考えるなら、移動時間はそれなりにあっても問題ないだろ。――要は宿がとれるか、ということだ」

　雷同の言う通りだ。だが、今の話を聞いていれば大体解るだろう。

「東京に住んでいて、海に行きたいという人々は皆、千葉方面や神奈川といった方に電車を乗り継いで遠路移動しますのよね？」

「そうです。――日帰りはかなりキツいので、つまり宿をとる人が多くなるのですが、東京からの人々が地元や地域住民にプラスされますので、基本的に今からだと宿をとることは至難です」

《90年代から、日本では全国的にアウトドアブームになりましたから、海などに出向く需要が

更に増えました。このムーブメント中はアウトドアに向いた四駆車などが飛ぶように売れ、——つまり電車での行き来が面倒と感じる人々は、車で現地に向かい、更に海などが混んでいても近場の山がある、と、そんな意味で多くの人々を取り込んだのですね》

「まあ、とおりあえぇず、海は無ぁしかなあ」

部長である四文字が頷きつつ、決定を下した。

じゃあ、と紫布が言った。

「——とりあえず海は無しって事で、次までにこっちで候補いろいろ決めておこうかナ。それでいいよね？」

「つ、次？」

そうそう、と紫布が頷く。そして彼女はバランサーに、こう言った。

「——じゃあ、久し振りにテラフォーム行こうかナ？　どう？」

どう？　という言葉が、自分に向いていることを、木戸は悟った。

明らかにテラフォーム参加を〝乗せ〟に来ている。だからせめてもの抵抗として、

「私が神道に協力しているのは、テラフォームとは別の事ですのよ？」

「それを言ったら俺達も同じだぞ？　——俺達もテラフォームには直接関係しないけど、助言や、護衛が出来る」

「出ぇ来る範ん囲のぉこおとが出ぇ来たらどおうだあってことだあねえ」

「逆に真正《しんせい》なんかは、何でも出来るけどほとんど協力出来ないからな」

「何か大きな事変が起きたときのストッパーや保険ですからね、四文字先輩は」

そうですの、と己は吐息する。すると、

「よ、宜しく御願いします……！」

「…………」

ええ、自分は会釈《えしゃく》する。

「——見る分くらいは、というところで、付き合いますわ」

●

僕の視界の中、一番先に〝消えた〟のは雷同先輩と謝罪マンに、ムーチョと俺巨乳先輩だった。

ああ、こうやって〝現実〟側に行くのか、と思う僕に、紫布先輩が告げる。

「先にフィジカル系送って、向こうの安全確認ネ。先輩チャンと住良木チャンは一番後ってことで」

「——解りましたわ。いつでも」

という言葉と共に、木戸先輩が消える。それは桑尻や部長達も同じタイミングで、

「さてネエ」

と紫布先輩が啓示盤を出し、バランサーと視線を合わせながら言う。

「先輩チャンも住良木チャンも、木戸チャンについて質問、ある？　あ、愚痴とか陰口とかの時間帯じゃないからネ？　そういうのあっても、肯定はするけど同意はしないからサ」

「いや、木戸先輩はいい人ですし、陰口とか云々、そういうの僕も嫌いだから、そういうのは別にいいです」

《だからこの猿は言わんでもいいことを表に……》

「私も、木戸さんが何か言う場合は、木戸さんが正しいので、ええ」

「先輩、意外と木戸先輩推しなんですね……！　やはりアレですか？　巨乳が巨乳を呼ぶというか、呼応というか共鳴現象でもあるんですか！　おっと桑尻がここにいないのはそういうことか」

「蹴りたいけど、いまやったらタイムロス凄いなア」

　巨乳にメーワク掛けてはいけないのでおとなしくする。その上で、

「僕、木戸先輩に嫌われたりしてます？」

「いやいやいやいやいや、逆ですよ逆!!」

「先輩が言うならそうなんですね！」

　そういうことだ。だけど、

「何故です？　いきなりあんな長身のクール巨乳に名前呼びされるとか、ひょっとして僕、前世で御釈迦様《おしゃかさま》に土地と金を貸したとか、そのくらいしました？」

　アー、と紫布先輩が軽く仰け反った。

「そっかア！　完全に忘れてるんだア！」

●

　ああ、と私の方も納得しました。だから、ちょっと迷いましたけど、

「住良木君は、過去において、何度か木戸さんと会ってますね」

　言うと、住良木君が解りやすく呆然《ぼうぜん》とした顔をしました。いや、そんな、鼻の下伸ばして目を見開かないでも……、と思いましたけど、素の顔芸は特技でしたっけか。

「そんな……、幾ら先輩と違って信仰先ではないとはいえ、巨乳についての記憶を失ってしまうとは、僕の信仰はその程度だったのか……！」

「い、いや、住良木君、そんな落ち込まないでも」

「いや！　これはいけないことです！　僕のアイデンティ、ティ、テ、アイテンデテ――」

「言いにくいかナ？　アイデンティティ」

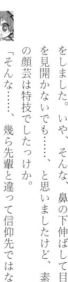

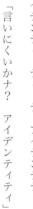

「アイデンティティ？」

「そ、そうです！　アイデンッテ――、くっそ噛んだよ！　噛みましたよ！　噛むのが癖になってるから明日にでも言い直します！　ともあれそういうものに関わる大きな問題です！」

アー、と紫布さんが首を傾げました。

「巨乳を忘れると大問題？」

「はい！　僕の、明日言い直すアレに関わります！」

「――チョイとこの前まで、毎朝先輩チャンや私のこと忘れてなかったかナ？」

三秒ほど、住良木君が脳を働かせました。その直後に、

「そういえばそうですね！　――じゃあ気にしないってことで！」

「き、切り替え早っ！　大丈夫ですか住良木君！」

「ええ大丈夫です！　僕はいつでも正気ですよ先輩！　自己申請ですから間違いありません！」

正面の紫布さんが頭の近くで人差し指を何回か回してますが、そんなジェスチャー何処で憶えたんですかね……。

ともあれ自分は住良木君に言う。

「私と住良木君がそうであったように、住良木君と木戸さんの間にもいろいろな関係があります。そして木戸さんがそれを話そうとしない以上、同じようにしていた私は住良木君に何も言いません」

「はい！　僕の中で先輩は特別ですが、基準点でもありますから、それがいいと思います！」

「木戸チャンね？　多分、住良木チャンと先輩チャンがちゃんとコンビ組んでテラフォーム始めたから、安心して地元に帰ろうとしてるんだ

ヨ、あれサ」
　それは私もそう思います。

「そうなんですか。——僕、多分、そこらへんが何となくでも解るようなこと、多分憶えていたんだろうなあ、昔は」

「住良木君……」

　名を呼ぶと、住良木君がキラッキラした感じで振り向きます。

「木戸先輩が、記憶の無い僕にちょっとイラっと来たりするときがあるかもしれませんけど、でもそれは仕方ないことなんで！　僕は木戸先輩とこれからの付き合いを大切にしていけばいいってことですよね！」

　言われ、考えました。そして即答出来たのは、

「——それが一番だと思いますよ、住良木君」

「先輩チャン、嫉妬みたいなのは無いのかナ？　住良木チャンのリソースが他に向かう、って事でサ」

「い、いや、私も木戸さんが今の状況なのはよくないと思ってますし——」

　それに、

「住良木君はお手つきですから」

　住良木君が土下座するのはいいとして、紫布さんが無言でバランサーに転移指示出したのはどういうことですか。

# 第十二章

『GAIN GROUND』

——ちょっとやり過ぎたかなーって、
今更思うんですよね……。

カイの視界の中、残りの全員が移送されてきた。
まずは紫布に、そして先輩さんに、

「……何で人類が先輩さんに土下座してるんだ？」

「ちょ、ちょっと、どういうことですの!?」

「アー、聞くと胸焼けするけど聞きたいかナア？」

「うーん、流石にいいかな……」

と、バランサーが皆の中央に現れた。そして雷同に向かって、

《さて、現状、どのようなものでしょうか》

「ああ、この高台、高さ三百メートルあるから、大体六十五キロくらい遠くまでは見通せてる。その中では、たまに炎竜の小さいのが動いてるけど、寄っては来ないな」

高さ三百メートルの、岩で出来たテーブル台地。
今、自分達のいる現場とは、そのようなものだ。
空は暗雲が流れ、実際には二百度以上の高熱になっている。大気だって二酸化炭素がメインという環境で、

「さてここからどうするんだ？」

エンキドゥの言葉に、バランサーは画面を下に会釈させた。

《木戸もいるし、ビルガメスとエンキドゥに、エシュタルも、正式な参加は今回が初めてとなりますね？　とりあえず前提を話しましょう》

前提。とはいっても省略で済むことだ。

《本来、テラフォームは私達ＡＩが行うことでした。私達は神界を作ったことからも解るよう

に、莫大な流体、及び地脈への干渉が出来ます。
ゆえに地脈側から干渉して惑星単位の〝作り替え〟くらいならば可能です。ただ効率や不安定性の排除というものがあるので、基本、テラフォーム用の機器を用い、私達は適時干渉し、マネジメントする。これが元々の人類が想定していたテラフォームでした》
　しかし、
《星の原始精霊達の干渉によって、人類が想定していた方法は使えなくなりました。私達ＡＩは、加護の存在を割り出し、緊急時対応として流体マテリアルから神々を製造したのです。
　――私達は人類の〝下〟にいる存在なので基本的に人類を製造出来ませんが、神々であればその規範から外れることになり、都合がいいと、そういう政治的判断もあったのですね》

「だが神々は結構自由な存在で、アンタの支配から脱した訳だ」
《力関係で言えば私達の方が遙かに上ですが、テラフォームがありますからね。よってお互いは不可侵として、しかしテラフォームでは協力をするのです。
　神々がテラフォームを進め、それを雛形にして私が展開や拡大する。そういう流れです》
　と、そこで手が挙がった。ビルガメスが周囲を眺め、

「つまり神々が、天地創造に該当することをした場合、それが一地域的なものであっても、バランサーがこの惑星全体に拡大する、ということか？」
《はい。それが進捗として確定出来るならば、そうします。私は人類が星に降り立つために、万全のものを提供しなければなりません。だから貴方方の行いが、そのまま星全域に適用出来る、と判断した場合、それを流体的に再現出来るよう作業工程を構築し、安全と効率をもって星に適用します》
　ただ、と己は告げた。
《全域適用をするには、数え切れないほどのチェックが必要です。それも多重化していて、

一つの天地創造の許可を得るには他の、無数の天地創造が成立していないといけない、ということが多発します。これではいつになっても全域適用は出来ませんね》

「じゃあここで解散ね！」

「…………」

「…………」

「誰よ解散なんて言ったの！　真面目にやらなきゃ!!」

　話が進みやすくて何よりだ。ともあれ普通にやってると全域適用は進まない。ならば、

《ある程度、汎用的な天地創造が出来た場合、小規模な地域にそれを展開し、実験場とします。つまり厳密には無数のクロスチェックが必要ですが、大まかなもの、たとえば〝大地を作る〟〝水を作る〟といったものは、先行してその実験場で安全確認し、細部の詰めは後で良しとして全域適用に回すと、そんな方法を採ります》

「オッパイで説明してくれる？」

「ブラ決めるとき、カップや締め付けとか肌感覚とか値段とか、そこら詰めていくとキリが無いからサ、とりあえず当座はコレでいいかな、ってキメて生活する感じかナ？」

「惜しい！　僕はブラの話を欲《ほっ》していた訳じゃないんです！　でも今のは貴重な知識でした有難う御座います！　先輩はそのあたりどうなんです!?」

「え？　新型制服は内側にパッドついてるので、ブラは不要ですよ？」

　紫布が先輩さんの肩を叩いた。

●

　雷同の視界の中、馬鹿が七十メートル吹っ飛んで転がって、走りながら戻ってくる。
　その間に、先輩さんの周囲にレベルアップ表示が連続するが、

「まあ、一足先に箱庭世界を作って拠点とする訳だ。俺達なんかも、それを経過してある程度のところまで持って行ってるから」

「ウヒャア！　先輩の生足蹴りとか最高です！　——って、雷同先輩、それってつまり、シムシティってことですか？」

「あそこまで単純じゃない」

言うなれば、どうだろうか。住良木に合わせるなら、

「シムアースがベースにあって、ポピュラスの方法を使ったシムシティだな」

「あー、何となく解ります」

「解ります？　木戸さん？」

「貴女に解らないことが私に解ると思いますの？」

住良木に解ってれば問題ないと思うが、とりあえず説明する。

「拠点として、この惑星上の一角に結界を張って〝普通の生活圏〟を作るんだ。つまり町と、生産地区とか、そういうのを、だな。

ただ、それを作るには、まずこっちで天地創造をやって、ある程度の成果を出さないといけない。そしてその成果物をもって、結界内に〝普通の生活圏〟を作って行く」

そうだネ、と紫布が頷いた。

「大地を作ったら、箱庭にも大地をネ。水を作ったら、箱庭にも水をネ、って感じでサ。全部こっちでやろうとすると、この環境だよネ？　だから厳密にクロスチェックが入って途中で崩壊したり、出来なくなることもあるんだけど、結界内は環境が緩いしチェックも最低限に済まされるから簡単には壊れないんだヨ。そして——」

「バランサー、箱庭の中で上手く行ったら、こっちに適用出来るんだろ？」

《そうですね。箱庭の中で成果が確定出来たら、惑星上に適用していきます。とはいえそれも、

地域単位でクロスチェックを行いながらですが、初期段階のチェックが済んでおり、また、最終的な安定がどういったものか見えているので、随分負担が消えます》

バランサーの言葉に、首を傾げる動きがあった。木藤だ。彼女が眉をひそめ、

「二重に同じ事をやるような意味が、解るんだけど、解らない気もするな……」

「――安全第一、ということですのね？」

《そうですね。この星上はまだ環境が荒れていて、何か実験したり、精査するには向いていません。そして精査には時間が掛かります。だから星上にて安全な場所を作り、実験と精査を行う場を設ける、というところです》

「最終的に、それをやった方が早くなる、ということ？」

「俺達がこっちに来てるのは、つまりそういうことだ」

「――ビル」

「うむ。……どちらにしろ、私達にとっては前例のないことだ。ならば最速という方法に乗ってみるのが一番だと思う」

「じゃあそういうことで」

よし、と己は頷いた。バランサーに対し、

「〝箱庭〟の建造は問題ない。あとは、……テラフォームだな」

成程と、バランサーは頷いた。

《ではテラフォームを改めて進めましょう。現状、地軸と自転について決定されましたので、手が空いているときに四文字と共に、そのあたりを設定しました》

「ええっ!?　よ、四文字さん、すみません……！」

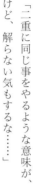

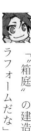

「謝らあれるより、御ぉ礼いがいぃいなあ」

「有難う御座います、部長！　凄いです！」

「うぅんうん。そぉういう程度でいいねえ」

「どんな程度だと駄目なの？」

「そおうだあねえ。ぼぉくが昔にイキってたあ頃だとぉ、やたらぼぉくを持ちあげるのがいてねえ。ちょおっとうるさいから〝お前、そこの砂漠越えた向こうが住《す》み処《か》な？〟って遠ざけたりしたねえ」

「お前、信者のこと嫌いだよな？　な？」
と、木戸が軽く手を挙げる。

「地軸と自転が決まったら、この星はどう変動しますの？」

「それは私も知りたいです。激変が起きてる筈ですから」

《お気付きで何よりです。自転を止めていたのはこの星の精霊自体ですが、四文字の理不尽で強引に回転させています。今、星の精霊達は躍起になって止めようとしているので、四文字はこちらに定期的に来て理不尽が働いてるかチェックした方がいいですね》

「全体的に炎竜達がいないのは、そのせいか……」
はい、と己は応じた。その上で、

《この状況で、星においては何が生じていると判断出来ますか、桑尻》

●

桑尻は、自分達の星がどうであったかを思い出す。単なる知識よりも実践だ。だから、

「星が自転することによって、星を作る構成物が比重ごとに分離します。遠心力の原理で、一部の大気は宇宙に散り、また、星の内部でも無数の化学反応を起こしつつ、構成物の層が生じて行くこととなります」

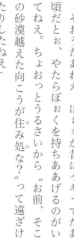

そのために、まずは何を考えるべきか。

「普通ならば、極の設定でしょう。しかし――」

《しかし？》

「このテラフォームには一つ特殊条件があります。だからまず、星の構成物の比重分離に対し、バランサーが介入出来るのかどうか、その判断を下さい」

●

ちょっと、桑尻さんの言っている意味が解りませんでした。ただ、紫布さんも雷同さんも、四文字さんも何となく気付いたように頷いたりしていますけど、一方の、

「……？」

「バランサーの介入？　必要なのか？」

とメソポ組が解ってないあたり、これは恐らく、北欧組がテラフォームした前の星にて得た経験。それによる言葉だったのでしょう。

「どういうことなんです？」

「はい。この星系は、ストレートにテラフォームをしようとすると、引っかかる用件が一つあるんです」

それは、

「この星系の星々は、元々は人類が居住可能な星だったと言うことです」

言われ、自分は気付きました。

「つまり、この星は、元々この状態ではなかったんですよね……？」

「そうです。だとしたら、何も考えずにテラフォームすると、何が危険ですか？」

はい、と己は応じました。

「星が、人類の居住可能な姿をしていたと言うことは、たとえば地表には土や木々のようなものがあって、植物や動物達もいた筈です。それらは、星にとっては後天的に得られたものです

が、……星がこうなるとき、何もかも飲み込まれていたのだとすれば——」

「そうです。今のこの星は溶岩の海です。が、今広がっている溶岩は、星が生じた時のものと同じ溶岩ではない可能性があります」

つまり、

「星が人が居住出来るまでに変化して行った際、後天的に得たもの。それらが飲み込まれた、違う構成物で出来た溶岩ではないのか、ということです」

だとすれば、何が危険か。

「バランサー、どうなんです？　もしそうだった場合、それら余分なものを排除しないと、不確定要素が多すぎますよね？

私達の発想や知識で解決出来るようなテラフォームに出来るんでしょうか」

●

やはり前任の神々がこちらに来ていて正解だったと、バランサーは思った。

《実のところ、成分的には、かなり原始の状態に近いです。植物や動物達も、飲み込まれる際に〝精霊と一体化する〟ように飲まれているので、物質として変異させられた、と考えています。ただ——》

ただ、

《やはり量が量です。スクリーニングはした方がいい、というのが私の判断です》

「？　そういうのが溶けてると、何がマズイの？」

《単純に言えば、表層物が変わる可能性が高い、ということです》

「表層物？」

「住良木、スナック菓子とか食ってグラスの水飲むと、水の表面どうなる？」

「油が浮くわね！」

「何か品がないぞムーチョ！　いいか！　今、僕は自分の回答が食われたからこんなこと言っ

てるんじゃない。つまりなんだ。ええと、そうだ！　これは――」
馬鹿が、ややあってから叫んだ。猿はエシュタルを指差し、

「ああそうだよ回答が食われたから言ってんだよ！　隠しもしないぞ僕は！」

「あははははバーカ！　ざまあみなさい！　ともあれ油が浮くのが正解なのね!?」
そうです、と桑尻が言った。

「基本、水よりも油の方が比重が軽いのよ。そして地球時代における油の多くは、諸説有るけど、基本的には太古の植物や生物という〝原料〟が地中に沈んで変質したものなの。
だから地球時代は、星の地表部が出来た後で、そういう〝原料〟が積み重なる火山灰や土砂などに沈んで行って、地下で油になったと考えられるわね。でも――」

《星が溶岩状態の段階で油が豊富にあったら、地表部が出来るとき、油が地表を覆う可能性があります。そして海などが出来ても、水より軽い油が海を覆う、と》

「そ、それちょっと困りますね……！」

《星の精霊側も、そのあたりに気付いているのだと思います。どのくらい知能があるか解りませんが、原初の状態になかったものは、原初の成分に異質化しているようです。だから大丈夫、と言いたいところですが、ただまあ、さっきも言った通り、相手側を信用するのも何なので、私の方でスクリーニングを掛けますね》
だから、

《この問題は、知識として憶えておけば問題ないです。桑尻。――では、改めて先ほどの質問に答えて下さい。
この状況で、星においては何が生じていると判断出来ますか、桑尻》
桑尻は、静かに応答した。

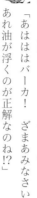

「極の発生と地表の固体化よ」

己は、啓示盤を出す。そこに見せるのは球体の図で、それを回転させた際に生じる〝動き〟についても書いておく。

「幾つもの素材をミキサーに入れて、回転させたときのことを想像して下さい」

「バナナは有り!?」

無視した。初手から構っていると時間とプライドが無駄になる。そう、バナナ程度で心を揺らされていては駄目よ桑尻・壺三《つぼみ》。お前は優れた知識神なのだから。

「雷同先輩、アイツ、バナナって聞いただけで狼狽《うろた》えてますよ……」

「そんなにロールバックがトラウマになってんのかな。――おい桑尻、あまり気にしなくていいぞ、住良木の言うことは。雑音だと思って」

変なフォローしなくて良いです。あ、お気遣いは有難う御座います。ただ、

「ま、まあちょっと話進めると、ミキサーの中のものはグシャアってなって、中で攪拌《かくはん》されるよネ？」

「はい。ですがそのとき、三つの動きが生じます」

と、己は啓示盤の図を見せ、それを示した。

「まず、遠心力によって、星の地表側へと、星の構成物が吹っ飛ばされます。地球の場合、構成物の大部分は鉄なのですが、その内、地表側に近いものが膜やマテリアルとして多くのものを巻き込みながら地表側に集まって行くんですね」

そして、

「地中では何もかもが圧縮状態の溶岩で存在するのですが、地表は大気が循環しており、地中に比べて遙かに温度が低いです。そこに触れた構成物は冷えて固まっていき、これが地表側の地殻、そのベースとなっていきます」

「手作りアイスの、製造器みたいですね。容器の中に素を入れて、外側を冷やして回していく

と、内側に凍ったアイスが出来ていく、というような……」

『……ミキサーで構成物を吹っ飛ばすという私と、アイスクリームの製造器で素がアイスになっていくのと……、何故、こんなに表現の差が……』

『悩んじゃダメだヨーウ！　桑尻チャン！　解りやすいのが桑尻チャンのいいところだからサア！』

　とりあえず挫けない事とした。まだ説明は終わっていないのだ。

「第二の動きとしては、それこそミキサーの状態が地中内で起きている、ということです。つまり――」

渦だ。

「引力自体が外壁となり、地中内では構成物が回る中で、渦に似た状態を作ります。これによって何が出来るか解りますか？」

「上と下、……北と南、というような概念か？」

「近いですね」

　己は、良い答えが得られた事に満足した。表情に出ているだろうか。解らない。ただ、言葉を連ねるものとして、

「地球の核、つまりコアは鉄がメインの成分だと考えられています。その周囲を、自転に合わせて液状化した岩や金属が回ることで、ダイナモ効果が働き、つまり磁石が生じます。

　これが星の南北をS極とN極として、〝極〟を作るんです」

「？　方位磁針のアレ？　あれが出来ると、何か違うの？」

「住良木チャン？　地球の構成要素は大体が鉄、って話があったジャン？」

「例えば海水にはミネラルとしての鉄が含有されてるわ。そして地表にある大陸も、地中を流れるマントルにも、ね。それらの動きは、〝極〟が決まった以上、その影響を微弱であれ受けることになるの」

《これは気が早いですが、有名な大陸移動説。あの大陸移動の移動ルートも、極の有る無しでは大きく違うのです》

そして、と己は言った。

「三つ目の動きとしては、大気の流れがあるわ。地表側では大気がその気圧や温度などによって流れを得るけど、これは自転の動きに乗っているからこそ、よね。地表側と大気圏の上層では自転の影響も違い、それらが複雑な影響を与え合っているの」

つまり、

「自転が始まると、星は地表を持ち始め、急激にその姿を確定していくのよ。

ぶっちゃけ、自転が決まった時点で――」

**「シャレかな?」**

不意打ちを食らった。

●

バランサーの視界の中、馬鹿が桑尻を下から窺いながらその周囲をステップする。

「あっれ!? あれえ!? 桑尻サアン? 自転が決まった――、何だって? 何? 何かすっごく下らないギャグをぶち込まれた気がするんですけどお?」

「う、うるさいわね……! 気付かずに言ったから事故よ! 事故!」

●

江下としては、純粋に面白いと思った話だった。

興味は何にでも向く。そういう女神なのだ、自分は。だから、

「ぶっちゃけ、自転が決まったら、もう、星の姿は出来たようなもの。そうよね？
　だったら疑問があるんだけど、——それ以上、私達って必要なの？」

「あ、そうだ。先輩が大地を作ってたけど、自転が決まると大地も固まって出来てくるんだろ？　それでいいんじゃないの？」

《今、星の精霊達が大絶賛抵抗中ですが？　また、自転で地表部を作るとなった場合、つまり莫大なクロスチェックが必要になるのです。そのうえで、出来る地表は人類に適していないかもしれません。有害な金属類が表側に集中する可能性もありますからね。
　私としては自転で地表が出来るのはルールとしつつ、人類向きの大地を神々が作り、それをルール上に適用していく、というのが安全だと判断しています》

「——ええ。私としても、人類の降臨に対する安全を第一とする。その方が正解だと思いますわ」

　木戸と言ったか。この女神が言う台詞《せりふ》は正しいと、そう思うくらいの判断は自分の中でも出来つつある。だったら、

「楽は出来ないって事ね。皆、頑張ると良いわ！　私、菓子食って応援する係だから……！」

「お前も働くんだよ……！」

　バランサーは、皆が現状を理解したのを確認の上、言葉を続けた。

《気が早いですが、地表が出来たとして、では地軸や極などには、何が生じると思いますか？
　——紫布、答えられます？》

「ハア？　いきなり振られてもなア……」
　と言いつつ、紫布が数秒を経て、こう応じた。

「アレだよね？　私達の先行してテラフォームした星もそうだけど、地軸とか極が定期的にズレるんだよネ？」

《——正解です。実は地軸も、極も、自転も、太陽の周りを回る公転軌道すらも、一定ではなく周期的に変動しているのですね》
え、と北欧組以外が眉をひそめた。

「……公転軌道まで!?　だ、大丈夫なんですか、この星は……」

《まあ大丈夫ですよ。——この星は地球を再現するような状態として調整中なので、地球を重ねて説明しましょう》
桑尻に視線を向けると、彼女が星の概要図と、公転軌道などの図を出す。

《さて、今更ですが、ここにいる北欧系は別として、初めてテラフォームに関わる神々に知っておいて欲しいことがあります》
それは何か。

《私達は強大な力と知識を持ち、そして今、良い環境にいます。しかし、それでいても、テラフォームにおいて、**地球を再現することは不可能**です。
そのことをまず知って貰います》
いいですか、とバランサーは前置きした。

《まず、地軸ですが、一定周期で揺れて戻るのを繰り返しています。
地球の場合、90年の段階では、約四万一千年周期で、22・1度から24・5度の間を揺れているんですね》

「……二度くらい？　あんまし大したことないんじゃないの？」

「地球の直径が一万三千キロ弱として、二度ズレたらどのくらいズレると思ってんの？」

《２―３６０＝ｘ―１３０００ですかね。地軸の上下側で、それぞれ約72キロずつズレることになります》

「72キロってどのくらいかナ？　あ、体重ギャグ振ったら張り倒すからネ？」

「ハイ！　しませんよ！」
馬鹿が紫布に振り向いた先、馬鹿のモーショ

ンコントロールで啓示盤が表示された。

●

「ワーイ！　やっぱりお約束は押さえないと駄目ですね！」

　住良木君が走って戻ってくる間に、私の方で啓示盤を開き、測定しました。

「ええと、72キロっていうと、立川から、私の地元の富士山《ふじさん》山頂までの距離がそれですね……」

「地元？」

「あ、はい。富士山は妹が住んでますけど、御近所が父や私の土地なので」

「……先輩チャン、神として自己評価が低すぎるから、もうちょっと自分を評価した方がいいと思うヨ？」

　性分な部分なので、これはちょっと難しい。

　ただ、こちらの啓示盤を見て、木藤さんが口を横に開きました。

「つまりその距離分、地軸のこっちと向こうになるということは……、夜と昼の面積がそれだけ変わるってことか」

《そういうことです。これは直線距離上だけではなく、大きな幅をもって生じることなので、実際は大規模な気候の変動などを呼びますね》

　なお、

《地軸があっても、地球自体の重さや、構成質量の分布などもあり、地球は意外と揺れながら回っています。地軸といっても、芯が通ってる訳ではありませんからね。

　大体、地軸を中心として、十メートルほど離れた円を描くように回っていて、六年ほどの周期で円の直径の増減を繰り返しています。これを極運動と言いますね》

「意外と適当なものなんですね……」

《まあコレだけデカいですからねえ》

　そして、とバランサーが言いました。

《磁石としての〝極〟においても、同様です。地中内の核側は流動で、意外と軽いということが解っています。それらが自転などの影響で動いたり、地表側でも大陸が移動したりで、極を作る質量分布が揺らぎ、〝極〟は結構頻繁に揺れて移動します。一年で60キロ以上も移動するときがありますね》

「方位磁針、大丈夫なんですか？　そんなので……」

《90年代で方位磁針を厳密にとって移動する手段と必要性がどれだけあるか謎ですが、大きな問題はないと判断されています。というのも、中心軸は定まっているようで、最終的には中心側に戻っているからですね》

●

いろいろあるなあ、というのが、戻って来た僕の感想だった。

「地軸、自転、極も揺れっぱなしだ。さっき言ってた公転も、やっぱり同じように揺れたりしているんだろ？」

「しかし、公転の場合、変動要素は何だ？」

《はい。――公転の場合、他の惑星の軌道が関係します。各惑星は、それぞれの公転で距離を保ちつつ擦れ違いますが、その際、引力で引き合っているのですね。

だから地球の場合、十万年周期で、太陽に対して楕円《だえん》軌道になって、戻ると、そういう動きを繰り返しています》

なお、と画面が言った。

《これらの複雑な影響の重なり合いによって、地球への日照量や面積は変動します。しかし多くの要素は周期的なので、定期的に地球は日照の悪い時期と良い時期を持つ、ということになります。これが何を生むか、解りますか？》

「――やる気？」

無視された。画面は先輩に視線を向け、僕が〝おい、こっち！　こっち！〟というのも無視して、問い掛ける。

《さて、主に公転の十万年周期と、地軸の四万一千年周期、これによって生まれるのは、何だと思いますか？》

「え？　ええと、日照が変わると……、冷えるんです？」

「——だとしたら、公転周期と地軸周期が重なった時に生じる大氷河期と、公転周期による中氷河期、そして地軸周期による小氷河期と、そんなところですの？」

《その通りです。地球の氷河期は、これらの運動の複雑な重なりによって作られているのですね》

　木戸先輩凄いなあ、と思った横、先輩が、フォローを貰ったことで頭を何度も下げているのがちょっとカワイイ。

「た、助かりました！」

「いえ、私の方も、貴女の言葉があってこそ、ですのよ？　単なる連想で、どちらかというと便乗ですわね」

　と言った木戸先輩が、バランサーに視線を向けた。

「……そのような周期調整、出来ますの？」

●

　バランサーには、プライドがある。

　賢いＡＩとして、作り主の人類に応えるというプライドだ。だから、

《最終的には出来ると、そう判断しています。しかし——》

「やある意味があるのかなあ」

「同意だ。——安全に、かつ確実なテラフォームが出来るならば、わざわざ氷河期の再現となるところまで作り込む意味はないだろう。もしあるとしたら、——氷河期が地球のものよりも激しい場合、それを緩和するための調整だな」

　王という政治家だったビルガメスは、やはり妥協を知っている。半神半人という存在でなければ、彼を〝人類〟として指示を得るのも面白かったでしょうね、と、そんな事を思った。
　だが、今の結論は、大事なことだ。
《——そうですね。何処まで作り込むのか。不必要であればしなくていい。その選択肢があると、やはりここは地球になり得ない、と判断出来ます。そして——》
　己は言った。
《外部要因として、やはりここが地球にはなり得ない、という事例の一つを見せましょうか》
　言って、己は皆の足下に天球図を展開した。以前にはこの星系のものを出したが、今回は違う。
《地球の存在した星系。太陽系のものです》
　何事かと、皆が足下を見る。首を傾げる。
《——ローマ神話の主神の名前、憶えていますか？》

# INTERLUDE

「木星は、ええと、……ツリーマンって、ロックマンにいましたっけ？」

「ウッドマンなら2にいたよな……？」

《星の話をしろと何度言ったら。――まあ初めて言いましたが》

EDGEシリーズ
神々のいない星で
—At the star without gods—

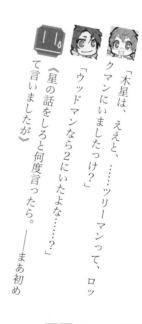

# 第十三章

## 『KAGEKI』

——自ぃ由ぅってえいいよぉねえ。

雷同は、視界の隅で木戸を捉えていた。

ローマ神話。ネプトゥーヌスが彼女の名前を呼んだ、という情報はスケアクロウから得ている。

木戸はローマ神話の連中と、何らかの関係があるのだ。だが、

《——ローマ神話の主神の名前、憶えていますか?》
というバランサーの言葉に対し、木戸の反応は明確だ。

「…………」

無視。

無表情というか、何も気にせず、という雰囲気だ。紫布も恐らく木戸を気にしているようだが、何の合図もないということは〝解らない〟といったところか。

ただ、無反応なのは自分を隠しているということ。

だからこれは一応アタリ。そう思って己は言う。

「ローマ神話の主神はユピテル。英語読みだとジュピターで、木星だな?」

《そうです。木星。ジュピターの名はローマ神話の主神からつけられました》

「ユピテルってカワイイ系だと思うんだけど、それが主神か……」

《ちなみに大体のイメージでは髭《ひげ》の長いジジイです》

「まあ、音ってのはその国や地域で感覚が違うからなあ……」

「濁音などは下品な音、と、そういう考え方もあるのよね……」

「桑尻・壺三は濁音二つだから二倍下品か……」

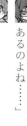

「住良木・出見も同じでしょうが」

「大丈夫！　〝先輩〟が〝オッパイ〟と同じで濁音無いからな！　僕の品がない部分は先輩がキレイキレイに消去してくれるって寸法だ！」

「い、いや、私、イワナガヒメなんで濁音持ちですけど？」

「別名がコノハナチルヤヒメでしたっけ？　だから問題ないですよ！」

「よく考えたら私も徹も四文字チャンも問題ないかナ？」

「私は本名名乗ったりしてませんから除外でいいですわね……!?」

●

バランサーは、とりあえず自分の濁音保持についてツッコミが無かったことを安堵した。

ツッコミが無いのを残念に思うようになっていなくて幸いだ。そうなったら自分を初期化しなければ。ともあれ、こちらは言葉を続ける。

《古代から木星にはその土地ごとの主神の名前が当てられていました。これもまた神話の移動と共に拡《ひろ》がった文化なのかもしれません。ただ、最終的にユピテルの文字が採用されていることから考えるに、ローマが実質上、ネタ元のギリシャよりも強かった、というのが解りますね》

そして、

《興味深いことに、このジュピター、地球に対しても、まるで主神のように、父親のように振る舞っているのですよ》

「――？　流石にこれはあっちのテラフォーム中でも聞いてないネエ」

《だったらお聞き下さい。――木星は太陽系で最も巨大な惑星で、大きさは地球の十一倍。体積は千三百倍を超えるスーパー惑星です。引力においても、地球の2・3倍という高重力を誇ります》

「惑星の中で巨乳ってことか！　僕も先輩の重力に引かれて胸を凝視することがよくあるからな！」

紫布が先輩さんの肩を叩いた。

●

馬鹿が七十メートル走って転がって戻ってくる間に、雷同はバランサーの言葉を思案した。

このあたり、自分らのテラフォームでは無かったな、と思いつつ、

「木星の、その大きさが〝主神〟らしいとか、そういうことか？」

《いえ違います。――木星が行っているのは、その巨大性と引力の強さによって、あるものを引き寄せ、他の星々を護っているという、そんな守護行為なのです》

「まさか――」

意外と桑尻は煽るの好きだな、と思う。と同時に、バランサーがこう応じた。

《――隕石《いんせき》や流星です》

●

よく考えれば、解ることだ。

《星系は、宇宙に散っていた大きな塵が渦を巻き、その中に星々を生んで作られました。しかし各惑星が出来たとしても、星系内には塵がまだ残り、やがては固まって行きます。そしてそれらは、完成された惑星や小惑星が移動する際、引き寄せられ、流星などになっていくのですね》

だからそのとき、木星が役目を働く。

《木星は、その大きさと引力の強さから、太陽系内の塵や小惑星を引き寄せ、食っていきます。コレは当然、地球に落ちるはずだったものも食います》

「それは、どのくらいなんです？」

《地球に隕石が落ちる確率は、木星の、約八千分の一です。

――これは太陽系の中心方向に向かう岩塊や小惑星を、木星が引き留め、自分の方に寄せ戻

すことによって成り立ちます。だから太陽から火星までの星々と、木星の間には、それらと木星の引力によってバランスを取られた岩塊や小惑星が漂っているのですね》

解りますか？

《地球とは、特殊な条件が積み重なって出来ていた星なのです。つまりテラフォームを行おうとして、地球と同じように作ったとしても、では外来の隕石などを防ぐ手立てがなければその星は早期に小惑星などが落ち、地表が壊滅状態になるでしょう》

「え!?　何!?　もう一回！　今戻って来たばかりだからさ！」

《この猿めが……!!》

●

バランサーよりも先輩から聞いた方がよく解った。

まあつまり、

「地球と全く同じとか、無理だってことか」

《他にも色々ありますが、この時点で触れられるメジャーなものでも、充分にそれが解りますね》

「木星のようなクッションになる星って、この星系にあるのかナ？」

《この星系は星が太陽系より多いので、外縁側の星々が自動的にそうなる、と判断出来ています。しかし計算によれば、岩塊や小惑星の突入角度によっては星々が重力カタパルトのような役目をもって加速させたり、外に出ようとしたものを寧ろ内側に引き留める場合もありますね》

「俺らの時にそういう話が無かったのは何故だ？」

《星系内の岩塊や小惑星は、基本的に公転軌道をスタートとして、他の小惑星や惑星に捕らわれたり、間を抜けて加速したりします。貴方方がテラフォームした星は、ぶっちゃけるとこの星の陰になっているからです》

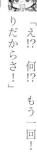

「矢面かよ……！」

「住んだ土地が悪かったわね……」

達観しやがった。だが、

「い、一応は外縁の惑星が木星の代わりになっているとしても、同じじゃないんですよね？　だとしたら、どうするんです？」

「参考までに言いますが、地球の表面には年間平均五～十個の隕石が落下しています」

「少ない？」

「……大きいの一発来たらアウトだかんネ？　そんでもって、大きいのが来る率は落下数に比例するからサア」

《大量絶滅が生じるような、10キロ級以上の隕石は億年単位でのレア物ですね。ただ、1～5メートル級の隕石ならば四、五年に一個のペースで来ています》

1～5メートルと聞いて、僕は辺りを見回す。

「部長、背丈どのくらいでしたっけ」

「雄大だあよう？」

「ウヒョー！　格好良いです部長！　でも実測どうなんです？」

「2メートルチョイだあねえ」

唯一神が曖昧だわ……、と桑尻が言ったが、同意しか出来んから困る。だが、

「最大で部長の2・5倍くらい？　小さくない？」

《4メートルを超える辺りから、戦術核兵器級の破壊力になりますが？》

「町一個が吹っ飛ぶ、ってところか」

《爆風の被害が甚大《じんだい》ですからね。――大体は海や砂漠など、人のいない処に落ちたり、大気に触れて自壊するんですが、たまに人のいる場所に直撃すると大騒ぎです》

「うん。たあしかにそぉうなるよねえ」

皆が一瞬沈黙した。ややあってから雷同先輩が部長に対して、

「待て。言うな。いいか？」

「アあレは1キロチョイああったねえ。空ぅ中分解してさあ」

「……実はそれ、私達の方でも記録が残ってるな……」

「紀元前3100年あたりだっけ？」

何か凄い話になってきた気がする。ともあれこちらとしては問題だ。

「隕石防ぐ、いい方法が欲しいですね、先輩」

「ええと、私がレベルアップしてどうにかなるんでしょうか……」

「ぼおくくらいにならないとだあめだねえ」

「天変地異をガードする訳だからなあ……。だけど、ずっと空を護ってる訳にはいくまいよ」

「他の神の援助を頂く、という事になりますの？」

「いえ、もっといい方法があります。——何故、それが見えないのかと、気になっていたんですが」

「ええと、何です？　いい方法って」

ええ、と桑尻が応じた。

「月の存在です。——月を、この星の盾として使うんです」

あ、と皆が静まったのを、僕は聞いた。

「あれ？　何、どういうこと？　何かあったの？　先輩も、――月がどうかしたんですか？」
「いや、ちょっと、懸念《けねん》が……」
　と先輩が言葉を濁すのを別として、桑尻が言った。

「いろいろあると思いますが、利点を言います。――地球時代において、月は地球の周囲を回っており、その際、やはり〝盾〟としての機能を持っていました。
　月面への隕石の落下は、七年間の計測で１７４３個。年間２４９個で、地球に落ちる量の25～50倍、と言ったところですね。これらが全て、月の裏側に落ちた訳ではありませんが、そうでなくても、盾としての機能が発揮されていると言っていいでしょう」

「月の裏側？」

「月は自転してるけど、地球との公転タイミングが合ってていつも表面を地球に向けてるの。見えるでしょ？　神界に映ってるアレも」

「言われてみるとそんな気もするけど、――バランサーが手ー抜いてんじゃないの？　裏面のデータがありませんとか、ディスク書き換え失敗みたいな」

《失敬な！　私が本気を出せばディスクの片面に書き換え用ゲームの全てを圧縮して突っ込めますよ……！》

「どういう話？」

「んー、ＷＩＬＬのサトームセンにもあったよね、書き換えサービス。ＴＡＫＥＲＵがあるのは確かだけど」

「もっと解らなくなったヨー」

《80年代から、家庭用ゲーム機やパソコンのゲーム流通手段として、家電店などでディスクの書き換えサービスや、その場でのデータ書き込み販売が始まっているのですよ。メジャーなところではファミコンのディスクシステム書き換

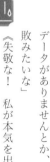

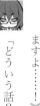

えサービス、パソコンではブラザー工業がソフトベンダーTAKERUというディスクのその場書き込みによるゲーム自販機を要所に設置していますね》

　なお、とバランサーが続けた。

《ソフトベンダーTAKERUの方は97年でサービスが終了しますが、培《つちか》われたデバイスや通信技術はカラオケ業務のJOYSOUNDとして長く続く事になりますね》

「か、変わった後継になっていくんですね……」

「在庫が常にある、ということになるから、販売時期を逃したゲームが手に入るのは有り難いんだよな……。とはいえX68のゲームは書き込みにチョイ時間掛かったり、マニュアルのプリントアウトが制限超えて郵送申し込み式になりやすいんだ」

「夢幻の心臓Ⅱとか、TAKERUじゃないと入手無理だったなあ」

　言って、僕は桑尻を見た。

「話、続けていいよ？」

「思い切り脱線されたけど、私がフったし、雷同先輩も乗ったから容赦しておくわ」

　紫布先輩が雷同先輩の背を一つ叩く。

「すまん桑尻」

「いえ、こちらにも原因ありますので。――ともあれ月面は、表側は比較的綺麗ですが、裏面は隕石の衝突で出来たクレーターが無数にあります。これは、月に大気が無いのでクレーターが風化しないせいもありますが、やはり表面との差を見れば、どれだけ月が地球を護っていたか、という証左になりますね」

「地球の周囲を回ってるってのに、結構護るもんだねえ」

　その言葉に、僕は先輩の胸を視界の中央にさりげなく収めながら言った。

「……雷同先輩」

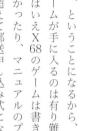

「何だ？」

「グラディウスⅢだと、何でした？」

「REDUCE一択だろう、お前」

「――凄え。僕はFORCEFIELDですね、2からの流れで」

「脱線かナ？」

「いや、月は地球のSHIELDだよな、というケニング」

「ケニング？」

あー、と雷同先輩が言う。

「俺達の神話は歌や詩が多くて、つまり〝それを直接言わないで別の言い方にする〟が多いんだ。それをケニングって言うのな」

「え？　じゃあ今、月の話で盛り上がっているのは、先輩の巨乳についてのケニングって事ですか!?　万歳！　ケニング最高です！　僕は月を崇《あが》めて今のままで視界を固定しておきたいです！　流石ケニング、ケの進行形……！　生えるぞー、毛が生えちゃうぞー」

「それケーイングになるんじゃないかナ？」

「紫布先輩、馬鹿に言っても通じませんよ」

「い、言ったな!?　馬鹿って言ったヤツが馬鹿なんだぞ！　馬――鹿！」

「住良木君、あまり他の方をそう悪く言ってはいけませんよ？」

「はい！　一生言わないと誓います！」

《こんな安い一生の誓い、なかなか無いですよ……》

バランサーの言葉に、桑尻が半目になる。

「というか住良木、アンタ、今さっき、先輩さん達の懸念を言ったわよ？」

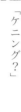

「は？　何が？　毛の進行形ってこと？」

　僕は、はっと気付いてポーズをとった。

「まさか、僕に生えてるかいないか問題を、ここで語るのか……!?」

「そっち行くかア」

「桑尻さん、それはちょっと、知識の探求する範囲としては狭いんじゃないかと……」

**「違います……!」**

　ホントですよ？　と桑尻がダメ押しした。彼女は、月など見えない夜空を指差し、

「月は巨大な単一の相であり、こちらの星に多大な影響を与えるものよ」

　つまり、

「月には、――こちらの星と同等の、否、単一性として考えたら、もっと巨大な精霊や神がいる可能性があるの。それもこの星系で考えたら、私達の敵として、ね」

「――規模として考えた場合、テラフォーム規模では最大の敵かもしれないね」

　と、思兼は図書室のクーラーの下で髪を払いながら呟いた。

　入口側だ。そのままハンカチで汗を叩き、カウンターの方を見ると、

「シャムハト君は立ち飲みなのかね？」

「この前そう約束したら融通利かせてくれないの」

「椅子を用意したら長居されますからね」

「そこまで湿ってないわよ？　――でも思兼、私は〝君〟なの？　今、ビルガメス達は〝氏〟だけど」

「気分で変えるよ？　前の江下君との会議で、少々警戒されているようだからね」

「——自業自得《じごうじとく》です。とはいえ思兼さん？　この星系の月の神について、何か対策はあるんですか？」

「まあ、やり方はいろいろあるだろう。こっちとしては月読《つくよみ》君の支配圏にしなければならないが、月読君もなかなかのものだからね」

ただ、と己は言った。

「——現状の戦力では、四文字君くらいしか手を出せまい。バランサーが保留にしているのも解る程、単一の相として、月は巨大だよ」

●

「月は、環境的に見てほぼ単一です。内部の地《ち》殻《かく》系も凍結状態に近く、それゆえに相が複数ある場合の相互干渉が起きず、一体化が進んでいると考えられます」

桑尻は、90年代の知識から得た言葉と、自分の神々に関する知識を重ねて言う。

「どのような神話でも、太陽神は強大で、その表裏の存在となる月神も強大な力を持ちます。

この星において、月の神は、やはりこの星の全精霊、全原始神を合わせたものに匹敵する存在と考えていいでしょう」

「——でも、月はこの星にありますの？」

木戸の問いに、バランサーが応じた。

《あります。ただ、今は、ありません》

「無い有るよ？」

「どっちだ……？」

馬鹿がこっちを見て、無い……、とか呟くが、早急に死ぬがいいと思う。思うだけなら自由。

「桑尻チャン、顔に出てるヨ——」

「すみません。感情表現が豊かなもので」

皆の表情が貧しくなったが、実は今のはギャグのつもりでした。

「——と言っても、神道における月の神の描写は、正直貧しくてね。これには諸説あるが、まあ、今は出番ではないので、以下のように結論しておこう」

　思兼は言った。

「月の攻略は、まだ先だ」

「……しかし、そうだとしたら、どうするんですか？　隕石降って来ますよね？」

　その言葉に、シャムハトが手を挙げた。

「うちのエシュタルに、金星該当の星でも動かさせる？」

「——惜しい。まあ、月とまではいかないが、似たようなことは狙える筈だね」

《まず、この星の月ですが、現状、太陽を挟んで逆側を公転しています。——この星が原始状態まで戻る際に、月の支配をする原始神が月ごと離れて行ったのですね》

「天変地異だなあ」

「私達よりも格が上、ということか」

《四文字よりはありませんよ。四文字は創界クラスなので。だから貴方達がレベルを上げていく過程で、月の支配力に拮抗《きっこう》する力を得ることは必定です。四文字という前例が存在していますからね》

「が、頑張ります……！」

「努力は良いことですわ。——ただ、月が無い間、その影響などはどうしますの？」

《この星の支配圏をある程度獲得出来たならば、私の方で全域干渉し、擬似的に影響を再現します。ただそれまでは、月が無い状態でのテラフォームになりますね。全域干渉を始める際、軽い混乱が生じますが、それについてはその際

に計上および相談としましょう》

「……月がこっちに戻ると思うか？」

《はい。——多くの天体において、月は兄弟星や、その重力に囚《とら》われた星です。主星があってこそ、という〝相〟によって原始神が生じたならば、主星が塗り替えられるテラフォームが、その作業工程の臨界点を超える辺りで干渉して来ます》

「すぐやってきて潰した方がよくない？　何でそんな非効率的なことしてんの？」

《今、主星も荒れているから、ですよ》

　と、自分は、馬鹿の視線を妨げないように画面を傾ける。
　そうやって見せるのは、この星の現状だ。

《現状、この星の精霊達、原始神達は荒れています。姿を保ったままの月の神は、恐らく、この星の影響下にいると己も引っ張られて荒れるのでしょう。主星が〝別のもの〟になっているということもあり、私達が排除されるのを待っているのです》

「待って」

　木戸が、手を挙げて、そして眉をひそめてこう言った。

「月の神は、……随分と知性がありますのね」

●

　そうですね、とバランサーは言った。そして皆の足下に天球図を出す。
　それは、

「あ！　コレ憶えてる！　僕が発案したアレだ！　それで皆がちょっと大騒ぎになって、僕は先輩に膝枕して貰って合掌したところでロールバックしたんですよね！」

「住良木君！　住良木君！　記憶の混濁が！」

《ダイジェストで合ってるから問題ないのでは？》

摑まれて上下に振られた。

「コラッ、コラッ、問題ありますからね……！」

「アハハ、馬──鹿!!」

「江下さんも静かにしましょうね？」

「ハ、ハイッ……！」

「……どういうパワーバランスですの……」

《話すと長くなるから慣れて下さい》

ハア？　と疑問する木戸を無視して、こちらは言葉を作りつつ、天球図を動かす。

それは始まりの惑星が、増えるときのものだ。

星系外から飛んできた隕石が太陽に当たり、その破片が初期惑星達に当たる。そして分裂した星は、それぞれがまた惑星として成立していく訳だが、

《この後、惑星にならなかった破片が集まって、各星に月、もしくはそれに準じるような衛星となりました。ただ──、月と言えるはどの天体になったものは、その内部に太陽の破片を多く持っています》

つまり、

《単なる月とは違い、太陽神……、と言うべきでしょうか。そのような存在の跡継ぎに充分な存在として、月があるのですよ》

では、と木戸は手を挙げた。率先して関わる気は無かったが、この話題は自分が振ったものなのだ。だから己は疑問を問う。

「空を守るのは、ある程度結界内で技術が積まれれば、バランサーがそれを利用して行うようになりますのね？

でも、それ以前、例えば今、そして結界内で

技術を積んでいる間はどうしますの？
　月を盾に使うのは現状無理。
　そして私達の権能で空を護り続けるのも、現実的ではありませんわ。
　――では、他の方法はありますの？」

《ええ、まず、解決から遠い順に述べましょう》

「……遠い順？」

《月の話から始まったので、月に近い方から話そうと、そういうことなのですよ。そして神道は、〝この話〟が出来る、これもまた希な神話なのです》

「……？　どういうことですの？　月に近くて、神道では話が出来るという。その意味は――」

「私ね？」

「え？　ムーチョって、神道にいたっけ？　ジャガイモの加工品の神？　それとも香辛料の神？」

「私は勝利と美とカワイイの女神よ……！」

「カワイイ女神がカラムーチョを一気飲みで食うか？」

「ギャップ！　ギャップよ……！　ねえそこの！　アンタもそう思うでしょ!?」

「バランサー、解答を」

「オイイイイ！　ちょっと付き合いなさいよ！」

　やかましいですの。

「待てムーチョ！　お前は木戸先輩に胸の大きさで負けている！　そのあたり、解った上で発言だ！　いいな！　まずは二拝一礼一拝だ！」

「意味が解らんわ……！」

「……果たして意味が解った時間の方が少ないと思うが……」

　同感ですけど、出見がこちらを拝んだ後で同輩さんの方にも拝みを入れるのが良い流れです

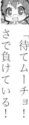

のね、と思った。対する同輩さんもレベルアップの啓示盤を散らして、

「――」

輝く、とは、こういうことを言うのでしょう。ですけど、その散る光を見ていて、己は気付きましたの。

月に近く、という部分のヒントと、エシュタルが反応したならば、つまりは――、

「星の神を、頼りますのね？」

●

「シャムハト君、――隕石避けに星の神を頼るのがスジというものだが、神道の星の神とは、どのようなものか、知っているかね？」

問うと、シャムハト君が紙コップをカウンターに置いた。彼女はふと考えて、

「……うちのエシュタルを頼るの？」

「つまり、神道の星の神を知らないと、そういうことだね？」

「素直に認めるわ」

「素直だったら問われた時点で認めるべきでは？」

「ふふ、素直の形が歪んでるのよ」

左様で、と言うクビコ君がこちらに視線を向けた。何処まで話すのか、という疑問だ。だが自分としては、この程度は構わない。

「神道は、世界的に見て珍しく、――惑星や星座に言及する神を持たない」

「……は？」

疑問詞されても、これは本当の事だ。

「神道において、星の神は天照《あまてらす》君と月読君を除けば〝天津甕星《あまつみかぼし》〟と呼ばれる神のみだ。この甕星君は、非常な悪神で、経津主《ふつぬし》君や武甕槌《たけみかづち》君という、高天原マッシブコンビにも抵抗したのだ

が、チョイと乙女心があったのか、織物《おりもの》の神である建葉槌《たけはづち》君に諭され、二人で天に昇っていったという話があってね」

「――〝甕〟は鋭い光を意味する言葉です。武甕槌が雷を意味するように、甕星は強い光の星、金星を意味するという一説もありますが、そうなると江下さんと繋がりますね」

そうだね、と己は頷く。が、シャムハト君が首を傾げた。

「……変わった神話ね。祭事や歳時などあれば、星々の運行は必ず必要な筈だわ。だからそれらの神がいて当然なのに」

「神道の神話は、各地の平定を神話として組み込んでいるとも言ったろう？　戦争による習合神話の形質として見れば、――反抗勢力が星々の信仰をしていた場合、このような組み込み方になる、とも言えるね」

また、と己は言った。

「星の神とは別に、日本には古代から大陸より北辰《ほくしん》信仰を主として天文信仰と天文学が伝わっていた。解るかね？」

「北辰？　何処かの企業名？」

「ありそうだねえ！　北辰運送！」

「北辰運送はありませんが、北辰運輸は去年から実在しているので気をつけて下さいね？」

「……引く勢いの情報網だわ……」

まあそれが私達の仕事でもある。だからここは話を戻すつもりで、

「北辰とは北極星《ほっきょくせい》のことだ。古代の北半球におけるあらゆる世界において、北極星は重要で、多くは〝王の星〟であったね。そして北極星の傍にある北斗七星は、その王に近い者達を示す星だったのだよ」

だから、

「飛鳥時代《あすかじだい》、聖徳太子《しょうとくたいし》の持つ刀は〝七星剣〟、つまり北斗七星が彫られていたくらいだし、日本書紀によれば６４２年には天皇が北斗七星を

拝む四方拝という儀式を行っていた。この四方拝は後に宮中の正式な儀式となったくらいだが、有力者の古墳の内壁にも北斗七星が描かれたりと、……まあ、神道とは別に、有力者達の間では天体ブームだったのだね。
　そしてこういった流れは、人々にも伝わった」

「当時、北辰信仰は、天皇信仰と重ねられました。つまり夜になれば天皇を何処からでも拝むことが出来る訳です。だから夜に松明《たいまつ》を北極星に掲げたりと、そんな素朴な信仰が行われていたようです」

「――そう。記紀が編纂される前から、星々への信仰は存在していたのだね」

「……じゃあ、何故、それが、たった一柱の星神に集約されるのかしら？」

「――それは諸説有るが、面白い、人類らしい情報を教えよう。あ、私は陰謀論が大好きだから、そのくらいの感覚で聞いて欲しいね」

　それは、

「７９６年、天皇は勅令を出す。――北斗七星を奉ることを禁じたのだ。
　そして７９９年には、北辰の信仰も禁じるのだね」

　シャムハトは、疑問した。

「……どういうこと？　自分への信仰を、禁じたの？」

「順番に行こう」

　知識神の親玉の言葉に、己は頷いた。と、カウンターに置いた紙コップをスケアクロウが持ち去り、代わりのコーヒーを淹れてくれる。

「有難う」

「思兼さんは話が長いですから」

「これは上役へのフォロー？」

「話が長いと私が暇なんですよ」
　一方の思兼は明らかに浮かれ調子で何枚も啓示盤を開いている。要点をまとめるのが楽しくてしょうがない、という風情だ。そして、

「飛鳥時代、聖徳太子が北斗七星信仰をブイブイ言わせていたことは言ったね？」

「ええ、聞いたわ」

「その聖徳太子は蘇我氏と組んでいてねえ」

「――――」
　解るかね？　と思兼が言った。

「北斗七星への信仰は、天皇に通じる。そして北斗七星は国の豊穣を司るものでもあってね。ゆえに貴族達のマストであり、天皇も四方拝を行う。人々も夜に北辰を拝んで天皇を慕う。
　そのような流れが古代に大陸から伝わってきて馴染《なじ》んでいるというのに、――夜、星を信仰する神が土着にいられるのかね？」

「だとすると……」
　こういうことか。

「記紀が作られる時点で、夜の神は不要になっていた？　というか、寧ろ、あると齟齬《そご》を生じる？」

「そうだね。記紀の神々によって、昼の生活と信仰は作られている。しかし夜の北辰信仰は海外に由来するので記紀には組み込めない。しかし――、馴染んでしまったのだ」
　いいかね？

「神道では、夜と天文に関係した神に対する記述が非常に少ない。月読君も、天照の対となる月の神だが、エピソードは非常に限定的だ。
　だとすれば理由は二つ。陰謀論前提で言ってしまうと、――一つは、星々の神を持つ者達が朝廷に敵対して滅ぼされたから。もう一つは、――そのようなものは、記紀の編纂時点でもう間に合っていたから、だ」

まとめると、どういうことか。思兼が、言葉ごとに手を振りながら言った。

「――夜の星の信仰は、そこらの土着信仰ではなく、朝廷が持つものである。だが渡来のものとして、記紀には組み込まない、とね」

「じゃあ何故、――そんなものを後に禁じるの？」

「先ほどの勅令は796年だが、794年には長岡京から平安京に遷都がある。
遷都では当然のように政治の中枢にも手が入り、いろいろな刷新が行われるが――」

己は、その言い回しに理解を得た。それこそ、自分の探るような話だと、そう悟ったのだ。つまりは、

「取り入ってくる政治家達が、疎《うと》ましくなったのかしらね？」

「当時は旧仏教勢力が面倒だったようでね。遣唐使で新仏教を取り入れようとするなど、天皇は新しいものを求めていた。
そして平安京の時代は藤原氏が増長し、後の平家を呼び込む原因となる時代だ。そのことが解っていた天皇は、だからここで政治的にマストであった北辰信仰を、段階的に天皇家だけのものとし、政治的に用いられないようにした、とも考えられるね。
どちらにしろ、結果として、――日本では星への信仰が禁じられ、記紀の記述も無いため、その分野が空白となってしまったのだよ」

●

「……思った以上に無茶苦茶な神話というか、何だな、神道」

「ビックリするくらい、人類側の都合ですね……」

「いや、まあ、ホント、すみません？」

「待て！　皆、先輩を謝らせるとは何事だ！　僕が代わりに謝るぞ！　いいな？」

「無価値だわ……」

「オイイイイイイイイイ！　もうちょっとネタを引っ張らせろよ！」

しかしまあ、と僕は言った。

「だとすると、方法は二つなのか」

**・１：神道の星の神、ナンタラの力を借りる。**
**・２：他の神話の星の神の力を借りる。**

「神道の神はレベル低くなっていて神格も弱ポヨなので、２の方がいいですね」

「とはいえ、この星レベルで考えると、そこの唯一神ほどじゃないけどかなり神格高いのが必要だよな……」

「じゃあ、こんな手はどうですの？」

ん？　と皆が視線を向けた先で、木戸先輩が言った。

「――必要な神が来るまで、空からの脅威については考えないことにしますの」

「投げっぱなしのようですが、いいアイデアだと思います」

桑尻としては、木戸の意見に全面賛成だった。何故なら、

「現状、星の大部分は溶岩の海です。この状態ならば、大規模な隕石が落ちてきても、星の〝被害〟とはなり得ません」

「実際い、以い前にぼおくが裏あ側にぃ落おとしているしねえ」

そうだ。先輩さんが引きこもった時、この星の精霊達への時間稼ぎとして、四文字が星の裏側に巨大な隕石を落としている。

だとすれば、

「拠点、……ですね？」

「そうです。この台地の周辺で各種の実験を行い、その成果を結界内に作った拠点にて更に展開。そうやって、テラフォームの安全な研究を行うんです。
　この場合、隕石などは結界部分だけを保護すればいいので、効率が良いです」

「じゃあ、テラフォームは、拠点で作戦会議して、そこから出て近場で行う、ってこと？」

「――さっき言ったろ？　シムアースをベースにポピュラスの方法でシムシティだ」
　よく解らんが、馬鹿には通じる言語らしい。

「じゃあ、ここに拠点を作りましょう！　先輩の岩屋が中枢！　そういうのどうですか!?」

「……いいんですか？　もっと良い場所もありそうですけど」
　いや何処も溶岩では？　と流石にツッコめなかった。ええ、私は空気を読む知識神。紫布先輩もこっちに視線を送って来ている。

『桑尻チャン！　ナイス沈黙……！』
　紫布先輩も同じ事考えてたのは安心しました。
　だが、馬鹿がこう宣言した。

「じゃあ決まりです！　ここを拠点候補というか、ここにしましょう!!」

　あ、とカイは思った。
　ここは今、敵地のようなものだ。そこでまあ、相談ならば良いかもしれないが、

「……宣言、大丈夫か？　神道の場ならば、言葉は世界に通じるんだよな？」
　だとすれば、

「――遠間に見ていた連中は、今のお前の宣言、聞いたか？」

　俺巨乳先輩の言葉に、僕は、ふと、光を見た。
　暗雲の流れる空、遠くから赤い光が昇ってくる。あれは、

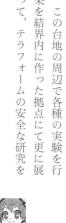

「あれ？」

「どうした？」

「ええ。何か以前、見たことがあるような……」

と思った瞬間だ。その光が弧を描いて、眼前に飛び込んで来た。

「おおウ!?　こっちの今の話、聞いてたかナ!?」

莫大な飛沫の響きと、上がる蒸気の連続音。
それらを噴いて唸るのは、

「炎竜か……！」

否、違う。以前にここで派手に戦闘をした竜達に、似ているけど違う。
炎竜を合わせて束ねたような、それも百メートル級のデカいヤツ。更には、

『……！』

蛇体の群となっている炎の上に、人型が見えた。

# 第十四章

## 『ARROW FLASH』

──咎めないで。

「――見たことがないタイプだな！　新手か？」

炎妖と言うべきか。これまで、それなりにバケモノ系は相手にしてきたが、テラフォームを始めてからは地元系よりも、異質なタイプを見る事の方が多い気がする。

こいつもそうだ。だが、

「ちょっと、コイツ昨夜戦ったのと似てるわ！　サイズ違うけど！」

「曖昧な説明が来ましたね……」

その通り過ぎる。

ともあれ一見で全身は約百二十メートルと判断。下半身が蛇の尾の群で出来ていて、その上には似合わないくらい小さな人型の上半身がある。

「蛇のスカートだな」

炎で出来ているのが厄介だ。溶岩ではない。解るのはそのくらいか、と思った時だ。

「火ビームが来るわよ！」

「どういうネーミングセンスだ……！」

同意した瞬間。それが来た。火の二直線。火ビームの双射だ。

カイは権術を発動させていた。

「プロテクションラージ……！」

まずは自分。そしてビルガメス。続いて人類と先輩さんだ。

四つ同時は意外とキツイ。術式自体は自分の権能なので問題ないが、投射先を確定させるのには認識する必要があるからだ。

……自分達向けの多人数用術式が無いんだよなあ。

今まで、頑丈な装備持ちの相方としか組んでいなかった。エシュタルは放置でいいキャラなので気にしなくていいし、つまりこういうパーティ編成だとちょっとすまない。

ゆえに無理をする。

本来は個人用の術式を四つ同時展開。

視界に入った四者分の照準を、同じタイミングで均等認識するような手筈だが、

「す、住良木君、私の後ろに隠れて下さい！」

「え!?　ま、待って下さい！　人体工学的に言って、巨乳の加護を得るには前から拝まねば駄目な筈です！」

「え!?　じゃ、じゃあ、私の前に隠れてるということで問題ないですか！」

「ここでロールバックか……」

「気が早いですわよ……！」
賑《にぎ》やかで何よりだが、御陰でやたら認識がハッキリ出来た。

「――入った！」
自分を含め、狙った四つが同時展開。
直後に、振り回されるように発射された火ビームが直撃した。

住良木君を抱き抱えた私の眼前で、光が散りました。

流体光。木藤さんの張った障壁が、火の直線を受けて散ったのです。私の分と、住良木君の分と、プロテクションの光はまだ残っていますが、

「よ、弱々になってます!?」

「十二発削られた！」
木藤さんとビルガメスさんは左に、紫布さんと雷同さんは右に分かれ、江下さんが、

「え!?　何!?　何で私が中央なの!?」

「江下さん？　後ろに私達がいるから護って下さるんですね？」

「オイイイイイ！　とっとと逃げなさいよ」

「いえ、ほら、住良木君を私の前に隠れて貰ってるので」

「何言ってるか解らんわ……！　ほら！　逃げにくいなら早くその馬鹿を後ろに抱えて逃げなさいよ！」

　何言ってるか解らんです。
　と、不意に抱き抱えていた住良木君が力を失いました。
　膝をつき、私の足下で頽《くずお》れるのは、

「えっ？　えっ？　どういうことです!?　住良木君！」

　足下を見ると、幸せそうな笑顔で倒れている住良木君がいます。

「酸欠かあ」

「本望ではあろうな……」

「今度、先輩チャンに実演してあげるヨー」

「よ、宜しく御願いします！」

　言ってる間にもう一発が来ました。

●

　江下としては、命が懸かっている状況だった。何しろ、

……真後ろに寿命神いるとか、洒落にならんわ……！

　防御にしくじったら、こっちは大丈夫でも背後の人類が消し炭だ。結果としてこっちは寿命神に恨まれて消える。面倒なのが、これが〝単なる死〟ではなく、〝寿命が尽きた死〟になることだろう。つまり復活不能。

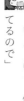

うーん、でもどうかしら。その時、寿命神はそこまでこっちを恨むだろうか。勝手にこっちに期待した訳だし、それで死ぬまで恨んでくるとか怖すぎる。だけどこういう面倒くさいタイプはそういうのも有りそうだしねえ……。

ああ、でもストレートに恨まれるよりもチャンスがあるってことね。じゃあ周囲に北欧組もいるし、ビルガメス達もいるから、ひょっとしたらフォローあるかも！

それに人類だって、死んだとしてもロールバックあるじゃない！　そう、故意じゃなきゃ行けるはず。そうね。行けるわ。大丈夫！

だって私、カワイイ神様だから、

「ヤッダー、ちょっと防御失敗しちゃったあ」
とか言えば、かなり私の失敗は軽減出来る筈。
行けるじゃない！

●

江下さんが、それまで何か口でぶつぶつ言っていましたが、不意にこっちに振り向き、カラムーチョの袋を突き出してこう言いました。

「うん！　大丈夫!!」
江下さんに直撃一つ入りました。

●

「おいおい人類大丈夫か――!?」

「人類のプロテクションは保っているか!?」

「気持いいくらい身内を気にしないな……」

「まあ一種の徳ってヤツかナ？」
だが、敵の攻撃を避けつつ確認する紫布の視界に、それが見えた。

「木戸チャン……!?」
木戸チャンだ。

彼女が、江下チャンの前に入って、敵の方へと手を翳《かざ》している。
　それだけだ。それだけで、敵の火砲ともいえる攻撃が防がれていた。
　止めた訳ではない。

『……!?』

　火の直線砲撃は、彼女達のいた位置を薙《な》ぎ、通りすぎはしたが、しかし放出を続けている。
　木戸チャンがやったのは、砲撃の通過点にて、何らかの防御をしたということだ。
　そして、

「同輩さん、動けますわね？」

●

「え!?　あ、はい、動けます！」

「そう。じゃあ出見を――」

「あ、ええと、木戸さん、御願い出来ますか？　木戸さんの方が防御系の加護がいけるようなので！」

**「――エッ?」**

「ちょっと！　早くしなさいよ！　向こう、こっちに何か構えてるから！」

「し、仕方ありませんわね……」

●

木戸は、同輩の手を借りながら、出見を背負った。

「あ」

思ったより軽い、というのが印象だった。
全く、と思いながら、同輩さんに視線を向ける。

「私に頼らず、ちゃんと出来るようになさいな」

「――はい」

解りますの。

ちゃんとは、しているのだ。ただ、どう考えても、このような敵や、仕事は、国津神というレベルの彼女には余るものでしょう。

自分がここでそのような台詞を言ってしまうこと。それは己がそういうことを言うべきキャラでもあるだろうが、

……受けとめられてしまうなら、私の方が幼いですわね。

だから、彼女の器に、内心で軽く頭を下げる。

前を見れば、岩屋が有り、その前に四文字さんや桑尻さんが退避していますの。

己はそちらに、やり直しの利く、しかし小さな命を背負ったままで軽く急ぎながら、

「四文字さんが手を下せば一瞬ではありませんの？」

「こぉこっが吹っっっっ飛ぶねえ、それはさあ」

「そ、それは困ります……！」

ならば、どうしたものか。

「江下さん？　――ちゃんとして貰えますわね？」

「おい、エシュタル、ちゃんとしろッて」

「な、何言ってるのよ！　ちゃんとしてるわよ!?　服とか着てるし！」

「コレはどこから話すレベルかナ？」

「食い終わった後の袋は持ち帰っているようだが……」

「すまん……」

ともあれ早めにカタをつけようと、紫布は

思った。

「徹！　このタイプの炎には雷撃効かないんだっケ!?」

「台地への着弾があれば衝撃波で吹っ飛ばせる！」

言ってる間に、敵の全高が低くなった。

「エ？」

足だ。無数の蛇体が絡み合い、両腕にあるような砲を幾本も成形する。一瞬見たところではこっち側で十八本。それは自分と徹を狙って、

『……!!』

一斉砲撃が来た。

火が走った。

炎妖の左右腕、元からあったものも含めて合計三十八本が、身構える四つの影を襲った。

『――――！』

多重の砲を振り回しつつ、残した足で全身を低く支える。

砲の発射位置は軒並み低くなり、薙ぐ軌道は重なって密度を上げた。

火が舞うように疾駆し、神々を狙った。それらは回避に入る北欧組に届き、残りの半神半人達においても、

「……!!」

プロテクションが余波だけで破壊された。

紫布は判断した。声が届くかどうかは解らない。だがここは、

「円チャン……！」

声を上げ、権術を展開。火が至る前に走らせるのは豊穣の力だ。

黄金色の野を広場の全域に立ち上げ、そして、

「間に合うか……!?」

答える間もなく、炎妖に近い位置でそれを放った。

徹の妻だから放てる、豊穣からの雷撃刃だ。大地から空へ、逆打ちとなる黄金の剣が無数の数で生まれ、炎妖を囲むように跳ね上がる。

「捕獲ゥ!」

籠のようだ。

そして刃が天にまで突き上げた。風が一瞬で遮断され、熱気が閉じられ、その内側で炎が薙ぎ払いの力を続行。結果として重い笛のような響きが黄金の籠の隙間から鳴り響き、しかし、

「……保たないかねエ!」

溶けた。

「——金の融点は摂氏1064度です。これは金属全体として見たら保つ方ですが、火力として考えた場合、蝋燭《ろうそく》でも出しうる温度なので、不利ですね……」

「つまり非常にマズイんですね……!?」

見事な結論ですね、と桑尻が思った瞬間。それが生じた。

黄金の籠が熱膨張で破裂したのだ。

●

自由になった炎妖は、息を吸った。

この世界の大気に酸素は薄い。だが自分は一個の法則だ。〝炎〟として存在し、〝吸気〟によって火力を上げる。その火は朱の色を上限としているが、今の相手に対しては充分だ。

夜空が見えた。荒れた暗雲の空だ。

初めて見る空だと、そんなことを感覚し、己

は一つのことに気付いた。

『……？』

　他の空を、自分は見たことがあるのだろうか、と。これは単純な疑問だった。だが、

「ウワー！　どうすんのよ!?　私、最近、スナック菓子の食い過ぎだからよく燃えるかもしんないわ……！」

　自由祝いに焼き払うのはまずコイツかな、と思う。そして周囲、散った熱溶解の金片が、流体光になって消え始めた。

　そして眼下で、一気に火が増える。

　周囲に広がっていた麦の野が、引火して燃え上がったのだ。何もかも、神の作ったものであろうと、自分の火に触れれば燃焼し、炎として舞い上がる。

　抵抗は無駄だ。

　ならば、と己はもう一度体を絞った。合計三十八の砲門を連続展開準備に入り、完了した物から即座に砲撃していく。後はそれを連続していくだけで、

　火が全てを蹂躙する。

『――――』

●

　そうしたら、と炎妖は思った。

　そうしたら、どうしよう。

　そうしたら、ええ、したいことがあったのだ。

　何だったろう。憶えていない。だけど、そうしたら、思い出せるだろうか。

　じゃあそうしようと、そうした。

　そうしてやった。

●

　火が止まることなく、大渦を描いた。

　嵐だ。

　敵に防ぐ力は無い。ならば蹂躙し、焼き尽くすだけだ。炎は荒れ、夢幻に熱を朱として棚引かせる。

怒涛のようだ。音の響きも波の重なりに等しく感じる。そして、

『――?』

自分は気付いた。

炎が立ち、荒れて交わされる向こうに、敵影があるのを、だ。

焼かれていない。否、無傷だ。

『……!?』

何故だ、と思った視界の中。己はそれを見た。影だった。火の巻く嵐の向こうに、明確な影が立っている。それは柱のように、しかし一本ではなく、無数の林立だった。

籠に似ていた。

おかしい。

敵の籠は先ほど、焼き尽くした筈だ。それが何故、残っている。

『――』

違う。

今、自分を囲んでいる籠は、金ではない。そして麦の穂でもない。これは、

「セラミックってヤツだよ……!」

発想は単純だった。

「豊穣神が立ち上げる豊穣の野を、俺がロックトゥマッドで土に変える!」

土の組成ならこちらで操作出来る。元々が土から作られた半神半人なのだ。そして、

「磁器の耐熱温度は摂氏1400度超! 盾の性能が一気に上がるぞ!」

しかもこの盾は、豊穣神の野が素材のため、無限湧きに近い。耐熱温度を超えて崩壊しても、次から次へと新しい壁が上回る。

現状、炎妖は吠えている。己を囲む檻《おり》の性能が上がったのだ。金の籠に対し、融点は1・4倍。そこまでの出力を上げなければ脱出出来な

い。
即座に出力アップは不可能だろう。
困った。そう思う。
その上で、

「豊穣神！　時間は稼いだぞ！」
オッケー！　と炎妖を挟んで対面から声がした。そんな彼女が、今、どのような姿かは解る。

「次、行ってみよっかア」
鉄の女神が、そこにいる筈だ。

●

桑尻は、こちらのターンになったことを悟った。

「鉄の融点は摂氏１５３８度。今、セラミックの焼成温度を砲撃の着弾点にのみ出している炎妖では、鉄の檻を即座に溶かして破ることは出来ないでしょう」
ならばどうなるか。

「あの炎妖が、この星上ではあり得ない〝吸気〟によって火力を上げているのは確認出来ています。だとすれば――」
今、それが見えている。台地の各所、豊穣の野から立ち上がり、跳ね上がって閉じる翼のようなシルエットが有るのだ。
鉄の檻だ。それは天井を仰ぎ、

「さあて、絞めるよオ……！」
一瞬で、紫布の翼が炎を包んだ。

●

「…………」
カラムーチョの袋が温まってないかどうか、江下としては、まずそこが気になった。
セーフ。人肌温度なのは懐《ふところ》に入れていたからだろう。良かった。神の食い物を護ることが出来て幸いだわ。だけど目の前、というか足下から拡がる豊穣の野の向こう、巨大な鉄の翼が存

在している。それは燻《くすぶ》りの煙を上げ、周囲の麦《むぎ》穂《ほ》を焦がして焼いて、

「何か香ばしい匂いになるねエ」

「パンに由来する匂いは何処でも変わらんものだな」

「平和なもんねえ」

と言った己は、一つの事実を視界に入れた。
フィジカル系全員が、構えを解いてない。

「エシュタル」

「何かビミョーに不安になるけど、何？」

「プロテクションいるか？」

「ハイィ！　ソッコ……！」

と応じた瞬間。流体光の壁が自分の正面に展開。

同時のタイミングで、力が来た。

「爆風……!?」

黄金の野を吹き飛ばし、鉄の翼を爆散して、力が跳ねた。
炎妖だ。

金属の散る軋みと激突音、麦の野が弾け、鉄とセラミックの檻が割れて舞い上がる向こう、プロテクションの障壁を透かし、ビルガメスはそれを見た。
正面の野に、敵がいないことを、だ。

「……！」

『前方！　距離三キロの位置です！』

通神で来た声に、己は遠くを見据えた。
真っ正面の空。テーブル台地の水平の先に、確かに朱の色がある。

散った流体光や鉄の翼。その破片を引き摺って、炎の嵐がいた。

「ど、どういうこと!?　折角閉じ込めたのに！」

「砲撃を一方向に集中して、スラスターにしたんだ。つまりロケットだな」

「艦の破壊と、砲撃スラスターの反射で、自分にもダメージ食らうであろうに……」

ああ、と雷神が頷いた。遠くで吠える炎妖を見据え、

「荒れてんなあ」

見れば解る。激しい呼吸を繰り返すように、膨張しては縮小し、しかしそのたびにベースは大きくなっていく。

「元が上から降ってきたんだもんねエ。脚力っていうか、飛ぶような力あるんだろうと思ってたけど、想像以上かなア」

飛翔《ひしょう》は火に拠《よ》るものだろう。元が炎ということもあろうが、無数に束ねた蛇体から火焔《かえん》を吐き、それをもって全身を宙に存在させている。

ここに飛び込んでくるときも、あの火による大跳躍をもって行ったに違いない。

ならば、

「来るぞ……！」

言った瞬間だった。

遠く陽炎《かげろう》が揺らいだ中心で、火が弾けた。

瞬間。

巨大な炎の姿が、既に台地の直前にまで至っていた。

大出力の火砲。その大半を使用した大加速の突撃で、こちらを飲み込もうと言うのだ。

●

「一応聞いておきますけど、先輩さんの解放顕現は？」

「ええと、今、住良木君が気を失って膝枕タイムなので、つまり私への信者パワーがなくて解放顕現出来ません……！」

「……膝枕から起こすという発想は？」

「えっ？」

「…………」

「何故です？」

「…………」

「……堪えました。大丈夫です」

『オーイ！　ちょっとそっち気を付けてヨオー!?』

炎妖は、よく解っていなかった。
そもそも、何故、自分がここにいるのだろうか。
解らない。

●

ただ、何故か、そこを求めていると思った。
そこ。
今、自分の視界の中央にある場所。台地の上の、小さな建物の前。そこだ。
否。そこにいるのは、

『――――』

あれが欲しいな、と思ったが、あれとは、何だろうか。
ただ加速し、それを答えとすべきだろうか、
しかし、

『……！』

威力が来た。
宙を突っ走って、光の瞬発が衝撃波つきでこちらを穿ったのだ。
雷撃であった。

●

雷同は、トールハンマーを叩き込む。

雷撃は充電充分。この荒れた大気でも数キロ先に届く稲妻は、しかし火や炎の独自法則を持つ連中とは相性が悪い。

「……四元素的な食い合わせでも、風は火に力を与えちまうからな……！」

アイツら炎のくせに物理化するときもあるし、都合でそれを解除出来たりと卑怯《ひきょう》くさい。

まあ自分の雷神剣なども同じようなものだが、自分のものなのでノーカン。

ともあれ今回は、間接的な方法でダメージを与える。

宙に散った、紫布の豊穣の破片や、流体光、そして破壊されて飛んだ鉄の翼に雷撃を着弾させ、そこから生じる衝撃で炎を削るのだ。半物理化している炎妖にとって、これは効く筈だ。

だから、

「トォ――ルゥハンンムマア――!!」

雷撃は、走るというよりも覆った。

散った流体光。麦穂。鉄の翼など、それら全てを精密に穿ち、そこに文字通りの爆雷を発生させたのだ。

その数は一瞬で三千を超え、炎妖の炎は正面から食らった。

火は、鑢《やすり》の野を行くように。全方向から、己の勢いがあるからこその切削を受ける。

空に吹雪のように火が散っては舞い、しかし、

『……！』

咆吼《ほうこう》をもって炎妖は己を保持しようとした。

砲撃の加速器も砕かれて、だがそれを回復させるために吠え、吸気する。そして傷つきながらも加速力を上げた時だった。

テーブル台地に蛇体が至る。そんな距離に到達する。

届く。

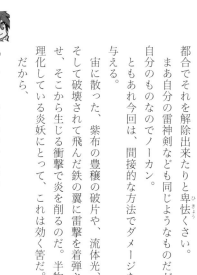

炎妖はそれを見た。

●

『――』

台地の上。岩で出来た建物の前。

やはり小さな姿が幾つかある。

行く。

解らない〝あれ〟へと身を跳ばす。

何もかもが不可解のままに、だが届けば解るかも知れないと、前へ身を跳ばす。

その瞬間。己は一つの声を聞いた。

「ホワイトスウォード！」

●

炎が空で破裂した。

轟音《ごうおん》というよりも、風を切って放たれた超大剣の一発に、布を何重にも引き裂くような音が連続する。

炎妖が裂け、自らの勢いで割れたのだ。

その姿は揺らいで二分され、テーブル台地の頭上を越える。

「割れたか……！」

口調には、警戒の色が入っていた。ゆえに誰もが逆面《ぎゃくめん》、背後の空へと振り向く。

『逆方向、一・二キロの位置です！』

桑尻の声が飛んだ。

『そこに炎妖が己を再成形します！』

●

解らなくなった。

今のは効いた。

それゆえか、よく解らなくなっていた。さっきまで解っていたもの。解りつつあるものが、解らなくなっていた。だから、

『――――』

吠える。否、自分は今、吠えているのに、何だろうか、この咆吼は。

酷く細く揺れていて、かき消えそうで、だが続き続ける音のしがらみ。

今の己は、何になっているのか。

だが、解らない。

解らないものがそこにあり、そして、

「……え!?」

視線が音を立ててかち合ったような、そんな気がした。

じゃあそれでいい。

解らないものがそこにあり、そこにいる者達が解っているというならば、もうそんなものは、いらない。だから、己は自分を束ねた。全身を出力の姿に変え、解らないものが無くなるようにと、風を巻き、相手が動きを取るよりも先に、

『……!』

これまでの中で、最大の砲撃を叩き込んだ。

水平打ちであった。

●

間に合うか、とは思わなかった。

……間に合わす!

今、こちらにいるフィジカル系は間に合わない。神速を持つ者達ばかりだが、全身の向きが違う。逆方向だ。その上で、既に敵が砲撃を放っている。

間に合うとしても〝飛び込み〟だ。

何らかの手を打たないと、犠牲者が増えるだけだろう。

ゆえに見る。

現在、敵が、自分の全体を砲門としていた。

全長は絞り込まれて二百メートルを超えているだろう。そして口径は十メートル弱といった

ところ。これまでのものから出力を見る限り、直撃すればあの岩屋も溶解する可能性がある。だとしたら、

「人類が保たないな……！」

　唯一神がいるからどうにかなるかもしれないが、期待に全てを任せる気はない。

　故に己は手を打つ。砲撃が届く前に、

「先頭のものに、プロテクションを連続掛けする……！」

　砲門が一つなので、砲撃は一方向からだ。先ほどとは違い、複数方向から狙われないならば、砲に向き合って近い誰かを盾にすればいい。

　誰か。

　桑尻か、否、

「あれは――」

　木戸が、前に出ていた。それも、こちらから見てテーブル台地の逆端側。

　炎妖の動きを読み、迎撃に出ていたのだ。

　木戸は両の手を一度頭上で合わせた。

　弓引く。その動作で、離した両手の間にそれを成形した。

「苦き槍《やり》」

　指先を跳ねる動きで長さ三メートルまで伸張したのは、透明な槍だ。

　だが、後ろ側に引いた右の手を捻ると、槍に色が付く。

　白く。ただ真白に。結晶が固まるような色づけでそれは凝固し、

「さて」

　準備は出来た。

　そして正面には朱の色。炎の一撃は既に飛んできているのだ。音より速く来る焼却の力に対し、しかし、

「――貴女の願い、叶《かな》えてあげたいところですけど」

右指を鳴らした瞬間。槍が飛んだ。

軽い。だが直後に周囲の大気を爆発させて、白の槍が瞬発した。

●

紫布の視界の中央で、それが生じた。

何気ない、という動作で放たれた木戸チャンの槍が、明らかに炎妖の砲撃に飲み込まれた。

「オオウ!?」

敵わなかったと、そう見えた。だが、

「膨張する!?」

「バストアーップ!!」

馬鹿が今更起きたけど遅いかナー。しかし先輩チャンの言葉通りの事が生じた。

炎妖の放った炎も、また炎妖の砲門全体も、一瞬で巨大化していた。

明らかに、太ったとでもいうような膨張。それは一度全体を押し広げ、その直後に、

『……!!』

白い、煙と放射を持って、砲撃の炎ごと炎妖が爆砕した。

●

一瞬だった。

炎の朱が、白の爆発に飲み込まれ、内側に収束するように消える。

それまであった炎の砲門も、炎妖の人型も、放たれていた炎も何も。

ただそこに四散から直径数キロに舞って散っていく白の雲渦を残し、

「終わりましたわ」

空から炎が無くなっていた。

●

木戸は、皆を見渡した。
テーブル台地の逆側。いろいろぶち込んだためにかなり削れた方で、北欧組もメソポタミア組も、こちらを見ている。

「えーとォ？」

ああ、そうですわね、と己は思った。今の介入は、仕事としてはいいものだと思うが、紫布さん達にとっては意外の塊だったのでしょう。
自分がまあ、どのような神かは知っているでしょうから、辻褄《つじつま》は合うのですけど、

「余計なことをしましたわね」

と、己は言おうとした。実際、そうなのでしょう。フィジカル売りの者達ばかりです。自分が手を出さずとも、確実にあの場を切り抜けたろうと、そんな風に思いますの。
余計なことをしました。だから頭でも下げるべきかと、そう思いましたの。
瞬間。

「凄——い！　木戸先輩！　ムーチョとか鼻水タラして見てるしかなかったのに、今の、どういう技ですか!?」

「ファッ!?」

いきなり目の前に飛び込まれて、流石にキョドりましたの。

●

流石は住良木君……、と私は思いました。
完全に空気読まないスーパーリスペクトというか、奇声で起きた彼の背を押したら、こうなりました。だけど、

「うん……」

木戸さんは、今、謝ろうとした。こちらの皆の出番を奪ったと、そんなことでしょう。だけど、住良木君が、恐らく天然でそれを止めてし

まっています。
そんなことはないと、無自覚に、木戸さんを否定しています。

「有難う御座います！　今日はいろいろ良いことあったから、ロールバックしたくなかったんです！　木戸先輩のおかげで助かりました！」

「そ、その礼なら、向こうの皆に言いなさいな。私はただ、最後のところを介入しただけですもの」
いえ、と声がした。桑尻さんだ。彼女は、住良木君に押されまくって戸惑う木戸さんに軽く頭を下げる。そして、住良木君のプッシュから視線を逸らすように振り向く木戸さんに対して、

「私達、北欧組の役目はこういう荒事が第一です。そして何よりも、そこにいる住良木の無事を確保するのが大事ですが、それはチームワークだと考えています。
なので木戸先輩が介入をした場合、それを協力として感謝しこそすれ、否定するものではありません」

「そ、そうですの？　だったらまあ……」
と、木戸さんが御困り全開の中、皆がこちらに戻って来ます。
だがそこには、やはり、先ほどの感想が見えていました。

『……すげえな、やっぱ。明らかに神格高いって言うか』

『ちょっと、後で、どういう神なのか教えて貰えるか……？』

『戦力になるならば、私達の間にいない系列だろう、彼女は』

『ううううン？　木戸チャン訳ありだけど、確かにそうなるといいかなア』
ですよね、と内心で己は思う。
自分が言えたものではないが、自己評価というか、自己認識が低いのが木戸さんだ。否、自己認識においては、低いと言うよりも、悪い。

「自己否定というか、自己を咎めてるというか……」

「自己紹介かナ？」

「ち、違いますよ……！」

というか桑尻としては、今の木戸の権術に興味があった。

馬鹿が今、質問攻めとリスペに入っているが、こっちもそれは同様だ。だが、住良木が情報を引き出してくれるならそれで問題ないと、任せることにする。すると、

「凄いです木戸先輩、さっきのは、どんな必殺技だったんですか!?」

「必殺技？」

「気にしないで下さい木戸先輩。あの、発射した槍の事です」

ああ、と木戸が頷いた。

「私の権術の一つで、水の槍ですの。ただそれを高圧化しましたけれどね」

「高圧化？　圧迫すると何かいいことあるんですか？」

自分は馬鹿とは違うので、意味は解る。つまりこういうことだ。

「あの槍の中に、膨大な水を詰め込んだと、そういうことですか？」

「ええ。そうですわ。あとは解りますわね？」

「ウハウハザブーン？」

「え？」

馬鹿がいると話が進まないが、馬鹿がいないと木戸も話をしない気がする。なのでいろいろ堪えつつ、己は告げた。

「あの炎妖の火力に負けず、そして消し切るくらいの水を、一本の槍に詰めたのよ」

「え？　でも、水なんて、さっきの迎撃には全く……」
　と言っていた馬鹿の顔が、はっとした。手を打ち、

「水蒸気爆発!!　前に見たことある！　先輩が流体の転換しくじって！　もうなんかドジっ子属性有るんですね！　って感じで僕はキュンキュンでしたよ！」

「何を危険なことしてますの……!?」
　振り向くと、岩屋の前で先輩さんがこちらに土下座してますの。流石は神道の神。謝罪時の作法は心得ている……、と、じんわり思い、

「――でまあ、炎妖の砲撃炎の中を通しながら、水を展開。あとはもう、過熱によって拡大した水蒸気が、炎を内側から押しつつ、飲み込んで消火しましたの。
　消火活動としてみたら、爆発で火災を消すのと同じで、ありがちなシステムですわ」

　紫布としては、クールな同級生が後輩に囲まれて戸惑っているのは、ちょっと面白い。だけど、どうなんだろう。

　……木戸チャン、夏休み入ってから、チョイと挙動不審なんだよねエ。
　倉敷方面、実家の方に行っていたというが、そこで何をしていたのか。更に、

「あ、木戸先輩！　手、怪我《けが》してますよね！――あの、先輩、治療術式とか、使うことは出来ますか？」

「あ、はい。私は構いませんよ？」

「いや、これは前からのもので、――私だって治療術式は使えますのよ？」
　という遣り取りが聞こえるが、つまりコレ、ストレートに問題だ。
　木戸チャンが負傷する程のトラブル。ネプトゥーヌスが彼女の名を呼んだということは、

住良木チャンには知らせていない。
　そしてこれから、木戸チャンが合宿に来るとなると、

……どうしたもんかナア。
　何も解らない、というのが現状だと思う。だが、

「紫布」

「ン？　何？　徹」

「――あんまし考え過ぎるな。成るようにしかならない、って事もある」

「…………」

「マー、そうだねエ」

　そうだ。まだ、答えになるものが何もないと言うことは、ここで抗《あらが》っても仕方がない。
　疲れるだけだ。

　だから己は両腕を上げた。軽く身を伸ばして、

「――風呂行こうかア！」

「あ、ハイ！　バナナ食います！」

　反応早いなア……、と思う向こう。自分は木戸が背後を見ているのを気付いた。
　先ほど、炎妖が消えた空。彼女はそちらを見て、静かにこう言った。

「いませんでしたわね……」

# INTERLUDE

……あら？　これって、私も一緒に行くことに
なってますの？

EDGEシリーズ
神々のいない星で
—At the star without gods—

# 第十五章

## 『JUNCTION　02』

──何がしたいか解らなくても大丈夫。

天満は、高い天井を見ていた。

一人だ。人ではないので一人、と言っていいかどうかは解らないが、ともあれここは今、己のみ。

銭湯〝なむ1975〟の中だった。浴槽、縁側が軽く段差になっている部分を使って体を斜めに。

こうしていると、スケアクロウがいるときなどは、

「天満君、背中に跡がつきますよ」

と言ってくるものだが、自分で背中見ませんからね……。と、こういう考え方が、まだまだ成神前の人間（男）だったときの名残なんでしょうか、とも思う。

しかし、ここが開くのが早くて良かった。

地元の精霊や神達は、流石に量が多くて別の位相空間に用意された浴場に案内されている。

そして〝名有り〟の自分達としてみれば、神道関係者はこの神界に三十人もいない。ほぼ貸し切り状態だ。

考え事に向いている。

「――――」

ちょっといろいろ整理したい。

朝方に、北欧神話の知識神から多種の知識を得た。更にはその時の上役の会談もなかなか興味深かった。そして今、テラフォームも進んでいる。

上役達の活動には、参加したい気分もある。が、関わっているとパンクしそうな気もする。まだ度胸がない、ということでもあろうな、と思う。

しかし物事はどんどん進んで行ってしまうものだ。今日聞いた話の他、オリンポス系の動きも考えないといけないし、昨夜にスケアクロウが応急の手配をしたローマ神話の神なども、一体何なのか。

「うーん」
とりとめない。
だけどそういう漠然を思う静かな時間帯というのが、一日においては必要だ。
私は静寂を愛する。

「**イッヤッホオオオオウ！　チキータ！**　住良木・出見のメスバージョンです!!」
何もかもがいきなり崩壊した。

●

『アイツ、何でスポーツバッグの中からバナナが房で出てくるんだ？　大丈夫か？』

『それしか食ってないんじゃないかしらねえ』

『お前もカラムーチョ食ってるとこしか見ないぞ最近……』

『つまり解釈すると、御弁当を用意して家の前で待つターンが遂に来たということですか!?』

『家の入口がベランダじゃないってのを憶えるところから始めないかナ？』

●

とりあえず湯船に飛び込んで、ズレた水着をバシバシ直して、

「イヨッシ!!」
とまでやったところで、僕は後輩がいることに気付いた。

「あ！　――誰だっけ！　知ってるけど憶えてない！　御免！」

「最悪だわ……」
桑尻うるさいよ。あとお前、何かチューブ系の水着だけど、前もそうだったっけ……、というか、前って、あったっけ？
否、多分、あった気がする。というかあった。確実。だって僕が着ているこの水着、チョイと使用感があるから。

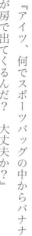

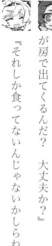

「僕以外の誰かが着てたら怖えな……!!」

「あー、記憶スッ飛んでるのねアンタ」

「いや、先輩と紫布先輩の水着は明確に憶えてる。——このくらい！　このくらい……！　って感じで憶えてる。どのあたりかは僕の中の法に触れるので言わないけど」

　言って、自分はこう思った。何かツッコミが来るだろうか、と。

　だけど、

「……意外に憶えてるのね」

「ウワー、やりにくい返答来たア……。いや、憶えてるぞ。だってさっき、僕の啓示盤出すときのモーコンも、あれ、ここで決めたよな。——お前に対して出なかった」

「いらん事まで思い出さなくていいわ」

「いや、すまん。記憶の照合で、さ。——それでお前に対して本気で申し訳なく思った」

「誰が先を言えと」

「でもあのとき、お前、僕に何て言ったっけ」

「記憶が照合で回復出来るならホントに早く死ねばいいわ」

「それは今の僕へのツッコミだろ……！」

　と、僕は後輩がいることを思い出した。

「憶えてるけど誰だっけ？」

「腐れポップスの歌詞？」

「いや、ビミョーに憶えてるんだよ！　腹の凹凸ないラインとか、こういうタオル巻きは胸元と生地のペタっと感が罪深いよね、とか」

「アンタ、私の水着見てどう思う？」

「注いだばかりのビールみたいで気分はラガーテイスト」

「残念。――スーパードライよ」
すっごい理解出来た。

●

「もうっちょっとドライかと思ってたらクールかな、って感じだと思ってたけど、最終的には結構ウエットだしホットだよねエ、木戸チャン」

「いきなりどういうことですの？」
流れというか、断るタイミングが無いままに、脱衣場まで来てしまいましたわね……。
否、幾度か断る機会はあったのですけど、

「まだちょっと早いけど、夕飯は自宅でゆっくりだな、こりゃ」
という木藤さんの言葉にあったように、

……まだ帰るには早いですわね、と思ってしまって……。

何となく付き合っていたら、ここまで引っ張り込まれてしまった。自分ではそれとなく抵抗していたつもりでしたけど、桑尻さんにいろいろ質問攻めをされて、その余波があったのもいけない。
しかし、

「……水着ですの？」

「木戸チャンこういうところ来たこと無いノ？」

「うちは、自宅に御風呂ありますもの」

「いやうちもあるけどサ。……まあ、そういうものじゃないヨ、ってネ」
うーん、と水着を見ていると、紫布さんが言葉を続けました。

「マッパでもいいと思うヨ？」

「いやいやいや、それは……」

と、マッパで浴場に入ろうとした江下さんの肩を同輩さんが素早く摑みましたの。
　江下さんが、ガクっと揺れて、

「え？　ちょっと、何よ寿命神!?　弱体化した私を脱脂してスナック菓子成分を抜くつもり!?　そうよね？　私のツヤツヤを失わせるつもりなんだわ！」

「何言ってるか全く解りませんが、今は浴場内に住良木君がいるんですよ……！」

　何となく解りますの。

「住良木君はそういうの結構気にしないというか、何か〝あれ？　この人、見てる目が違うんですかね……〟って思う時が有りますが、結論を先に言うと私が気にします……！」

　全く解りませんの。

「というか、結論を先に言ってない言ってない」

　何が何やら、という感想だが、自分も江下さんの肩を摑んでおく。

「——出見に悪いもの見せられませんわ」

「え!?　そんなに私って有害指定!?　マジで!?」

　水着を脱ごうとした同輩さんを紫布さんがソッコで止めてセーフ。

「結局、憶えてないなら、自己紹介でもしたら？」

　という桑尻の言葉に、一年生が頷く。

「菅原・天満です。神道系の知識神やってます。最近では、カラムーチョ食ってる高位神との交渉を担当しました」

　あ、そのあたりは憶えてるというか、先輩達との照合で「アー！　ハイハイ！」みたいになってる。だから大丈夫だけど、まあ、こっちも自己紹介だ。

「住良木・ガンマです！」

「誰よガンマ」

「いや、今、メスモードだし、何かちょっと違ってもいいかな、って」

「神道所属がそれじゃ駄目でしょ。名前が大事な神道なんだから」

「あ、でも、神道では女装して別人になって暗殺とか女装して別人になって訪問とか名前明かさずやらかすとかいろいろあるので……」

「前科者しかいないの？」

一年生が視線を逸らした。

「おい桑尻！　一年生を困らせるなよ！　原因僕だけどな！」

「早く自己紹介」

解った解ったと、僕は手を前後に振る。

「さっきから何を入口で詰めてますの？」

「い、いや、今、住良木君達が自己紹介してるんですよ！」

「――出見が？」

「あっ、あっ、真顔になりましたね!?　そう、推しが他の神々と交流……！　これは邪魔しちゃ駄目な時間帯ですよね……！」

「何かビミョーに不健全ですわねえ……」

「見ないんですか？」

**「――見ますわ」**

「……桑尻チャンも、他の神と話せるようになったねエ……」

「授業参観日かよ」

「……つーか、女湯の方、遅くないか？ まだ脱いでんのかな」

「……すまん」

「いぃやいやいぃいや、それは早あい、早いねえ」

ともあれ自己紹介することにした。

「住良木・出見です！ 巨乳信仰で先輩の信者やってます！ 好きな言葉はザラキです！」

「何か要らん情報ついてたわね」

「というか要らん情報だけだった気が」

「おいおいこの一年生、ツッコミってもんが解ってるな！ そうだ、厳しければ厳しいほど僕は輝く！ そういうことだからもっとキツめに来い！ 桑尻がいい見本だ！ 桑尻お前何をそんな嫌そうな顔すんの？ もっともっと！ ほら！」

ホントに嫌な顔された。もっともっと!!

と、そこで入口が開いて、先輩達が入ってきた。

先輩は僕の啓示盤を誘発するような水着姿でつまり神道グレイトなんだけど、紫布先輩の後ろからムーチョと木戸先輩もやってくる。

「――先輩、最高です！ 前のとまたちょっと違いますね！」

「はい。前のが備え置きのものだったので、今回は自分で選びました。確か、妹の方でこういうデザインのを出していたかな、って」

白黒二色分けのセパレートが効いてる。

見ていて格好良いなあ、と思う。先輩自体の雰囲気もあるけど、全身の造形に流れがあるというか、格好良い。F1の車とか、ああいうのを見たときみたいな格好良さだ。触れてみたいけど、触れると格好良さに僕が負ける気がする。消し飛ぶというか。ああ、何か語彙が足りないけど、そもそも先輩のことを言い表せる言葉なんて無いんだから、努力は欠かさぬものとして、今はこれでいいんだ。

**「――先輩、最高です！」**

「有難う御座います」

笑う先輩の周囲でレベルアップの啓示盤が開いては咲いて散る。

そして先輩が膝をついて湯を桶《おけ》で体に当てる。湯水が肌に跳ねているのを見ると、

「エクセレント……」

「声出てるわよ」

「いいんだよ！　賞賛は声に出して言うことに価値がある！　桑尻も僕を褒めたくなったら即座に褒めていいんだからな？　さあ、褒めてみ？」

「素晴らしい事に褒められる箇所が一つも無いわ」

「反語表現ですね」

知識神共が握手した。と、その間に、

「アハ、行水施設としては派手ねえ」

と笑うムーチョは、枚数を稼ぐためか、ちょっとゴチャついたのを着てる。一方の木戸先輩は黒主体で、どことなく所在なさげだ。

「木戸さん、とりあえず一回体に湯を当てて禊して――」

ムーチョがいきなり飛び込んだ。

「ハ、ハイそこ！　反則です！」

●

　桑尻は、眼前でそれを見た。
　自分が腰まで浸《つ》かっている湯。その正面にカラムーチョの神が飛び込んで来たのだ。
　彼女は明らかに、尻から落ち、湯の飛沫を上げた。
　だがそれは、小さな跳ねでしかなくて、

「え？」

　カラムーチョがバウンドした。
　浴槽の湯が、途中で彼女を飲むのをやめて、跳ね上げたのだ。

●

　木戸は、治療権術で保護した己の右手を軽く振って、こう言った。

「とりあえず飛び込みはインターセプトしましたわ。反則にならなくてよかったですわね、江下さん」

「あ、あの、木戸さん？」

「何ですの？」

「――ちょっと加減間違ったような」

　え？　と思った瞬間。跳ね上がった江下さんが天井に大の字で激突し、そのまま引っ繰り返って腹打ち状態で浴槽に落下。
　酷くいい音がしましたの。

●

「クッソ！　ムーチョ！　何だその美味しいムーブは！　コイケヤか！　今みたいなのは僕が率先してやるべきネタだぞ！」

「あイッタ！　どういうことよ!?　こんな扱いがこのカワイイ私にあっていいと思ってんの？」

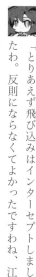

「お前は、それでいい」

「ちょっと個性強すぎませんか」

「え？　何？　褒めるんだったらもっと上手く褒めなさいよ！」

「というか大丈夫ですの？　今の」

「大丈夫大丈夫！　メソポ神話の中でも有数の頑丈さを誇る美の女神よ！　今の処二枚は着てるから余裕余裕」

「確かにメンタルがクソ頑丈ですよね……」

「コイツ、勝利の女神なんだけど、最後に勝てばいいと思ってるから信者は大変なんだよなあ……」

●

『おーい、そっちどうだ』

『アー、ゴメンゴメン。話出来るヨー』

●

じゃあさ、と雷同は言った。

『今日のテラフォーム、正直に言ってみ？』

『何か上手く行かなかったですね！』

『何で楽しそうなんだ住良木』

『先輩の近くにいられたからです！』

『ワオ』

人類として流石と、そういうしかない。
人は神を信じるものだと、そういうことか。
それとも単に馬鹿の性質なのか。解りはしないが、状況を正しくは見ているらしい。

『どのあたりが上手く行ってなかっただろうか』

『全体ですね！　自転と地軸は以前に決まった事ですし、じゃあそこからどうしようか、ということで、決まったのは拠点を作るという、それだけだった気がします』

《それが結構、大きな決定なんですけどねえ》

『成果が出てない、ってことだろう』

『す、すみません……』

　いやア、と紫布が言った。

『この前が上手く行きすぎてんだよネ。テーブル台地ガッツリ作ったらサ、それまでの先輩チャンのしたことの何倍だヨ、ってサ』

『あー……、今更だけど、今回するべきは、あの台地から下の溶岩に至る階段とか作ることだったかもな。先輩さんが権術で大地作ったり大気を調整するにしろ、あの台地から〝外〟にいかないといけないし』

『正直、拠点としては高すぎるのでは？』

『否、安全を考えた場合、今回のような炎妖は特殊として、前みたいな炎竜が上がってくることに対しては防御になると思う』

『高度を下げるなら、防壁となるものが必要だな』

『――では、台地の外、境界となる壁を作るのは？』

　今更気付いたが、女湯には神道の一年がいるのか。

『？　そっち、思兼達はいるのか？』

『いえ、私だけです』

　だとすると、どうだ。話しやすいと、そう考えるべきか。

『壁を作るのはアタリだと思う。ただ、拠点としての足場を作ってからで充分だ』

『そうなの？』

ああ、と己は応じた。

『現状、既に〝高さ〟がある程度の守りになっている。その一方で、この〝高さ〟は俺達にとっても周囲との隔絶だ。だったらまず、台地の上に拠点の足場を作って、そのあとで境界壁の作成だな』

『そうですね。中途半端に急いで境界壁建てると、炎竜達にそれが崩され、そのたびに私達の仕事が中断となります』

●

木戸は思った。

……随分と真面目な話も出来ますのね。

意見交換をしている。

「――あと、隕石の落下についてはどう考えましょうか」

「拠点で全てを実験していき、隕石の落下を防ぐことが出来るだけの神格になったら拠点を出る、というのでは駄目なのか？」

「拠点で行える実験は、結局のところ、完全に条件詰め切ってないものだから、推測に推測を重ねてるようなモンなんだヨ。だから定期的に、表の方に出していかないといけないんだよネ」

「まあ、たまには外出ろよ、ってことですよね！　僕も先輩と一緒に大地作ったり、派手にシムアース出来た方が面白いですから！」

『お前、気楽でいいなあ』

出見に対する雷同さんの感想がこっちと同じで、ちょっと笑ってしまいましたの。

●

聞こえた小さな笑い声に、紫布は振り向く。

すると、気付いた木戸が、浴槽縁に腰掛けた状態で手を左右に振る。

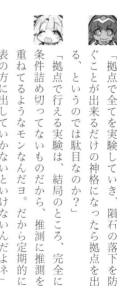

「すみません。嘲笑した訳ではありませんのよ」

「住良木君が気楽ムーブしたからですよね！」

「そこまでハッキリ言われると否定したくなりますわね……」

流石としか言いようがない。だが、

「木戸？　こっちに加わらないのか？」

「いえ、話だったらここからでも加われますし」

「？　じゃあ何でこっち来ないのかナ？」

「いえ、だって……」

自分は、さっきから抱き気味の体を少し小さくする。どう言ったものかと迷いながら、

「……こういう水着、着るのが初めてで、動くと恥ずかしいんですのよ？」

『あれだけ胸とか尻とかドォンとしたクール系で、羞恥心が思春期並とか……』

『…………』

『――大丈夫です。堪えてます』

『桑尻チャン！　桑尻チャン！　落ち着いて行こうヨ――！』

『というか木戸さんズルイですよね……！　うわあ！　うわあ！　そうなんですねえ……！』

『何で嬉しそうなんだ』

『人類先輩としてはどうなんです？』

『大丈夫！　無防備だったら直撃で即死だったけど、僕は今、バナナ食って女だからな！　大丈夫！』

《――表に救急車待機させましょうか？》

『オイイイイ！　勝手に判断するな！　よく聞け！　木戸先輩の破壊力も高いけど、僕は先輩の〝平常心に見せかけて、自分の水着をちらちら気にしてる〟方が好みなんだ！　時たまに意味もなく水着ポジを直していたりするのとか、〝あっ、先輩、気にしてるんだ〟っていう、何ですかねアレ！　身体の印象が明確になる？　みたいな？　ともあれ最高の最高です！　どうだバランサー！　解ったか！』

《――あ、ハイ。護送車に変更しておきました》

●

何かぎゃあぎゃあ始まっている。啓示盤の遣り取りもだが、出見がバランサーと蔑み合ってるあたり、元気でいいことですの。

だがさっきの話、こちらから加われる部分があるとしたら、

「星の神を顕現する、というのはどうですの？」

「そこらへんは駆け引きだねエ。無理じゃないけどサ、実在顕現するには神委の許可が必要になるし――」

「――丁度、神委の監査も来るって、そういう話なのよね」

「でも、私がいるのに監査って、馬鹿にした話よねえ。何で監査の私までが監査されなきゃいけないのかしら」

「まあ、江下チャン、こっちとグルだってのが、バレてんだろうからネ」

「その監査は――」

「オリンポス系。誰だか、解ったりするかナ？」

●

紫布の視界の中、今の問いかけに対し、木戸がわずかに雰囲気を変えた。

「……私、あまり貴女達と近付かない方がいいかもしれませんわね」

**「エエエエエエエエエエエエエエエエエエエエエエエエエ!?」**

「住良木君、声が大きいですって」

「あ、でも、先輩はどう思います？　木戸先輩が距離とるってなったら」

「それはやっぱり、いろいろお互いの立場とか考えがありますから……」

「でも本音では、**エエエエエエエエエエエエエエエエエエエ!?**　ですよね？」

「いえ、違います」

**「ちょっとオオオオオオオオオオオオオオオ!?**　って感じです」

「流石です先輩！　確かに先輩と僕が完全に同じ訳じゃなくて、立場や考えがありますからね！」

桑尻チャンが視線を逸らしているのに対し、何か変な罪悪感を抱いてしまうのは、自分がまだまだ神道のノリに慣れていないからかナア。だけどまア、

「木戸チャン、何でオリンポス系がいると駄目？　聞いて大丈夫かナ？」

「話せる範囲ですけど、私、オリンポス系と仲悪い神ですの」

●

桑尻は、啓示盤の通神に木戸を含め、言葉を作った。

『実は、木戸先輩のような方は、結構います』

『いきなり来ましたね』

ええ、と己は答える。するとエンキドゥが、

『祖型、か』

『――はい。かつてテラフォームを正式に始める前、神々と、そして神話の各神格が決定して

いく中で、祖型であるかどうか、というのは、大きなファクターとなったのですね』

『実は俺達のところにも、オリンポス系は喧嘩《けんか》売りに来てる』

『そ、そうなんですの？』

『いやさア、オリンポスの方、ゼウスがいるじゃないイ？　アレがサ、徹は自分を祖型としたコピーだから云々って、難癖つけてきてネエ。終《しま》いにゃ予約顕現で出てこれないうちの主神まで〝対応してるから〟で巻き込もうとしてさア』

『それで、どうしたのだ？』

『――俺が、実は理知的キャラって、知ってた？』

『つまり交渉で、否定したのですか』

『まあそんな感じね。雷同先輩、自分系列のことや権術関係になると、えらく口が立つから』

そうだなあ、と雷同が言う。

『だから木戸、別にオリンポス系と仲悪いのは、お前だけじゃない。大体、今、権限いろいろ持ってやってる神道勢なんかは、神委が何とか権益を簒奪出来ないか、って連中だ。お前の抱えてるものとは別だろうけど、――さっきみたいに守れるものは守ってやったらどうだ』

『さっきみたいに……？』

『ムーチョを天井に叩き付けたアレですよ！』

『アレちょっと解ってる状態でやってみたいわよね！』

『アレじゃなくて、テラフォームのときのアレ、ですよね？』

「まア、アレに限らず、だけどネ」

紫布が言う。

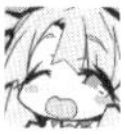
「オリンポス系と仲悪いなら、寧ろこっちにいてくれた方が有り難いかナ。監査にナメられる

ような事があったら駄目だからサ」
「……でも私は――」
と、木戸が言葉を詰めた。その時だった。

「木戸先輩は、どんな神様なんですか？　聞ける範囲で御願いします！」

●

私としても、ちょっと気になることではあります。

私の方では、木戸さんの、テラフォームにおいて与えられてる役割は知ってますが、どのような神かは聞いてません。これは木戸さんの希望で、木戸さんと付き合いのあるらしい、紫布さん達には解ってることのようですが、

「言わなくても、いいですよ？　私もそうでしたから」

「ええ。――言ってしまったら終わり。そういうものもありますのよ」

「そうなんですか!?　長身巨乳で水を使えてムーチョを天井叩き付けるとか、そんな情報よりももっと凄いのがあるんですか!?」

「私について変な抜粋するな……！」

「正直、いつかは解る事ですの」
木戸さんが、キッパリと言いました。

「だから、いつか来るその前に、――地元に戻るのが一番ですの。だって、そうしないと」
言われました。それもこちらと住良木君に視線を向けて、

「――謂《いわ》れなき咎めを、受けますのよ？」

●

ふう、と木戸は一息吐いた。
皆が、静まっている。

……やってしまいましたわ……！

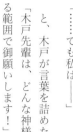

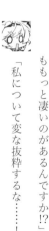

自分のキャラというものもあろうが、真剣なことを言うとやたら空気が冷える。今もそれですの。そこまで沈黙せんでも……、と思うくらいには皆が静まった。ともあれ周囲は風呂の湯気が立っていて、湯温も下がっていないのは幸い。だからまあ、自分としては、

「ですからまあ、皆としては、私を気にせず――」

「じゃあ、こういうことですね!?」

出見が、いきなり声をあげましたの。

「それまでは一緒に騒げるし、そうなっても、そのナンタラ咎めを受けなかったら、また一緒に騒げるんですね!?」

●

木戸さんが言葉を失いました。

「――――」

どう反応して良いか解らない。そういう顔を、時間が経過して、

「じゃあそれまで、僕と先輩を助けて下さい!」

「どうして――」

木戸さんが、言葉を嚙むようにしながら、問うて来ます。

「どうして、そこまで?」

ええ、と私は応じました。

「――住良木君が、巨乳信仰だからです」

●

『……いや、そうなんだけどサ。そうなんだけどォ――、ここでそれでいいのかナア、って……』

『実は先輩さんの、無自覚な嫉妬による高度な線引き、とか』

『住良木菌が伝染って脳に回ったのかも知れませんよ？』

『ハ、ハイそこ！　全部聞こえてますよ!!』

『こっちにまで聞こえてますのよ？』

『あっ、あっ、すみません！　でも、落としどころとして真剣な方にいかないようにって、そういう気遣いで……！』

『いや、まあ、私も空気冷やすタイプなのでそれは有り難いですけど……』

『ウヒョー！　先輩と木戸先輩のグダグダ感とか、ギャップが良い感じで有難う御座います！　気遣いと交流とか、脳の奥から住良木汁が出る勢いで最高です！』

『菌どころか汁が出たヨ？』

木戸は吐息した。じゃあまあ、と前置きして、

「付き合えると思ったところまでは、付き合いますわ」

　明らかに流されている、という自覚はある。というか流されてなければ、部室を訪ねただけで終わりだったろうに。

　……何がどうなるか、解らないものですわね。

　それをとりあえず是としてる自分にも驚くが、原因は解る。

　出見だ。

　随分と、こちらの存在を求められている。

　こっちが出見のことをどう思っているのか、関係など、伝わっていないでしょうに。

「…………」

　ふと、また涙をこぼしそうになって、湯で顔を洗った。そのまま、浴槽の縁から湯の中に身を沈め、もう一度顔を洗う。

　周囲、皆が、妙な笑みでこちらを見ているのがやりにくいが、

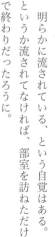

「――で？　どうしますの？　私が加わったとして。何かテラフォームで、変わることがありますの？」

●

何が変化となるか。
そのようなことを木戸が言うのに合わせて、桑尻は手を挙げた。

「大きな変化が有ります」
それはもう、解り切ったことだ。何故なら、

「木戸先輩は、水を使うことが出来る神ですね」

「……？　ええ、まあ、嗜《たしな》む程度には」

「わ、私、嗜めてもいないんですが……！」

「あの時の先輩はドジっ子具合がエクセレントでしたよ！」

《ええ。危うく消し飛ぶところでしたね》

「……何してるんだよお前ら……」

「まあよくある感じでサ。――というか木戸チャンのレベルが〝嗜む〟だと、上位の水系神じゃないと話出来なくなるから、そこらへんは皆、空気読んでネ」

「そうして下さいますと有り難いですわ。……で、私が、何ですの？」
はい、と己は言う。

「今回のテラフォームは、失敗だったと判断出来ると思います。
　障害に対して、私達の手駒や手段が揃っておらず、対処が出来ませんでした。
ただ、――無視して先にも進める、というのが解りました」

《そうですね。今回のテラフォームは、現状で何が出来るか、という試行錯誤であり、必ず通らねばならない道です。寧ろ、こういうことを

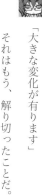

繰り返し、場合によっては〝戻る〟ということも視野に入れていかねばなりません》
その言葉に頷き、己は言った。

「木戸先輩がいて下さると、次の段階へと確実に進むことが出来ます」

「それは——」
はい、と自分は首を下に振る。

「自転と地軸が決まったあと、木戸先輩のような力が何故必要か、これから説明します」

# 第十六章

## 『MARVEL LAND』

——世界は苦いかと思えば意外に甘くて。
でも何味かは解らない。

湯船の中から、桑尻は周囲を見た。

……随分なメンバーね……。

居並ぶ女神達は、どれも濃いめの存在だ。神格が低い先輩さんは実質上の最強神だし、一年生の菅原は、この時代の日本では自分よりメジャーであろう。

馬鹿は放っておく。何か期待してこっちを窺ってくるがウザいので見るんじゃない。あと、さりげなく先輩さんの胸を凝視すんな。

ともあれそんな者達に、ものが言えるというのは、やはり知識だ。

知識に貴賤《きせん》無し。〝知っていること〟というのはスイッチのようなもので、だからこそ知識を恐れる者は、知っている振りをして、どうしようもない自滅をしていく。そういう意味では、知識というのは凶器でもある。と、そんなことを思いつつ、己は口を開く。

「テラフォームですが、既に次の段階への示唆が出ています」

「？　地軸と自転が決まっただけだろ？　他、何かあったっけ？」

「――地表の発生よ」

言うと、あ、という気付きの声と、え？　という疑問の声が上がった。

前者は紫布で、

「ああ、そのタイミングだねエ」

と言う。しかし後者はビルガメスで、

『――だが、この星の精霊達がそれを許さないだろうと、そう聞いたが？』

そうですね、と己はどちらにも応じる。

「しかし地軸と自転が決まった以上、全体の方向性は地表の発生です。この星の精霊や神が、地表の発生を妨げ、溶岩の状態を保とうとしても、彼らの出力には限界があります」

『たあとえば、ぼぉくがメテオったらあ、ずぅいぶん変わるよおお？』

その通りだ。

「以前、先輩さんが岩屋に引き籠もったときのこと、憶えていますか？　四文字部長が星の裏側に大型隕石を落とした結果、この星の精霊達は大半がそちらの補修に駆り出され、私達の方にやってくることが出来ませんでした」

「やり方次第では、上手く抑え込める、か……？」

「でも、あんなのよりもっと濃いのが来る可能性がある、ということですよね？」

「先輩チャンがいると、来ないんじゃないかナ？」

「そうですね。先輩さんが最大の抑止力となっていると思います」

「では、どうなりますの？」

はい、と己は告げた。

「現在、あのテーブル大地の周辺は不可侵の状態になっていると判断出来ます。この星の精霊としては、こちらがテラフォームの範囲を大規模に広げたら総攻撃を掛ける。それまでは様子を見る、ということですね」

『連中は、俺達が拠点を作ろうとしている、とは思ってない訳だ』

「そうです。だからバランサーが提案したように、拠点重視で行くべきでしょう。そして、テラフォームを外において進める場合、先ほど言った手を使います」

それは、

「この星の精霊の出力を消費させ、こちらの邪魔が出来ないようにする、ということです。そうすれば、拠点外でも比較的安全にテラフォームを進行出来ます」

「？　それで私の力が、必要になりますの？
――この次は、地表の発生ですわよね？」

ええ、と己は頷いた。ここから何をどうするかは、決まっている。

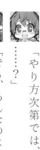

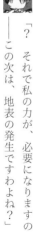

「雨を降らせるんです」


「あっ」

と先輩さんが声を漏らしていた。すると、

「あっ」

　馬鹿の真似《まね》が中途半端に似ていてキモいわ。

しかし、

「――雨を降らせる、というのは、以前のテラフォームでも提案がありました」

「そうですね。私達の場合も、似た手順をとりました」

　と、出していた啓示盤に、自分は星の断面図を出す。

「住良木、……以前アンタ、水をどうやって得るか、って質問に、どう答えたか憶えてる？」

　問う。すると住良木が思案して、ややあってから手を打った。

「聞いてくれ。――先輩の胸を下から拝むと思い出すかも知れない」

「しなくていいわ」

「いや、待ってくれ。これは大事な質問なんだろう？　僕はこれから先輩を説得に入るから」

「だからしなくていいって」

「いやいやいや、すぐ終わる！　先っちょだけ！　先っちょだけでいいから……！」

「――早く死ねって、暗に言ってるのが解らないの？」

「お、お前の語彙はどうしていつもそこに収束する……！　命は大事にしろよ！」

　馬鹿の最後の言葉に、前回の岩屋事件に関わった皆が視線を逸らした。

「住良木君と桑尻さんは、ホント、仲がいいですね」

　多分私は今、凄く嫌な表情をしている。

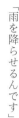

　手が挙がった。エンキドゥだ。彼女は首を傾げ、

「現実側だと、この星、全開で溶岩だろ？　水は何処から出すんだ？」

「水なら潤沢にありますよ？」

ん？　と何人かが首を傾げる。木戸が手を挙げ、

「作れと言われても、惑星規模だとかなり難がありますのよ？」

「いいえ、水は既に、あるんです」

「——溶岩ですか？」

　なかなか鋭い。でもちょっとつまらない。もう少し焦《じ》らしてからの方が盛り上がるのだけど、このあたり、知識神としての差だろうか。器の差ではないと思いたい。

　ただ、ここには説明が必要だろう。

　そして先輩さんが、静かに言った。

「住良木君？　以前、住良木君は、こう言ったんです。——溶岩から水を取り出せばいいって、そんなことを」

「マジですか!?　溶岩から水？　無理でしょう。どんだけ馬鹿だったんだ当時の僕は！」

「いいえ、ほとんどその通りよ」

　馬鹿が真顔でこちらを見た。

「僕に勝ったと思うなよ!?　これは先輩の勝利だ……！　いや、先輩が僕のことを憶えていて勝利だから、先輩がダブルで勝利し、ていると言っていい！」

「じゃ、じゃあ二人で勝利でいいんじゃないでしょうか」

「そんな勿体ない！　先輩は僕の発言を自分のものとして切り取っていいんです！　そして僕がちょっと御褒美欲しがったら、〝ふふ、この糞虫〟くらいの微笑で充分なんですから！」

言って下さい！　この糞虫！　糞虫……！」

**「この糞虫」**

「お前に言ってないよ……！」

何だか一年生が今の遣り取りをフンフン頷きながらメモ取ってるが、参考にしなくていいわ。

まあいい、話を進める。

「いい？　星が出来るとき、無数の塵が固まって出来たでしょう？　その中に、既に水も多く含まれていたの。――星間ガスの中で最も多いのは水素とヘリウム、続いて一酸化炭素、水、アンモニア、と、そのくらい、宇宙には水が豊富なのよ」

それだけではない。

「更に、星が固まっても、残った塵が星の上に降り続けるわ。まだ木星の盾も未熟だった時代、遠くにあった塵も降って来たでしょうね」

そうなると、どうなるか。

「それらの星間物質に含まれていた水は、溶岩の中で一度練られて、水蒸気として放出されるわ。これは初期の段階で行われる一方、水素やヘリウムは宇宙へと去って行って、星の大気は数千年という短いスパンで急激に変化していくの」

「興味本位で聞きますけど、星の上に海が出来るまで、どれくらい掛かりますの？」

「はい。――地球をモデルとして言うと、46億年前に地球が出来たとして、最速でその8億年後には地表に海が出来ていた、とされています」

「ええと、38億年前ってことか。……そこまで、かなり掛かってる？」

「遅い？　じゃあこういう話はどうかしら」

試すつもりも含めて、己は告げた。

「――生物の発生は、最速、40億年前、遅くても37億年前って話」

ん？　と首を傾げたのはカイだ。

「……何で生命誕生が、海が出来るよりも早いんだ？」

「海は生命の母と、そういうことじゃないの？」

「いえ、それはもののたとえで、海から子供が生まれる訳ではありませんのよ？」

「ですよねー！　海がなくても子供は出来ますよね！」

「う、うちの妹も、完全に山育ちですけど出産しましたから……！」

「そういうことじゃないんじゃないかな？」

ええまあ、と知識神が首を下に振った。

「海が存在していなくても、ある程度の温泉と諸条件が長期間重なれば、そこに生物が発生するとされています」

「温泉？　温泉で生命誕生するのか？」

「はい。恒常的に高熱の水とメタンやガスが放出される場所であれば、です」

自分は啓示盤に画像を出す。解りやすいところでコーヒーで行こう。

と、濃いめのエスプレッソを見せる。すると、

「何ソレ。泥水？」

「え？　……コーヒーよ？　エスプレッソ。まさか知らないの？」

「おいおいおい、コーヒーって言ったら缶で売ってるアレだろう」

《――この馬鹿は論外として、桑尻にも勘違いがあります。

桑尻は北欧系で、以前のテラフォーム時には北欧側の文化圏でしたね？　しかし90年の日本だとコーヒーはドリップ主体のものばかりで、コーヒーに〝差〟があるとすれば豆の種類くらいという扱いです。

抽出方法として違うエスプレッソは、相当洒落た店でなければ出ていませんね》

「ああ、アレ、売り場がないとか、そういうんじゃなかったんだネ……」

「え？　コーヒーって、豆から出す御茶の一種ですよ、ね？」

《——はい。日本ではこういう視点が大半です》

「脱線覚悟で聞きますが、どういう〝差〟なのでしょう」

「私あまり飲みませんけど、日本のコーヒーは挽《ひ》いた豆に湯を落とし、濾《ろ》過《か》するドリップ。時間を掛けて湯が落ちる間に、フィルタでしっかり漉《こ》されて粉感が消えますの。

エスプレッソは挽いた豆をフィルタで押さえつけ、お湯を高圧で通しますの。フィルタが漉し切れず、クレマと呼ばれる泡も立ちますけど、短時間で通すので雑味ないのが特徴ですわ」

《エスプレッソが日本で知られるようになるのは95年あたりで、外国のコーヒーチェーンが入って来てからですが、それよりまず流行ったのがコンビニで93年に出たマウントレーニアのカップ型チルド飲料でしょう。カフェラッテ、そしてカプチーノは、ここから広まりましたね》

「ティラミスみたいに、エスプレッソ使ったスイーツがあるから、あるものだと思っていたわ……」

「えっ？　えっ？　ティラミスにエスプレッソ……？」

《日本では単にドリップコーヒーで代用な場合が多いですが、本場のティラミスでは、中に入れるビスケットにエスプレッソを染み込ませます。

ちなみにティラミスは86年にデニーズがメニュー化し、今年90年、情報雑誌のHANAKOが週刊の4月12日号で取り上げたことで爆発的に広まりました。

つまりコーヒーを持つ文化のスイーツではなく、単に一品スイーツとして広まったのです》

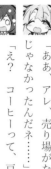

「日本人は、エスプレッソを知らないまま、それを十年近くティラミスで食べていたということね……」

「住良木君、こういう特殊なコーヒー、知ってました？」

「はい！　特殊なコーヒー、知ってますよ！　スパークリングコーヒーがそれですよね!?　炭酸コーヒーなんですけど、中学の時に山登りで疲れ切ったときに飲んでマジに吐いた憶えがあります！」

『いきなり色物かよ』

《なお、炭酸コーヒーは何故か歴史が古く、1975年のコーヒースカッシュを初めとして、数年ごとに出て来ますね……》

『呪いのアーティファクトか』

「――で、桑尻、スパークリングコーヒーが何だって？」

「そうじゃないわよ……！」

とんだ脱線だわ、と桑尻は思う。
向こう、紫布が視線を逸らして肩を震わせているが、何か相当にウケたらしい。しかし何でしょうかねアレ、

「巨乳が肩震わせて笑うと、巨乳で波が立つのか……」

「喧嘩売ってんのアンタ」

「僕じゃないだろ……!?」

やかましい。
ともあれ話を進める。

「エスプレッソは一口で飲むのが基本だけど、そうするとどうなるかしら？」

「胃に悪い……？」

違うとも言い切れなくて、内心の結論としては張り倒してやりたくなった。

「ええと、違いますよ住良木君」

そうです。違います。

「一口で飲むと口を火傷《やけど》します。そうですよね桑尻さん」

我慢の上限値を上げることで難を逃れた。

……ストレスの多い職場だわ……。

ともあれ、言う。これは多分、悪い例えを出したこちらの責任なのだと思いつつ、

「飲むと、泡が内側に残りますね？　それも、縁の側に」

つまりどういうことか。

「太古の地球、まだ海がない状態であっても、地表に湧き出した温泉の畔《ほとり》では、その含有物が泡状に集まって膜を作ります。これに火山が降らせる有機物などが混じり、多層化していくと、何が出来るか解りますか？」

こちらの視界の中、紫布が答えかけて、やめる。そうだ。彼女は既に、この知識を経過して自分達とテラフォームを進行させたのだ。だから答えない。代わりに告げるのは、

「重ねたウエハースのようなものですわね」

「そうですね。……しかし、単なる物質の層ではありません。いろいろな化合物が混じって、化学反応をする層が、積み重なる訳です。そして全体が活動を始める。

これはつまり、初期の生命と、その活動に等しいのですね」

《このようにして生まれたのが化学合成バクテリアだとされています。化学合成を内部でサイクルさせることで自分を保つ……、つまりは生命活動ですね。

これが〝細胞膜が生じることで生命が発生した〟という生命発生説の内、〝海無しでも発生

する〟というもので、幾つか説がありますが、大体同じようなプロセスで細胞膜と代謝のシステムが生まれます》

「あの、ちょっと脱線しますが、――しかしそうだとすると、〝海で生命が生じた〟という説は、無くなるのですか？」

「海が出来るのが38億年前で、生命誕生の期間幅の後端が37億年前だと、とりあえず1億年の範囲はあるから、大丈夫なんじゃないか？」

「いえ、〝海こそが母〟というその説はその説で通ります。だって、水が生じて地表に溜まった結果として〝海〟は作られるけど、〝海〟の概念が今とは違うので」

「え？　〝海〟が今とは違う？　つまり何だ、水着が溶けるとか、透けるとか、そういう〝海〟か！　しかしオスの水着はそうならないことを僕は誓います！　宣言してもいい！」

「当時の生物には雌雄の区別なんてないわよ」

「解った！　つまり新ジャンルだな……！」

やかましい。ともあれ、という空気で紫布が言う。

「まあ簡単に言えば、海は今より浅くて狭いけど、それでもある程度は広大な〝海〟が出来ていってたって、そういうことなんだネ」

《そうですね。今のような海のベースが出来上がるのが地球誕生から8億年後。

それ以前にも、当然、水は各地で溜まり始め、巨大な湖から海へと発展していきました。そんな、今の意味とは違う原始の海で生命が誕生した、という説が、やはり主です。

大気中の成分から合成された有機物が集まり、液滴という状態から化学反応による細胞分裂のような動きを獲得していったのだろう、と。

こちらは海という広大なスペースがあるので〝確率が高い〟のと〝安定している〟という強みがあります》

「まあどちらにしろ、かつての地球では何らかのプロセスで生命が誕生したのは確かなことで、どんな条件下でも〝生命が誕生しない理由がない〟、ということですか……」

その言葉に、自分は結論する。

「化学反応物質が層化し、細胞のようなものが出来上がるのが最速で40億年前。

この論だとそれ以前に地表は出来上がり、水も存在していた、という訳ね。それらは拡がっていった水辺が合流して海となる中で、一気に増えていった訳」

《なお、地球の磁場は42億年前には形成されており、この時期、地球の内部では核部分の原型がまだ溶解状態ですが、存在していたことになります。磁場は有害な太陽風などを避けるシステムになりますので、この頃から生命誕生の準備が出来ていた事になりますね》

「私、気軽に〝海がいつ出来ていたか〟を聞いたつもりが、コーヒー解説までやってしまって、酷い脱線になりましたわね……」

「——す、すみません。こちらも調子に乗りました」

「駄目だなあ桑尻」

「アンタも炭酸コーヒーとか吹っ飛ばしてたわよね!?」

『ぶっちゃけ、神が生命誕生は化学反応からスタートって言い出すの、ちょっと面白いよネ』

『まあ、解釈次第かなあ。俺達を〝土から作った〟というのも、土＝化学反応のマテリアルのこと、って言えば何とかなりそうだし』

『勝あっ手に発生すぅるなら、一日い休めぇたぁねえ』

『天地創造を週休二日にしようとするなって……』

『神は中三日で天地を作り、残り二日で施工《せこう》の辻褄を合わせた、とかかナ？』

『何ですかその世知辛い神話……』

つまり、と桑尻は言った。

「地球発生から、自転と地軸が決まって磁場が出来るまで4億年。そこから地表が出来てくるまで、大体2億年、ってところかしら。今、その2億年の部分をテラフォームしているということになるのね」

『2億年は……、長いか？　短いか？』

『テラフォームがどれだけ掛かるか、ということから考えると、そこそこじゃないか？』

『そうだねエ。地球の歴史46億年、って考えたら、今、その2億年分？　だったらつまり、地球の全工程の1―23。ってことかナ。つまりトータルでは3―23に達してるんだよネ？』

『……このテラフォームって、いつからだっけ？』

『ええと、一応は四月スタートです』

それで3―23進行だとすると、どうなるか。

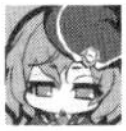
『最初の一、二ヶ月は準備だとして考えて、一工程一ヶ月、と概算します。――大体、全工程を終えるのに二年かかるのでは？』

『クラブ活動みたいだなあ』

『学生生活って言ってみろよ？』

『いやあ、遊ぶことしか考えてないので』

先輩さんが小さく笑う。だがまあ、今はそういう進行状況なのだ。

「話戻すと、今は溶岩から水蒸気が表に出て来て、星の温度が下がってきてる、かナ？」

『だけど星の精霊が、現状を保っておきたいと、抵抗する訳だ。だから、蒸気の冷却による地表

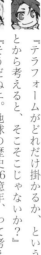

の固化と、地表によって溶岩が覆《おお》われ、更に冷えて水蒸気が増える……、という冷却サイクルが阻止され、繋がらなくなっている、と』

だよねエ、と紫布は頷く。

「水蒸気による水冷システムを星の精霊が止めにくるのは、私達の時もあったネ」

『水冷システムとなると、水の神の仕事か……。唯一神はどのようにしていたのだ』

『理ぃ不尽しかしなぁいよぉう？』

《ホントに理不尽ですから。ええ》

「北欧組はどんな風にしてやったの？　水系の神が権能で解決？」

『うちは、水系の神がチョイと特殊でなぁ……』

「海神のエーギルってのがいるんだけど、コレ、ヨトゥン系なんだよネ。ついでに言うと、船を沈めたり、海底の死界を管理する厄神系。嫁も河川の方で、同じ感じでサ」

「北欧の海は、幸も得られますが、脅威の方が重要視されていた訳です。だから漁に出るときは、大漁祈願というより、エーギルに赦しを得たり、彼に見つからないように奪うとか、そういう話になります」

「随分と荒っぽいですね……！」

「だとすると、北欧組は、この時期のテラフォームをどう攻略したんだ？」

『俺や紫布みたいな、農耕スキル持ちが、無理矢理に雨乞いやってな？』

「あれサ、毎日が雨乞い祭みたいで面白かったけど、ソレまでの備蓄を自分に奉納して流体稼いだりで、なかなか危なかったよねエ」

「先にビールたくさん貯蔵しておいて正解でした……」

だからマア、と自分は木戸チャンに視線を向ける。

「水系の木戸チャンがいると、随分楽だと思うナア」

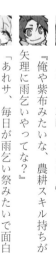

「降雨は農耕系の得意技で、水系ではまずありませんのよ？」

「そうなの？」

「雨の元である雲が、大気中の水分で出来ているとか、古代の人々は推測出来ても実証出来ませんからね。雨＝農耕のイベントです。
同様に、〝水〟の神も、ほとんど存在しません。古代において、水は〝湧く〟ものであり、水は井戸や泉と切り離して考えられていませんでしたから。
ゆえに〝水〟の神とは言われていても、大体は井戸や泉、滝などの、〝水源の神〟がそれに該当します。そうでなければ海や川の神、となる訳ですね」

「――そうですわね。私、どっちかって言うと自分の〝水〟は川：海が6：4くらいだと自覚してますけど、水系で大気に関して振るえる力、となれば嵐ですの。――たとえば台風など……」
と言ったところで、木戸チャンが我に返る。

「や、やりませんわよ？　台風召還なんて、荒っぽいこと……！」
木戸チャン、やっぱチョロくないかナ？

『これはアレか？　頼まれると断れない先輩さんタイプか？　対人類防御力ゼロなあたりも』

『えっ？　私、……どういうキャラだと思われてるんです？』

『す、すみません、先輩さん、自分のことをどう思ってるんですか……？』

『木戸チャンのはアレだねエ。先輩チャンとはちょっと違って、困ってるのがいると、助けてやりたくなるタイプ？』

『通神でいろいろ言ってますけど、設定共有してるからこっちに全部見えてますのよ……！』

よーし、と雷同は決めた。浴場の高い天井を一度見上げ、

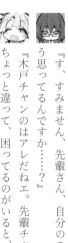

「真正、――合宿はキャンプにしよう。奥多摩の方で、さ」

「キャンプ!?　いぃいねえ。旅ぃだぁねえ。ぼぉくも昔イキってえた頃、信者ぁにキャぁンプ合宿させぇたりしぃたもんだよお。――まぁだ終わってぇないみたいだあけど」

深くツッコまないようにしよう、と己は心に誓った。

『紫布、じゃあ明日の午後から出るか。――用意出来るよな？』

『あ、うン。余裕余裕。川精霊もこっちのこと憶えてるだろうから、結構いい塩梅じゃないかナ？　――こっち、皆も連れて行くからサ』

『え？　キャンプ!?　いきなりどういうことですか!?』

『――住良木と外泊です』

『な、何ですかそんなけしからん事！　――行きます!!』

『ちょ、ちょっと待ちなさいな！　キャンプって、いきなり何ですの!?』

『うン、――住良木チャンを奥多摩で野宿させることかナ？』

『な、何ですのそんなけしからん事！　――行きますわ!!』

雷同は、ビルガメスと顔を見合わせた。ビルガメスが一つ頷き、

「……連鎖で釣れたな……」

「うん。……ここまで入れ食いだと思わなかったよな……」

●

話はまとまった。桑尻は、一つ手を叩く。
向こう、木戸が正気に戻り始めたのか、あら？　と首を傾げ出してるのを無視して、

「二泊三日とします。
場所は奥多摩。多摩川の河原としましょう。
バランサーは手配の方、手伝って下さい。

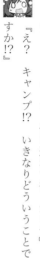

　キャンプ用品は、雷同先輩達が所有しているものがありますが、ケルト系が山岳部をやっているので、そこからも借りてきます。皆さんは着替えと、麦……、は無理だと思うので、御米を二合ずつ持ってきて下さい。あと、何か、必要だと思うものを好き好きに」

「うちは基本、肉だからねエ？　二日目の昼食から夕食は派手にいく感じでサ」

「じゃあ私の方、二日目の朝食用に、何か作れるように持っていきますね？」

「こっちも何か用意をしておきますわ。初日の夕食用ですわね」

「じゃあ、俺の方で三日目の朝用、か」

「じゃあ私、御菓子食べる係ね……！」

「お前ホント気楽でいいなあ……」

　まあそういう役割ではあるだろう。エシュタルは監査役でもあるのだ。

「奥多摩は水量豊かで、川精霊達もこちらと友好的です。そちらでテラフォームの話をまた進めつつ、水系の権術など教えて頂ければ、と思います」

　言葉は木戸宛てだ。果たして相手は、吐息しつつも頷き、

「……そういう話でしたら、有りですわね。私がいなくなった後のことなども考えてると、そういうことですもの」

　そこまで言ってないです、と、そう思いかけて、己は気付いた。

　……そのように、言い訳がしたかったのですね、木戸先輩は。

　木戸は神格の高い神だ。だがそれでも、人類のような、弱い迷いをするものだ。
　否。以前の先輩さんも同様だろう。ひょっとすると紫布達にもこういうものがあって、自分が疎いだけなのかもしれない。

だから己は、頷かない。

木戸は今ので自分を納得させたのだ。ここで己が頷いてしまったら、木戸がいなくなってもいいという彼女の見せかけを〝本当の事〟にしてしまう。

ゆえに自分は一つ手を打った。

「――ではそのようにしましょう。明日、午後一時に立川駅北口でとりあえず。変更あったら連絡します」

「よーし！　奥多摩でウハウハザブーン！　そういうことだな！」
どういうことか解らんが、まあ、ノリは解る。

「こっちで合宿というか、キャンプは初よ。――それなりに期待はあるわね」

「いやあ……、宜しく御願いします。洋風の文化には疎いので……」

「疎いとか疎くないではなくて、性急過ぎますのよ？」

「すみません。でも、思い立ったら動くのが北欧神ですので。ええ。――雷同先輩、思い立ったら、で世界の果て近くまで行って遭難し掛かったりしてますし」

「……まさか、山には強いけど遭難もするよ系？」

「――生存能力がウリの北欧系よ」
凄く嫌そうな顔をされた。
ともあれ己は、皆の中、視線を後輩神に向ける。先に湯を出たいのか、視線を外に散らしている彼女を見て、

「――じゃあそういうことで御願いするわ、菅原・天満」

「…………」

「……ええ!?　私もですか!?」
今更何を言っているのだろうか、この後輩は。

# 第十七章

## 『CHIKICHIKI BOYS』

──おい大丈夫か!
助けないけど!

銭湯〝なむ１９７５〟を出ると、紫布さんに呼び止められました。
既に周囲は夕暮れ。時刻としては六時半、と言ったところですが、

「――先輩チャン、ちょっと明日の用意に付き合ってくれるかナ？　ＷＩＬＬの地下一階で肉ガッツリ買おうかな、って。桑尻チャンも一緒でサ」

「え？　あ、えぇと……」
と考えてしまったのは、住良木君と、木戸さんと、どちらか誘って買い物して帰ろうか、それとも両方誘ってそうしようか迷っていたからです。しかし、

「あ、先輩、僕に気にせず行って下さい！　僕、今ちょっと女なんですけど、男子制服だとパッツンパッツンなんで帰宅した方がいいかな、って」

「？　バナナ食って戻ったらどう？」

「いやお前、チキータは瞬時にＴＳって言ってたろ？　でもさっき食ったけど変わらないぞ？　男から女になる場合は瞬時だったけど」

「？　……おかしいわね。あ、いや、やっぱり、という感じかしら。後で設定ちょっと見ておくわ」

「やっぱり？」

「ええ、ちょっと設定変更必要な箇所があって、その余波ですね」
と、そんな遣り取りをしている間に、日除《ひよ》けの帽子を被った木戸さんがこちらから離れて行きます。
しまった、と思うのは、それなりに関係が出来てるという自覚でしょう。

「あの、木戸さん？」

「そんな必死にならないでも、明日は行きますわよ？」

「あ、有難う御座います……！」

「どう致しまして、と言うべきでしょうかしらねえ……」

　言葉を残して行く木戸さんが、振り向く素振りを全く見せないのが格好いいというか。

「じゃあ僕の方も行きます。——明日の朝にでも、準備の買い物とか付き合って下さい、先輩」

「はい。じゃあ気を付けて、お休みなさい」

●

　住良木チャンが何度も振り返って手を振って、先輩チャンがずっと手を振っているのを見て、しかしこちらとしては、ふと問うてみた。

「気を付けてお休みなさい、ってサ。——誰に気を付けるのかナ？」

「そ、それは決まってるじゃないですか！　無防備な住良木君に対して、ストーキングしてきたり、窓の外から覗こうとしたり、そういうのから気を付けましょうって事です……！」

「先輩さん、いつの間にそんな自己紹介が上手になられたんですか……」

《多分、元からこうだったんですよ》

　先輩チャンがバランサーを摑んで縦に振っていると、男湯組が出て来た。

「紫布、こっちは学校寄って天幕とか借りてくるわ」

「アレ？　山岳部まだやってんかナ？」

「あいつらケルトっても本土系だから、天文部兼用。夏休みは部活棟の屋上でずっと天幕張ってるって前に聞いた」

「あ、じゃあ恵方《えぼう》チャンいたらヨロシク。夏休み入る前にうちのプランターの種、秋野菜貰ってんだよネ」

おうよ、と徹が手を挙げて歩き出す。それにビル夫チャンも円チャンもついていく。
少し距離が空いた、その時に、ふと気付いた。

「夕食どうするゥ？」

「買い物終えたら落ち合うかぁ？」

歩きながら振り向いて問うのが、徹らしい。

「こっち荷物持ちいるから駄目ェ」

「じゃあＷＩＬＬの地下で何か買っといてくれ。先、摘まんでていいから」

「アイヨー。先に開けてるゥ」

●

「な、慣れてますね……！」

「そりゃもう何千年って感じだからねエ」

と応じていると、出遅れ組が出て来た。

「あれ？　何よ皆、待ってたの!?」

「この人数見てよく言えますね」

「桑尻チャン、キツイ、キツイ」

桑尻チャンが、ややあってから修正した。

「すみません。エシュタル先輩は話しやすい雰囲気があるので、つい要らんことを」

「アンタ言った内容を否定しないわね……！」

「まあいいわ。話しやすい、ってのは大事なことだものね。——アンタ達、これからどうするの？」

「江下さんはこれから？」

「うん。テキトーに街をブラついてるわ。監査の仕事は、現場というか、全体がどういう秩序になってるのかを見る意味もあるし、私、ケッ

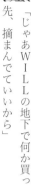

コー夜の街とかの雰囲気好きだから」

「私達の現役時代から何千年も経って、人類は夜を克服したのよねえ。どうせだったら金星も天上に引き留めておいてくれないかしら」

「そっちは、——あの木戸ってのについて情報交換？」

流石だなア、と己は思う。やはり人気神、全体の雰囲気とか、よく察してる。その一方で、

「えっ？　木戸さん？」

「アー、先輩チャンにはちゃんと説明するけど、木戸チャン関連で気を付けておきたいというか、引っかかるネタがあってサ」

告げた言葉に手が挙がった。神道の一年生だ。

「それは私も知っておいた方が良いことでしょうか？」

天満としては、知るべきか知らないでいるべきかの判断は重要だ。

「知識神として、何でも知っておくべきでは？」

「私は上役にスケアクロウ先輩と思兼先輩がいるので、報告義務があります。〝私だけが聞いた情報〟と言うものは、あり得ず、必ず報告されるのですが、——今回のような場合、それを破って、知らせない方がいいという判断をするか、または、知らずにいるために立ち去るか、という判断が生じますので」

「神道の職能性と、アバウトさが解りやすく出るねエ」

「私としては、皆さんとの付き合いを保つことでいろいろな知識に触れるきっかけを得られますから、現状維持は最低限したいところです。ただ、そうとはいえなくなるような知識の場合、針をどちらかに振るか、または立ち去るか、となる訳です」

「んー、じゃあ私は立ち去る方針で。——あの木戸っての、相当に神格高いわよね？　だとすると、私達の神話まで届く可能性もあるから、

監査が不用意に触れない方がいいわ」

「オオウ、じゃあまた明日ねエ」

成程いろいろな判断があるものです、と己は思った。

じゃあ決まりだ。

「聞きましょう。明日のキャンプでも、自分の中で視点が増えるのは良いことです」

●

「謎が増えて良いと思うべきかどうか……」

僕としては、不思議なことを感じていた。

室内。自室の中だ。

さっき帰宅してしばらくしたらオス化が始まり、つまりそのメタモルフォーゼを、

**「ンンンゥメェエエエタムォオルフォ――ゼ!!」**

とタメのかなり入った言葉と共に鏡とか使って見届けたのだが、何だろう。ベッドで全裸で鏡使って見てるとか、見てる間はかなり盛り上がったけど、終わってみると控えめに言って変態じゃないだろうか……。

いや、何だろう。比喩表現で言うとバナナが消えてバナナが生えた……。駄目だ。物言いが貧困だ。そうじゃない。アワビ……、食ったことないよ！　いかん、外からの情報に流されすぎている。落ち着け僕。絵を描くと解るだろうか。ああ、でも。僕、絵心ないんだった。あったら自分のをモデルにしてコミケで同人誌出すとか、そういうのもあったかもなあ。無い。

しかし、まあ、あれだ。女から男に戻ったとき、ビミョーに、

「……面白みがなくない？」

と思ったのは、やはり造形の差だろう。

こっちは単なるオプション装備みたいなもんだもんなあ。

「隠された何か！　とか言う方が盛り上がるよな……」

と、思わず窓見たらカーテン開いてて〝やらかした！〟って感じがあったけど、アレだ。朝に不審者についての考察していて、ベランダ出るのにカーテン開けたんだよな。

　メガドライブも電源入れっぱなしだ。このメガドラ、つまり二十四時間以上ラスタンサーガ２をずっと起動しっぱなしなんだけど、ひょっとするとうちのメガドラの最長連続起動記録はラスタンサーガ２（未プレイ）になってしまうんじゃないかな……。

　ともあれ風呂を入れようと、そう思った。

　夕食の用意をしつつ風呂入れて、夕飯食ったら風呂。それがいいんじゃないか。

　そこで風呂場に行ったら、不思議な事……、って前置き長いよな僕。まあいい。とにかく風呂場に行ったら、アレだ。

「何で風呂に水が満タンなんだ？」
　うちの風呂は、沸かす事も出来るけど、蛇口から湯ー出して溜める事も出来るアレでさ。空《から》焚《だ》きが怖いから、湯ー出して溜めるのがいつものやり方なんだけど、

「……誰がコレ、停《と》めたんだ？」

　そうだ。

　僕は昨夜、ロールバックしている。

　多分その時、僕は、風呂を入れようとしていた。

　風呂を入れつつ、外に出たんだ。理由は不明。だけど多分近場で、風呂が入り切る前に僕は帰ってくるつもりだった。だけど、

「僕はロールバックして……」
　その場合、湯は出しっ放しだ。
　だけど今朝、僕は目覚めたときに〝これ〟に気付かなかった。
　そして今日、ここに戻ってくる間に、湯は冷めていて、今、目の前では、浴槽に水が満タン

になっている。

「……自動で停《と》まる機能、ないよな？」

無い。

だとしたら、何だろう。

「先輩か？」

否。先輩だったら、自己申告がある筈だ。お互いへの干渉をしたとき、報告がない、ということはあり得ない。

「だとすれば、バランサーか……？」

《失敬な》

ベランダ側から声がした。

振り向くと、ベランダの手すりの上に、こっちに背面を向けたバランサーがいる。

「何？　お前、そんなところで何してんの？」

《いえ、貴方の部屋の領域に入ったり、部屋を覗くと、先輩さんに消される可能性がありますので》

「あ、そうか。先輩に嫌われると、お前でも駄目か」

《私の懸念を一切否定しませんでしたね？》

いやあ、と僕は言う。

「それが先輩の能力だから、僕としては尊重するしかないって言うか」

でもさ、

「誰が入って来て、風呂の湯ー停めたんだ？」

《プライバシーには干渉しないこととしていますので》

まあそうか、と僕は思う。

「じゃあいいや」

《いいのですか？》

「だって僕の部屋のこと、心配してくれたんだろ？　その誰かは。どっちかって言うと僕は助かった。じゃあいいや。気にするなら、今後は戸締まりしようって、そういうことだよ」

《猿は過保護にされすぎなのだと、そう判断します》

「お？　羨ましいか？　そうなんだな？」

《何がですか？》

　そうだなあ、と僕は手すりに肘をつく。見る外。通りの向こうは林があって、その更に奥は住宅街だ。工場もちらほら有り、しかし右手側に広がる大規模な闇は、営業時間が終わった昭和記念公園の占める空間。

　黒だけの場所が一番大きく見える。

　だけどそうじゃない場所を見れば、灯りが有り、車のライトも動いていて、

「――人類は僕だけだ」

●

　これは解り切ったことだ。

「だけどあの灯りの中には先輩がいて、皆がいて、つまり僕は一人じゃない」

《それの、何が羨ましい、と？》

「お前はどうなの？」

《私ですか？》

　バランサーが、やや考えてから言った。

《私は、私として単一ですよ。それに――》

　ＡＩは吐息しない。というか画面は吐息しない。だけど、そのくらいの間をもって、バランサーがこう言った。

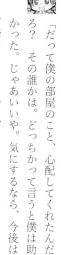

《私も、まあ、猿は猿として、神々がここまで好き勝手に動くと思っていませんでしたよ》

「そっか、悪かったな」

《何がですか？》

「羨ましいか、って言ったのは、一人じゃないと自惚《うぬぼ》れてる僕の、一人だろうと思ったお前への、なんだ、濁点付いてゴーマンってアレだ。あまり言わせんな恥ずかしいから。確かに濁点付いてゴーマンとか、連呼してたら警察行きだしな」

一息。

「一人だってのが結構メゲるって、僕は知ってる訳だから、それをまあ、お前が恐らく前世からの敵だとしても、僕のことが羨ましいか、とかアオったら駄目だよな。どう思う？」

《ぶっちゃけ貴方、今、気持ち悪いですね……》

しばらく蔑み合った。

《まあ、自分の領分を理解しているのは良いことです。スタートラインがどうであるか。忘れた者には相応の苦難が与えられます》

それに、とバランサーが言った。

《人類は貴方だけではありません。遠く、遥かな数の人類が眠っていて、私の仕事には、貴方を彼らに合流させる、というタスクもあるのです》

「その場合、先輩達はどうなるんだ？　やっぱ解放顕現状態で神様万歳って感じ？」

《ぶっちゃけ、当初は彼らを情報体のアーカイブとして保管し、必要な時は権能を得るアプリのように使おうか、という想定もありました。まあ無理ですけどね》

「ざまあみろ、ってところだなあ。まあ、雷同先輩達が、そんな監禁じみた発想を素直に飲むとも思えないし」

《私も随分変わったものです。――だからまあ、テラフォームが終了したときのことは、その時に考えればいいと、そう思っていますよ。これ

はもはや、私の一存でどうなるものでもないのだと》
　そっか、と言って、僕は手すりから身を剥がした。

《何処へ？》
　問い掛けに対する答えは明確だ。

「本屋に行く」

《何故です？》
　ああ、そんなのは解り切った事だ。

「部屋の中の状況見るに、恐らく僕はラスタンサーガ2の攻略情報とかあるかなあ、って、本屋にメガドラFANを買いに行ったんだよ。でも、部屋にはメガドラFANが無いよな？」
　だったらもう、決まりだ。

「昨日、出来てなかったことを補完する。そういうことだ」

　そうだねエ、と紫布は、皆を引き連れて歩きつつ、前を指差した。
　南、立川駅に至る道を先導して、

「――まずは木戸チャンのことだけど、サ」

「木戸さんについて、引っかかることがあるとか、何ですか？」

「――木戸チャンがどういう神か、何となくは解ってるよネ？」

「はい。私より胸が大きくて長身で、ですの系で、水系の神ですよね？」

「先輩チャン、チョイと住良木チャンに影響されすぎてないかナ？」

「先輩さん、じゃあ紫布先輩はどうです？」

「え？　あ、――はい。私より胸が大きくて長身で、語尾カタカナ系で、豊穣神で北欧神話のシフとイエルンサクサの二重顕現ですよね？」

「合ってるんだけど余計なものがつきすぎなんかナ……？　ああ、じゃあ、桑尻チャンは？」

「え？　あ、――はい。私より胸が小さくて背が低く、語調キツイ系で、知識神で北欧神話のクヴァシルですよね？」

「…………」

「大丈夫、堪えられました？」

「先にあった沈黙と最後の疑問詞は何ですか」

「堪えるための努力の時間とアクセントよ」

桑尻チャン、真面目だなア、としみじみ思う。

「まあ、先輩チャンの人物判断に要らん単位が幾つか含まれてるのは別としてサ。この前、川精霊がサ、奥多摩の方で川を荒らしてる原因みたいなのを教えてくれたじゃン？」

「ああ、あれですね。可愛かったですよね、川精霊。明日も会えるのかと思いますけど」

「川精霊いいよねエ。――でもあれ、川精霊が荒れた原因の方、木戸チャンが解放顕現したら、似た姿かもヨ」

「……え？」

「ああ、私、違うと思ってるけどネ？　明確な違いがあるんだヨ」

「え、ええと……」

「……紫布さんが違うっていうなら、そう思うことにします」

「意地悪な問いをします。――紫布先輩がそう言わなかったら、どう思いましたか？」

「奥多摩の川を荒らしたのが、もし木戸さんだとしたら、……それはそれで、有りじゃないでしょうか。

　神である私達には感情があって、それを否定することは誰にも出来ません。だとすると、自分の〝相〟である川を荒らし、しかしそこでとどめた木戸さんは、それなりに弁《わきま》えを持ってい

ると、私はそう思います」

「誰かに迷惑を掛けるなら、と、引き籠もった私より、外と繋がることをした木戸さん……、とは限らないんですけど、その方がいいかと、私は思います。その方が、誰かから見つけて貰えるようになるし、止めても貰えるので」

●

桑尻は、紫布が先輩さんに抱きついたのを見た。

「え？」

不慣れな後輩が驚いてるが、これはよくあることだ。希にだけど。

ただ、紫布が先輩さんを気に入っているのだ。

おそらく、先輩さんが生む〝ものの見方〟が、紫布の中にもあって、しかし紫布には上手く言えなかったり、もうそれを出来なかったり、また、それをしなくてもよくなったことで。

先輩さんが、己のこととしてそれを言葉とし、叶えているのが、紫布にとっては嬉しいのだろう。

私、思案が長いわ、と熟々《つくづく》思う。

ただ、捕らえられて戸惑い気味の先輩さんを、紫布が撫《な》でて抱きしめて、そこに彼女がいるのだと彼女自身に伝えている。

これを何と呼ぶべきか自分は知らないのだが、それはつまり、知識神としてまだまだということだ。

そしてとりあえずスキンシップが終わるのを待った上で、

「ＷＩＬＬの地下ですか」

「あー、まアそういう事ネ」

と再び歩き出し、紫布が言う。

「川精霊が見せたアレは、木戸チャンに関係があるかもしれなくてサ。それでまア、江下チャンが迎撃した水妖は、川精霊が見せたアレに似てるんだよネ。そして――」

そして、

「今日、テラフォームで乗り込んで来たアレは、炎で出来てたけど、形だけ見るなら、川精霊が見せたアレに似てたよネ」

「……あ！　そういえばそうでした……！」

何だろうネエ、と紫布が言う。

「桑尻チャン、どう思う？」

「テラフォーム時に出てきた炎妖ですが、――あれは恐らく、この星の精霊ではないのではないでしょうか」

●

知識神が推測でものを言っている、と桑尻は思う。

だが、経験という知識から来る判断は確かにあるのだ。

「今まで、私達はあのような炎妖を見たことがありません。下半身が蛇尾の群で出来た蛇体で、上半身が女性。……これはどちらかというと水系のシンボルだと思います」

「大体、襲撃してくる直前まで、炎竜達はかなーり遠くからこっち見てただけだったもんねエ。先輩チャンが怖いからサ」

「複雑な感はありますけど、距離をとってくれてるのは有り難いですね……」

「でも、それじゃああれは、何なんですか？」

「バランサー」

呼ぶと、バランサーが出て来た。だがバランサーは画面全体を傾けて、

《あまり、言いたくはないですね。自分の恥のようなものなので》

じゃあ決まりだ。

「あれは、こちらの神界で出た水妖そのもの、もしくは何か影響が、現実側にフィードバックしてきた、というものなのですね」

桑尻さんの言った意味が、ちょっと解らなかったです。
……こちらにいる何かが、現実側に影響した？

それはどういうことか。

「こちらにある〝型〟が、向こうに採用された、ということですか？」

「その可能性は高いですが、普通、有り得ません」

それはそうだろう。だってこちらの世界の〝型〟が現実側に影響するならば、

「こっちの世界そのものが、向こうに出来ちゃうよねエ。まあ、溶岩とか炎で構築されちゃうだろうけどサ」

「そ、そうですよね？　こちらの方から移動出来るのは、私達、テラフォームの顕現を持つ神々だけ。その筈です」

「じゃあバランサーの恥は何かしら」

言って気付いた。
つい、先輩さんに対して、タメ口をやらかした。

天満は、知識神が土下座するのを初めて見た。

「……姿勢が綺麗だねエ」

いや、プロは箱型に自分を詰める練習を経て隙が無いようにするのだが、やはりそういうことをするという知識が無いのだろう。まだまだ改良の余地も向上の必要性もある。だが、素人《しろうと》が行ったにしては、

「なかなかですね……」

「えっ？　えっ？　どういうことです」

「すみません。先輩かつテラフォームの主導役に、外注側の下《した》っ端《ぱ》がタメ口とは」

「いや、ええと、別にと言うか、――桑尻さん、住良木君にはタメ口ですよね？」

「人類は神より下だからノーカンじゃないかナ？」

「アレは仕方ないのでは？」

「下から答えますがアレは無理です」

全員の答えが出た。だがうちの施工代表は、

「いやいやいやいや、そう言っても私、住良木君にタメ口は無理ですって」

うん、と皆が頷いた。

「人類は神より下だけど先輩チャンは無理だねエ」

「施工代表は仕方ないのでは？」

「下から答えますが先輩さんは無理です」

「み、皆して同じ事言ってますよね……！」

ともあれ、と施工代表が知識神に声を掛ける。

「私は気にしないから大丈夫ですよ、桑尻さん」

「――有難う御座います」

短く言って、知識神が身体を起こした。膝を着いて施工代表を見上げる。

明らかに、彼女の視線が、施工代表の胸で遮られていた。

「桑尻チャン？」

**「大丈夫です」**

「何がかナ？」

「タメ口どころじゃないので控えますが、――大丈夫です」

それは駄目では。

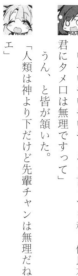

ともあれ、と桑尻は膝をはたいて言葉を作った。

「テラフォームで現実側に移動するのも、結局の管理はバランサーが行っています。そのバランサーが〝恥〟だと言うならば、つまり、あり得ないことが起きたのです」

「あり得ないこと？」

「つまり現実側に、こっちの影響が飛んだってことかナ？」

「はい。――そしてこれは、本来ならばあり得ないことですが、ある条件下においては、有り得ることです」

その条件とは何か。

「神々が関与している、ということです」

桑尻は、また歩き出した紫布が振り向くのに合わせ、言葉を作った。

「神々は、バランサーが作り出したものですが、バランサーの制御を外れて勝手な行動を取り、反乱じみた経過を経て、今、このように自由を得ています」

つまり、

「バランサーが作ったこの世界で、想定外なことが起きるとしたら、そこには神々の介在があると想定するのが道理です。それが一番、落としどころとして有り得ます」

《桑尻》

「何かしら？」

《私は、貴女達を作り出したことを恥とは思っていませんよ？　寧ろ、貴女達は私の想定外の成功例です。賢いＡＩは、辻褄合わせも出来る

のですから》

じゃあ、と私は言いました。

「神々が介在しているとしたら、……誰が？」

「――誰かなア」

紫布さんが、振り向き、歩きながらまた身を回して振り向き、言います。大きな髪が回って、何かカワイイんですが、言ったらどういう反応しますかね、と思う先。紫布さんが名前を告げました。

「木戸チャンってのが、有り得ると、そう思ったんだよネ」

「で、でも、現実の方では、木戸さんが迎撃しましたよ？」

「〝型〟って、残るものだよネ？　私や先輩チャン達だって、こっちで生活していると、それなりに〝型〟を残してるんだヨ？　解るかナ」

解ります。それは、

「教室にある紫布さんの椅子に、紫布さんが腰掛けてなくても〝ああ、今日、紫布さん何処か行ってるんですね〟と思えるのは、つまりその椅子が長く使われることで、紫布さんの〝型〟がついたと、そういうことです」

「ウン。そういうことだよネ。――でまア、〝型〟は、本質そのものじゃないからサ。

言ってること、解るかナ？」

はい、と言いかけて、自分は悟りました。〝型〟は、そのものではない。だとすれば、

「……あ！」

「誰かから生じた〝型〟でも、その誰かとは別で、現実側に影響を与えると言うことです。

――木戸先輩が現実側にいたとしても、こちらにある木戸先輩の〝型〟が、現実側に影響を与えない、とは言えません」

「川精霊が見せたアレ、木戸ちゃんの解放顕現があったとしたら、違うなア、ってところが

あったんだけど、でもそれも、〝型〟の劣化とかで説明はつくんだよネ」
　そういうことです。でも、そうだとしたら、

「川精霊が見せたアレ、こっちに出てる水妖、あっちに出た炎妖、そして木戸チャンはオリンポス系と因縁があってサ、更にはオリンポス系がいきなり監査に来るって言ってたら、今度はローマ神話のメジャー神が違法結界で何かやらかして――」
　紫布さんが、右手を見せます。

「木戸チャン、負傷していたよねエ」
　そうです。でも、そうだとしたら、

「紫布さんは、何故、木戸さんは〝違う〟と、思ったんですか？」

「先輩チャンはどうかナ？」

「それは――」
　自分は言う。

「木戸さんの、このテラフォームにおける役割を知ってたら、木戸さんを疑うことは出来ません。それに……」

「それに？」

「木戸さん、住良木君を凄く大事に思ってるじゃないですか。――でも話聞く限り、水妖は住良木君を捕らえたり、攻撃しようとしてたそうですし、テラフォームで出たアレも、最後はこっちを焼こうとしましたよね？　それで木戸さんが迎撃したんです」
　だから、

「――私は、木戸さんのしてくれた事から、木戸さんを信じます」

「だよねエ。それが先輩チャンのものの見方。――私もまア、木戸チャンとはソレなりの付き合いがあるから、何かそういうキャラじゃないってのは解ってるつもりでサ。
　だとするとサア――」
　と、そこまで紫布さんが言ったときでした。

不意に、周囲が静かになりました。

僅かに薄暗く、何もかも遠くなったように感じるのは、

「――結界？」

「うーん……、八月号にラスタン２の攻略は載ってないのか……」
でも買ったよメガドラＦＡＮ。書店の近くの溜池が工事中になっていたり、書店の前の横断歩道に〝立川病院、消防局一同〟なんて札の付いた花が添えられてるのは何かあったのかお前ら感あるけど、

「発売予定のコーナーにある〝重殻装甲アレスタ〟とか、かなりいいな……」

買ったばかりの雑誌を街灯の明かりを頼りに読みつつ歩く。

贅沢だ。

攻略系や読者コーナーは後に回し、発売予定関係を見ていく。何しろ夏休みだ。ゲームする時間はあるし、石川県に出稼ぎしたために予算もある。

秋葉原まで行くと、電車代を差し引いてもバックがあるくらいにいろいろ買えるし、ちょっとコレ読んで週末の予定を立てるかな、と思う。

なので横断歩道を渡って、近道である学校内の敷地を突っ切る道を歩きつつ、

「スーパーモナコＧＰ、付録特集されるくらいだけど、レースゲームはほとんどやったこと無いんだよな……。買いそびれてた大戦略Ⅱがどんな値段になってるかなー……」

『――！』
あれ、何か出た。

「オイイイイイイイイイイイイイイ！　何だいきなり変なの！　誰だよお前！」

どうも工事中の溜池から出て来たらしい、変なタコみたいな女性みたいなアレは、こっちを見つけると襲いかかってきた。
下半身は蛇の集合？　ヤッダア、ウレタンのタワシみたぁい。トイレ掃除用で最近はああいうのあるよね。

**「——それだ!!」**

『——！』

それじゃない。何か追いかけてくるし、変なビームみたいなの撃ってきて、

「……!!」

いきなり飛び込んで来た影が、盾になった。

●

直撃だった。
凄い、殴るというか、打撃の音がして、

「ぐぴ……！」

意外とマズいタイプの声と共に、そいつが吹っ飛んだ。

「おい！　大丈夫か！　洒落にならん変な悲鳴聞こえたけど！」

「だ、大丈夫！」

と立ち上がったのは、一人のオッサンだった。

「大丈夫だ！　君こそ大丈夫、か……！」

オッサンいきなり前に手ーついてゲロった。
そりゃあどう見てもあの水のビームを腹に直撃食らってたもんなあ……。

●

「ゲロのオッサン！　大丈夫か！」

「そ、その呼び方はやめるんだ！」

じゃあ何て言えばいいんだ。

「細かいことは気にするなよゲロのオッサン！　つーかマジに大丈夫か？　背中さすって欲しいか？　んン？　それともそばに寄り添って慰めて欲しいか？　どうだ？　んン？」

「や、やめるんだ、気持ち悪ぃ！」

今日、僕、よく言われる気がするなぁ、それ。

「ゲロのオッサンと僕と、どっちが気持ち悪いか勝負するか？」

『――――!!』

無視されてて腹立ったのか、襲いかかって来た。

「うわー！」

僕はゲロのオッサンの尻を蹴って立ち上がらせ、一緒に走った。

だがあの水の変なのは追いかけてくるし、やっぱり変なビームみたいなの撃ってきて、

「……!!」

いきなり飛び込んで来た影が、盾になった。

直撃だった。

●

僕の視界の中、それが見えた。

盾だ。否。あれは、

「――――ガントレット」

夏だというのにシャツインした夏服姿。その名は、

「謝罪マン……！」

横にいるゲロのオッサンが、酷く味わい深い顔をした。

# INTERLUDE

「いいかゲロのオッサン、よく聞け！　謝罪マンは昔、一時的に恥マンって名前だったんだけど、字的に猥褻指定みたいな気もしたから改名したんだ！　憶えておけ！」

「忘れるといい」

「…………」

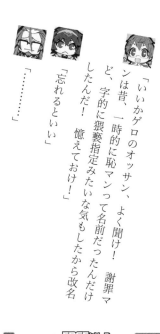

# 第十八章

## 『GAUNTLET』

――神と戦う神を何と呼ぶ。

ビルガメスは、ミッション遂行中だった。
雷神達と学校に戻り、部活棟の屋上に行くと、果たして見知らぬ神話の連中が星を眺めていた。それは天体を見るための望遠鏡をサークル状に立てて並べて星の運行を見るもので、

「何か勘違いある気もするけど、まあ神話ごとの差だな」

と、話をつけて天幕を借りたのだった。
それをとりあえず、男衆は手分けしてそれぞれ自宅に保管。明日はそれを持って集合と、そういう段取りなのだ。
だが自分の家に戻ってみると、追加のミッションが発生した。

「ビル、ちょっとすまない。明日から空けるから冷蔵庫の中のものを使い切ろうと思ったんだけど、ピザ？　紫布からこの前教えて貰ったソレ用のチーズが無いんだ」

「了解した」

言って、とりあえず立川駅の地下に行けばあるだろうと、そんな算段だったのだが、ここで追加ミッションが発生した。
エシュタルが言っていた水妖を、見つけたのだ。

「……エシュタルの言っていたのは、コイツか」

気になるのは、襲われているのがまたもや人類と言うことだった。更に、

……結界の余波がある？

空を見ると、流体光の余波として、軽いハローが生じている。
だとすれば、この水妖は、違法結界の中で戦闘か何かしていたのだ。そして、

「そちらの男は？」

ああ、と人類が答えた。

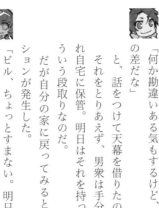

「コイツはゲロのオッサン！　さっき腹に直撃くらってゲロったからな！」
何言ってるか解らん。

ともあれ、あの水妖が敵であるのは確かだ。

「人類に襲いかかるとは」

「だよね！　だよね！　この、か弱く、何かあるとすぐに死ぬ可愛らしいウサギのような僕に襲いかかってくるとか、——オイオイ見る目があるじゃないか。僕の価値は僕だけが解ってればいいとか、土曜午後十時半の教育ＴＶあたりの語り場みたいなこと思ってたもんだけど、モンスターにも僕の価値って解るってことか！　あいつらウサギが好きなんだな！　でもそれはつまりウサギに価値があるってことで僕は無価値なんじゃないか……!?　おい、どうなんだゲロのオッサン！　ウサギか！　僕か！　どっちを選ぶんだ世界は……！」

人類凄くやかましい。コレを御せる寿命神は流石だな……、としみじみ感心した。

だが、こっちは戦闘だ。

ガントレットで敵の砲撃は防げている。ならば、

「相手の攻撃はこちらに通じない、ということだ」

前に出る。砲撃が来る。

受ける。衝撃がある。だがガントレットの装甲は無傷だ。削れてもいない。

だから前に出る。砲撃が来る。連射で来る。

連続で受けて衝撃が続くが、ガントレットの装甲はやはり無傷だ。削れてもいない。

走る。

相手の砲撃は間隔調整が間に合わない。一発、二発、思ったより均等なタイミングの連射だ。

だから、三発目の終了に合わせ、

「——ガントレット」
一気に二十メートル超にした一撃を、己は敵

に見舞った。

〝入った〟。水相手だが、手応えを己は得た。

「どうだ……？」

打った。

水妖の半身が砕けて弾け、街灯の明かりに散った水飛沫がいやに涼しい音を立てた。

ガントレットという鉄塊が、その大質量を高速で叩き付けた結果だ。

だが、打撃音は鳴らない。

雨が降るよりも濃く、舗装された道路に落ちた水が黒く浮く。

そして、打撃を受けて散った水妖が、工事中の溜池に足の数本を寄せた瞬間だった。

『――――』

水妖の形が復活する。

「成程。――水場が近くにある限り、ノーダメージか」

己は理解した。水場が近くにある今、この敵は、打撃では倒せないのだな、と。

だから自分は攻撃する。再び放たれる砲撃を左へと回避し、

「――ガントレット」

二度目の打撃を叩き込んだ。

「謝罪マン、打撃専かよ……！」

「ええと、彼は……！」

ゲロのオッサンの疑問に、僕は正答した。

「アイツはメソポタミア神話の英雄、謝罪マン！」

**「謝罪マン!?」**

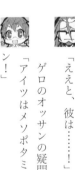

「そうだ！　特技は身内の代わりに謝罪すること！　権能は夏の暑い夜でもシャツインしていられる精神力だ！」

「…………」

「ゲロのオッサン。信じろよ……！　僕はウサギと世界を二分する男だぞ！　バナナでＴＳするけどな！」

何言ってんのか解らないって顔されたけど、よくよく考えると自分でも何言ってるか解らん。だけど、

『……!?』

水のビームが飛びまくっていたが、その方向が変わっていた。

水妖とかいう敵の全身が復活したのに構わず、謝罪マンが溜池の間際に瞬発。そして、

『おお……！』

謝罪マンが、ガントレットによるシールドバッシュで水妖を道路側に跳ね上げた。

水場から水妖を掬《すく》う、ということだ。

だからガントレットをシャベル代わりに下から振り上げる。大きさの調整は、まず振りかぶりにおいて八メートル。打撃で下を掘《ほ》り抜くにおいて十二メートル。地面ごと敵をぶち上げるにおいて、

「二十五メートル」

土、草、石と砂利、そういったものを抉って穿つ。

ノイズのような雑音が分厚く軋み、打撃を止めようとするが、構わない。

射出機構は神の力だ。こちらの腕の振り抜きは支持と加速力の追加でしかない。

打ち抜いた。

それは水妖をほぼ完全に拾い、運ぶ。

『……!?』

飛ばした。

水妖が土砂と共に落ちたのは道路の上。アスファルト。古代においてはミイラの作成にも使われた素材だったか。

この舗装道路に、水は染み込まない。逃げ場となる水路はこちらの背に置いた。その上で己は拳を構え、

「打つぞ」

●

それは液体の引き千切りだった。

打撃は機械式の駆動音。打つ音は水飛沫の爆《は》ぜであり、連打がただ押していく。

打たれる水妖は抵抗の術を持たない。

敵の放つ両の拳。巨大な手甲を穿つだけの力を持たないのだ。

あるのは再生能力のみ。しかしそれも、

『――!?』

自分は打撃が効かない水である。だが、通用しないように見える一撃は、確実に水を吹き飛ばし、己が再生に用いる総量を削っていた。

愚直な連打こそが、こちらを目減りさせる。

自分がその事実に気付いたのは、十数メートルを押されたときだった。

反撃を試みようと砲門を形成しようとして、左右の手を前に振ったが、

『……!?』

砲の長さが足りず、解けてしまった。

素材となる蛇体の足群。その何本かの水が、緩んで形を失い、落下する。

水が足りない。

水場から離されたためだ。

手を失ったかのように、両手を確認するが、

「ガードもしないとは余裕だな」

一撃が来た。

次の瞬間に打撃で割られ、姿をすぐに戻す。

だがしかし、砲の形成はしなかった。出来ない。無理なのだ。

　このままでは削られるだけ。ならば、

『……!!』

　己は一瞬で身の前後を入れ替えた。足はまだ充分に残っている。だから逃げる。

　逃走する。

　撤退ではない。背を向け、一直線に急ぎ逃げるのだ。

　行く先は何処でもいい。この道路の外。水路は何処だ。何処だ。何処だ。

『――!!』

「あまり急ぐな」

　後ろから、声が聞こえた。

『カイ、――ヒートボディを頼む』

『ヒートボディ!?』

　カイは、キッチンで相方からの啓示盤を見た。

　ヒートボディ。

　自分の権術の一つで、ビルガメスの装備を超高加熱する。表面側だけに適用されるのが特徴で、つまりビルガメスにとっては体当たりを初めとするフィジカル強化の術式だ。

　とにかく一瞬で熱が高くなる。そういう付与術式だが、

「あー、ヒートボディ」

　目の前を見る。

　コンロに掛けた鍋に、長めの金属ビスが逆さに突っ込んである。青銅色のそれは、ビルガメスの召還装甲の部品だが、ヒートボディを掛け

ると調理器として非常に便利だ。

　つまり今使ってた。キッチンに一つはヒートボディ。そういう世界があるといいと思う。

　無論、こういう仕掛けを、本人には知らせていない。バレたら多分嫌な顔をされて、翌日から自分でメシを作り出しかねない。ついでに言うとビルガメスは結構料理が上手いから何だ。アレだ。楽だ。違う。メンツに関わる。そういうことだ。

……今、こっちの火力を止めたら、生茹《なまゆ》でかなあ。
　鍋の中は牛のスジ肉だ。弱火で煮込むよりもヒートボディで低温調理。どうせなら今度、召還装甲の一部で鍋作ってくれんかな、とは思うが、まあいい。

『――今すぐ？　了解。ちょっと待ってろ』
　その効果はすぐに来た。
　権術の啓示盤が何枚も展開。予備加熱を術式構成の流体内で行い、それを対象物へと直接に注ぎ込んでくる。

「来たか！」
　ガントレットの表面が過熱し、一瞬だけ赤く見えたかと思うと、

「光る？」

「高過熱状態だ！」
　ここまでの加熱をするには、ガントレットが小型でなければならない。と言っても、最大値が巨大な存在だ。十数メートルは許容する。
　後は逃げる水妖の背に向けて弾くようなショートダッシュを入れ、

「青ローパー、始末……！」

あー、確かにローパーかも、と僕が思ったときだ。
ゲロのオッサンがいきなり前に出た。

「待ってくれ……！　その精霊は――」

「アクション遅くない？　ゲロのオッサン」

「いや！　その、ええ!?　ちょっと！」

言ってる間に謝罪マンが一発を叩き込もうとする。良い感じのショートダッシュが踏み込みとなって、

「おおお！」

入った。
確実。だって謝罪マンがシールドバッシュを打ち込んで止まっているから。打ち抜くんじゃなくて、打撃して止める。残身ってヤツだよね、と思う。
そして聞こえたのは、金属音だった。
明らかな金属の響き。それを耳にした僕は、

「ん？」

おかしい。
変だ、と僕は思った。だって、どうして水を打って、金属音がするんだろうか、と。

「どうした謝罪マン！　何か部品食った!?」

「違う！」

そう答えて、ビルガメスは前を見た。
自分と水妖の間。そこに一つの影が立っている。
女だ。
自分より年下の、赤毛の結い髪。こちらに右の手を翳した制服姿の少女は、

「名乗るがいい」

ええ、と相手は応じた。そして、凜《りん》とした声でこう告げた。

「第七世代、オリンポス神話所属、——戦の女神といえば、解るかしら？」

ビルガメスは考えた。

「ふむ……」

相手の言った問いかけの答えを、自分は考える。

……第七世代？

解る。

……オリンポス神話？

聞いたことがある。

……戦の女神？

知らん。

……解るかしら？

解らん。

つまり解りやすく言うと、誰だろうかこの女。

ただ、どうしたものだろうかと自分は思った。

自分の所属するメソポタミア神話は、女神がかなり幅を利かせている。ぶっちゃけ地元の人類達は、都市国家間の支配闘争が続いたためか、かなりの男有利な法体系で家父長制の強いところなのだが、このあたりの差異はどういうことなのか。北欧や神道の知識神あたりに聞けば要らんことも含みで教えて貰えるかもしれない。

ともあれ自分周辺の神話としては、女神エピとしてエシュタルやシャムハトがかなりやらかしているし、母としては女神シャヤマシュもいて、これもかなり強キャラだ。

つまり神々において、男女の区別はあまりない。特に、戦士として存在する神ならば、そこはもう、誰も彼も同等だ。
そして今、目の前の少女は戦神を名乗った。いい意気だ。こっちが誰かを解っていて名乗るのだから。しかし、

……誰だ……。

ひょっとして知り合いだろうか。向こうは憶えていてこっちが忘れているというのはよくあることなのだが、ここでそれは気まずい。
更にこの相手、自分がメジャーだという自覚があるのだろう。「解るかしら？」と来たものだ。ところがドッコイ解らぬのだなコレが。

……まあ、よく考えたら、第五世代の私が、後発を知ることというのは、歴史的には不可能だからな。
じゃあしょうがない。自分は、目の前の相手に右の掌を見せた。

**「PAUSE」**

「は!?」

相手が慌てた疑問詞を投げかけてくるので、こちらは応じた。

「知らないのか」

まあ仕方ない。自分も最近知ったばかりだ。ゲーム部の部室で、自分とカイとエシュタルをモデルにしたらしい、そんなゲームを雷神に見せて貰っていたときだった。不意に雷神が、ゲームを停めたのだ。

「ンンン!?　壊れた!?」

「いや、ＰＡＵＳＥボタンで停止しただけ。一息入れるか、って感じで」

「ＰＡＵＳＥ？」

アー、と豊穣神が応じた。彼女はテーブル上

に菓子を並べつつ、

「観光地行くと、よくやってるよネ。カメラこう構えて、〝ハイ、PAUSE〟みたいな。チーズだっけかナ？」

「チーズはないだろう。アレは食べ物だし」

「じゃあPAUSEでいいヤ」

「まあ、何だ。強制停止って感じだ。京都のえらい会社が作った決まりで、神話だろうと大戦争だろうと冒険物語だろうと、基本、停まる」

「停まるのか」

「ものによってはインベントリが出たりするけど、基本、停まる」

大発見であった。

人類側の作った決まりだろうが、その時代の再現の中にいる以上、そぐわねばならぬと、そう思う。ゆえに、

「この時代の神界で、この言葉を言われたら、一時停止しなければならない」

「何ソレ!?」

「詳しい説明は省くが、京都の作法で、神話も戦争も何も、一時的に停めるための手段だそうだ」

「……人類が作ったルール!?」

そうだ、と己は言った。

「恐らくはこのような衝突を避けるためのもの。何千年もの間に、人類は遂に平和のための手段を手に入れていたのだな。——そして人類以上の知性がある我々は、当然、そういったものを使いこなす事が出来る。そうだな？」

「ま、まあ、そうだけど……」

では、と己は言って、啓示盤を開いた。

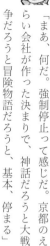

『すまん、人類。今、私の目の前にいるのは誰だ？』

『僕の目の前では今、誰が原因か大体解るけど、まれに見る酷い事が展開されていた』

《ト書き調で言わなくてもいいですが、今のアレもうオフィシャルにしますかねえ》

『あと二回くらいやって通用したらオフィシャルにする？』

『何言ってるか解らんが、質問に答えると私が喜ぶぞ』

『ああ、目の前にいるのって、多分、アテナなのかなあ……』

『アテナ？』

『うん。赤いマイクロビキニで炎の剣振って戦うんだ。テーマ曲あるよ』

『破廉恥な……』

《いや、メソポタミア神話にそれ言われると、大概の神はショック死しかねませんよ？》

『神道はどうなの？』

《神道に比べたらメソポタミア神話はまだ会話が成立していたな……、と思います》

『何だその物言い！　先輩や僕と会話が成立しないとでも言うのか！』

《ビルガメス、あんなこと言ってますよ？》

『まあ会話が成立しなくても意思疎通は可能だろう。それより、アテナ？　どういうキャラだ』

『うん。星座モチーフの用心棒を抱え込みつつ、壺に首まで閉じ込められたり、相手を壺に閉じ込めたりしてるけど、基本的に〝命を粗末にすれば何でも解決出来る〟とか言い出す』

**『悪魔か……』**

《ギリシャ神話にそんなエピソード無いですからね？》

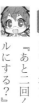

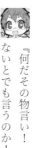

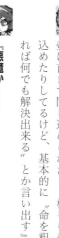

ビルガメスは、とりあえず理解した。

よく解った、とは言えないが、大体は解ったのではないだろうか。

……意思疎通に問題なし！
なので、さっきからこちらを半目で見ている相手に、視線を向けた。
汝《なんじ》のことは大体理解した。つまりは、

「貴様の正体はアテナだな……!? 詳細は省くが知っているぞ」

「全く知ってないでしょうが、そのリアクションだと!!」
正解したのに、何故か意思疎通に失敗した。

……何故だ？

よく解らん。なので考えるのをやめた。

ともあれ事態は進んでいる。

アテナの向こう、水妖が、かなり目減りしたために弱体化しているのだ。今、全力で逃げようとしているが、この道路は学校内を通過しているため、水路などは近くに無い。

表通りに出られたら暗渠などに通じるが、

「敵を仕留める途中だ。すまんが用は後にして貰う」

「駄目。——あの水妖はこっちの管轄だから。それに——」
目の前の少女が、右手の先に啓示盤を射出した。

「私は監査役の一人。貴方達は、こっちに従って貰うわ」

「……？」
己は、疑問した。

「あの水妖は、そこにいる人類を狙っている。私達はテラフォームを安全に進めるため、障害は排除する役目を持つ。——あの水妖は排除し

なければならない」

「あの水妖はこっちの管轄だって言ってるでしょ。監査に従わないということは、神委に逆らうということ？」

「監査はテラフォームの障害を見過ごすのか」

「見過ごすなんて言ってないわ。あれはこちらで確保する」

「――駄目だ!!」

背後から声がした。アテナが眉をひそめ、自分は振り向く。すると、

「おい！　ゲロのオッサン！　何か言いたいみたいだけど、お前ちょっと弱キャラ風味だからあまり無理すんなよ！」

「ゲロのオッサン？」

「そういう神だ」

「いや、ちょっと、ちょっと」

「神話を作ることが出来るのは人類のみ。人類がそう名付けたのだから問題はあるまい」

「お!?　いいこと言うじゃないか謝罪マン！　もっと僕へのリスペクトを！」

「謝罪マン？」

「あれは勘違いだ。私の名はビルガメス」

訂正しておく。ただ、背後から声が届いた。

「――あれをオリンポスに確保させてはならない！」

「何故だ？」

「えっ!?　聞いてくれるのか!?」

そんな驚かんでも。

「ゲロのオッサン、主張があったのか！　何？　何？　言ってみて！」

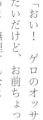

人類やかましい。ただ、一拍の間を持ってから、言葉を選んでゆっくりと台詞が放たれた。

「――オリンポス神話は、あれを確保したら、神委の中での地位を確定する。それも、最も高い位置に、だ。彼らとは古い付き合いで、私達にも恩恵はあろうが、私はそれを望まず、……止めに来ている。そういう事です」

●

地位に興味は無い。自分は王であり、〃全てを見たる人〃だ。だが、

「何かを、正しき力ではなく、不正の手で出し抜こうとするのは、気に食わん」

「監査に逆らう気？」

「監査が、不正の手そのものであるとするならば、反逆こそが正義だ」

「シャツイン格好いい……！」

褒めるな。これは当然のことなのだ。

「ここで貴様が自分の正義を証明出来ぬのであれば、ここで私が貴様を糾す」

●

アテナは、息を吸った。

調息する。そのつもりだったが、

「――ガントレット」

いきなり来た。

……速い！

ビルガメスのことは知っている。向こうはこちらを知らないようだが、神委の中、どちらも監査を送ることが出来る上位神話の神なのだ。後発として、戦闘系の先発のことを調べるのは必定だ。特に、今回の相手として想定出来る神のことは尚更。しかし、

「……！」

実際とデータは大きく違うと、そう思った。

火花が散った。金属音が鳴り、僕はそれを見た。

「謝罪マン！」

謝罪マンが、宙を飛んでいた。

巨大なガントレットを消して、シャツインが空中で二回転ほどしてから着地。

明らかに、何かに迎撃され、吹っ飛んだ動きだ。

それはつまり、二つの意味を持つ。一つは、

「謝罪マンのアーティファクトが効かなかった!?」

雷同先輩とガチ殴り合ったらしい武装が、弾かれたと言うことだ。そしてこれは、

「仲間になったキャラが次週で当て馬になるというアレか……！」

「何の話だ」

と、謝罪マンがこちらの正面に着地する。意外と身軽いなあ、と思う彼の向こう。

「あれは――」

僕は見た。謝罪マンの一撃に対応し、吹き飛ばしたのは、

『機械仕掛《じか》けの戦女神、〝アテナ・エク・メカーネス〟』

言うアテナの姿が、そこに無い。代わりにあるのは、

「どこの原寸ガレージキットだ……」

全高十メートルを下らない人型機械がそこに存在していた。

白の色。女性的なフォルムを持って、槍と合一した盾を装備したその姿は、

『――〝ダイナモテウス〟。巨神達に抗うために作られたオリンポス神の装備よ。それともこの世界では、地球時代の習わしに合わせ、こう呼ぶべきかしら』

告げられた。

『――武神　〝戦勝女帝〟』

# 第十九章

『CHAOTIX』

――常識が危ない。

「……何か面倒始まってるかナ？」

立川駅方面への足を止め、紫布は西に進路をとっていた。

先ほど、結界の気配が空に散るのが見えた。その方角に足を動かしている。

自分だけではない。先輩チャンも、桑尻チャンや天満チャンも一緒だ。

恐らく〝あれ〟は違法結界。そのことは確信の上で、ひとまず、先ほどに確認を取ったのだ。

『徹ゥー？　何か物騒な事、近くで無かったかなア？』

『あ？　こっち今、学校出てホームセンター向かってるんだけど、何かあったか？』

『あー、ちょっと何か起きてるっポイ？』

『見回り行くなら気を付けとけよ？　何かあったら呼ぶってことで』

『アイヨー。チョイと行ってくるネ』

と、それだけで終わらせるのも何だ。だから

とりあえず、追加として、

『オーイ、円チャン？　今、何やってるかナ？』

『え？　ああ、料理料理。ガスまだ通ってないから、貰った携帯コンロ使おうと思ったけど、手頃な方法があるからそれで代用してる』

『オオウ、家庭的だねエ。――で、ビル夫チャンは？』

『ああ、さっき天幕？　持ってきたけど、夕食用のチーズが無いから買いに行って貰ってるよ』

『あれ？　皆、平和だなア』

『さっきの見たの私達だけかもしれませんね……』

とまア、そんなことがあったのだ。

だからちょっと、半信半疑な感はあるし、他の皆を引っ張ることになるが、

「万が一ってこと考えてネ。もし違ったとしても、ちょっと遠回りしたかナ、って感じでサ。大丈夫？」

「あ、はい。何かあったとき、役に立てるかはビミョーですけど」

でも、と桑尻チャンが言った。

「ホントに何かあったとき、神道関係者がいる、という意味は大きいと思います」

「正しい判断です。――大義名分が作りやすくなりますから」

「それは〝正しい〟ねエ」

ちょっと笑って、歩みを進める。西方向。既に周囲は暗く、街灯の明かりや看板、道を行く車のライトに照らされる時間帯だ。

「どうせならＷＩＬＬ一階のスイーツフロアにてケーキでも買ってさア、徹が戻って来るまで、うちで皆でダべるというのも有りだと思っていたんだよねエ」

「夕食じゃなくてケーキですか？」

「……肉ばっか食ってると思われるのもアレだからネ」

「主食としての夕食は別腹ですか？」

「――そこらへんはＷＩＬＬで何か買って、歩きながら食べるの有りかナ、ってサ」

「一階に入ってるのはロッテリアでしたか……」

「あ、朝がマクドナルドで夜はロッテリアって、結構気合い要りますね……！」

あまり気にならないのは、食生活というか、食文化の差だろう。

と、街の造りの雰囲気が変わった。

それまで雑多な建物や、斜めの道があったの

が、区画的になる。

「昔、ここらに空港とか工場あったんだっケ？」

「今でも存在しています。空港は、米軍横田基地の別所のような形ですが。——過去において米軍が施設した立川基地、その返還地域が昭和記念公園となっているため、その周囲は区画化が進み——」

桑尻が正面を見た。

そこにあるのは、林に囲まれた広大な地域だ。闇。街灯のほぼない空間。

大部分は昭和記念公園だが、その一部は、間借りするようにある施設が作られている。

90年代の東京、立川には無かったであろう、それは、

「私達の学校ですね……」

「まあ、チョイと行って見よっか。校門が見えたら戻るって事でサ」

何も無ければいいなア、と思いつつ、自分的にはこう考えもする。

……そろそろ、〝何か〟あってもいいんじゃないかなア。

物騒だとは思うが、そんな感じで、学校を囲む夜の林へと足を向ける。

夜の林よりも、やや高い視界。アテナは〝戦勝女帝〟の視覚から、敵を見た。

……小さいわね。

神のサイズは小さい。

こちらの身長は今、十一メートル弱あるのだ。

この装備。武神は、単なる機械ではない。搭乗者を取り込んだ後、情報体化し、この機械の全身を統御するOSとして用いるのだ。

よって搭乗者は、武神の頭脳として作られた機械仕掛けの仮想空間に座するが、その実体は武神そのものとなっており、己が巨大化した感覚で動作出来る。

無論、慣性や質量の考慮は武神側にて組まれた権術と加護の制御システムでなされる。が、部位の破損が搭乗者にフィードバックする危険性があり、これは多種方法による回避が常に研究の課題となっている。

……さて。

武神の制御系は、神の速度に準じる。神格次第だが、自分の場合、瞬間的に感覚系を最大で約一千倍速度にまで上げることが可能だ。

これは、反応速度を一千倍超にまで上げることが可能ということで、つまり、

『貴方達に抗う手はないわ。――第五世代』

●

警告した。だが、敵が動いた。

「――――」

馬鹿なの？　とは思わなかった。ちょっと思ったけどハッキリ思うところまでは思わなかった。だからセーフ。

こちらには強大な力があり、反応速度もあるのだ。

それを無視して突っ込んで来ると言うことは、

……策がある!?

侮《あなど》る気はない。故に己は構えた。

前に構える。引いて構えない。

通常においても、武神の反応速度は本来の十倍超過で出ている。ビルガメスの動きは緩慢で、しかし、

「……！」

敵の視線が、こちらの視覚素子を見据えていた。

やる気だ。

何か策がある。もしくは、そういったものを無視して、何かがある。

確信した。故に己は動いた。右手の槍を引き、

展開する。

『――〝圧殻槍《ドーリビエシス》〟』

槍の全体が開き、内圧を放出準備に入る。盾の放熱器と流体導力によって連動した槍は、流体光を一瞬で蓄積した。

かつて巨神達との戦闘、ギガントマキアの際に、多くの敵を討った武装だ。最大威力においては地中海にあるシチリア島の位置を変えたほどのものだが、

……手は抜かぬ！

打ち込む。その時だった。

「え？」

いきなり、視界が変わった。

見えるのは夜空。それも酷く速く動く星の空だ。

更に気付くのは、自分の位置が随分と低くなっていることで、これはつまり、

「武神合一を、強制解除された⁉」

●

僕の視界の中、あるものが見えていた。

「新キャラ出過ぎだろう……」

謝罪マンの向こうだ。足を止め、しかし身構えを解いていない彼が身を向けた先に、新たな姿が見えていた。

女性だった。

制服姿の長身。銀のロングヘアーは、尻餅状態のアテナの前に立ち、右の手を挙げていた。

「そこまでや」

彼女が言った。

「オリンポス神話所属、デメテル言うねん。――ちょう、面倒かけてすまんけど、下がってくれんか？」

「……？　何か面倒な気配、あるかナ？」

学校を囲む林。元は昭和記念公園の一部だった敷地は、基本的に塀に囲まれています。

　だから中に入るには、その塀の切れ目となっている十字路なり何なりに辿《たど》り着《つ》く必要があるんですが、私達はまずその塀に正対して、

「これ、右と左、どっちからが校門に近かったでしょうか」

「えーと、コレ、校内の敷地突っ切ってる道の東側の塀だよネ」

「紫布先輩、コレ、北の方に行くと、昨夜に住良木がロールバックした処に出ますね」

「ンンン、流石にそこで騒動オカワリは無いかなア」

　私の方では、戦闘系に属するような力はちょっと疎いです。だから、

「あの、紫布さん、流石に何処で何が起きてるかは解りませんか……？」

「あ、うン。さっきの結界のアレもだけどサ。何か、……こっちの方でトンテンカンテンみたいな、金属音？　さっき何か思い切りしてたからサ」

「……戦闘でしょうか」

「水妖？　だったら、水だからサ。派手な戦闘音は無いと思うんだよネ。水蒸気爆発か何かやらかさない限りネ」

　じゃあ、と己は問うた。

「誰が戦闘を……？」

「紫布先輩、先輩さんは私が護衛しますんで、紫布先輩はここの塀を跳び越えて向こうをソッコで確認してくる、というのはどうでしょうか」

「桑尻チャン、先日の怒った川精霊みたいなの出て来たらどうするかナ？」

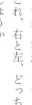

「先輩さんの手を引いて逃げます」

「ですよね!?」

「じゃあ北から行こうかナ」

「え？　北の方は住良木君がロールバックしたところだから、昨夜、江下さんが水妖とやらかした処ですよね？」

「……そこで二度やらかす馬鹿がいると思いますか？」

そうだネエ、と紫布さんが応じました。そして彼女はこちらの肩に手を乗せ、

「——**いるよネ**？　住良木チャンと先輩チャンが関わってると、何が起きるかサッパリ解らないからこっちだネ」

「あれあれ？　私も含まれてますけど？」

と言った時でした。行こうとしていた北の方、そちらから、影が一つやって来ました。それは、

「……あら？」

木戸さんです。それも、下げた右の手は、

「木戸チャン？　——手ーまた怪我して、どーしたのよ一体さア」

●

どうしたものだ、とビルガメスは思った。

今、自分の後ろには、人類と、ゲロのオッサンがいる。

正面には、監査を名乗るオリンポス神話のアテナという女神と、デメ……、デメナンタラという女神がいる。

ぶっちゃけアテナも知らなかったが、後から来た方も知らん。

勉強不足だな……、とは思うが、やはりこちらは第五世代。向こうは第七世代。知らなくても仕方ないじゃあないか、とは思う。このあたり、カイに言うと軽く叱られる気もするのだが、今回のネタはカイも知らない気がするから、

だったら先に勉強してさりげなく知識自慢してやるべきだろうか。ともあれ、

「道を空けて貰おう。こちらは、人類を狙った水妖を倒伐中だ」

「だからあれは——」

と言ったアテナに、デメナンタラが右の手を軽く振った。

黙っていろと、そういうことなのだろう。

「あの水妖なら、もう逃げとるで？　……なぁ、ネプトゥーヌス、そろそろ解ってくれんか？」

「……すまない。ただ私は、あるべき姿と関係に戻したいだけなんだ」

背後のゲロのオッサンが、一息を吐いた。安堵、というのは解る。

あの水妖が、彼にとっては何か意味のあるものなのだろう。ならば、討つべきだったたか、討たぬべきであったかは別として、

……彼としては、この結果が最良か。

人類も無事だ。だから己は、姿勢を崩した。

「ではここまでだ。——帰ることにする」

「え？　ちょ、ちょっと！」

「戦う意味が無い」

己はそう言って、背を向けた。そしてこう思う。

……よく知らん事がバレなくて幸いだ……。

謝罪マンがこちらに来る。その向こうに、何か偉そうな二人がいる。

よく解らんが、諍《いさか》いは終わって、

「じゃあ謝罪マンはこれから明日のキャンプの用意？　僕は帰宅したらラスタン２の攻略に入るけど」

「ああ。何やらあの連中、監査らしいが、とりあえず私達がここで違反行為をしている、ということも無い。明日からのキャンプ中にもテラフォームを進めるなら、文句もなかろう。ならば雷神達に報告するのは絶対として、ここは解散だ」

　そして、と謝罪マンが僕の後ろを見る。

　そこにいるのはゲロのオッサンだが、

「いない？」

「近付いていくのに合わせ、林の奥に下がっていった。一礼はしていたので咎めるつもりもなくてな」

「……事情聴取しようとか、考えない？」

　問いかける。すると謝罪マンは即答した。

「何かあっても、私がいれば問題なかろう」

「格好良すぎる……。僕が女だったら惚《ほ》れた後で〝でもコイツ全く防犯としての予防意識なくね？〟って思って、惚れたの無しにして評価下げるところだったぞ……！」

「現状、男のようだが？」

　僕は右の手を挙げる。謝罪マンが同じように挙げるが、意味が解ってないようだ。だから、

「こうだよ謝罪マン」

　ハイタッチ。こっちから叩き付ける感じだが、えらいいい音がして、

「硬えー！　どういう身体してんだ！」

「まあ、そういうのが〝差〟ではあるな。戦闘中の意識がまだあるので、尚更だ。ともあれ――」

　と、謝罪マンが肩越しに監査の連中に視線を向けた。

「次は正式に会合とするがいい」

　言った。

対する二人は無言で、そして、

「オイーッス！　何やってんの二人とも、こんな処で――」

　余計なのが二人の向こうから来た。しかも、

「――って何!?　何か新顔いるけど、誰コイツら!?」

　そこからかよ！

　江下は、目の前の二人を挟んで、人類の説明を聞いた。

「いいか？　僕はラスタン2の攻略のためにここにいる。謝罪マンはチーズを買いに行く途中だ。さっきまでここにゲロのオッサンがいて、今、あっちにいるのが麾下に理不尽言う赤マイクロビキニの女神と、デメナンタラ。デメナンタラは何処かで名前を聞いた気がするけど、何だったたろう……。イデオンの敵メカかな……。デメナッタラ、とか言って」

　何言ってるか解らん。

　デメテルとしては、厄介な存在が来たわな、と、そういう感想だった。

　エシュタル。メソポタミア神話のメジャー神だ。神格はここにいる面々の中で最も高かろう。

　しかし、

……何しに来たんや……？

　ビルガメスが呼んでいたのだろうか。それとも人類に危機が発生すると呼び出されるような仕掛けになっているのだろうか。

　解らん。ただ、厄介だ。

　実のところ、こちらはネプトゥーヌスをアテナに追わせるつもりだった。昔馴染みのあのローマ神も、確保権限は無いのだが、監査ともなれば聴取権限はある。ゆえにこちらの監視下においておきたかったのだが、

……エシュタルが来るとはな。

おかげでアテナを急ぎ動かすことが出来なくなった。

　一方で、〝監査〟として役の被るメソポタミア神話勢とは、トラブルを起こしたくない。ゆえにアテナの武神解除を行い、裏でネプトゥーヌス確保に向かわせようと思ったが、ここでエシュタルとは。

　間の悪い女だ。

　後ろから来られたのは、こちらに隙があったということだ。そしてまた、このエシュタルの神格が高いせいもあって、自分達の警戒加護を無効化したというのもあろう。

　ともあれ、とりあえず問うておく。

「——久し振りやな、エシュタル」

　言葉を投げた先、エシュタルがこっちを見た。視線が合う。そして、

「……**誰だっけ？**」

　僕の視界の中で、酷い状況が始まった。

「**オイイイイイイイイイイイイイ！**　オリンポス神話のメジャー神やぞわしゃあ！　自分、神委の会議で顔合わせたことあるやろが！」

「アー、オリンポス系ね！　知ってる知ってる！　でも神委の会議、私ほとんど内容憶えてないからアンタのこと知らないわ！　御免！」

「自分、こっちは監査で来とんのや、解っとるんか！」

「アー、何かそんな話もあったわね！　でも私、ちゃんと仕事してるから大丈夫よ！」

「——エシュタル、ちゃんと仕事をしていると言いますが、貴女、神委に定期報告を送ってませんよね？」

「え？　シャマシュに送ってるけど？」

　皆が沈黙した。ややあってから、

「シャマシュやのうて神委に送れやぁ――!!」

「すまん……」

「オイイイイイイイイイ！　謝って済む問題か！」

「ハア!?　何言ってんだ銀髪巨乳！　お前、謝罪マンの謝罪は安いけど価値が高いんだぞ！　コレ結構気軽に出るけど狙って言わせるの難しいんだからな！」

「何言うとるのか解らんわア――!!　というかどういうこっちゃ！　おうエシュタル！　ちゃんと仕事しとんのか自分！」

「当たり前でしょ？　ちゃんと仕事してるから報告しないいんじゃない。解らない？　便りが無いのは頼りない証拠！　ほら神道の偉い言葉よ！　知らないの!?」

　アテナが無言の真顔でこっちを見たが、僕のせいじゃないぞ。

　ともあれムーチョがこっちを見た。

「ほら人類！　ちょっとこの、もの知らない連中に説明してやんなさいよ！　私が如何に有能でしっかり者か、トークタイムよ！」

「よし、任せておけムーチョ！　ムーチョの良いところ、ちょっと聞かせてやろうじゃないか！」

　僕はちょっと真顔になりつつあるオリンポス共に対し、ムーチョのいいところを説明した。

「いいかお前ら！　――まず、諦めるところからスタートだ！」

**「コルァアアア!!」**

「黙っていてくれムーチョ！　底辺からスタートした方がアゲられるんだよ！」

「本当か？」

「…………」

「不安になるから黙らないで御願い」

思わぬ援護射撃に僕は気力を取り戻した。ゲージ回復。そのつもりで説明する。

「いいか!? ムーチョはちゃんと仕事をしている! 今、コイケヤの株価を上げるために三食カラムーチョで、正にカラムーチョの神として顕現中だ! ゆえに日本で最も呼ばれている名はムーチョ! そしてムーチョは僕を誤殺した上で、僕を連続スペランカーして、今は先輩にビクビク怯《おび》えながら生活してるって寸法だ!」

「すまん……」

「おおいこっちのツッコミより先に謝るなや!!」

結構付き合いいいいな。

「叔母様! 付き合ったら駄目です! この連中、今、私達に精神的な攪乱《かくらん》を掛けに来ていると思います!」

「ああ、そうだぞマイクロビキニ! 僕の今の戦術は〝あたま を おかしく〟だからな! 〝いのち を そまつに〟なお前とは違う!」

「そんな戦術とった憶えないわ――!!」

いや意外と自分、そういうことしとるで? とデメテルは思った。

しかし何だ。短くまとめて言うと、

「エシュタル、自分、何しとんのや一体……」

「ウワー! 私、よく知らない連中に無茶苦茶言われてる!」

「イエー! ざまあみろムーチョ! この前、僕のうまい棒勝手に食った報いだ! あれは先輩に食べて貰って〝ああっ、先輩が僕のうまい棒を……! サラミ味!〟とか、そんな静かな礼拝をするためのものだったのに……!」

「……エシュタル、自分、不憫《ふびん》と違《ちゃ》うか?」

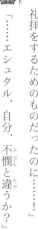

「変な同情すんな……！」

「そ、そうです叔母様！　叔母様は甘すぎます！」

そんな憶えはあらへんのやけど、まあ、身内が言うならそういうもんかな、とも思う。
しかし、身内が言うなら、というルールを思うならば、

「ムーチョ！　同情して貰ってるならタカろうぜ！　まだＴＯＰＯＳやってると思うから明日のキャンプ用に菓子をケースで買うとか！」

「…………」

「……エシュタル、自分、ホンマ大丈夫か？　あア？」

「心配するなら現物で頂戴！　今なら〝わさビーフ〟もいいわよ！」

「……わさビーフ？」

「付き合っちゃ駄目ですって叔母様――!!」

姪《めい》が賑やかだ。
ともあれ、考える。
あの水妖はもう逃げた。
監査としての挨拶は出来ている。
人類の顔も見たし、彼らの実力もそれなりに見た。ならば、

「まあええわ。――今夜はこの程度で赦したろ」

「え!?　何!?　ビビったんですかあ!?　そうなんですかあ!?」

この野郎……！

「叔母様！　叔母様！　人類一人なんて、私達にとっては取るに足らないものなんですから、その挑発に乗っては駄目です！」

叔母が自分の武神を呼び出しそうになるのを、慌ててタックルで止める。

昔から、キレるとオリンポス随一のやらかしをするのが叔母だ。自分が目付役でついているが、正直、マジギレされると止めるのは不可能。絶対無理。恐らくだが、〝オリンポス十二神《ドオデカテオイ》〟の全員が掛かってもMURIだろう。だが、

「え!?　何？　私のカワイサに全面服従ってこと？　フフン、しょうがないわよね！　だって私、有史最古のカワイイ女神だもの！」

「**挑発するなア――!!**」

「ハア!?　挑発なんてしてないわよ！　事実を言ってるだけでしょ？　私が自分で自分をカワイイって言うのの、何が挑発になるのよ！　馬鹿!?」

「イエ――！　馬――――鹿!!」

喋るなお前ら。出来ればすぐに死ぬか滅んでくれ。頼む、頼む、頼む。切に頼む。だが、

「すまん……」

その言葉に、叔母が身体から力を抜いた。とりあえず、今の謝罪が、一区切りだ。だから自分は叔母の腕を抱いて引いて、

「ハイ！　叔母様！　とりあえず挨拶は終わったから行きましょう」

「**ギギギギ……**」

叔母の歯ぎしり凄い。

「ほ、ほら、まだ駅ビルとか開いてる時間ですから、観光がてらにちょっと食事とスイーツとか、いいですよ！」

「――そやな！」

あっさり変わった。

僕は、デメナンタラがこちらに振り向くのを見た。

「ええか自分ら？　――次会うたとき、憶えときや？」

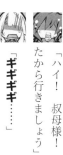

すげえ、週刊少年チャンピオンみたいな事言われてるよ……。
だが、何かやたら急ぎ気味のアテナに引かれて、銀髪ロングが去って行く。そして、

「ねえ謝罪マン？」

「どうした人類」

「謝罪マン、チーズ買いにＷＩＬＬ行くって言ってたけど、――今行ったら、あの二人をストーキングすることになると思う」

「…………」

「……〝いなげや〟があっちあるから、そこで済ます？　道、知ってる？」

「……すまん」

「あ、私も行く行く！　無軌道に散歩中だったから！」

女神と言っても、先輩とはえらい違いだなあ、と思わされる。しかし、

「あっちから行く？　あっちの横断歩道で人類が救急車にハネられたのよね！」

「要らん情報出すなよ!!」

●

要らん藪蛇《やぶへび》かもなア、というのが、紫布の第一印象だった。
妙な結界の謎もだが、そちらの方から負傷した木戸が来るとは。そして、

「……説明は、しませんわよ？」

だろうなア、とは思う。
ぶっちゃけ、警戒されてる。木戸チャンは、警戒しているときほど〝普段〟のように見せるというか、感情が動いてる時ほどそうかナ、という感想。
だけど、ちょっと、今までとは違うだろうと思うところもある。それは、

「説明しなきゃいけないような事、やってんだネ？」

「――――」

「ま、まあ、神でしたら、それなりにいろいろありますわよ？」

ただ、

「私の場合、それが、複雑だという、そういうことですの」

「木戸さん」

「何ですの？」

「木戸さんは、住良木君を裏切るようなことはしてないと思います」

でも、と先輩チャンが言った。

「木戸さんが、住良木君に〝裏切った〟と思わせるような、そんなことはしないで下さいね？」

「それは――」

「木戸さんが、住良木君に、嫌われるように自ら仕向けるという、そういうことです」

いいですか。

「人は、神を頼るしかないんです。――神が人を騙したならば、人はもう、どうしたらいいんですか」

『雷同君！　こぉの前勧めぇられたポピュラス！　面ぉ白いねえ。しかぁしコぉレ、アレだねえ。自分の信ん者達が繁ん栄しぃたら、各地ぃに沼作るとさあ、信者あ共がポぉンポン落ちて変んな笑い出えるねえ！　何かぁ昔のイキぃってた頃をぉ思い出すよう！　有難う！』

『真正、お前はポピュラスの遊び方を完全に間違ってると思うぞ……』

間違っているのは解っている。
ただ、自分には、別の事も解っているのだ。

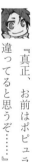

そうしなければならない場合もある、と。
だから、

……綺麗事では、ありませんのよ。

思った、そのときでしたの。不意に同輩さんが、言葉を続けました。

「――でも、人がどうとか、そういうのあっても、そうしちゃうときありますよね」

「ファッ？」

いやいや、と同輩さんが、右の掌を前後に振りますの。

「そういうときは、そうしちゃっても大丈夫ですよ。寧ろ、全部、表に出すつもりでやっても、大丈夫です」

「な、何をそそのかしてますの？」

「だって、私もそういうの、やらかしましたから。でも――」

でも、

「自分だけで考えて悩んでいたことって、外の皆がよってたかって助けてくれると、何処かに〝ああ、これでいいかな〟って思えるものが出て来ると、そう思います」

「……希望的観測すぎますわ。大体――」

言いかけて、やめましたの。
貴女には私の事が解らない、と。
こちらの事が解る筈がない、と。
これは本当の事でしょうけど、しかし、

「今、言いかけたのサ。……言ったら、何もかも終わりだよネ」

「経験、ありますの？」

「どうだろうねエ」

紫布さんが、小さく笑ってこう言いました。

「言った世界は滅びたから、言ってないことにしていいんじゃないかナ、って、ネ」

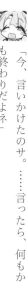

「――――」
自分は、一息を捨てました。顔を軽く上げ、

「侮りましたわ。申し訳ありませんの」

「いきなりどういう事ヨ？」

「私一人が解って気になっていて、貴女達は私の処まで来てないと、そのような侮りを勝手にしましたの」

「こちらに対して、内心での格付けを低く行ったのですね？」
正解。だから頭を撫でておく。

「…………」

「桑尻チャン、照れてるゥ」

「そ、そうなんですの？」
全く解らん。そう思って、更に自分は息を吐《つ》きました。

……外からは、解るものではありませんわね。
自分の思案も何もかも。解ってなくて当然でしょう。だって、内心を晒していないのだから。
外からは解る筈もありません。

「幸いですわ」

「何が、ですか？」

「下手に、こちらに同意したり煽ったり、そういう方達ではなくて。――不理解よりも、理解したつもりになっての擦り寄りこそ、私のプライドを傷つけますもの」

「まあそりゃいろいろあるからサ。簡単に〝だよねエ〟とか言わないネエ」

「でも住良木君ならここで大きな声で〝**ですよねえ！**〟って言いますよ？」

「すみません。変な想像したので勘弁して下さい」

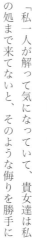

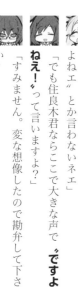

「え？　え？　似てました!?　ひょっとして私、セルフで住良木君を充填出来ます!?　録音機器とか持ってますか？」
大丈夫ですのこの方。

●

ともあれ、と自分は言った。

「――悪い事はしていませんわ、それは信じて欲しいですの」

「木戸チャンが悪いことしてるって、そう思える輩って、いるのかナ……？」

「そうですよね……。クール系だから、無邪気なイタズラとかも出来ないタイプですよね木戸さん……」

「ど、どういう見られ方をされてますの私……！」

「いやまア、どうしよっかナ」
紫布さんが、啓示盤で時計を確認する。

「今からＷＩＬＬ行っていろいろ物色して、となると……、時間がないかナ？」

「ええと、近くに〝いなげや〟ありますよね？十時までやってましたっけ？」

「肉食神どもの対策として、営業時間終わりに向かうスーパー一軒の在庫でどうにかなるものでもない、と判断出来ますが……」

「アー、じゃあ明日、午前中、空いてる人ォ」

「馬鹿がロールバックしなければ午前中から空いてます」

「ええと、住良木君と買い物するつもりでしたけど、ＷＩＬＬのつもりだったので」

「ウワア有り難いヨ。住良木チャンも一緒かナ。住良木チャンも一緒かナ」

「こっち見て二回言わなくていいんですのよ……！」
ただ、と己は言いました。負傷を権術で処置に入った右手を挙げ、

「咎めませんの？」

「咎めるより、仲間になっちゃうヨ？」

「――それはまた、困りますわね」

言ってる間に、皆が集合時間を決定する。それはつまり、ここで解散と言うことですけど、

「木戸さん」

別《わか》れ際《ぎわ》のタイミングで、同輩さんがこう言いましたの。

「木戸さんは、住良木君を過小評価していると思いますよ」

「それは――」

ええ、と彼女が頷きます。

「住良木君は、人だから、――神を侮らないんです」

「イエー！　ムーチョ馬鹿でえええす！　それはバターって言っても無塩！　塩の無い単なる脂でえええす！」

「ハアアア!?　何そんな紛らわしいもんを紛らわしい意匠で売ってんのよ！」

「何で貴様ら、ミッションでここにいる私より盛り上がれるのだ……」

# 第二十章

『SIDE POCKET』

——一体何処にそんな容量が。

木戸は日傘を閉じて日陰に入った。

朝、というには少々遅い時間だ。

午前。立川駅北口の階段前は、駅ビルである立川ＷＩＬＬの影が伸び、日陰を作っている。

右の脇には大きめのトラベルバッグ。これから奥多摩のキャンプ場で二泊三日となると、いつも使っているスーツケースでは流石に無理だ。

「……この夏は外出が多いですわね。」

私事でいろいろありすぎる。

一息つけるのはいつになりますかしら、と思って、ふとこう考え直す。

これこそ、今こそが息抜きなのですわ、と。

ゲーム部の同輩や後輩。出見もいて、そして基本的にこちらの事情は無視で動いている。

……無茶苦茶身勝手ですけれどもね!!

だがそれは、自分のプライベートが護られていると言うことですの。奥多摩という場所には少々思うところがありますけど、皆からしてみれば余暇の延長でしょう。
自分もそうであればいい、と思っていると、声が掛かった。

「オーイ、木戸チャン——」

紫布さんですの。見れば手ぶらで、知識神を御供《おとも》につけています。

●

北口、正面通りから来る彼女達は、

「——朝食、そこのマックの二階で食べて一息ついてたら、木戸チャンが来たのが見えたからサ」

「荷物は雷同さん任せですの？」

「——買い物タイムで二人分の荷物持ってると邪魔だからねエ」

言って、説明が足りないと判断したのでしょう。紫布さんが言葉を続けます。

「徹が後から荷物とクーラーボックス持って来るからネ。そこで、買ったものをボックスに突っ込んで、徹が食糧や設営の荷物担当。私が着替えとかの荷物担当」

「荷物が全て二人分まとめて、というあたり、夫婦神ですわね」

「私も徹もガタイがデカいから、荷物はまとめないと駄目だよネ」

ちょっとこちらの言った意味とズレている気もするが、まあ意図は伝わっているから良いとします。そういうことが日常となっていて、特殊に感じていないだけでしょう。そして、

「おはよう御座います！」

同輩さんと出見が、西側の道から来ました。

大きめのバッグを右に背負った同輩さんと、やたら年季の入ったスポーツバッグの出見が、影の中に入って来ます。

「おおウ、何か住良木チャン、気合い入ったバッグだねエ」

「あ、はい！　石川県遠征とか、そういうの経て来た戦友です！　もう、コイツに貴重品とか全部突っ込んで、抱えて寝るんですよ！　そうしておかないと、寝ている間に盗んで脱走するヤツが出てくるんで！　でもそういう連中、捕らえられて〝本社〟って処に連行されて行きましたけどね！」

何が何だか解りませんの。

●

そして買い物が始まった。

立川ＷＩＬＬの地下は、生鮮食品を中心とした売り場が長く広く列を組んで構成されている。駅ビルの店舗らしく、高級な特産品や地方取り寄せが多いが、

「そういったものを狙わなければ、それなりに安価に済ませられますね。また、大型店舗なのでキロ単位などの扱いもありますし」

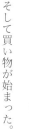

皆、紫布が押すカートを中心にバスケットを手にし、必要なものを冷蔵棚から入れていく。紫布のカートには肉を中心としたトレイが並んで行くが、

「――木戸さんは、食べてはいけない戒律みたいなものがありますか？」

「いえ？　別にありませんわ。好みで言うと魚介ですけど、御肉も好きの範疇《はんちゅう》に入りますもの」

あ、と木戸が付け加えた。

「メソポタミア組は、そういうのありますわよね？」

●

そうだねエ、と紫布が言うのを桑尻は聞いた。

「豚肉と馬肉に気を付けるってあたりかなア。加工肉は大体アウトだから、そこらへん気を付けたほうがいいネ」

「バーベキューや焼肉する際は竈《かまど》を三つ立てて、一つがメソポタミア専、一つが牛中心、もう一つが豚肉など、と、そんな分け方をした方がいいですね」

「人数的にも、自動的にそうなりそうですわね」

確かにそう思う。追加で疑問するのは、

「メソポタミア組は、今、何処にいるんですか」

この待ち合わせは昨夜に急遽《きゅうきょ》決まった事だ。メソポタミア組は知らないので、独自で動いていることだろう。彼らについては、

「あー。多分アレだ。第一デパートの方」

「そうなんですの？」

「あ、ハイ。あっちの地下も食品売り場なんですけど、スパイス系とか、海外から来たタイプのものを雑多？　そんな感じに扱ってるんで」

「あっちはあっちで面白そうだねエ。――でもまあ、こっちはこっちで、どっちかって言うと大量消費傾向への対策って感じで行くからネ」

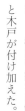

「そんなに持ち込んで大丈夫ですの？」

「徹が持って来るクーラーボックスは56リットル二つだから余裕余裕」

「ず、随分大きいですね……！」

　いつものことなので紫布共々慣れているが、外から見ると相当らしい。
　一方で、どのくらいのことか解らない馬鹿もいるもので、

「56リットルのクーラーボックスって、どのくらいデカいんです？　巨乳で説明出来ます？」

「普通の最大が37リットル前後で、先輩チャンって感じかなア。本気の最大だと70リットル前後で車載前提？　それは私って感じだから、チョイと最大って感じで木戸チャンって感じかナ」

「どういう表現に巻き込まれてますの私？　というかソレ、大きさを正確に表現出来てませんわよね？」

「アー、でも僕には通じました！　クーラーボックスとして見た場合、先輩は神々《こうごう》しい〝おっきい！〟ってバランスで、紫布先輩は〝デカイ……〟ってバランスで、木戸先輩は〝大きいー！〟って感じですね！　つまり感情的理解が進みました！」

　馬鹿がこっちを見た。

「桑尻は何リットルくらい？」

「言っておくけど私は保冷剤の方よ」

「ウヒョー良く冷える！　――で、実質的にはどのくらいの大きさなんだ56リットルって」

　そうねえ、と自分は応じる。

「水の体積が基本として１０００立方センチで１リットルだとすると、56リットルなら大体ボックスとして５６０００立方センチだから」

「70×80センチ？」

《それだと高さが無いので平板ですよ馬鹿》

「というか立方センチだから三方に展開しているのよ。アンタの想像してる数字の概念で言うと、x×y×z＝56000ね。そしてアンタが想像してる形を推測するに、60×30×30センチちょっと、と言ったところかしら」

「…………」

「……どのくらいの大きさなんだソレ」

数字で大きさ想像出来ない馬鹿が目の前に居る。そのことは理解した。

どうしたものか、と思っていると、

「2リットルのペットボトルが28本分ですよ住良木君」

「アー！　ソレだと一発で解ります！　そういう大きさか！」

「どういう換算だ一体……、と思いますが、そういうものですか」

「1000立方センチって聞くと小さく感じるけど、2リットルペットボトルの半分、って聞くと結構あるように感じる、って感覚かなア」

《飲料の350㎖や500㎖、1リットルなどの缶やボトルに対する2リットルペットボトルという、相対的な大きさの感じ方ですね。この場合、逆に3リットルや56リットルなどと聞いても、該当するペットボトルが無いので現実味が無く、想像出来ません》

「同輩さんは、よくそれが出ましたわね……」

「――住良木君が、私の実家由来の天然水をケースで買い込んでますから。だったらその単位かな……、と」

「ハイ！　〝先輩水〟として常飲してますから！」

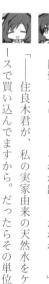

「よく出来た信者かナ？」

「木戸先輩は、どうなんです？」

「どう？　とは？」

「水を想像したとき、どのような捉え方をしていますか？」

●

　そうですわね、と木戸は周囲を見渡した。
　ここは駅ビルの地下フロア。周囲にいるのは地元の名も無き神々や精霊達に、自動人形と言ったところですの。聞く者も、出見を初めとして付き合いのある者達だから、

……まあ、気を許すと、そういう訳ではありませんけど。
　とりあえず神としての自分の〝場合〟について言っておく。

「二つありますの」

「二つ？　どのようなものでしょう」

　何か知識神に懐かれている気がしますの。ただ、昨日も聞いた通り、北欧神話には友好的な水の神が不在です。それゆえの穴埋めですわよね、と思い直し、

「制御方法の違いですわ。私的、公的と、そんな使い分けですの」

「それは——」

「限定型と広域型。限定型はこういうものですわ」

　と、右の掌から左の掌に水を上げて流した。
　それだけだ。後には何も残らない。

「…………」

「えええええ!?」

「驚くようなものですの？」

「いや、出すのは解るけど〝戻す〟？　ってのは初めて見たなァ」

「水は循環しますもの。川から海に、海からまた川に、と。そういうものですのよ？」

あれ？　と出見が首を傾げましたの。

「神話の時代に、水の循環ってどのくらい解ってたんですか？」

《気象学ですね》

ええ、と知識神が頷く。

「人類の生活に密接であるため、先史時代から気象についての研究はなされてきました。〝雨乞い〟も、方法は間違っていますが気象操作のアプローチの一つですけど、人類は気象というものが何らかの条件で変化し、パターンがあるということに気付いていた訳ですね」

そして、

「古代インド神話、ラーマヤーナでは、太陽が海を加熱することで雨が生じる、というシステムに言及しています。

紀元前五百年頃のギリシャでは、どうやら川の水の多くは、雨によるものだと、そこまでは解っていました。

同じくギリシャでは、アリストテレスが、紀元前四世紀に人類初の気象学についての論を為してもいますが、しかし、——降雨が水の循環を為している、という考えに行き着いてはいませんね」

だから、

「木戸先輩が水を循環させたとしたならば、水循環のシステム外の技です」

「え？　じゃあ木戸先輩が水を循環出来るのって……」

「どういうことなんです？」

この二人に疑問されると、ちょっと弱い。

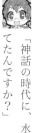

「私も、ちょっと聞いてみたいです」
知識神もですの。だからまあ、自分としては、

「……ええと、私の場合、気象学じゃありませんのよ？　そしてまた、出見が実は正解を述べてますの」

●

どういうことか。木戸は知識神に視線を向け、問うてみた。

「地下水が湧き出し、川として海に流れ、その途中や海で蒸発した水が雲となって降雨を起こし、循環する。これを〝水循環〟と言いますわね？」

「はい、そうです……」
と言って、知識神が「あ！」と声を作った。
こちらの権能の意味に気付いたのでしょう。
今の彼女の声に、流石に周囲の買い物客が振り向く。なのでこちらは、肉売り場の位置を牛肉棚から鶏肉棚にまで移動。ちょっと仕切り直しとして、

「この、降雨を中間とした〝水循環〟。一体、何時《いつ》頃に出来た理論か知ってますの？」

「さっき、紀元前四世紀では、よく解ってなかったんですよね？」

「ええと、でも、調理で煮炊きしていると、蒸気などに触れますから、結構早い段階で雲と降雨の重要性を摑んで、水循環に至ったのでは？」
成程、と己は頷いた。これはもう、自分達のような〝水の神〟が、この神界に出てくる時の基礎知識だが、

「水循環に、雲による降雨が組み込まれる。雨こそが大事というシステムが人類の間で提唱されたのは、――1580年のことですの」

「遅ッ……!!　――つまり人類って、十六世紀まで、水がどうして地下から湧き出てくるのか、って確信出来てなかったのかナ？」
紫布さんの言う通りですの。だがこれには理由があります。

「当時、〝降雨で全て賄える〟とは誰も思っていませんでしたの。――つまり、降雨の計測や観測などが正しく行われておらず、また、記録の積み重ねも浅かったんですの」

「……ええと、じゃあ、人類の気象学って、十六世紀からスタートと、そう考えていいんですか？」

「考えていいか、というあたり、いい判断ですわね」

己は、ちょっと言葉を選びつつ言う。

「――実のところ、仏蘭西《フランス》で発表されたその説は周囲から大否定を食らいましたの。

それでも支持者が頑張って、先ほど述べたような記録や観測を積んで検証を始めたのは、何と１６７４年ですわ」

「否定派のおかげで、百年近く停滞かア……」

という紫布さんの声に、小さく手が挙がった。

知識神ですの。彼女は俯き気味に、

「お言葉ですが……、百年近く、ではありません」

「……あまり聞きたくないけど、どういうことかナ？」

「ええ。検証結果を積んでも〝降雨では地表の水を賄うことが不可能〟という〝主流派〟が多く、水循環のシステムが認められたのは、――十九世紀初頭ですわ」

「…………」

「十九世紀!?　元は、ええと、１５８０年ですよ、ね……」

「ええ。固定観念とは危険ですわよねえ……」

つまり、

「人類は、二百年程前まで、気象については神話の延長ともいえる観念で生きてましたのよ？」

●

さてここからが本題ですの。

自分は、鶏腿肉を詰め込んだパックを手に取り、紫布さんに見せます。彼女が頷くのに合わせてカートに載せて、それから、

「降雨による水循環が認められるまで、人類はこう考えていましたの。――海に流れ込む川の水は、海水が地球の大地を浸透してまた湧き出したものだ、と」

言う。鶏肉のコーナーにある下味を染み込ませた漬けダレのパックを手に取り、

「塩漬け肉や御漬物などで、塩水が対象を脱水させつつも染み込んでいく浸透圧については、古代から知られてましたわ。だから同様に、海水はその塩分故、大地に浸透し、しかし地殻によって濾過され、湧き水となるのだろう、と」

「あの、塩漬けで脱水する、というなら、大地の水も抜けてしまうのでは？」

「そのあたりは言い訳がありまして。――大地の濾過作用が強く、染み込んできた塩分は早期に除去。水だけが地殻に残る、とされていましたのよ」

「ええと、じゃあ、その塩分は……？」

「ああ、それネ？　日本だとほとんど無いけどサ。欧州や他だと、あれがあるんだよネ。――岩塩が」

ええ、と己は頷いた。バランサーも画面を下に振り、

《岩塩は、太古に海だった地形が地殻変動で盛り上がって乾いたり、砂漠に出来た塩湖の干上がりで出来るものです。しかしプレートテクトニクスの理論が無い時代においては、欧州でよく見かける岩塩プレートはそれこそ〝海水が大地に染み込んで濾過された証《あかし》〟でもありました》

「何と言うか、……幾つもの誤解が、しかし一つの正解として固まってる？」

「たとえば？」

「僕の遙かな祖先が猿で、僕が顔芸凄かったり、いろいろなところで馬鹿だから、僕が猿呼ばわりされるようなアレ」

《御安心下さい猿。これは比喩ですよ。貴方のことを本気で猿扱いしている訳ではありません》

「え？　そうなの!?　じゃあカワイイ愛称って感じ!?」

《ええ。貴方のことを本気で猿と呼んだら、ホントの猿に申し訳ない……》

「最後を〝……〟でポエムのように終わらせるなあああああ！」

　これは二人の準備体操か何かですの？

《ちなみに、最古の気象学というか、地質学でしょうか。川が何故生まれるか、という疑問に対する答えで最も古い記録は、ギリシャのホメロスによるもので。彼は大陸が海に浮いており、川の水は下からの圧で地中を通って上がってくる、としていました》

「これも濾過説を適用出来ますので、つまりこの考えは、少なくとも三千年弱、人類の定説だったわけです」

　ともあれここまで来たら、話はまとまります。

「つまり私は、そういう古い気象学の時代の神ですので、このような直接循環が出来ますの」

●

　木戸さんの言葉に、ちょっとこちらへの気の許しがあると、そう思いました。

……御自分の所属時代を明かされましたね。

　木戸さんは、紫布さん達には知られている正体を、私達には明かしていません。

　そこに理由はあるのでしょうから、こちらも聞きませんが、何となく、こう思います。いずれ、木戸さんの方から話をしてくれるのではないか、と。そうなったら、多分、

……木戸さんも、何処かへ行こうとか、言い出さなくなってますよね。

「な、何ですの？　その微笑は」

「いえいえ、何でもないですよ」

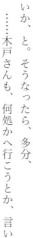

言っている間に、桑尻さんが調味料や焼肉のタレなどをカートに入れていきます。

「瓶モノだから意外と重いんだよねエ」

「頭数としては十一ですからね……」

「お肉とか、足りますの？」

皆が、バランサーを見ました。

《えっ？　何で私が？》

「そんなの決まってるだろう。お前が僕によくやるように、一日あたり必須な栄養とかカロリーとかそういうのを嫌味ったらしく語るけど甘んじて聞こうって、そういう話だよ……！」

《言っておきますけど、私、猿に諭すことはしますが、他の方々にはフラットな対応を心がけております》

住良木君とバランサーが蔑み合っていると、離れた処にいる地元神達が店員さんに相談を始めたので制することにしました。

「ちょっと語ってみるといいヨ？」

《――ええ？　でも、私、そういうの得意分野じゃありませんよ――？》

●

『ほら、住良木チャンがあんなこと言うからスネたヨ……』

『思ったより高性能ですのねバフンサーって……』

『いえ違います木戸先輩！　僕の煽りスキルが高いからです！　ＦＦ２で言ったら八十回くらいカンストして買い換えてますよ！』

『というか面倒というか、複雑な性格してますよね、バランサー……』

『先輩さん、自己紹介の時間ですか、今……』

『ともあれ誰がバランサーの御機嫌取るのかナ？』

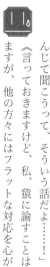

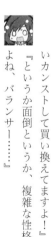

『ええと、私ちょっと笑顔で接していくと警戒されるので、木戸さん！』

『貴女いつも何してますの同輩さん……!?』

●

木戸は、内心でいろいろ疑問に思いつつ、事態を進めることにした。

「バランサー？　私、栄養学とか、あまりそういう事を知りませんの」

「えっ」

「……えっ、って、何ですの？」

「いえ、あの、栄養学とか、そういうの知らないのに、そのスタイルは……」

知識神が、紫布さんに呼ばれて向こうに下がりました。

背後、紫布さんが知識神を宥《なだ》めて、出見が煽る声が聞こえてきますの。

「お前、ビールばかり飲んでっからだよ！」

「胸が薄いのはソレが理由になるのかナ？」

「腹が出てる訳じゃないから私の勝ちね……！」

何言ってるのかよく解らんですの。正面を見るとバランサーが半目になっているので、こちらは咳払《せきばら》いを一つ。そして、

「貴方の知識から、いろいろ教えて下さらないかしら」

《うーん、まあ、吝《やぶさ》かではないのですが》

「これもテラフォームの一環ということで、駄目ですかしら」

《もう一声》

そうですわね、と思案して、己は決めた。

バランサーに手招きして、一言を告げる。それは、

「――――」

……え?

　木戸さんが、バランサーに何かを告げました。それは、何となく聞こえましたけど、直後にバランサーが大きく後ろに仰け反って、

《ンンン！　大きな誤解があります！　ありますが……、まあ、うん》

「どうですの？」

《うーん、まあ、私も、下らない意地を張っているＡＩではありません。私は賢いＡＩなのです。なので今のをアジャストとして、答えましょう》

　バランサーが、やれやれと画面を振りながら、こちらに言います。

《肉を食す意味の最大はタンパク質の摂取ですが、基本、一日に〝体重÷１０００グラム〟が必須です。女子勢の体重は聞きませんが、とりあえず60キロなら、一日に必要なタンパク質は60グラム。――今、カートで山になっている牛肩ロースの場合、１００グラム中タンパク質は18グラムなので、一日あたり３３０グラム強は必須、となります。十一人ですから、一日３・63キロ。二泊三日で実質三日分と考えると10・89キロですね》

「オオウ、ぶっちゃけ徹も私も体重そんなじゃ済まないし、北欧組とメソポ組、それと男子衆はもっと食うよねエ」

「石川県でお好み焼き焼きまくってた時は、主食もそれだったから、調子乗って一食で五枚くらい食ったことあるよ？」

「痩せの大食いね……」

「桑尻さんも御肉とか、よく食べますよね」

「ば、馬鹿と一緒にしないで下さい！　御願いします！」

後輩が推しと同じ個性を持っているのが嬉しくなるあたり、重症だろうか。ともあれ、

「先輩チャン達とメソポ組が合流したこの前のＢＢＱだと、〝肉５キロ！〟みたいな解りやすい単位で持っていって、アレ時間掛かったけど完食してるんだヨネ」

「流石にソレを毎食、というのは無理でしょう。人数的に考えて、20キロ弱買って行った方が良さそうですね」

「羊一匹、みたいな感じになってきたナア」

でもまア、と、紫布さんが小さく笑いました。

「こういう、大所帯の連日合宿って初めてだからネ。――徹と二人とか、皆で一日とか、そういうのじゃない大きな体験っての、ちょっと楽しいネ」

●

雷同としては、紫布達が集合時間になっても北口階段に来ないのを、こう判断していた。

「コレ、買い物が楽しくなってるパターンだな？」

「どういうことだ？」

「あー、解る解る。〝買う〟ことじゃなくて〝買い物〟って行為が面白くなってるパターンだろ？」

あのな？　と木藤がビルガメスに笑みで言葉を投げる。

「これを買おう！　っていうのとは別で、いろいろな条件を考えて商品を見始めると、あれもいい、これもいい、ってなって、行ったり来たりするんだけど、それが楽しいんだよ」

「お前の服選びでうろうろするのと同じか」

「そうだな。買ってる当人はテンション高いけど、付いてくる方はそれを共有出来ないから退屈かも知れない」

「退屈ではない」

「そうか」

こいつら良く出来た夫婦だな、と思う。そして、

「真正、待ってて大丈夫か？」

「待ぁつのは慣ぁれてるよお」

その言葉に、この待ち組の中で最年少が疑問する。

「そうなんですか？　神が待つ、というのも意外ですが」

「いぃやいやあ、昔、イキってえた頃はねえ。よぉく待ったぁもんだぁよう。信ん者がほらあ〝私を試すがいい〟とぉか調子のぉったこと言うからさ、砂ぁ漠や海ぃに叩あき落として〝いぃつになぁったら戻るかぁなあ⁉〟とか、——途ぉ中で飽きてやめたけどねえ」

「あの、それ、部族が分かれた原因とか」

「あまり気にするな。落とした小銭が側溝に落ちたくらいの感覚だから」

はあ、と後輩が首を傾げていると、啓示盤が開いた。

『徹ゥ――！　袋の底が抜けて、今、皆で笑ってんだけどォ』

『あー、今行く今行く。どっちだ？』

『右ィ』

どっちだよ、と思うが、まあ行けば解る。間違ってても探せばすぐだ。背の高い紫布は、こっちを見つけて手を振るし呼んでくるから、だから、

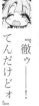

「――ちょっと設営の荷物頼む。行ってくる」

結局、紫布達が笑いながら合流したタイミングで、大遅刻の江下がやってきた。彼女は段ボール箱を一つ抱えて、

「――ほら！　二泊三日を騒ぐ分の御菓子を買ってきたわよ！　私、監査ってだけあってアンタ達の保護者みたいに気が回るわね！」

「あ、ええと、有難う御座います江下さん。でも、あの」

「え!?　何!?　もっと御礼《おれい》が言いたいなら言っていいのよ!?」

「……江下さん、着替えや日常品は……」

「…………」

**「私、馬鹿じゃないわよ!?」**

# 第二十一章

『TEMPO　02』

——オッサン！　ノリの悪い顔してんなよ!?

「クビコ君、——今頃、連中は電車で奥多摩に向かっているだろうね。盛り上がっているだろうなあ。木戸同輩も水の神として加わっているようだし、正直、私もこの図書室で盛り上がっているよ」

　左様で、とスケアクロウは午前終わりの手順を行いつつ頷いた。冷房を昼用にセッティングして、貸し出しカードなどの在庫を調べ直し、後は、

「おや、クビコ君、無視かね？」

「昼の準備で集中したいところに、喋りたいだけの上役が来てますからね」

「喋りたいだけとは酷い言い方だね。私は菅原後輩が今日から奥多摩に行ってしまう代わりとしてここで喋りたいだけだよ？」

　無視することにする。

だが、別の声が来た。準備室の方から出て来たのは、

「さっきから騒がしいのは思兼かしら、と思ったらホントに思兼なのね」

「御期待に沿えて幸いだ。——準備室から、ということは、遂に職員になったのかね？」

「いや、昼食を頂こうと思ったら、図書室の空気が汚れるから、って、そっちに押し込められたの。私、一人で昼食頂くの久し振りだったわ」

「それはクビコ君も付き合い悪いね」

「学校にドミノピザ呼ぶ馬鹿が何処にいますか……!?」

「それはシャムハト君が大概悪いね」

「だって不意に食べたくなったんだもの」

「そのあたりについては同意だ。ピザ、餃子《ギョーザ》、チキンラーメン、不意に濃い味が食べたくなるのはこの神界での生活における悪癖だろう」

「そんな便利で飽食な世の中なのに、ビルガメス達、何を楽しくて野宿なんてしに行ってるのかしら」

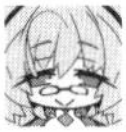
「野宿……」

「シャムハト君、誰もがね？　満ち足りてくると、ハメを外したくなるのだよ」

「何かに疲れたり、嫌になったときのソレと違うものがあるのは、よく解るわ」

でもねえ、とシャムハトが言った。

「人類一行は気付いてるのかしら。――今、奥多摩のあたり、下手すると今後のテラフォームどころか、神委の序列を揺るがすホットスポットよ」

「シャムハト君」

思兼は言った。

「君の持つ情報を、私は既に有していると、そう言ったらどうするかね？」

スケアクロウは、構わずコーヒーを淹れることにした。

ドリップ式。

……実のところ、エスプレッソ式も試してみたくはありますね。

味や製法など、知識神ゆえ、大体の知識はあるのだ。

だが、エスプレッソマシンを導入するとしたら海外からの取り寄せだ。海外、となると、バランサーに頼むこととなるが、場合によっては各国の神が関与する可能性もある。

それは避けたい。だが興味はある。

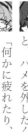

なのでそのあたり、ちょっと詰めて安全を確保すれば良いだろうが、忙しくてなかなか踏み込めない、というのが現状だ。

どうしたものか、と、そんなことを思いつつ、ドリップが始まったのを見て振り向くと、シャムハトと思兼がこちらを見ていた。

「何です？　二人とも」

「コーヒー入ってから議論しようかと思ったの」

「クビコ君が加わった方がこちらが有利だからね」

「あら、思兼？　貴女さっき〝私は〟って言ったわよね？　知らない者同士、スケアクロウはこっちで貴女を責める側よ」

「おやおや、裏切りをそのかすのかね。――クビコ君、言ってやり給え。神道の神は神道の繁栄と復権のために一致団結して奮起する所存である、と」

「思兼、貴女もその信条で動いているの？」

おや、と思兼が首を傾げる。

「私はその信条を下の者に言うが、それはつまり私はその信条よりも上の存在だと言うことなので、結論を言うと私は自由だよ？」

「――スケアクロウ、何か言ってやって」

その呼びかけに、吐息して、こちらは言葉を作る。

「――どっちにも荷担しませんよ」

面倒な……、としみじみ思って言うと、目の前の二人が顔を見合わせた。

「思わぬ第三勢力の登場だね」

「敵に回すとどうなるかしら」

「宅配ピザを廊下か外で食べるハメになるね」

「コーヒーが出なくなるとも思うわ」

ややあってから、二人が握手する。そして思兼が笑みでこちらに振り向き、

「――同盟を組んだよ！　クビコ君！」

「ええ、この同盟は強固よ……！」

「いいから持ってる情報を開示しなさい……!!」

そうだねえ、と思兼はカウンターに手をつきながら右手を軽く挙げた。

シャムハトの目を見て、

「どうだろう？　お互いの情報カードを共に出してみる、というのは」

提案する。その先にいる情報の神は、顎に手を当てた。彼女は漂い出したコーヒーの匂いを嗅ぐように鼻を動かし、こう応じた。

「いいわ」

では、と己は頷いた。シャムハトが同じ動きをして、同時に口を開く。

「――失敗作」

「――木戸・阿比奈江」

スケアクロウは、流石にコーヒーメーカーから視線を剥がし、振り返った。

……は？

知識神の悪いところは、相手から知識マウントを取るために情報を小出しにすることだ。だからこの遣り取りも、訳の解らない言葉を出し、相手がそれを解っているかどうか試していくことになると、そう思っていたのだが、

「……木戸さんが？」

「おや、クビコ君は面識があるのかね？」

「ここでの利用者と管理者、という間柄ですけどね」
　成程、と思兼が言って、シャムハトに視線を向ける。

「流石にここまで、踏み込んではいないようだね？」

「名前は出たからチェックをしているけどもね。——何処のどのような神か、情報を誰も出してくれないのよね」

「知る者は少ないし、知っていれば恐らくテラフォーム関係者だ。少なくとも、この神界にいて、その情報を軽々しく出す者はいないとも」

「今の思兼さんは軽々しくなかったんですか？」

「シャムハト君にこちらが上だと解って貰うのは、軽々しくでは駄目だろう」
　では、己は問うた。

「今の情報の意味は、どういうものなんです？」

「ああ、簡単な事だよ。まず、あの水妖についてだ」
　知っている。このところで、住良木を襲いに掛かってきた化け物だ。先日は監査のエシュタルによって撃退されている。そして昨夜に、また発生しており、

「二度目。……しかしその襲撃は、正式な発表がありませんよね」

「監査が揉《も》み消《け》している。——オリンポス系だ。こちらに挨拶もせず、監査権限で情報を外に漏れないよう、秘匿している訳だ」

「うちを通せば外に情報出せるけど、エシュタルはそういうキャラじゃないものねえ」

「どういうことなんです？」
　疑問がある。
　人類が、出所不明な化け物に襲われた。人類の危機、として考えると、テラフォームとしては一大事。ここは神委も動くべき事態で、

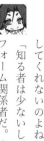

「寧ろ、神委が乗り込んでくるのを私達は警戒すべきだと思いますが、その神委の一派が、何故、情報を秘匿するんです？」
　否。問うまでもない。問いかけは、幾つかの答えを見せている。
　可能性は幾つかあるのだ。その一つとして、最も有力なのは、

「オリンポス系が、故意に水妖を放ち、それを理由に乗り込みながら、テラフォームを掌握するために情報を外に漏らさないようにしている、と？」

●

「頭が良いねクビコ君」
　思兼の言葉に、己は肩に入っていた力を抜いた。
　解るのだ。この上役がこういう言い方をすると言うことは、

「私が、賢すぎますか」

「世界は思った以上に単純で馬鹿な時もあるよ。そしてこれは——」
　言われた。

「世界が思った以上に複雑で、しかし馬鹿だった場合だと、私は見ている」

「そうね」
　と、シャムハトが言った。続く言葉は、酷く嬉しそうな笑みで、

「事が全て終わった後、私の横で〝上手く行かなかったこと〟を語ってくれる誰かが出来そうな、それほどに馬鹿な話ね」

「……失敗作、という、貴女の言った情報のことですか？」
　そうね、とシャムハトが頷く。

「私が知ってるのは、失敗作だと言うこと。——何が、だと思う？」
　そんなのは決まっている。これまでの話の流

れだと、答えは一つだ。

「――水妖のことですね」

だが、シャムハトはそこまでだ。

あの水妖は、何かの失敗作である。そこがシャムハトの限界。しかし他に解っている事は、ある。こちらのことを頭が良いと思兼が言った。その発言。内容を精査するならば、

「オリンポス系が、何かを失敗し、あの水妖を生んだ、と？」

「そうね。――あの水妖をオリンポスの監査達は確保したいけど、出来ていない。そういうことだわ」

「何故？」

「――どうしてその疑問を持ったの？　失敗作は回収したいものでしょう？」

これは誘導だ。答えを、彼女の言葉の方へと誘導する問いかけだ。だから己は告げた。彼女の誘導とは別に、自分が想定した答えを、だ。

それは、

「――他勢力に確保される可能性があります。そのことを避けるには、自分達で確保しなければなりません」

「――あらスケアクロウ。では問うわ。何故、他勢力に確保されると駄目なのかしらね？」

「シャムハト。――貴女、先にこういうことを言いましたよね？」

告げる。

「――神委の序列を揺るがす。そんな秘密が、あの水妖にあるんですね？」

●

「……まあ、何処まで本当かしら、ってところだけどね」

シャムハトとしては、深入りの是非を計るタイミングだと感じている。

これ以上深く突っ込むべきかどうか。

深入りすれば楽しいし、多くの駆け引き材料を得られる。が、そうしてしまえば、関係が生

じ、自分が何処かの〝派閥〟に入っていると、そう見られるかもしれない。

今の己は、メソポタミア神話の情報神だ。神道側とは縁を持っているが、ベタで味方になっている訳ではない。そのように外では振る舞っている。

……だからこそ、神道を警戒する勢力からも情報を得られるのよね。
その観点から考えると、

「——いいわ。これはオリンポス系に対して敵対になるかもしれないけど、貴女達の側につくことにはならないと思うから」

「ハッキリと言う必要は無いよ、シャムハト君。——私の、ただ喋りたいだけの時間に付き合うにしては、リスクの高い内容だ」

「お気遣い有難う。でも、だから私も、そのつもりよ。ここは、こう言ってあげる」
己は、スケアクロウに視線を向けた。

「答えは既に見えていたのよ、スケアクロウ。そして思兼の言う通りだわ。
——木戸・阿比奈江」
は？　と言いつつ眉を歪めた案山子《かかし》の女神に、自分は言葉を投げかけた。

「——彼女の名前を私達の前で呼んだのは誰？」

●

「あれ!?　何でゲロのオッサン、奥多摩駅にいるの!?」

「……え？　えええええ!?　何!?　どういう!?」

●

雷同は、流石に初対面だった。

「ゲロのオッサンか……」
場所は、奥多摩駅を出たところ。ちょっと古い洋風？　そんな様式を真似しようとした木造駅舎の正面は、無造作に開けたバスのターミナルだった。

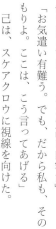

左手側には通りに出る道があるが、右手側には採石場があるため、駅前の交通の主導権は採石のダンプが持っている。
不定期に来ては出ていくダンプの行き来は、観光とは場違いなものでありつつ、それを避けて駅前に入ってくるバスも含め、

「不思議な活気だねエ」

そんな駅舎の前に立っていたのは、身長百七十チョイくらいか。痩せた中年の眼鏡男。これが、

「ゲロのオッサンか……」

「――うむ。ゲロのオッサンだ」

ビルガメスは知り合いなのか。だったらやはりこれは、

「ゲロのオッサンか……」

「いや、その、それはどうかと」

「ネプトゥーヌスって言います」

「――言いたいことはよく解る。まあ、俺の場合〝アンタ〟とかで済ますから」

「あ、有難う御座います……！」

礼を言われるところだろうか。自分は住良木とビルガメスに、

「昨夜、お前ら、何やったんだ」

「昨夜報告した通りだ」

うん、そうだろうな、とは思う。何しろ昨夜、アパートで紫布を待ちつつビール缶開けていたら、〝ゲーム部〟括《くく》りの通神が啓示盤で届いたのだ。その内容は、

『また人類と水妖が出たので撃退した。オリンポス系の監査も来た』

なお、その時、通神なので皆と情報交換している。

『ソレ、住良木チャンも撃退したように見えるねエ』

『ビル、勝ったのか？』

『勝とうとしたところでオリンポスの介入が入ってエシュタルが混乱させた』

『あーハイハイ』

『それでいいのか……』

『慣れ、慣れ』

『えっ？　えっ？　住良木君、大丈夫なんですか!?』

《あの馬鹿いつも駄目だから気にしなくていいのでは》

『全く同意ですがロールバックしていませんよね？』

『そんな！　住良木君がこのタイミングでロールバックしたら、明日からの合宿はどうするんですか！　朝、私が住良木君が部屋から出る処にいつも通りぶつかるのはいいとして、第一声が〝合宿行きませんか!?〟って、怪しいセミナー勧誘みたいになるじゃないですか！』

『ソレ住良木チャンは迷わずついて行くから問題ないんじゃないかナ？』

『というか、よく考えたら入信先の合宿勧誘だよな』

『じゃあ問題ないですね！』

『いやいやいやいや。出見の無事を確認しないと駄目ですのよ？』

『あ、僕です！　僕でーす！　今、メガドラFAN買って帰宅したので、これから先輩の部屋の方の壁に向かって五体投地します！』

『あっ、先日から聞こえてた地響きってソレだったんですね！　住良木君がちょっと激し目にうどんでも捏《こ》ねてるのかと思ってましたけど、レベルが上がるから一体何かと』

『信者の信仰が通じてないのに結果が出る感じかナ？』

『いえ！　結果が出てればそれで問題ないです！　解りました先輩！　これからはうどんを捏ねる時も先輩の巨乳に負けないコシと張りを出せるように頑張ります！』

『うどんが食べにくくなったわ……』

『というか、オリンポスの監査？　誰ですの？』

『うむ。ゲロのオッサンと人類を守護した際、出て来たのだ』

『御免、ちょっとパワーワード？』

『あ、ゲロのオッサンはゲロのオッサンです！　第一印象からソレだったので！』

誰だか解らん。

『あと、監査の方はデメナンタラとアテナンタラだ』

『……前者は酷い事になってるが、後者は一応はニアピンだな……』

『武闘派かア。まあ、何かあったらビル夫チャンに譲るかナ？　不完全燃焼だよネ？』

『ええと、じゃあ思兼さんに報告しておきますね？』

そして夜の内に、思兼の方から返答が来た。

『君らが奥多摩行くこと、オリンポスの監査は知らないだろうから、行って来給えよ。それが一番の嫌がらせになるだろう』

『超同意だけど、いいのかなア……』

『いいのよいいのよ！　私みたいにカワイくない監査は、警戒されて当然よね！　アハハ！』

『すまん……』

まあそんなことがあって、この奥多摩行きは皆も妙な乗り気感覚があったのだ。

●

　だが、と雷同は内心で前置きした。
　ちょっとこのところで起きてる事象を鑑みると、一つの懸念が生まれる。

「ネプトゥーヌス、アンタがいると、オリンポス系とのトラブルが生じないか？」

「いや、まあ、それは……。こちらの望むところではないのですが」

「決まりか」

　じゃあ〝決まり〟だ。自分は皆に振り返り、言う。

「ゲロのオッサンもとりあえずこっちと合流。問題ないな？」

「え!?　ど、どういう……!?」

「問ん題がぁ生じるぅ原ん因がああるなら、近ぁくでえ監視してえおいた方うが安ん全だよおねえ」

「——監査としても許可するわ。鉄火場の原則よね」

「私としても問題ありません。宜しく御願い致します」

「ああ。——俺達はキャンプ合宿。どうせアンタも、その荷物だろう」

　向けた視線の先。ネプトゥーヌスの装備は、明らかにアウトドア用品店で中古品を買ってきたな、というものだ。テントの用意もあれば、恐らくは食糧を詰め込んだ布袋もある。
　ソレなりに経験はある、という風体《ふうてい》だ。
　自分達のも借り物なので人のことは言えないが、やはり野営は北欧系の得意分野だ。だとすると、

「——アンタの方は、キャンプ場を借りる訳じゃないんだろう？」

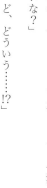

「え？　キャンプって、キャンプ場を借りるんじゃないんですか？　そういう場所じゃないと駄目とか、そういうもんじゃないんです？」

《猿には勿体ない知識ですが、日本には河川法という法律がありまして。河川沿い、つまり河原ですね？　これは公共のものとして、誰の所有地でもないから自由に使えると、そういうことになっているのです》

「え!?　じゃあ河原に住んでいいの!?」

《そういうことではありませんよ馬鹿二号》

「ちょ、ちょっと、何よ二号って！」

「イエエエエエ！　ざあんねえんでしたああ！　僕が一号でええええす！」

「うっわ悔しい！　バランサー！　これからそういう言い方するなら私を一番に指名しなさいよ！」

「すまん……」

「ハイ謝罪マンの謝罪頂きました！　というか河原は皆のもの!?　じゃあ僕が中学校のときに河原で拾ったエロ本は公共物だったのか!?　帰宅して見たら投稿系で〝濃いのは好きじゃないんだよ……〟と思って捨てたけど、ゴミ袋が半透明で思い切り表紙スケちゃってさ。学校行く途中でゴミ袋のそれに気付いて〝違う！　僕の趣味はこうじゃないんだ……！〟って思ったけど、つまりあのあたりが僕の嗜好《しこう》の分かれ道だったんだなあ」

「何アンタ奥多摩まで来て酸素を無駄に消費してるの」

「アルエエエ!?　桑尻何言ってんの!?　森林浴も流行してる今、奥多摩に来て酸素スーハーしないなんておかしくない!?　スハ――――!!　ああ美味しい酸素！　醤油味かなコレは……！　ちょっと香ばしいぞ！」

「――ソレ多分排気ガスだヨ？　今、そこで採石のダンプが列作ってアイドリングしてるから、あんまし吸わない方がいいんじゃないかナ？」

「ハ、ハイそこ現実的な話をしない！」

「つまり今、何の話だ？」

「ええ。こういう話です。――住良木君？　雑誌はゴミ袋に入れて捨てるんじゃなくて、紙の日に束ねて出さないと駄目ですよ？」

「ハイ！　その方が、趣味じゃないエロ本を他の雑誌の間に挟んで捨てられるから正解ですよね！」

「……そうじゃないんだけど、桑尻チャン、何か言わないのかナ？」

「いえ、私も、知識のために、たまにガーリー系の雑誌を買って〝致命的に合わない……〟というときはそう言う捨て方をするもので……」

「つまり分別《ぶんべつ》の話か」

「そ、そうじゃなくてキャンプ場を借りない、という話ですのよ？」

●

そうだな、と雷同は前置きした。

……幾つか前提があるんだよな。

「とりあえず、アンタがその水妖とやらを探しているんだとする」

自分はそれを見たことがない。昨日の炎妖が、どうも関係していたようだが、確証はない。あるのは川精霊達との知見だ。

だが、そこからでも、解ることはある。

「川精霊達は、この奥多摩を流れる多摩川の上流で水妖が出て、相を荒らしていると言った。だが、奥多摩上流の奥多摩湖で、そんな水妖が出たというニュースは聞かない。あったとしたら神道側に報告があるだろうが、それも来ていない。つまり――」

つまり、

「水妖のホームは、人の行き来あるところを避けるなら、この奥多摩駅から、上流の奥多摩湖との間にある流域だ」

「だとすると、もう少し絞る事が出来そうです」

　手を挙げる桑尻に、己は促しの頷きを送った。こっちでも大体見当が付くことだが、桑尻の見解も聞いてみたい。そして、

「奥多摩駅から奥多摩湖の間には、キャンプ場が一つあるんです。境渓谷《さかいけいこく》キャンプ場というのがソレなんですが――」

「じゃあ、そこから湖の間が、水妖のホームじゃないのか？」

「そうですね。このキャンプ場は川からの水を引き込んだマス釣り場も併設してまして、川幅が狭くなっています。また、ここはテントサイトを持たないバンガロー式のキャンプ場で、家族連れや団体が多く、それゆえに消灯時間も二十三時と遅めです。――水妖が避けたい場所ではないでしょうか」

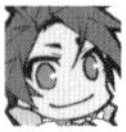
「マス釣り場の件は、別のものだと思ってたが、併設なのか」

　はい、と頷く桑尻が満足げだ。向こうで紫布もドヤってるのだから、これで正解。
　こちらとして、今言葉を重ねるならば、

「俺達が行こうとしているキャンプ場は、駅から川に下りた処にある氷川《ひかわ》キャンプ場な？　ここはテントサイトが広く、河原もちゃんとあるし、川幅もある。監視されてなければ、水妖が〝抜けて〟上流に逃げ込む隙はあるだろう」

　だから、だ。
　自分はネプトゥーヌスに視線を向けた。

「アンタが行こうとしてるのは、この奥多摩駅の下、氷川キャンプ場と、境渓谷キャンプ場の間。上流の川幅が狭くなっていく地域だろう。そのあたり、もしくは支流の何処かに水妖が逃げ込んでいる」

　告げた先、ネプトゥーヌスの無言は、それこそ明確な回答だろう。

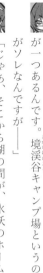

「――」

「アタリか」

そして己は気付いた。ネプトゥーヌスの目がある方向を見たのを、だ。
それは誰か。振り向いた先にて、一つの手が挙がった。

「――隠していても仕方ありませんわね。ある程度、事情を話しますわ」

●

木戸は、観念とまでは行かないが、それなりの覚悟を決めた。
ここにいる皆を、出見ともども、巻き込むこととなる。

……仕方ありませんわね。
出見には、嫌な思いをさせる可能性がありますの。なるべく避けたいことだが、もしそうなったら自分が責任をとればいいし、彼にはもう、同輩さんという存在も居るのです。だから、

「――流石に駅前でプライベートな話をするのも何ですわ。キャンプ場に行って、そこで話をしますわね」

# あとがき

「そんな訳でウハウハザブーンの上巻だヨー！」

「というか僕、ザブーンはしたんですが、ウハウハをしてないんですけど！　このあたり、ちゃんと下巻で補填されるんですかね……!?」

「…………」

「プ、プレッシャー掛けてもいいことありませんよ！　もうちょっと自由に行きましょう！　自由に！」

《というか、ホントに90年代というか、80年代みたいな対談形式で行くんですねえ……》

「うん！　だって、楽じゃない？」

《誰がです？》

「…………」

「おい、バランサー、あまり考えずに喋ってるからマジのツッコミやめとけ」

「ともあれ今回、テラフォームの下準備の多さには、流石に引くな……」

「神話についてもいろいろですね。ぶっちゃけ、考古学の世界に首突っ込んでる感がありますが、神話学はある程度まで行くとそっちの要素が必要になりますよね……」

《神話は、遙《はる》かな昔における〝地域史〟であり、〝人類史〟の残滓《ざんし》でもあります。ある神話に書かれていないことは、ともすれば周辺地域の神話の要素から類推出来たり、また、当時の政治や国の状況が解れば、やはり目星がつくことも多いです。
　〝語られていないミステリー〟と、そこで終わりにするのではなく、踏み込んでいくことが、貴方達の立ち回りには必要となりますね》

「というか最近、そこらの資料本とか、増えたよなあ。神話……、というか神話を含むファンタジーかな？」

《日本でファンタジーが認知されたのは、やはりゲームではないかと思います。
1984年あたりが節目で、ドルアーガの塔のアーケード版が七月、ハイドライドの88版が十二月に出ますが、同じく十二月に、アドベンチャーゲームブック〝火吹山の魔法使い〟が発売され、ゲームブックブームを巻き起こします》

「85年は一月にドラゴンバスターのアーケード版、八月にドルアーガの塔のFC版が出る。一方でPCも頑張ってて、十月にザナドゥ、十一月に夢幻の心臓II、十二月にハイドライドIIとウィザードリィの移植版と、かなりのラインナップだな」

「そして86年五月にはドラゴンクエストIが出てますけど、そこまでに下地が出来てた感じですね……！」

「なお、口絵で語れませんでしたけど、85年には富士見《ふじみ》書房が富士見ドラゴンブックというレーベルを立ち上げますね。86年十月のモンスター・コレクションが、やはり初期の〝顔〟でしょうか」

「うっワア、全員、超早口だヨ」

「ともあれ今回のBGMは高野寛《たかのひろし》さんで〝ベステンダンク〟。水をちょっとモチーフにしてる曲で、実は歌詞がかなりしんどいんですけど、歌全体の前向き感がいいですよね」

「さて、今回の話としては、〝――一体誰が見守っているのか〟ということで。では下巻の方、七月となりますが、少々お待ち下さい」

令和《れいわ》二年　何かえらく寒い朝っぱら

川上《かわかみ》　稔《みのる》

# ARCHIVES

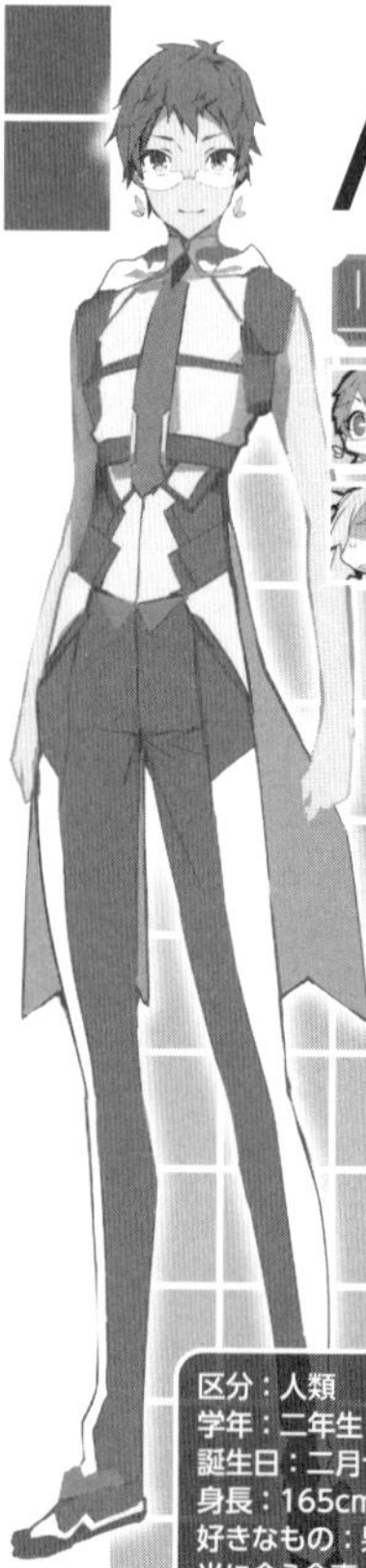

《ではこのあたりで主要な神＋猿の紹介と行きましょうか。ちょっとしたプロフィールですね》

「おい!　僕のことを猿とか言ってサゲるなら、先輩のことをもっとアゲろよ!　その他大勢＋猿みたいな言い方になってるぞ!」

「これはポジティブなのか自虐なのかどっちなのかナ……?」

## 住良木・出見

「住良木君の名前は“いずみ”と読みます。二月十日生まれは、かなり早いですけど、これは住良木君が生まれた事情によるものですね」

《四月からの入学合わせで調整期間がありましたからねえ……》

「いやあ、そのあたりの事情、記憶から吹っ飛んでるんで気にしないというか、来年の誕生日を期待?　あと、果物好きはバナナに限らないからな!」

「しかしお前、毎回コンビニで変なジュース買ってくるのは、ネタじゃなくて好きなのか?」

区分：人類
学年：二年生
誕生日：二月十日生まれ
身長：165cm
好きなもの：果物、菓子（和洋）、米に合う食事、奇妙系飲料、ゲーム、巨乳、先輩

## 先輩

「あれ?　先輩チャンの誕生日が既に通過している……?」

「神道の場合、関係神社の例祭日を誕生日にしているケースが多くて、私もそれですね。祝って貰えるのが、当分先になるのが残念ですけど」

《まあ多分、来年も学生やってる気がするので、良いんじゃないでしょうか」

「そ、そういう流れって有りなんですか……!?」

「しかし、好物がよくよく見ると地味に高カロリーじゃないかナ……?」

「お、御酒飲まないから甘い方に振ってるだけですって……!」

神名：イワナガヒメ
学年：三年生
誕生日：七月十五日生まれ
身長：175cm
好きなもの　：酸味のある果物、菓子（和洋）、和食、小豆煮、散策、推し

## 雷同・徹

「ええと、四月一日って、日本の学生として考えた場合、年次の生まれとしては最速ですよね……」

「雷同先輩の誕生日は、日本で言うと“雷乃発声＝かみなりすなわちこえはっす”と呼ばれる時候で、つまり春雷の始まりの時期ですね。欧州でもこの時期が春の訪れとなります」

「あまり深くは考えてないんだが、まあ、こっちきたらそれに従う、って感じでな?」

「何か理知的キャラに見せようとしてるぅ?」

「しかし雷同先輩、神話中だと雪山出て行っては大体遭難したりトラブルに巻き込まれますが、あれ、好きだったんですか……」

神名：トール
学年：三年生
誕生日：四月一日生まれ
身長：195cm
好きなもの：肉(特に焼きモノ)、酒、パン料理、ゲーム、雪山、外出、嫁

神名：シフ、イェルンサクサ
学年：三年生
誕生日：六月二日生まれ
身長：185cm
好きなもの：肉、酒、シチュー類、外出、風呂、音楽収集、金属アクセ、徹

## 紫布・咲

「紫布先輩の誕生日は、日本の時候で言う“麦秋至＝むぎのときいたる”になります。麦秋、という言い方がありますが、麦にとっては夏前の収穫期ですね」

「まあ徹のやり方に合わせた感じかなア。なお、今の処では全女神の中で私が一番背ー高いネ。制服の靴はヒールつきだから徹とかなり並ぶ感じだねエ」

「何と言うか、もう、先輩も合わせて見上げるばかりという感じですよね……!」

《誰に同意求めてるんですか猿》

「しかし好物系見るとかなり肉食感あるなあ……。俺との戦闘で見せた“舞”は、どっちかっていうと特技の方か」

電撃の新文芸

EDGE《エッジ》シリーズ

# 神々《かみがみ》のいない星《ほし》で

## 僕《ぼく》と先輩《せんぱい》のウハウハザブーン〈上〉

著者／川上《かわかみ》 稔《みのる》
イラスト／さとやす（TENKY）

2020年5月18日　初版発行

発行者／郡司 聡
発行／株式会社ＫＡＤＯＫＡＷＡ
〒102-8177　東京都千代田区富士見2-13-3
0570-06-4008（ナビダイヤル）
印刷／図書印刷株式会社
製本／図書印刷株式会社

【初出】……………………………………………………………………………
小説投稿サイト「カクヨム」(https://kakuyomu.jp/)にて掲載されたものに加筆、訂正しています。


ISBN978-4-04-913005-8　C0093　Printed in Japan



ファンレターあて先
〒102-8177
東京都千代田区富士見2-13-3
電撃文庫編集部

「川上 稔先生」係
「さとやす（TENKY）先生」係

この物語はフィクションです。実在の人物・団体等とは一切関係ありません。